L'AXE MAUDIT

L'Œuvre de mon père

Du même auteur

Juste pour exister
Édilivre, Éditions, APARIS - 2008
Vos sentiments ne sont pas partagés
Lulu.com - 2010

Les écriv'inconnus

Carlos Moreira

L'AXE MAUDIT

L'Œuvre de mon père

roman

Publié par Lulu.com

Ce livre est une œuvre de fiction. Les noms, les personnages et les événements sont le fruit de l'imagination de l'auteur ou utilisés fictivement, et toute ressemblance avec des personnes réelles, vivantes ou mortes, des établissements d'affaires, des événements ou des lieux serait pure coïncidence.

ISBN : 978-1-291-50794-2
Dépôt légal : Août 2013

« On n'a plus qu'à commettre tous les crimes imaginables, tromper, voler, assassiner, et dire pour excuse qu'on y a été poussé par sa destinée. »

Molière, Les Fourberies de Scapin.

PROLOGUE

Lundi 5 novembre 2007

21 h 30

Allongé à plat ventre sur un banc, le cou enfermé dans un collier en bois, l'homme riait de bon cœur en tenant fermement une corde dans la main.

Dès que les enquêteurs pénétrèrent dans la pièce, il leva les yeux tant bien que mal et cessa de rire.

— Bravo ! Je vois que vous êtes tous là, mais avec un retard de trente minutes, dit-il calmement.

Seuls ses yeux bougeaient, allant du sol vers les enquêteurs.

— Je pense que je vous ai donné du fil à retordre, n'est-ce pas ?

Les enquêteurs échangèrent un regard. Chacun d'entre eux cherchait de quelle manière ils pouvaient intervenir pour convaincre l'homme de renoncer à sa folie.

— Des nuits blanches, messieurs. Des heures d'enquêtes, d'investigations, de réflexions, de décisions, sans oublier la lecture… pour arriver jusqu'à moi ! Je vous félicite, messieurs, pour votre patience ! Dans ce métier, seule la patience vous apporte satisfaction. Quant à moi, ma tête n'en vaut pas la peine. Adieu messieurs !

— Non, attendez ! dit soudain une voix au milieu des enquêteurs.

— Qui êtes-vous ?

Un des enquêteurs s'avança.

L'homme allongé sur le banc baissa les yeux vers les chaussures de l'enquêteur.

— Je suis le commissaire divisionnaire, chef de la brigade criminelle de Paris.

— Est-ce vous qui m'avez retrouvé, commissaire ?

— Entre autres…

— Entre autres commissaire ?

— Écoutez… Laissez-nous vous aider.

— Hum, m'aider ? Vous ne trouvez pas qu'il est un peu trop tard, commissaire ?

— Il n'est jamais trop tard. Sinon, nous ne serions pas là.

Silence. L'homme allongé sur le banc semblait réfléchir.

— Bien sûr, commissaire. D'ailleurs, je ne vous ai pas laissé le choix. Dans ce cas, si vous voulez m'aider, il va vous falloir être très patient.

— Nous le serons.

— Alors, je vous demande de bien m'écouter, dit-il en ajustant la corde, sentant une faiblesse dans ses doigts. Je vais tout d'abord vous raconter comment vous avez fait pour parvenir jusqu'à moi. Après, je vous poserai une question. Si vous me donnez la bonne réponse, peut-être accepterai-je votre aide.

— Je vous écoute…

— Non ! Vous tous, vous m'écoutez !

Il tira de nouveau sur la corde pour maintenir le poids en haut des montants verticaux.

— Tout avait commencé dans une pièce sombre…

1

Dimanche 28 octobre 2007

20 h 30

La salle était sombre, seule une veilleuse l'éclairait. Sa main ne tremblait pas. Une règle était posée à plat sur la table à dessin et une feuille blanche était étalée sur toute la surface. Il avait opté pour une feuille blanche format A0 tant il avait de choses à noter, choses qu'il souhaitait transcrire en images.

Minutieusement, la pointe du critérium traçait une ligne de tirets et de points sur toute la longueur de la feuille. C'était une route. De part et d'autre de la ligne, il traçait un anneau au fil de ses souvenirs, puis un cercle au centre. De nos jours, l'anneau était un rond-point ; à l'époque, c'était un virage. Il se souvenait. Comment pouvait-il oublier ? Il y pensait chaque jour. Aujourd'hui, dans cette salle sombre, il avait décidé de tout dévoiler sur cette feuille : son histoire, son enfance depuis qu'elle l'acceptait tel qu'il était.

Son geste était précis et soigné. Il était perfectionniste. D'ailleurs, il l'avait toujours été. Chacun de ses actes avait une importance cruciale dans sa vie. Chaque chose devait être effectuée avec précision. C'était le message : la précision était un art qu'il fallait respecter !

Plongé dans le silence, il se leva lentement puis posa un dernier regard sur la feuille. Ensuite, il alla chercher son coffret et l'ouvrit pour se familiariser avec les différentes couleurs qu'il allait étaler sur la grande feuille. Il était prêt ; mais soudain, comme souvent, il y eut un empêchement : le carillon du portail résonna dans le hall.

« Qui peut bien venir à cette heure-ci ? »

De nouveau, le carillon du portail retentit.

« J'arrive… j'arrive…, marmonna-t-il, en fixant le voyant rouge clignotant sur l'écran de contrôle.

Il enclencha la caméra du portail.

— Allo ?

— M. Roland ?

C'était la voix d'une femme. Il fronça les sourcils et zooma sur le visage de celle-ci.

— Oui, qui le demande ?

— Bonsoir M. Roland. Excusez-nous de vous déranger, nous souhaiterions vous rencontrer.

« Nous » résonna dans sa tête.

Il agrandit le champ de la caméra. Non loin du portail, il fixa une camionnette en stationnement à l'intérieur de laquelle il crut voir une silhouette bouger.

— Qui êtes-vous ? demanda-t-il les yeux rivés sur l'écran de contrôle.

Une portière s'ouvrit et la silhouette descendit du véhicule. C'était un homme. Il plissa légèrement le front lorsqu'il se reconnut à travers la silhouette.

— Écoutez, M. Roland, nous aimerions vous parler d'une chose très importante concernant votre fils.

« Mon fils », pensa-t-il.

— Désolé, vous faites erreur, je n'ai pas d'enfant.

Il attendit qu'on lui réponde, mais il n'y eut que des murmures. Il dirigea l'œil de la caméra vers la camionnette.

— Je vous souhaite une bonne soirée, lâcha-t-il en se préparant à enclencher l'alarme du portail pour mettre fin à ce dérangement.

— Attendez, on s'est mal expliqué ! dit l'homme qui avait pris le relais. En fait, nous souhaiterions parler à votre grand-père… Peut-il nous recevoir ? C'est important !

Surpris, il braqua l'œil de la caméra sur la silhouette qui lui ressemblait tant.

— Pensez-vous que cela soit possible ? insista l'homme.

Sur l'écran il distingua clairement les deux visages.

— Alors, peut-il nous recevoir ? demanda l'homme en haussant légèrement le ton.

— Est-ce si important pour que vous souhaitiez le voir ce soir ? Cela ne peut-il pas attendre ?

— Écoutez, dites-lui tout simplement que j'ai des informations sur la disparition de Mme Dorlan. Dites-lui aussi que je suis en compagnie d'une personne qu'il serait surpris de rencontrer…

L'œil de la caméra balaya les visages à tour de rôle. Qui, de la jeune femme ou de l'homme, pourrait intéresser son grand-père ?

Mais soudain, il eut l'impression de perdre son sang-froid et ne plus contrôler l'œil de la caméra qu'il braquait sur le visage de celui qui avait semé le doute dans son esprit : « Bryan Dorlan ! Comment cela est-il possible ? »

Il savait qu'il existait. Elle lui avait parlé de lui ainsi que de sa petite amie et il avait été très étonné qu'elle puisse avoir un enfant de dix-sept ans.

Il retrouva son calme lorsqu'il entendit de nouveau une voix :

— Si c'est si important…

Il enclencha l'ouverture du portail.

— Je le préviens. Je vous ouvre. Vous n'avez qu'à suivre l'allée.

Mensonge, il savait parfaitement que son grand père ne vivait pas avec lui. Mais l'occasion était trop belle.

Il se rendit en vitesse dans le salon pour vérifier que tout était bien rangé, car l'ordre était une chose primordiale chez lui.

« Parfait ! Ils ne vont pas tarder à arriver », dit-il à haute voix en se dirigeant vers la porte d'entrée pour les recevoir. Soudain, il fut attiré par une chose étrange, un phénomène qu'il ne pouvait expliquer. Ce ne fut que lorsqu'il s'arrêta et leva son regard qu'il découvrit que c'était le portrait de son père, accroché au mur, qui était à l'origine du phénomène qui se manifestait en lui. Il fixa le portrait de son père et eut subitement l'impression que ses yeux lui parlaient, jusqu'à ce qu'il capte une voix semblant venir de l'au-delà :

« *Le moment est venu de continuer mon œuvre mon garçon.* »

Ces paroles semblaient si réelles qu'il ne put s'empêcher d'y répondre :

« Comment veux-tu que… Je n'aurai pas le temps père. Ils ne vont pas tarder… mais je ne fais rien de mal, père. Ils souhaitent voir grand-père… Non, père, je sais que grand-père ne vit pas ici… Ils ont des informations te concernant… Tu sais, cette Mme Dorlan, et cette lettre… Oui père, mais je ne sais pas si j'ai été à la hauteur… Tu n'étais plus là pour le voir, père… »

Il avait l'impression que les traits de son père reflétaient la colère.

« Non, père ! Non, je ne vais pas leur raconter notre secret… Je te comprends, père, tu te fais du souci pour moi. Tu penses que, s'ils rencontrent grand-père, c'en sera fini pour moi et pour l'amour de ma vie ? Tu veux dire qu'elle ne m'épousera plus ? »

Puis il tendit l'oreille…

« Ils arrivent, père. Je dois te laisser… Je ferai le nécessaire pour récupérer cette lettre… Comment ça, tu ne veux pas qu'ils entrent ? Tu veux dire que ce sont les chasseurs de démons ?… Non, père, je ne peux pas ! Je ne peux pas faire ce que tu me demandes… Cette femme ?… Bien sûr qu'elle m'aime ! Et puis, je sais que ce n'est pas de ma faute, je voulais juste retracer ma blessure d'enfance sur une feuille pour tout oublier, mais eux, ils sont venus me déranger… »

Cet étrange phénomène s'empara de lui de plus belle. Lui, son père, qui avait partagé son secret au sous-sol du domaine et qui voulait maintenant l'empêcher de connaître le but de leur présence. Lorsqu'il entendit des pas devant l'entrée, il tourna la tête vers la porte. Il allait ouvrir quand le portrait se manifesta de nouveau :

« Tu m'interdis de savoir ce qui les amène ? Alors père, je vais... m'en débarrasser ! »

Il se dirigea à grands pas vers la porte.

Au passage, il s'arrêta devant un meuble et regarda à travers la vitrine. Il porta son choix sur un fusil de chasse, puis prit des munitions dans le premier tiroir et des cordelettes dans le dernier tiroir. Il ouvrit la porte en grand et surgit sur le perron à la vitesse de l'éclair. Les occupants de la camionnette étaient là.

— Ne bougez pas ! dit-il en pointant le fusil de chasse dans leur direction.

L'homme attira la femme derrière lui et fit un mouvement de recul sous la menace de l'arme. Il appuya sur la gâchette pour faire feu afin de le dissuader…

— Ici, personne ne vous entendra. Et ceux qui pourraient percevoir une détonation de ce genre se diraient que c'est encore les chasseurs. Au moindre geste, je n'hésiterai…

Il dévia le canon sur la camionnette.

— Y a-t-il d'autres personnes à l'intérieur ?

Il y eut un silence.

— Êtes-vous sourds ?

Il avait remarqué qu'ils se comportaient d'une façon étrange, comme si leurs esprits étaient focalisés sur la camionnette.

— Je vous donne cinq secondes pour sortir, sinon je les descends ! Sortez !

Il se décala et pointa le fusil sur la femme

— Il vous reste deux secondes !

La portière latérale s'ouvrit. Un jeune homme descendit, les mains derrière la tête, et rejoignit le groupe. Il le dévisagea avec une certaine attirance. Il était jeune et beau, dans la fleur de l'âge. Il avait ce petit plus qui lui plaisait, qui lui avait toujours plu chez les autres garçons. Il était séduisant, avec ce sourire qui lui donnait tout son charme. Peut-être que son élégance attirait toutes les convoitises. Oh Dieu ! Qu'il aimerait être lui ! Ce sera lui. Il n'y pouvait rien, ce sera lui. Il ne ressentit aucune compassion pour sa jeunesse, pour exécuter l'œuvre de son père. Soudain, sa pensée s'éloigna du jeune homme pour se concentrer sur la jeune femme : son choix se compliquait. Ils avaient la même morphologie. C'était suffisant pour faire un choix, mais le visage du jeune homme l'attirait comme un aimant.

Il revint à lui, mais son regard était planté sur le jeune homme.

— Pourquoi m'avez-vous menti ?

Silence.

Celui qu'il voyait à travers sa silhouette et qu'il pensait être Bryan Dorlan n'avait pas bougé d'un cil. Pour Bryan, l'homme qui les menaçait avec un fusil était tout à fait dans ses cordes. Mais sous la menace d'une arme, il décida de ne rien tenter au péril de la vie de son ami, s'il venait à échouer. Alors, il l'observait en analysant tous ses faits et gestes. Il remarqua une faille sur son visage : l'homme ne voyait que d'un seul œil.

— Écoutez, dit-il d'une voix calme. Nous souhaitons simplement voir votre grand-père…

— Il est injoignable ! D'ailleurs, il est inutile d'insister, il ne vit pas ici…

— Alors, laissez-nous repartir et tout ceci sera terminé.

— Il fallait réfléchir avant de venir. Je vous signale que je ne souhaite pas connaître ces informations ni savoir qui vous êtes. Cessons de bavarder. Videz vos poches, ordonna-t-il calmement.

— Écoute Raymond…

« Raymond » résonna dans sa tête.

—… Je souhaite juste que ton grand-père m'éclaire sur la mort de ma mère et de l'accident, rien d'autre. Et lui présenter...

Il plissa le front.

« Il connaissait mon nom ! »

« Bryan Dorlan ! »

Il ne doutait plus.

Soudain, une sonnerie avait retenti. Elle venait à l'arrière de la camionnette.

La sonnerie s'arrêta.

Puis le silence prenait le dessus.

— C'est ton portable qui sonne ?

Il dévia son fusil sur le jeune homme.

— Raymond, je t'en prie…

— Ce n'est pas à toi que je pose la question, lâcha-t-il en hurlant. Ferme là ! Je te demande si c'est ton portable, ajouta-t-il en fixant le jeune homme.

— Oui, répondit le jeune homme d'un murmure.

De nouveau, la sonnerie se fit entendre. Son œil ouvert sur le monde se posa sur la camionnette.

— Qui essaye de te joindre ?

— Mes parents.

— Tu veux dire que tu as essayé de les joindre ?

— Non, monsieur.

— Tu me mens comme ton ami ? Tu penses que je vais te croire ? Et pourquoi insistent-ils si tu n'as pas réussi à les contacter ?

— Je n'avais pas de réseau, monsieur. Je n'ai pas pu les joindre.

Lentement, il dévia l'arme sur le jeune homme qui titubait et le mit de nouveau en joue.

— Donne-moi une bonne raison de ne pas appuyer sur la détente. Tu te crois malin de laisser ton portable dans la camionnette.

— Je vous dis la vérité, monsieur.

Le jeune homme mit un genou à terre et prit son visage à deux mains.

— Écoute Raymond. Tu commets une grave erreur, la vérité va finir par se savoir…

— Ferme là ! Je ne veux plus t'entendre ! hurla-t-il.

De fureur, il descendit les marches et s'arrêta juste devant Bryan Dorlan ; il pointa le canon du fusil en direction de son visage. La jeune femme serra le jeune homme dans ses bras et poussa un cri, dont il n'eut que faire.

Bryan Dorlan scrutait le moindre fait et geste. Il espérait que Raymond fasse un pas de plus, mais ce ne fut pas le cas.

— Une erreur Raymond ! Une erreur dont tu ne t'en sortiras pas, lâcha-t-il de nouveau en espérant ce pas…

— De quelle erreur parles-tu ? Il faut que tu saches que je n'en ai commis aucune !

Comment pouvait-il savoir s'il avait commis une erreur du haut de ses treize ans ?

— La lettre, Raymond. La lettre dans laquelle ma mère confirme soi-disant son suicide. Tu pensais être assez intelligent pour comprendre la signature en bas de cette lettre ?

Il plissa le front. Ses doigts se crispèrent sur le fusil. Tout lui revenait en mémoire. Ce jour-là, il avait été surpris qu'elle eût une drôle de signature : elle avait posé quelques signes qu'il ne comprenait pas en bas de la page.

Ce fameux soir, ils étaient assis seuls dans le salon de thé. Elle avait accepté de lui tenir compagnie en attendant l'arrivée de son grand-père, lorsqu'une idée macabre avait réveillé son secret. Le visage de son grand-père, celui de son père et l'absence de sa mère qu'il n'avait jamais connue n'avaient aucune importance puisque, ce soir-là, son esprit était tourné vers l'œuvre de son père qui l'emprisonnait. C'est alors qu'il avait décidé de se libérer en se débarrassant de cette emprise. Il fallait donc qu'il passe à l'acte. Il avait treize ans. Il lui avait dit :

— J'ai quelque chose à vous montrer.

Elle l'avait fixé du regard, ayant juste en face d'elle le profil épargné de son visage.

— Quel genre de chose ?

— Un secret.

— Et ce secret, quel est-il ?

— Le secret de mon père. Si vous voulez, je pourrais vous le faire découvrir, mais il ne faut rien dire à grand-père…

— D'accord.

Elle lui avait répondu qu'elle resterait muette comme une tombe.

Bien qu'il n'ait pas compris le sens de cette expression, il avait pensé parvenir à ses fins malgré tout. Il avait été pris d'excitation. Il trouvait que c'était si facile de la convaincre ! Il allait enfin se mettre en valeur. Mais avant de lui dévoiler son secret, il lui avait dit :

— Je voudrais que vous m'écriviez une lettre de ce que vous ressentez depuis ce jour qui a fait que… et qui vous pousserait à faire la chose que vous avez dite à mon grand-père.

— De quoi me parlez-vous, M. Roland ? Je ne vous comprends pas !

Elle l'appelait M. Roland malgré son jeune âge. Elle était issue d'une famille d'aristocrates qui s'était installée dans la région il y a des siècles de cela et qui avait côtoyé les rois de France, et même un certain Louis XIV.

Elle l'avait regardé droit dans les yeux et s'était rendu compte qu'ils avaient presque le même regard.

— Que vous voulez disparaître… Que la vie n'avait plus aucune importance pour vous !

Elle avait posé son regard sur son visage et, cette fois, elle l'avait contemplé et avait pensé qu'elle avait bien de la chance de se reconnaître lorsqu'elle se regardait dans une glace. Elle lui avait répondu :

— Je pense que vous avez pris notre conversation en cours de route. La discussion que j'ai eue avec votre grand-père ne concernait pas ce que vous me dites. Vous me parlez de suicide, et vu votre âge, ce n'est pas un sujet que je souhaite aborder avec vous. Mais il se peut qu'il y ait un malentendu quant à ce que vous avez entendu.

Il n'avait pas su quoi répondre. Le sang lui était monté à la tête et il s'était senti impuissant. Mais il lui restait encore une chance de parvenir à mettre son idée macabre à exécution.

— Vous voulez que je vous montre ce secret, oui ou non ?

Il avait un regard effrayant.

Elle n'avait plus osé le regarder tant elle voyait la terreur dans ses yeux. Mais ce n'était qu'un enfant, elle lui devait bien ça, lui qui avait tant souffert dans sa chair.

— D'accord. Donnez-moi une feuille et un crayon.

Il avait souri. Il savait parfaitement qu'elle allait le suivre dans le parc du domaine. Même si son père ne s'y prenait pas ainsi, c'était une méthode comme une autre. Après un long silence, elle lui avait donné la feuille de papier.

— C'est tout ?

Il était étonné de ne lire que trois mots sur la feuille.

— C'est bien ce que vous voulez savoir ? lui avait-elle répondu.

Il s'était mis à réfléchir sur ces trois mots.

— Et à qui dédiez-vous cette lettre ? Vous ne l'avez même pas signée !

Elle avait repris la feuille.

— Quel âge a-t-il ? avait-il demandé d'un air étonné.

Il ne s'attendait pas à ce qu'elle ait un enfant de dix-sept ans.

— Mais il ne vit pas avec moi.

— Il ne vient jamais vous voir ? demanda-t-il avec gentillesse.

— Bien sûr qui si, même s'il passe la plupart de son temps avec sa petite amie…

Il l'avait interrompue en s'avançant sur le bord du fauteuil.

— Il a une amie avec laquelle il joue ?

Elle avait souri au son de sa voix, si douce à entendre.

— Oui, une amie… Et si vous me montrez ce secret, peut-être que je vous en dirai plus…

— Vous l'avez signée ?

Elle avait souri de nouveau. Elle pensait que la signature s'était effacée de sa mémoire.

— C'est votre signature ?

Elle avait posé en bas de la page quelques signes qu'il ne comprenait pas.

— Oui. Celle que je partage avec mon fils. C'est comme un jeu…

— Pouvez-vous me l'apprendre ?

Elle avait détourné le sujet de conversation :

— Et si vous me montriez ce secret…

Quelques instants plus tard, ils avaient traversé le parc du domaine. Elle lui avait donné la main en toute confiance, comme au temps où elle tenait ses enfants par la main. Elle lui avait indiqué le nom de la petite amie, l'endroit où elle habitait et ce à quoi elle ressemblait. Puis elle avait cessé de parler une fois au pied du grand chêne. C'est en silence qu'il avait actionné le levier. La trappe s'était ouverte et ils s'étaient engouffrés sous le sol. Tout au long de leur marche vers le secret de son père, avec comme seul repère la lueur d'une lumière, elle n'avait pas vu les tableaux macabres ni les statues dans leurs niches. La salle était prête, l'échafaud était dressé devant elle et tout son corps avait frissonné.

— Voilà. C'est ici. C'est ça le secret, avait-il dit d'une petite voix.

Elle était restée muette, ne parvenant pas à croire ce qu'elle voyait. C'était tellement inimaginable qu'elle n'avait même pas fait attention lorsqu'il lui avait demandé de s'allonger sur la planche pour lui montrer de quelle façon son père procédait, comme il l'avait vu faire alors qu'il se cachait dans la niche du mur.

— Et vous l'avez vu faire tout ceci, M. Roland ? avait-elle demandé allongée sur la planche.

— Oui.

— Et votre grand-père n'est vraiment pas au courant ?

— Je ne pense pas… En tout cas, je ne l'ai jamais vu venir par ici.

Elle était loin d'imaginer l'idée macabre qui naviguait dans l'esprit du jeune garçon depuis qu'ils avaient traversé le parc du domaine. Il avait tout programmé malgré son jeune âge.

Elle s'apprêtait à se relever de la planche lorsque, d'un geste rapide, il avait rabattu le collier.

Il était trop tard quand elle avait réagi ; le collier s'était refermé sur son cou, elle ne pouvait déjà plus bouger. Elle avait crié de toutes ses forces :

— Que faites-vous, M. Roland ?

— Il faisait comme ça ! avait-il répondu en toute simplicité.

— Je suis… je suis… ta grand-mère, Raymond ! avait-elle crié jusqu'à ne plus avoir de voix.

Il l'avait regardée avec un large sourire, faisant semblant d'être sourd comme un pot, et juste avant de libérer le couperet, il lui avait dit :

— On me l'aurait dit si vous étiez ma grand-mère, Mme Dorlan.

Il revint à lui. Le canon de son fusil était toujours pointé sur le visage de Bryan Dorlan. Il ne tremblait pas.

— Et tu penses être assez intelligent pour venir m'en parler, après tant d'années ? Attachez-leur les mains, ordonna-t-il à la femme.

Il se décala pour vérifier ses exigences.

— Les mains dans le dos, ajouta-t-il.

La femme exécuta les ordres, non sans échanger un regard désolé avec ses deux compagnons. Elle était restée silencieuse, immobile comme une statue, se contentant de fixer son visage : une face d'ange d'un côté, de l'autre, celle d'un démon.

— Avancez !

Du bout du fusil, il leur indiqua le chemin à prendre.

Ils marchèrent au clair de lune à travers le parc du domaine. Arrivés au pied du grand chêne, il actionna le levier ; une trappe s'ouvrit dans le sol. Ils s'engouffrèrent dans le sous-sol du domaine qui comportait des petites cellules, datant de l'époque où le monde était en feu.

Quelques instants plus tard, la porte de sa demeure se referma lentement. Il retrouva sa lenteur quand il entra dans la salle de thé et se dirigea vers le bar du salon. Il prit une bouteille, tout commençait à prendre forme dans sa tête lorsqu'il sortit de la salle de thé. Il baissa les yeux devant le portrait de son père, puis il entra dans sa pièce au décor rustique et s'installa confortablement dans le fauteuil avec son livre d'Histoire. Page par page, il remonta le temps, quand soudain, il plissa le front sur l'obélisque de Louxor qui se dressait devant ses yeux. Ce n'était que le début de son ouvrage : l'œuvre de son père qui s'était réveillée lorsqu'ils étaient venus le déranger.

2

Lundi 29 octobre 2007

10 h 15

« *Tu es mon protecteur. Tu me l'as prouvé à maintes reprises. Quoi qu'il nous arrive, je ne t'en voudrai pas… Ne nous jugeons pas, je suis heureuse d'être l'élue de ton cœur.* »

Depuis qu'il l'avait eu entre les mains, ce morceau de papier ne le quittait plus. C'était comme une prière qu'il murmurait à chaque instant de la journée.

Il était entouré par l'ensemble du personnel du service de soins intensifs de l'hôpital lorsqu'il avait appris qu'elle était dans le coma. Il se souvenait des jours heureux. Il se souvenait… Mais depuis six mois, il passait sa vie entre une chambre d'hôpital, son bureau et – presque en courant d'air – son domicile. La courte distance qui le séparait de ces lieux lui permettait de rendre visite à sa femme à tout instant, entre deux affaires.

Ce jour-là, tout était réuni pour une interpellation très attendue. Un an d'enquête suivi de six mois de filature. Ils avaient réuni tous les éléments pour le jour « J ». Ils étaient prêts. Chacun d'entre eux avait un rôle à jouer, un objectif à atteindre.

La brigade d'observation avait donné le signal du départ. Le convoi roulait à une allure modérée vers le lieu de l'interpellation. Ils venaient de quitter les Grands Boulevards, remontant la rue La Fayette, puis ils traversaient le carrefour arrivant au boulevard Magenta. Le regard du chef de la brigade criminelle s'était posé sur la droite, en direction de la place de la République. Un brin d'air frais lui avait balayé le visage. Un silence régnait dans son esprit. Il avait aperçu un gyrophare du SAMU, puis un véhicule de pompiers qui barrait la route. Lui et ses hommes se rendaient à Pantin. Mais le boulevard Magenta tourbillonnait autour de lui comme un courant d'air. Il avait eu un pressentiment. Il s'était mis à réfléchir : le boulevard Magenta, la rue Beaurepaire, la rue Dieu, la rue Alibert et l'hôpital Saint-Louis avaient résonné dans sa tête, ainsi que le prénom de Nancy, sa femme. Elle était infirmière à l'hôpital Saint-Louis. Il avait eu l'impression de ne plus pouvoir respirer. Il ne ressentait plus ses muscles.

« Nancy », avait-il pensé. Sa femme. Celle qui lui avait apporté assurance et soutien moral. Celle avec laquelle il avait partagé tant de bonheur, de tranquillité. Celle qui lui avait donné deux beaux enfants : Jérémy et Natacha, qui le comblaient de joie.

Il était son protecteur, mais ce jour-là, à cinq heures trente précises, il n'avait pas pu l'être. Elle venait de quitter son service de nuit et ils avaient prévu de se retrouver dans la journée, une fois cette affaire terminée. C'est l'adrénaline, l'heure de l'intervention approchant, qui lui inspirait ces mauvaises pensées.

Hélas, la vie est facétieuse. On pouvait lire sur le procès-verbal :

« Un jeune conducteur perd le contrôle de son véhicule à l'intersection du boulevard Magenta et de la rue Beaurepaire. Une femme, sérieusement blessée, mais encore consciente, a été transportée à l'hôpital Saint-Louis. Le conducteur est décédé. »

Cette nouvelle, il ne l'avait apprise qu'en fin de matinée, au terme d'une opération baptisée « Aube » et couronnée de succès. Mais à quel prix pour le commissaire divisionnaire Franck Lemé, chef de la brigade criminelle de Paris, au 36 quai des Orfèvres. Traiter une affaire criminelle, c'était son métier, une chose qu'il maîtrisait avec aisance et sans faille. Sa devise : aucun brin de poussière ne devait être négligé.

Le téléphone sonna, le tirant de ses pensées. Depuis l'accident de sa femme, il ne se séparait jamais de son téléphone portable, qui le suivait parfois même sous son oreiller. Lemé fixa l'écran de son portable. Il reconnut le numéro de l'hôpital Saint-Louis. Le médecin-chef souhaitait le voir de toute urgence. Au même moment, le ciel gronda au-dessus de la capitale…

3

Lundi 29 octobre 2007

11 h 25

Ce fut sous une pluie battante que Lemé franchit l'enceinte de l'hôpital Saint-Louis pour son rendez-vous avec le médecin. Après avoir rapidement parcouru les dossiers en cours – dont celui du suspect de la rue de la Boétie – il avait posé le tout sur le bureau de son bras droit, le commandant Richard Laplace, afin qu'il puisse entamer la procédure de clôture de l'affaire : confirmer tous les détails, puis coordonner l'ensemble de leurs investigations. L'accusation devait présenter un dossier sans faille.

— Quel déluge, murmura-t-il avec un sourire courtois à l'hôtesse d'accueil qui prévint aussitôt le médecin de son arrivée.

Depuis le drame qui l'avait séparé de son épouse, il connaissait les couloirs de l'hôpital par cœur.

Après avoir gravi quatre à quatre les cinq étages, Lemé arriva à peine essoufflé au bureau du médecin qui l'attendait et qui l'invita à entrer.

— Quel sale temps ! dit-il pour masquer son angoisse.

— Je ne vous le fais pas dire. Mais je ne vais pas vous faire attendre.

— Dites-moi tout.

Lemé ôta sa gabardine trempée qu'il garda sous le bras.

Le médecin l'invita à s'asseoir.

D'habitude, Lemé ne s'asseyait pas. L'entretien était généralement bref : l'essentiel lui suffisait avant d'aller dans la chambre de Nancy.

— Comme vous le savez déjà, nous avons constaté une nette amélioration…

Lemé fronça les sourcils. Un nœud se forma dans son estomac. Ses yeux fixaient le médecin.

— Cette nuit, j'ai reçu un appel de l'infirmière de nuit. Elle souhaitait que je vienne de toute urgence. À mon arrivée, j'ai pensé vous appeler, mais j'ai préféré prendre le temps de m'assurer de la situation. Nancy fait partie de la maison. Sachez qu'avoir une collègue pour patiente n'est pas chose facile, surtout quand il faut prendre une décision qui s'avère préjudiciable…

Lemé l'interrompit.

— Cela fait déjà six mois que mon épouse est dans le coma et qu'elle est dans une phase critique ; que vous la maintenez sous respiration artificielle. Je vous ai signé une décharge. Vous avez entre vos mains toutes les autorisations en ce qui concerne la santé de mon épouse. Quoi qu'il arrive, je n'en voudrai à personne !

— Il s'agit bien de cela, M. Lemé, une décharge qui change de main, Nancy vous attend, elle vient de se réveiller.

Il en eut le souffle coupé. La lumière scintillait autour de lui. C'était comme lors d'un interrogatoire, comme s'il se trouvait piégé et qu'il allait devoir avouer. Il se sentit partir, mourir. Non, pas maintenant !

— Nous l'avons changée de chambre…

Il n'entendait que la voix du médecin et obéissait sans réfléchir.

—… Elle est hors de danger, mais nous restons prudents. Je vous accompagne.

Léger comme une feuille morte, il se laissait emporter par le vent. Un vent rempli par l'espoir de voir Nancy franchir le seuil de la porte de leur foyer. Les enfants se jetteront dans ses bras, Lemé reprendra une vie normale.

— Allez-y ! lui dit le médecin en ouvrant la porte de la chambre.

Soudain, le monde s'illumina devant ses yeux. Une nouvelle vie prenait forme au fur et à mesure de ses pas qui le menèrent au pied du lit. Nancy respirait librement… Il n'était jamais trop tard pour tout recommencer : réapprendre à sourire, à parler, reconnaître le parfum d'avant, sentir l'autre comme si c'était la toute première fois… Il s'arrêta au bord du lit. Nancy avait les yeux grands ouverts. À cet instant, il crut voir des millions d'étoiles briller dans ses yeux, mais il s'aperçut rapidement que ses yeux s'embuèrent. Des larmes, provoquées par ce réveil brutal, s'échappèrent.

Son protecteur est de retour. Le commissaire divisionnaire Lemé avait alors une pensée toute particulière : « Natacha, Jérémy, votre mère rentrera bientôt à la maison ! »

C'est aussi sous la pluie qu'il quitta l'hôpital et regagna rapidement son bureau, le cœur battant la chamade. Presque toute l'équipe l'attendait dans son bureau. Le regard complice du commandant Laplace ne semblait pas innocent à ce rassemblement inopiné.

— C'est un grand jour…

— Clore un dossier est toujours un grand jour, répondit Lemé en accrochant sa gabardine.

— Il n'y a pas que ça !

Soudain, il éprouva un pressentiment. Son instinct de flic le rappela à l'ordre.

— Y a-t-il un problème ?

Ils se fixèrent tous du regard et partirent d'un rire soutenu. Un « Non, patron ! » résonna dans le bureau.

— Arrêtez de jouer les gamins et dites-moi ce qu'il se passe, lança Lemé en s'asseyant.

Une dizaine de dossiers étaient alignés sur son bureau. Son regard fixait une chemise grise. « *Un nouveau dossier* », pensa-t-il. Au fur et à mesure qu'une enquête avançait, un dossier rouge était ouvert, qui annonçait : « affaire classée ».

— Et si tu nous parlais de ton rendez-vous inopiné à l'hôpital ?

— Hum ! s'exclama Lemé. J'avais oublié à qui j'avais à faire. Dans ce cas, je n'ai plus rien à ajouter. En attendant, comme tous les lundis, c'est le grand briefing avec le grand patron. Bon, on fêtera tout ça plus tard. Ne dormez pas là. C'est un ordre !

À sa sortie de réunion, la nuit était bien installée sous un ciel toujours menaçant, et les averses tombaient par intermittence. Il se souviendrait longtemps de ce 29 octobre 2007, il avait plu toute la journée. Malgré tout, Lemé s'était senti extrêmement bien, le cœur libéré.

Il était vingt-et-une heures quand il rentra chez lui, avenue Kléber, à Paris. Lorsqu'il ouvrit la porte, un silence de plomb régnait dans le grand appartement. Comme toujours, sa fille Natacha, âgée de quatorze ans, était allongée sur le canapé, recroquevillée sur elle-même. Elle semblait dormir profondément. Les enfants lui demandaient sans cesse : « Ramène-nous maman à la maison. »

Sans attendre, Lemé s'assit sur le canapé. Dans le silence, il écouta sa fille respirer. Son inspiration et son expiration étaient régulières. Il ne comptait plus les fois où il lui avait fallu retenir son souffle en poussant la porte d'un suspect. « Oh ! Que c'est beau d'entendre l'air s'engouffrer dans ses poumons et de ne ressentir aucun obstacle », pensa-t-il. Alors, avec douceur, il prit sa fille dans ses bras et la porta dans sa chambre. Elle ressemblait beaucoup à sa mère et tout autant à son père. Ensemble, ils avaient fait un beau bébé qui avait de la douceur dans le regard. Puis les souvenirs lui traversèrent l'esprit, du temps où il lui donnait son bain, changeait sa couche, lui donnait le biberon et s'inquiétait au moindre petit bobo.

Lemé lui retira ses chaussettes. À l'instant où il déposa un baiser sur son front, Natacha lui demanda, les yeux rivés sur la veilleuse allumée :

— Tu repars ?

Il était surpris.

— Je t'attendais. Je faisais semblant de dormir.

Lemé se laissa aller sur le lit. Natacha se décala et fixa le plafond. À cet instant, Lemé se rendit compte de tous ces instants passés aveuglément dans son travail… Il ne prenait conscience que maintenant que sa fille avait grandi trop vite depuis l'absence de Nancy.

— Tu sais, c'est un métier difficile qui demande beaucoup d'investissement et de prudence. Je ne cesse de penser à vous, mais il y a des choses contre lesquelles on ne peut rien…

Natacha avait bien compris que son père lui parlait de l'accident. Ce jour-là, au lever de jour, elle ne s'attendait pas à apprendre que sa mère était entre la vie et la mort. Depuis, elle s'était renfermée sur elle-même dans l'attente de la revoir. Lemé n'allait pas lui annoncer la bonne nouvelle. Il préférait suivre la prudence du médecin.

— Tu sais papa, maman me manque. J'aimerais qu'elle rentre à la maison.

— Oui, ma puce, je le sais. Elle sera bientôt là.

— Quand ?

— Bientôt… bientôt… lui dit son père.

Son regard avait percé depuis longtemps le plafond pour s'ouvrir sur un ciel étoilé. Mais, aux dires du médecin, les étoiles brillaient timidement.

— Il faut dormir maintenant…

Lemé se leva et posa un baiser sur le front de sa fille. Elle souriait. Il gardait espoir que tout redeviendrait comme avant.

— Laisse la porte de la chambre ouverte. Jérémy n'est pas là.

— Il n'est pas dans sa chambre ?

— Il est sorti prendre un verre avec ses amis. Tu ne pourras pas le joindre, il a laissé son portable.

— OK ! Bonne nuit ma puce.

Lemé rejoignit sa chambre et laissa la porte ouverte, selon le souhait de sa fille. Il s'était habitué au comportement de Jérémy. Il était le père. Le fruit avait mûri, mais à l'envers. Et ce, depuis l'accident. La cause : l'absence d'une mère, six mois après ses dix-huit ans…

4

Mardi 30 octobre 2007

4 h 35

Paris s'était endormi sous le déluge du lundi soir. La météo avait prévu un temps nuageux et orageux. La pluie s'était intensifiée tout au long de la journée. Quelques rares automobiles circulaient encore. Il ne faisait pas bon mettre le nez dehors et il était inutile de penser à se promener dans les rues de Paris. Mais pour Arbey Ramirez, cinquante-sept ans, qu'il neige, qu'il pleuve ou qu'il fasse beau, il était toujours à son poste. Depuis plus de dix-huit ans dans le métier, il n'avait jamais songé à demander une promotion. Pour lui, il y avait trop de formulaires à remplir avant, et surtout, il fallait attendre d'être convoqué aux concours administratifs. Chef d'équipe ? C'était très bien ! D'ailleurs, ses collègues l'encourageaient : il avait le sens de l'organisation et l'art de commander.

Il était aux environs de 4 h 35 lorsqu'il déboucha sur la place de la Concorde dans son véhicule d'entretien. Il ne pensait pas qu'un jour, sur le parcours de sa mission, il serait confronté à une telle situation. Au fond de lui, il aurait préféré rester au lit. Hélas, ce qu'il avait en face de lui ne pouvait être le fruit de son imagination.

S'il venait à raconter cette découverte à ses collègues, il aurait l'air complètement ridicule. Alors, très calmement, Arbey Ramirez saisit son téléphone portable. La pluie tombait, le ciel grondait et la silhouette apparaissait dans une position très étrange. Les pointes de la clôture qui entourait l'obélisque scintillaient sous l'éclair.

— Je suis M. Ramirez, agent d'entretien de la ville de Paris. Il va falloir que vous veniez. Il y a une personne assise dans un fauteuil roulant à quelques mètres de moi. Je pense qu'elle n'a plus…

5

Mardi 30 octobre 2007

4 h 55

Emma Kristens ne dormait plus que d'une oreille depuis la disparition brutale de son mari. Domiciliée dans une résidence à l'angle du boulevard Voltaire et de la place de la Nation, elle avait assisté à l'évolution du quartier et à de nombreuses manifestations. Elle se souvenait de l'année 1963 comme si c'était hier, lorsque des stars du rock étaient venues pour un concert mémorable qui avait réuni plus de cent mille personnes. Elle avait vingt-cinq ans. Elle y était. C'est là qu'elle l'avait rencontré. Puis le temps s'était écoulé, et ce fut une autre époque, une autre vie.

Elle gardait aussi en mémoire l'événement de l'année 2006, à savoir la manifestation contre le C.P.E. Un programme destiné aux jeunes dans lequel le gouvernement croyait dur comme fer. Un projet d'avenir. L'avenue du Trône, le cours de Vincennes et la place de la Nation étaient en feu. Le cortège s'était mis en marche en criant le slogan : « *C.P.E. tu m'as tué...* ». Soudain, tout s'était enflammé ; la foule s'était dispersée, mais ce n'était que le début d'un total merdier. Presque un an plus tard, tout était oublié, effacé, et le plan C.P.E. avait été archivé, comme tant d'autres réformes qui, un jour, refont surface sous un autre nom – « J.P.E. », jeune premier emploi, fermez la parenthèse.

Emma Kristens et son mari avaient pu constater l'étendue des dégâts. Sous leurs yeux, leur véhicule avait été incendié.

Depuis, Emma Kristens observait la vie à travers les carreaux. Elle passait parfois des heures à fixer la place de la Nation. À toute heure de la nuit, elle se réveillait au moindre bruit et s'approchait de la fenêtre à côté de laquelle elle avait installé une petite table et une chaise. Emma Kristens surveillait sa rue et n'oubliait pas de noter tout ce qu'elle y voyait. Mais cette nuit-là, réveillée par un bruit, elle se pressa à sa fenêtre. Tout lui semblait normal, jusqu'à ce qu'elle remarque un véhicule stationné en plein sur le passage piéton. Après un court instant, un individu en descendit et referma la portière. Comme d'habitude, elle décrocha son téléphone et composa le numéro, puis elle attendit d'être en communication…

— Commissariat central, j'écoute…

— Bonsoir monsieur l'agent.

— Plutôt bonjour, madame… Que puis-je faire pour vous ?

Le chef de poste, attentif, prit note, les yeux rivés sur le cahier. Un jeune gardien de la paix assis dans un coin de la pièce, occupé à pianoter sur son clavier, tendit l'oreille vers son coéquipier.

— Nous allons faire le nécessaire, dit l'agent en raccrochant.

Aussitôt, il lança au jeune policier :

— Préviens la patrouille qu'ils se rendent place de la Nation ! lâcha-t-il en refermant le cahier sèchement.

L'équipe de nuit arriva rapidement à l'emplacement indiqué par Mme Kristens. Le véhicule en question était une camionnette en stationnement, à cheval sur le trottoir et le passage piéton sur le cours de Vincennes – une situation qui n'était pas coutumière.

En ouvrant la portière arrière, les hommes eurent la surprise de trouver un individu allongé de tout son long sur le plancher ; le mélange d'odeurs de résine et de gasoil ne pouvait masquer l'odeur d'alcool qui se dégageait de l'arrière du véhicule.

— Tu vois ce que je vois ? demanda le chef de patrouille en balayant le plancher avec la lampe.

— Bordel ! Il est mort ! s'exclama son coéquipier.

— On va le savoir… En tout cas, il a vachement forcé sur la bouteille.

6

Mardi 30 octobre 2007

4 h 55

Dix minutes plus tard, les hommes du commissariat de l'arrondissement arrivèrent sur les lieux. Ils constatèrent l'incroyable, l'inimaginable horreur. Il fallait faire vite : les médias pourraient prendre l'affaire à leur compte.

L'anneau et les environs de la place de la Concorde étaient placés sous haute surveillance. Trois niveaux de périmètre de sécurité étaient mis en place pour assurer un plus grand contrôle.

L'entrée de ces périmètres était sécurisée par des policiers : ordre de ne laisser passer personne sans autorisation et sans vérification d'identité.

C'est le réflexe qu'avait eu le policier judiciaire dès qu'il avait pris connaissance de la situation, suite à l'appel de l'agent de la ville. En un temps record, une grande tente blanche protégeait toute la zone de la scène de crime de la pluie et de toute contamination. Désormais, personne ne pouvait s'approcher du pied de l'obélisque sans montrer patte blanche.

C'est au lever du jour que Lemé arriva sur place. Lorsqu'il quitta son domicile, il eut la surprise de croiser Jérémy sur le palier. Ce dernier lui adressa un sourire, puis ils échangèrent quelques mots concernant son arrivée plus que tardive. Il fallait bien que cela se produise un jour, et il avait déjà dix-huit ans et six mois.

Le commandant Richard Laplace l'attendait au point de retenue de troisième niveau, escorté par deux policiers.

— On se croirait sur un site de désamiantage, dit Lemé sur le ton de la plaisanterie, mais c'était en réalité pour chasser l'angoisse qui l'envahissait peu à peu.

— Tu peux le dire. En vingt ans de carrière, c'est la première fois que je vois toutes ces dispositions prises.

— Ça a l'air vraiment sérieux.

— Il faut tout prendre au sérieux, répondit Laplace.

Lemé acquiesça d'un sourire. Il le savait bien. Dans le métier, tout était pris au sérieux. De l'appel anonyme au petit farceur qui voulait juste perdre son temps, il fallait prêter attention à tout !

Dès l'enregistrement de leur présence au poste de contrôle, ils enfilèrent une combinaison. La pluie avait baissé en intensité. Lemé et Laplace pénétrèrent dans la deuxième zone sécurisée. L'officier judiciaire Dupuis les attendait :

— Bonjour, messieurs, quel sale temps !

— Pourquoi tout ceci ? demanda Lemé.

— Le commissaire principal Morand a pris cette décision dès notre arrivée, suite à l'appel d'un agent de la ville de Paris…

Lemé interrompit l'officier Dupuis.

— Qui était-ce, cet agent ?

— M. Ramirez… Arbey Ramirez. Il a pris son travail dans la nuit, vers 4 h 35. C'est lui qui a découvert le corps… Nous l'avons installé à l'abri.

L'officier Dupuis indiqua le fourgon du regard.

— Très bien, dit Lemé en regardant en direction du pont de la Concorde.

Au pied de l'obélisque, une grande tente blanche se dégageait du paysage.

— Bon… on peut y aller…

À chaque pas, il ressentait un nœud dans l'estomac.

— Par ici. Le commissaire Morand vous attend avec un expert en médecine légale au niveau deux de sécurité.

Lemé et le commandant Laplace suivirent l'officier. Ils s'imprégnaient du lieu. La grande place de la Concorde, avec son rond-point ovale, ressemblait à un site contaminé. À quelques pas du point de chute, le commissaire de l'arrondissement se précipita sur eux.

— Je suis soulagé que vous soyiez là, messieurs ! J'ai fait le choix de sécuriser la zone avant l'arrivée de la première vague d'automobilistes.

— Très bonne décision, répondit Lemé en le saluant d'une poignée de main avec un air franc et amical. Si vous voulez bien me suivre…

Les trois hommes se dirigèrent vers l'obélisque, précédés à distance par l'officier judiciaire et le médecin légiste, sorti de son lit pour découvrir l'horreur. Si de telles dispositions avaient été mises en place, la surprise devait être à la hauteur ! Arrivé près du corps, le médecin enfila ses gants et s'accroupit au plus près de la victime. Il observa longuement le corps dans sa position assise sur le fauteuil roulant, les mains posées sur ses cuisses. Elle était bien habillée : vêtue d'un jean délavé et d'un blouson cuir bleu et blanc qui lui collait au corps et dont la fermeture éclair était remontée jusqu'à son cou. La main de la victime attira son attention. Il lui retourna la main et fut surpris de la raideur cadavérique de la victime.

— Ses doigts sont scarifiés…

— Pardon ? l'interrompit Lemé.

Il eut une forte pensée pour l'affaire rue de la Boétie, mais il était certain que cela n'avait aucun lien.

Le médecin répéta :

— Scarifiés. Mais il m'est impossible de vous donner plus d'informations, à part ce que nous avons sous nos yeux. Je peux donc vous dire que c'est une femme, lâcha-t-il avec une simplicité qui surprit les policiers.

Lemé plissa le front d'un air interrogateur. De toute sa carrière, c'était la première fois qu'il entendait un expert en médecine légale lui annoncer ses conclusions en quelques mots. Son nœud dans l'estomac se manifesta face à la victime. C'est avec pudeur qu'ils commencèrent leur travail : comprendre la motivation d'une telle barbarie. Elle était assise paisiblement sur le fauteuil roulant posé contre la clôture de l'obélisque. Les gouttes d'eau ruisselaient sur ses vêtements. Elle attendait qu'on la délivre. Toute seule, elle ne pouvait rien faire : elle était morte.

— Le mieux serait de transporter rapidement ce corps à l'institut médico-légal pour l'autopsie. Il m'est impossible de déterminer l'heure de la mort dans ces conditions. Cette femme a été congelée.

— Congelée ? s'exclama Laplace en fixant le corps de la victime.

— Absolument. Le légiste vous le confirmera...

— L'identification va être difficile, dit Lemé en dévisageant le commandant Laplace.

— D'habitude, nous avons un visage, répondit Laplace les dents serrées. Pour les indices, la pluie n'arrange pas le travail non plus, bien que la victime soit à l'abri sous cette tente… Personne d'autre n'est venu dans cette zone ? s'enquit Laplace en observant le périmètre de sécurité autour de l'obélisque.

— D'après M. Ramirez, personne n'est passé par là, et aucun véhicule n'a circulé depuis son appel téléphonique.

— Ce qui est sûr, c'est que ce corps sans tête n'est pas venu ici tout seul, lâcha Lemé amèrement.

Puis il jeta un bref regard aux alentours et constata l'absence d'un élément fondamental sur la scène de crime.

— Avez-vous prévenu l'Identité judiciaire ?

— Malgré cette situation et cette météo exécrable, nous avons respecté la procédure habituelle dans de telles conditions, ils ne devraient pas tarder...

— Très bien.

Lemé regarda la victime avec insistance.

— Avez-vous le nom du technicien du labo ?

— Attendez que je vérifie... Le directeur envoie son chef de service, le professeur Legal.

— Legal ? s'exclama Lemé.

— Exact.

— Lui avez-vous parlé de la situation ?

Le commissaire Morand prit un air dubitatif.

— Quelque chose ne va pas ? demanda-t-il.

« *Le professeur dans toute sa splendeur* », pensait Lemé. Le directeur du labo savait choisir ses hommes en fonction de chaque situation.

— Espérons que vous ne serez pas trop sollicité. Avec le professeur Legal, on sait quand on arrive, mais jamais quand on repart.

— On fera avec...

Un long silence se fit autour de la victime. Ils n'avaient pas besoin de se mettre à genoux devant son corps pour rechercher la cause de la mort. Cela sautait aux yeux. Ils se demandaient une nouvelle fois la raison de cet acte de cruauté infligé délibérément à un être humain.

Lemé prit une profonde inspiration, puis il se tourna vers le médecin.

— Merci pour vos conclusions.

— Il m'est impossible de vous en dire plus. Mais dans ces circonstances, le mieux serait...

— Je vous comprends, l'interrompit Lemé. Nous avons sans doute la cause de la mort sous nos yeux.

— Probablement... dit le légiste.

— Bon, allons voir ce M. Ramirez ! lâcha Lemé en se tournant vers le commissaire Morand.

Ils suivirent le commissaire Morand.

Quelques instants plus tard, Lemé découvrit le visage de l'agent de la ville dans le fourgon. D'un tempérament calme, Ramirez fixa les deux arrivants avec insistance. Son visage ne laissait apparaître aucun signe d'inquiétude, ce qui surprit Lemé.

— Bonjour M. Ramirez. Je suis le commissaire Lemé, chef de la brigade criminelle de Paris. Et voici mon coéquipier, le commandant Laplace.

Ramirez salua les deux officiers.

— Vous ne semblez pas très éprouvé par ce que vous avez vu...

— Ne vous fiez pas aux apparences, commissaire, répondit Ramirez d'une voix enrouée. Ce que je viens de voir, je ne le souhaite à personne !

Laplace dévisagea l'agent d'entretien, sorte d'intimidation afin de voir sa réaction. Mais Ramirez n'avait pas le profil d'un tueur. Au contraire, Ramirez avait dans son regard quelque chose de familier qui sautait aux yeux : c'était un homme intègre.

— J'ai appris à maîtriser la peur. Et la seule façon, c'est de prendre sur soi et de garder son sang-froid. Mais je ne souhaite à personne de voir cela… à personne, M. le commissaire.

— Vous n'avez rien remarqué de particulier ?

— Non, rien d'autre. À part cette personne assise.

— Tenez !

Lemé lui tendit une carte.

— Si un détail vous revenait à l'esprit, n'hésitez pas à nous contacter.

C'est alors que l'on cogna à la portière du fourgon. L'un des hommes l'ouvrit et découvrit un jeune policier au visage trempé qui lui glissa à l'oreille.

— C'est la presse.

— Il fallait s'y attendre. Ils n'ont pas perdu de temps, ils reniflent le sang à des kilomètres ! lâcha Laplace.

— Que fait-on ? demanda Morand en fixant Lemé.

— Je préviens le préfet et le directeur de la situation, répondit Lemé en décrochant son portable. Ils prendront une décision. Si ça continue, on va y avoir droit au ministre de l'Intérieur !

— Pourquoi ne pas aller leur dire un petit bonjour ? Avec leur façon d'agir, ils risquent de mettre tout le pays en état de choc, suggéra Laplace.

— C'est une solution, répondit Lemé. Pour l'instant, il faut s'assurer qu'ils ne pénètrent pas dans la zone.

— Aucun risque. Les trois périmètres de sécurité sont infranchissables sans autorisation.

Par la vitre avant du fourgon, Lemé observait les journalistes qui attendaient en groupes, espérant prendre un quelconque cliché à la volée. Mais une chose était certaine : la victime était à l'abri des chasseurs d'images.

Soudain, il fixa le véhicule de la police scientifique qui pénétra dans la zone.

— Voilà nos collègues de la scientifique !

Lemé aperçut le professeur Legal et son équipe franchir la première zone de sécurité. « Quelle élégance dans cette tenue vestimentaire ! », pensa Lemé. Il regarda l'homme ; il avait toujours l'impression de ne voir que le nœud de sa cravate. C'était comme s'il avait un visage invisible. Peut-être que la figure de la jeune femme lui hantait déjà l'esprit et que, brusquement, il devait rechercher le vrai visage de tous les gens qui l'entouraient. Ils adressèrent un signe d'encouragement à Ramirez, puis quittèrent le fourgon en compagnie du commissaire Morand et de l'officier Dupuis.

Le professeur Legal avait tout d'un gentleman. Doté d'une grande élégance, il mesurait environ un mètre quatre-vingt pour soixante-dix kilos. Il se démarquait de ses hommes ; il était impossible de l'éviter tant il attirait l'attention. Grâce à son regard vif et perçant, rien ne semblait pouvoir lui échapper. Fier de lui et de son travail, il avait coutume d'affirmer qu'aucun crime ne pouvait être élucidé sans la police scientifique. Quand il se dirigea vers sa mission d'un pas sûr et élancé, il faisait déjà pratiquement jour.

— Messieurs… dit-il.

La poignée de main était rapide et sûre, mais restait au demeurant courtoise.

— Alors, qu'avons-nous par ici ?

— Un corps.

— Femme ? Homme ?

— D'après le médecin, c'est une femme.

Legal observa autour de lui.

— Où est-elle ?

— Par ici… indiqua le commissaire Morand.

Legal fit signe à ses hommes de l'attendre. Il se rendit seul auprès de la victime : par où allait-il commencer ?

« Le salaud avait même prévu le mauvais temps », pensait-il en son for intérieur.

— Bon, la météo n'arrange pas notre affaire. Trouver des indices par ici n'est pas chose évidente, mais nous allons faire notre travail.

— Pas de problème, répondit Lemé.

Lemé savait à qui il avait affaire. L'homme lui semblait prétentieux, mais son professionnalisme faisait de lui un excellent scientifique. N'était-il pas en tête de liste pour succéder à son patron, M. Verdier ? Cette perspective n'était une surprise pour personne au sein du laboratoire.

Au même instant, le téléphone de Lemé sonna.

Lemé décrocha et écouta attentivement. Il plissa le front avec une persistance quelque peu inquiétante.

— Je suis attendu au ministère, dit-il au commandant Laplace. Je te laisse la main. Pense à composer l'équipe pour l'enquête. Je préviens Lemarchand de la situation.

7

Mardi 30 octobre 2007

6 h 37

Cela aurait pu être un jeu d'enfant. Il avait tout programmé dans les moindres détails. Il n'avait pas le droit à l'erreur. Sauf qu'il ne s'attendait pas à croiser un individu sur un scooter sous cette pluie battante. Il avait réagi immédiatement lorsque ce dernier avait fait demi-tour, au moment où il quittait les lieux. Puis il avait gardé les yeux rivés sur le rétroviseur. L'individu sur son scooter s'était arrêté au pied de l'obélisque. Brusquement, il avait garé son véhicule et mit pied à terre en courant à vive allure vers l'obélisque, espérant le prendre par surprise. À chaque pas, il priait le ciel pour que le moteur du scooter se noie sous cette pluie battante. Mais l'individu avait tourné la tête juste à temps et mit les gaz. Ensuite, il avait dû faire face à une panne d'essence à moins de trois kilomètres de son lieu de destination. Il abandonna la camionnette sur la route, tel un vulgaire voleur. Par chance, une station de RER était là ; il s'engouffra dans le souterrain et prit la première rame qui s'offrait à lui. La rame s'arrêta moins de vingt minutes plus tard à la station du site de l'OAD, un lieu qu'il connaissait comme sa poche. L'individu sur son scooter lui confirma qu'il lui faudrait être beaucoup plus prudent à l'avenir, pour ne pas commettre d'erreur.

Il avait été très vigilant en menaçant Bryan Dorlan de son fusil. Il l'avait forcé à boire un litre de vodka, une bouteille qu'il avait prise dans le bar du salon. Ensuite, il avait patiemment attendu que l'alcool fasse son effet. Avant de sombrer dans un coma éthylique, Bryan Dorlan eut la force de le supplier : « Je t'implore, par pitié Raymond... Ne lui fais pas de mal, je t'en supplie Raymond... »

Ce fut le trou noir pour Bryan Dorlan.

Il avait fait la sourde d'oreille en le méprisant totalement. Puis il avait dirigé son fusil vers la jeune femme ; l'instinct de survie de celle-ci l'avait poussé à lui sauter au visage. Il fut si rapide qu'il lui répondit par un revers de la main sur la tempe. La douleur fut telle qu'elle s'évanouit dans ses bras. Il était beaucoup plus facile de la porter sur son épaule. En quittant la cellule, Bryan Dorlan ne donnait aucun signe de vie. Quant au jeune homme, il était tétanisé par la peur.

Au fur et à mesure qu'il avançait dans le sous-sol, il se concentra sur le gémissement de la femme, bien calée sur son épaule. Il franchit la porte de l'atelier et s'arrêta quelques instants, le regard fixe. Il avança lentement vers les marches qui menaient à l'échafaud. Il se souvint avoir monté ces marches dans des circonstances bien différentes.

Il allongea la femme sur la planche. Elle était incapable d'effectuer le moindre geste. Il lui banda les yeux. Plongée dans les ténèbres, la femme laissa échapper un cri qui s'étouffa au fond de sa gorge lorsqu'il avança la planche. Le supplice qu'il lui réservait, elle ne le saurait jamais. Ce n'était que le début lorsqu'il rabattait le collier sur le cou de la femme puis, au jugé, il tourna la manivelle. La chaîne entraîna la poulie et la planche recula d'un centimètre.

— Parfait, murmura-t-il.

La perfection étant tout son caractère.

Dans le parc du domaine, au clair de lune il abaissa la manette. Le couperet s'ouvrit et la lame descendit de tout son poids vers le cou de la femme qui croyait entendre son dernier soupir.

Moins d'une heure plus tard, il traversait le parc du domaine la tête haute. Un vent froid de novembre gémissait à travers les branches du grand chêne. Seul le croassement d'un corbeau, perché sur la plus haute branche dépouillée de ses feuilles, le fit sursauter. Il adressa un regard haineux au charognard. Celui-ci était toujours là. Il demeura un moment à l'observer et avait imaginé ce qu'il pourrait lui faire s'il venait à le saisir entre ses mains.

Sans prévenir, le charognard, en quête d'une proie, s'envola à grands battements d'ailes au-dessus des arbres du domaine.

— Sale bête ! murmura-t-il entre ses dents.

Ensuite, il respecta à la lettre l'œuvre de son père, en y mettant un peu du sien.

Ce n'était qu'à six heures du matin qu'il rentra chez lui, dans sa vaste demeure. Sur la pointe des pieds, il traversa le couloir. Il était silencieux. Pourtant, il n'avait rien à craindre : il vivait seul. Savourer les instants de joie, retrouver la chaleur d'une famille unie, partager un sourire, une caresse… Tout cela, ce n'était pas pour lui. La vie en avait décidé autrement, tel était son destin. C'était son fardeau, sa peine. Et tout cela pour une seule raison : être né. Mais depuis peu, une femme l'acceptait comme tel qu'il était, avec sa blessure d'enfance.

Silencieux, il entra dans la salle de projection. Lentement, il s'approcha de la table et retrouva sa feuille blanche. Mêmes gestes. Cette fois-ci, il traça avec précision une ligne continue et plaça un point. Tout cela ne se serait pas produit s'ils n'étaient pas venus le déranger au moment il allait ouvrir son coffret.

Quelques instants plus tard, il gravit l'escalier, traversa un vaste couloir et pénétra dans une pièce au décor rustique, uniquement éclairée par une veilleuse. C'était son domaine. Cette pièce reflétait son vécu. Tout y était. Chaque objet racontait une histoire, évoquait un sentiment puis un drame. Il s'approcha de la fenêtre et tira le rideau. Il remonta le temps et pensa à tout ce qui lui manquait. Mais devant le paysage qu'il admirait, il revint à la réalité. Soudain, l'individu sur son scooter lui traversa l'esprit comme sa blessure d'enfance. Devant ses yeux, en ligne de mire, il fixait le point final de son ouvrage.

8

Mardi 30 octobre 2007

7 h 45

La ministre de l'Intérieur était une femme d'ambition. À quarante-huit ans, elle se serait bien vue à Matignon, ce qui ne l'empêchait pas d'être ravie du poste qu'elle occupait. Sa nouvelle fonction à la tête de la sécurité des citoyens la confortait dans l'idée qu'elle avait toujours été dans le bon wagon, qu'elle avait toujours su se surpasser. Elle avait toujours fait en sorte d'être là au bon moment, pour ne pas rater le train en marche et attendre que le temps fasse son effet.

Aujourd'hui, elle suivait son chemin pas à pas. Elle était assise derrière la table de son bureau, le buste très droit, presque immobile. Son front haut et large était en partie caché par sa chevelure tombante. Elle avait une expression inquiétante dans son regard vif et perçant. Tout était prêt autour d'elle pour recevoir son rendez-vous qui serait, elle l'espérait, à la hauteur de l'événement.

— Bon ! Messieurs, dit-elle.

Sa voix était tranchante, avec une fermeté induite par sa nouvelle fonction.

— Depuis ce matin, mon ministère est pris d'assaut par les journalistes qui souhaitent la vérité. Bien entendu, j'aurais souhaité vous rencontrer dans d'autres circonstances… De quoi s'agit-il au juste ?

— Le commissaire divisionnaire Lemé, chef de la brigade criminelle de Paris, est en mesure de vous répondre, dit le préfet.

La ministre tourna son regard vers Lemé, qui se colla contre le dossier du fauteuil et croisa ses jambes. Il avait l'impression d'être foudroyé jusqu'à l'intérieur de ses entrailles par le regard de la ministre.

— Dans l'immédiat, nous ne pouvons rien dévoiler à la presse, répondit-il avec un calme qui surprit la ministre.

— Quelle est votre motivation ?

— Le respect de la victime.

La ministre leva le menton.

— Que voulez-vous dire ?

— C'est un meurtre…

— S'il s'agit d'un assassinat, ils vont finir par l'apprendre !

— Comme toujours, répondit le préfet en dévisageant le directeur de la police judiciaire qui restait silencieux, le regard dans le vide.

— J'avoue que je me poserais la même question, messieurs ! Que se passe-t-il à l'intérieur de cette zone ?

Elle s'interrompit en dévisageant l'ensemble des personnes convoquées.

— Que comptez-vous faire ? Je ne pense pas que toute la presse se déplacerait s'il s'agissait d'un banal fait divers...

— Je suis de votre avis, Mme la Ministre. Malheureusement, il ne s'agit pas d'un cas de banal fait divers, précisa Lemé.

— Concrètement, commissaire…

Il y eut une pause.

Lemé n'éprouvait aucun plaisir à être dans les locaux de la ministre. Son esprit voyageait jusqu'au pied de l'obélisque, auprès de la victime, puis autour du directeur régional de la police judiciaire, qui était silencieux, comme si cette affaire ne le concernait pas.

— Malheureusement, il s'agit d'un acte barbare qui fait qu'il nous est impossible de le communiquer à la presse…

La ministre l'interrompit ; Lemé laissa sa phrase en suspens.

— … Pour leur dire la vérité, commissaire ?

— Oui, Mme la Ministre, répondit Lemé en espérant que la réunion inopinée allait bientôt se terminer.

La ministre leva la tête.

— Si cette vérité vous empêche de faire un communiqué de presse, il va falloir faire le nécessaire. Convoquez-les et dites-leur ce qu'il se passe dans cette zone. Cela apaisera la curiosité.

— Au contraire, intervint le préfet. Pour le moment, nous ne pouvons pas communiquer à la presse ce qu'il se passe derrière la zone de sécurité. Cela pourrait être préjudiciable au bon déroulement de l'enquête. Quant à leur déclarer ouvertement ce qu'a subi la victime…

La ministre fronça les sourcils et pencha le buste en avant.

— Qu'est-ce qui vous empêche d'annoncer un assassinat ?

— Nous n'avons qu'un corps. La victime a été décapitée.

La voix du préfet résonna dans la pièce. Puis, soudain, le silence tomba. On aurait pu entendre une mouche voler.

La ministre de l'Intérieur ne s'attendait pas à une telle déclaration. Elle cherchait les mots pour justifier la raison qui pouvait pousser un être à commettre un acte impardonnable, un acte abominable. Elle ne s'attendait pas à être confrontée de sitôt à un geste pareil, qu'elle qualifia elle-même d'inhumain. Elle avait soudain le sentiment que le dossier du projet de loi qui consistait à fusionner les deux corps au service de la sécurité de la population prenait une allure secondaire.

Elle se redressa, puis dit d'une voix douloureuse et hésitante :

— Je suppose que vous n'avez rien qui puisse vous permettre de l'identifier ?

— Pas pour le moment, dit Lemé. Mais nous allons faire le nécessaire, soyez-en certaine.

La main de la ministre se mit à trembler. Elle garda le silence. Elle était vraisemblablement choquée. Un court instant, son regard croisa celui du directeur, qui était silencieux depuis son arrivée dans son cabinet. Puis elle fixa Lemé avec une profonde amertume :

— Je souhaiterais suivre cette affaire de très près. Respectons la victime... Dès que vous aurez obtenu son identité, faites-le-moi savoir. Il faut à tout prix pouvoir mettre un visage sur ce corps.

La réunion se termina sur ces mots : le respect de la victime. Lemé quitta le ministère de l'hôtel de Beauvau, se fixant l'objectif de comprendre le mobile d'un tel acte. Il fut rapidement assailli par des journalistes. Les questions fusaient. Il n'avait rien à leur dire.

Les propos du médecin concernant Nancy étaient toujours dans son esprit et il n'avait pas encore annoncé la bonne nouvelle aux enfants. Il avait hâte de la revoir. Mais en attendant, une nouvelle affaire venait s'insérer au milieu de sa vie de famille. Il n'était sans doute pas le seul dans cette situation. Il composa sur son portable le numéro du directeur adjoint de la P.J. : Reynald Lemarchand.

Plus de deux-mille-neuf-cents kilomètres à vol d'oiseau les séparaient. Lemarchand avait posé ses congés dès qu'il avait reçu le rapport sur la baisse de la délinquance. Cela faisait trois ans qu'il n'avait pas pu partir en compagnie de sa petite famille ! Trois garçons de sept, neuf et onze ans. Ce décalage de deux ans entre chaque enfant était presque désiré. Ils en voulaient trois : deux garçons et une fille. Mais la vie avait décidé que le dernier serait un garçon. Pour autant, ils n'avaient pas dit leur dernier mot. Francine, son épouse, profitait du soleil, loin des fourneaux de son restaurant. Cette fille tant désirée était en route. Mais finalement, qu'importe que ce soit un autre garçon !

C'est elle qui avait répondu au téléphone en passant sa main sur son ventre rond. Les trois enfants jouaient et éclataient de rire dans le bassin. Leur père, allongé sur une chaise longue, les observait sans les quitter des yeux. Décontracté, il ignorait qu'il était en train de vivre ses derniers moments de tranquillité.

— Bonjour Franck.

— Bonjour Reynald.

— Comment se passe le séjour ?

— Agréable... Très agréable.

— Bon ! Nous avons une nouvelle affaire... Il est préférable que tu viennes, j'ai eu une réunion inopinée au ministère.

— À ce point ? Et de quoi s'agit-il ?

— Une victime déposée au pied de l'obélisque.

À l'autre bout du fil, Reynald Lemarchand, directeur adjoint de la police judiciaire, n'en revenait pas qu'un individu ait eu le culot de déposer sa victime à deux pas de l'Élysée.

— On croit rêver.

— J'ai longuement réfléchi avant de t'appeler, mais l'événement est de taille. J'ai l'impression qu'on nous réserve d'autres surprises.

— Avez-vous une piste ?

— Pour l'instant, aucune.

— Bon, il ne me reste plus qu'à...

Lemé l'interrompit.

— Je suis désolé. Toutes mes excuses à madame et aux enfants.

— Je n'y manquerai pas.

Les deux hommes raccrochèrent. Une longue distance les séparait, mais ils étaient dans le même monde et ils vivaient la même angoisse. Lemé entra dans son véhicule et démarra. La montre électronique du tableau de bord indiquait neuf heures. Le soleil perçait timidement dans le ciel. D'un air songeur, il balaya le paysage qui défilait sous ses yeux. Chaque individu sur le trottoir, à l'intérieur d'un bar ou d'un véhicule, était un suspect en puissance. Mais lequel était le coupable ?

Soudain, Lemé récita ses souvenirs à voix haute :

— À l'époque, entre chaque affaire, je venais me promener au jardin des Tuileries. Je réfléchissais pour comprendre le mobile de nos actes. Qu'est-ce qui fait que nous agissons de telle manière ? Les salauds ! Il fallait les traquer jusqu'à leur dernier souffle, et sans état d'âme. On faisait notre boulot... Va, Lemé, il faut que tu trouves son visage rapidement. J'ai le sentiment qu'il ne s'arrêtera pas là...

9

Mardi 30 octobre 2007

9 h 10

Le siège social de l'OAD – *Organisme de l'Aménagement de la Défense* – se situait au dernier étage d'une tour HQE – *Haute Qualité Environnementale* – dans le quartier des affaires, au nord-ouest de Paris. Cet organisme avait pour fonction de gérer l'aménagement de tout le secteur. La tour HQE avait été bâtie au centre, sur l'axe historique, pour une meilleure vision d'ensemble sur le renouveau du quartier. Avec son esprit ludique et créatif, l'OAD, améliorait sans cesse le site pour le bien-être des habitants et des salariés. Ce fut le cas avec l'ouverture du pub du quartier, baptisé *Le Parvis,* qui avait inauguré ses locaux quelques mois auparavant en invitant toutes les personnalités du quartier d'affaires.

Un individu trempé jusqu'aux os pénétra dans ce pub. Son sourire s'élargit devant un type qui l'attendait non loin de l'entrée. Ce dernier vint à sa rencontre ; les deux hommes semblaient se connaître. D'ailleurs, ils le firent savoir vu l'accolade qu'ils échangèrent.

— Olivier ? Olivier Danze. Quel plaisir de te voir !

— Eh oui, mon vieux ! Ça fait un bail !

— Tu m'étonnes. Mais le temps n'est pas avec toi.

— Quelle poisse, tu peux le dire ! Allons prendre un café, ça va me réchauffer.

— Bonne idée.

Ils commandèrent un café et, après un court instant à savourer leurs retrouvailles, le serveur déposa leurs tasses sur la table.

— Alors, raconte-moi ! Que viens-tu faire par ici ?

— J'ai trouvé un emploi, un contrat de deux ans sur ce site.

— C'était donc pour ça ton appel téléphonique depuis tout ce temps ?

— Je voulais te faire une surprise.

— Toujours prestataire ?

— Liberté, mon vieux ! Liberté ! Mais c'est le premier contrat aussi long.

— Et dans quel domaine ?

— Dans l'événementiel.

— Alors, on se reverra. Et on pourra prendre un verre ensemble.

— Comme au bon vieux temps…

Il s'interrompit et détourna ses yeux vers la porte vitrée du pub, puis fit un large sourire.

Cesco suivit son regard.

Les deux compères se fixèrent ensuite un instant. Un couple venait d'entrer dans l'établissement. La fille devait avoir une bonne quinzaine d'années de moins que son compagnon. Elle était ravissante. La pluie lui avait aplati les cheveux, ce qui lui donnait l'air d'une adolescente perdue. Ils prirent place à trois tables de là.

Ils échangèrent ensuite un sourire narquois tandis que l'homme s'éloigna vers le comptoir et prit l'escalier menant au sous-sol, sûrement en direction des toilettes.

— Regarde-moi ça… Tu crois que c'est son homme ? lâcha Jacques Cesco.

— Pourquoi pas, répondit Danze en dévisageant la fille. Demande-lui… Il n'est pas là.

— Non ! Quand même pas…

— Tu te souviens de l'époque ?

— Tu m'étonnes. Des filles à la pelle ! On s'est bien amusés…

— Il n'est pas trop tard. Il paraît qu'elles sont toutes belles par ici… dit Olivier avec un long sourire.

— Tu ne perds pas ton temps ! Quand il fait beau, elles sont toutes belles : décolletés, mini-jupes, nombrils à l'air, la mode quoi ! Mais j'ai un conseil pour toi…

Danze tendit l'oreille.

— Dans le quartier, évite de faire des yeux doux à une fille accompagnée.

— Pourquoi ?

— Évite ! Pour le moment, tu ne sais pas qui est avec qui…

L'homme revenait du sous-sol et rejoignit la jeune femme qui avait déjà passé commande. Au même moment, le serveur posa un verre de lait et un bol de chocolat. L'homme prit son verre et en avala une gorgée, tandis que la jeune femme se serra contre lui et l'embrassa sous le regard des deux compères.

— C'est le monde à l'envers. Je me demande comment il a fait pour la séduire avec sa tête, dit Olivier, quelque peu intrigué par ce couple.

— Doucement, gars. Le type risque de t'entendre, murmura Jacques à son ami d'enfance. Peut-être qu'il est à la hauteur et qu'elle y trouve son compte.

— Je demande à voir…

Olivier Danze dévisagea la jeune femme qui semblait lui sourire. Il détourna son regard en suivant le conseil de son ami.

Jacques Cesco, après tant d'années, retrouva les souvenirs du passé. Son ami d'enfance était toujours dans le même esprit de séduction. Ah, les nuits blanches passées autour d'un verre à se raconter leurs exploits sexuels ! Ce fut toute leur jeunesse !

— Bon, il faut que j'y aille.

— Ça tombe bien, la pluie a cessé. Il est à quelle heure ton entretien ?

Cesco porta la tasse à ses lèvres et prit la dernière gorgée.

— 9 h 30 à la tour HQE.

— Chez l'OAD ?

Olivier Danze ne remarqua pas l'étonnement de son ami à l'énoncé de l'OAD.

— Ouais... dans l'événementiel. Je vais avoir l'occasion de rendre ce site dix fois plus agréable qu'il n'est actuellement.

— Si tu le dis…

Les deux compères quittèrent le pub, laissant un couple si différent l'un de l'autre, mais qui semblait néanmoins très amoureux.

10

Mardi 30 octobre 2007

15 h

— Alors, que fait-on ? demanda le commandant Richard Laplace.

— Pas grand-chose. On attend les premiers éléments du labo.

— Qu'est-ce qu'ils attendent pour appeler ?

— Au lieu de râler, ouvre un autre dossier gris…

— Que met-on dedans ?

— Les éléments du labo. Tiens, commence par ça…

Lemé griffonna quelques lignes sur la feuille.

— Sans visage ! s'exclama son bras droit qu'il savait bouillant dès qu'une nouvelle affaire était annoncée.

Au même instant, le téléphone sonna, le fax s'enclencha, Lemé émit un long soupir et l'on cogna à la porte. L'adrénaline montait en flèche.

Le commissaire Gilbert Menez, chef de groupe, pénétra dans le bureau. Son regard fixa Lemé qui venait de décrocher.

— Lemé, j'écoute, dit-il en fixant Menez.

Au bout d'une minute en ayant le combiné à l'oreille sans même prononcé un mot, il raccrocha.

— Trois choses : j'ai l'autopsie, une audition des témoins et un appel de la brigade de recherche de la gendarmerie qui nous signale la disparition d'un étudiant.

— C'est quoi ce bordel ?

— Je ne sais pas… Peut-être cherchent-ils un lien avec notre affaire.

— Ils prennent les rumeurs pour une réalité, lâcha Laplace avec un petit sourire en coin.

Laplace faisait référence à une réalité sur le point d'aboutir concernant le rattachement de la gendarmerie au ministère de l'Intérieur. Mais les deux camps avaient le temps de voir venir les choses.

Lemé passa outre l'intervention de Laplace. Il décrocha son téléphone et composa un numéro interne. Avant d'avoir obtenu la tonalité, il dit :

— Allez, emmène-le avec toi… Richard ! Donne-moi ce fax ! lâcha-t-il un ton plus haut.

Menez emmena Richard Laplace pratiquement sur son dos. Dans le couloir, il se racontait que Richard Laplace représentait davantage le taureau que le matador dans l'arène. Lemé avait fait de lui sa tête pensante. Personne au sein de la brigade ne contestait son habileté ni sa rapidité à constituer un dossier. Lemé ne retrouvait le calme autour de lui que lorsque Richard Laplace était sur le terrain ou avec un autre groupe.

— Je viens d'avoir le procureur au téléphone.

— Et que nous vaut cet appel… ?

— Il souhaite que je transmette les premiers éléments du dossier au juge Albert Sauron, désigné pour instruire l'affaire.

— C'est étonnant… Mais avez-vous quelque chose à lui communiquer à part ce que l'on sait ?

— J'ai reçu un fax du labo.

— Alors, envoyez-lui ce fax !

Lemé fixa le document sur son bureau.

— Et l'autopsie ?

— C'est prévu pour aujourd'hui.

— Alors, tenez-moi au courant dès que vous aurez du nouveau. Avez-vous des nouvelles de Lemarchand ?

— Il sera là demain au plus tard.

— Parfait. Je suis désolé pour ses vacances.

— Ne le soyez pas. Nous aurions tous fait de même.

Le directeur eut soudain une toux déchirante.

— Un problème de santé ? s'exclama Lemé.

— C'est passager, répondit le directeur régional de la police judiciaire de Paris.

— Avez-vous le temps de m'expliquer le but de cette fusion ?

Il y eut un silence.

— Réfléchissez Lemé. Depuis Napoléon, ça fonctionne comme aujourd'hui. Ce n'est pas demain que la fusion aura lieu. Faisons notre boulot comme il se doit et laissons les gendarmes faire le leur. De toute manière, la fusion se fait sur une affaire, sur une enquête. L'objectif reste le même… Allez, retrouvez-moi ce visage.

La communication prit fin.

Seul dans son bureau, Lemé regardait le fax reçu du labo. Son esprit voyageait à travers la pièce, à la recherche des fantômes de tous ses prédécesseurs qui avaient marqué la décennie de l'Histoire. Leur histoire. Mais il ne souhaitait pas leur ressembler. C'était une autre époque. Cependant, l'objectif restait le même : trouver les assassins et essayer de comprendre leur geste, leurs motivations qui, un jour, les poussaient à commettre l'irréparable. Puis, il quitta son bureau et alla se poster devant la fenêtre en fixant la Seine.

Lemé remontait le temps sans contraintes, sans obstacle. La Seine coulait paisiblement. Lemé aurait souhaité qu'elle lui dessine le visage de la victime. La Seine le renvoya au pied de l'obélisque de Louxor, symbole de reconnaissance de l'Égypte envers la France. Il s'imaginait s'agenouillant à ses pieds pour s'imprégner de son histoire, de son vécu et de sa venue sur cette place par les eaux, en lui demandant :

« Dis-moi tout, qui est-elle ? »

Chassant son imagination, Lemé pensait aux instants passés auprès de la victime. Sa position assise, ses mains posées sur ses cuisses. Elle avait l'air de se reposer, de reprendre son souffle pour mieux repartir. Vers où ? Vers qui ?

À cet instant, une chose était sûre : elle était entre les mains de Tellier. Le voilà qui l'allongeait sur sa table. Il prenait délicatement son scalpel et commençait à lui faire une entaille sur la poitrine à la recherche de la cause de la mort, et en prime du nom du meurtrier.

Cela aurait été trop facile.

D'un autre côté, pour mener à bien son enquête il espérait que le professeur Legal – le fouineur – lui offrirait un indice ou un élément pour suivre une piste.

Soudain, la sonnerie de son téléphone retentit à nouveau, le chassant de ses pensées.

— Lemé, j'écoute.

— C'est Verdier, commissaire. J'ai besoin de vous parler.

— Avez-vous du nouveau ?

— Pas plus que les documents que je vous ai faxés. Nous ne sommes plus sur l'affaire rue de la Boétie.

— Vous ne pensez pas que Legal…

Verdier l'interrompit :

— J'espère qu'il finira par trouver un indice… Legal ne lâche jamais prise. Même s'il n'a rien trouvé qui pourrait vous orienter sur une piste, je suis persuadé qu'il finira par mettre la main sur un indice. Finalement, c'est d'un autre sujet dont je souhaite vous parler. Quoi qu'il en soit j'espère que nous irons au bout de cette affaire.

La voix de Charles Verdier était à peine audible, ce qui confirmait que quelque chose le perturbait.

— Avez-vous un problème ?

— Ce n'est pas vraiment un problème, mais le gouvernement vient de désigner mon successeur, et il paraît que ça va bouger de votre côté.

Lemé fronça un sourcil. Il allait de surprise en surprise. La sensation de rêver émergea de son esprit. Lemé savait qu'il ne restait qu'une petite année à Verdier à la tête du laboratoire de la police scientifique. Mais il savait aussi que son successeur serait à la hauteur de ses engagements. Et celui qui avait le profil idéal pour lui succéder n'était autre que le professeur Legal, le seul digne de mener ce service haut la main.

— C'est absurde… Et Legal ?

— Vous pensez bien que je suis dans l'obligation de l'en informer.

Nouveau soupir pour le directeur Verdier.

— …Il avait une chance pour la procédure de recrutement. Bon, bref…

— Incroyable ! Au lieu de chercher le meurtrier, il va falloir que nous enquêtions sur notre sort…

— En quelque sorte, c'est presque ça.

— Et quand prendrait-il ses fonctions ?

— Le mois prochain. Au 31 décembre, je plie bagage.

— Une retraite anticipée ?

— Comme vous dites ! répondit Verdier d'une voix amère.

— Je croyais que l'on pouvait travailler autant que l'on voulait ?

— Hum ! C'était une promesse de campagne du nouveau gouvernement. Bon, restons-en là. Ce pays avance, mais je ne sais plus dans quel sens…

— C'est une autre histoire, répondit Lemé avec un demi-sourire.

— J'espère que nous trouverons ne serait-ce qu'un brin de poussière dans cette affaire, qui nous permettrait de boucler un nouveau dossier.

— Découvrir la vérité sur chaque affaire, c'est aussi cela qui nous fait avancer.

Il y eut une pause.

— Je tenais à vous dire que mon épouse est sortie du coma, ajouta Lemé.

Lemé entendit un léger soupir.

— Vous me laissez sans voix. Je ne sais pas quoi vous dire, mis à part que je lui souhaite un bon rétablissement. Quoi qu'il en soit, je ferai tout pour vous aider à clore ce dossier avant mon départ.

— Croisons les doigts, répondit Lemé en jetant un bref regard sur sa montre. Je me dépêche d'aller voir Tellier.

Lemé raccrocha son téléphone. Il aurait voulu trouver des mots rassurants, mais la réalité de la chose lui donnait l'air hébété. Il se demandait si la procédure habituelle ne tournait pas au vinaigre depuis l'arrivée du nouveau gouvernement à l'Élysée. Chassant cette mauvaise pensée, il préféra se concentrer sur son travail. Il aurait tout le temps de voir les choses venir. Le silence inhabituel du grand patron dans le bureau de la ministre rendait l'air irrespirable, mais il s'était forcé à ne rien montrer. À cet instant, le silence s'installa autour de lui. Et comme à chaque fois, il trouva refuge devant la fenêtre pour contempler la Seine. Cette fois-ci, Lemé eut une forte pensée pour la victime sans visage. Il avait la certitude que cette mort n'était due qu'à la décapitation, et c'était toute la Révolution française qui ressurgissait dans sa mémoire ; mais les souvenirs de sa scolarité qui lui revenaient étaient troubles et imprécis, comme l'eau de la Seine.

11

Mardi 30 octobre 2007

18 h 30

Centimètre par centimètre, il s'enfonçait, doucement mais sûrement, à chacun de ses mouvements. Les ombres des ténèbres le pourchassaient à travers le marais. Il avait cru se mettre à l'abri dans la vase, au milieu des tiges de roseaux. Mais soudain, il s'était retrouvé pris au piège. La vase boueuse l'entourait, il lui était impossible de s'en sortir. Autour de lui, c'était presque le silence. Il sentit derrière lui une très forte respiration sur sa nuque, et une odeur s'éleva des eaux du marais : cette odeur, c'était celle de la mort. Les bras le long du corps, il ne ressentait plus ses muscles. Seule sa tête dépassait de l'eau. Soudain, il fixa une ombre qui avait surgi de nulle part, tenant à la main un long sabre brillant au clair de lune. La lumière scintillait sur la lame et, dans un dernier souffle, il poussa un cri qui déchira la nuit. Le silence tomba instantanément. Il ne respirait plus, mais gardait les yeux grands ouverts. C'est alors qu'un grand bruit résonna dans la chambre. Une silhouette se pencha sur lui et murmura :

— Émeric, réveille-toi… Mon petit, réveille-toi…

Brusquement, ce fut la crise. Émeric sombra dans le délire.

— Non... je ne veux pas. Non… il va venir !

— Qui va venir ? Qui va venir ? Parle, Émeric !

— Là… là ! Dans le portable ! Il faut le faire sortir !

— Roger, cria la femme. Appelle le médecin !

Il avait retrouvé sa voix. Cependant, il était toujours tétanisé de peur.

12

Mardi 30 octobre 2007

20 h 45

La journée se déroula ainsi. En attendant le retour de son équipe et le rapport personnel du médecin légiste de l'institut médico-légal de Paris, Lemé prit le temps de consulter en silence les éléments recueillis sur les affaires en cours. Chaque chef de section avait pour obligation de démarrer une enquête par un dossier gris. Certains dossiers restaient en l'état. Les enquêteurs les reprenaient alors tous à zéro et vérifiaient chaque élément des investigations de leurs collègues. En employant cette méthode, les enquêteurs arrivaient parfois à découvrir d'autres preuves, d'autres pistes, à innocenter un suspect ou à confirmer sa responsabilité dans les faits qui lui étaient reprochés. Ensuite, son bras droit – le commandant Richard Laplace – entamait la procédure de l'ouverture d'un dossier rouge, ce qui signifiait la clôture de l'enquête. Mais dans ce nouveau dossier, il constatait qu'il allait de surprise en surprise avant même d'avoir entamé son enquête. Les nouvelles inopinées arrivaient comme des coups de massue, mais il tenait le choc.

Deux heures plus tard, il avait formulé ses instructions sur une dizaine de dossiers qu'il présenterait à son patron…

Soudain, le téléphone sonna. Il décrocha.

— Lemé, j'écoute !

Le standard lui passa la communication en lui précisant le but de l'appel.

— OK ! Je prends.

Il s'écoula alors un peu de temps, ce qui rendit Lemé impatient. Puis il plissa le front en entendant la voix fébrile d'une femme.

— Bonsoir commissaire…

— Bonsoir madame. Que puis-je faire pour vous ?

— Nous avons à vous faire part d'une révélation d'une extrême importance…

— À quel sujet, je vous prie ? demanda Lemé en se redressant sur la chaise.

Silence.

— … Commissaire, il est préférable que vous veniez.

Un nouveau silence.

Son sixième sens se manifesta expressément.

— Donnez-moi votre adresse.

Lemé griffonna rapidement l'adresse sur une feuille. Le combiné coincé entre l'oreille gauche et l'épaule, il enfila sa gabardine gris anthracite.

— Je viens immédiatement, madame.

La communication prit fin. Aussitôt, il appela son bras droit.

— Quelle est votre position ?

— Je suis à la hauteur de la place de l'Étoile !

— Ça tombe bien. Rendez-vous rue Cardinet au…

— OK ! Reçu.

Lemé raccrocha. À grands pas, il regagna son véhicule et démarra. Quelques minutes plus tard, au bout de la rue Cardinet, il retrouva ses hommes qui l'attendaient en face de l'immeuble. Ils avaient pris la précaution de lui réserver une place. Il était rare de trouver une place de stationnement dans les rues de la capitale : la chance semblait lui sourire. Il actionna l'interphone de l'appartement concerné…

*

Au même moment, un homme au volant d'une Nissan bleu foncé entra dans la cour d'une propriété et gara son véhicule. Il coupa le moteur puis descendit. Il balaya les alentours du regard jusqu'à fixer la façade d'une maison. Il avança prudemment, cogna énergiquement à la porte, puis attendit. Une lumière filtra à travers les volets et la porte s'ouvrit sur le visage d'une femme.

— Je ne vous attendais pas aussi rapidement !

— Aucune importance. L'avez-vous ?

— Nous avions convenu que ce serait pour le 1er novembre. Vous êtes en avance.

— J'espère que cela ne remet pas en cause notre accord. Puis-je la voir ?

La femme s'écarta de la porte.

— Donnez-vous au moins la peine d'entrer. Je suis seule pour le moment.

— Écoutez, cela aurait été avec plaisir, mais il est préférable que nous traitions cette affaire rapidement, dit l'homme en sortant une grosse enveloppe kraft de sa poche.

La femme dévia son regard sur l'enveloppe avec un air très intéressé, puis elle tendit la main.

L'homme lui donna l'enveloppe.

La femme n'hésita pas un instant, prit l'enveloppe, l'ouvrit et jeta un bref coup d'œil.

— Vous avez la totalité, vous pouvez vérifier. C'est une somme qui vaut largement votre silence.

La femme glissa deux doigts dans son décolleté et sortit une feuille pliée, jaunie par le temps.

— Tenez ! Vu que vous me semblez très pressé, je vous fais totalement confiance.

L'homme prit instantanément la feuille et l'ouvrit. Après vérification, il la glissa au fond de sa poche.

— Je vous remercie. Vous savez où me joindre, mais n'abusez pas de ma bonté.

— N'ayez crainte. Merci d'être venu.

La porte se referma sur le visage de l'homme qui se précipita vers son véhicule. Après avoir rangé soigneusement la feuille dans son portefeuille, il démarra et quitta rapidement la propriété.

13

Mardi 30 octobre 2007

21 h

Comme par enchantement, la nuit était douce et le ciel dégagé. Il ne s'attendait pas à un tel spectacle. Il imaginait des millions d'étoiles scintillant à l'horizon, mais les étoiles n'y étaient pas. Ce n'était que les points lumineux des réverbères qui scintillaient à perte de vue.

— Que c'est beau !

Il n'allait pas laisser passer cette chance que lui offrait le temps. Il s'était réveillé par une journée pluvieuse ; jamais il n'aurait imaginé trouver une telle douceur. Il était prêt. Avec lenteur, il s'assit sur le tabouret et contempla son coffret qu'il ouvrit avec une extrême précaution, comme une caresse. Les souvenirs de son enfance ressurgissaient de sa mémoire. À petits pas, il chassait le démon de son père qui s'était manifesté en lui. À travers la fenêtre, la perspective au loin était une jouissance extrême. Il n'y avait que lui qui le ressentait. Il prit le temps de se lancer après avoir regardé la gamme des couleurs. Il commença à poser une noisette de chaque couleur sur la palette.

Minutieusement, il ajouta progressivement de l'essence de pétrole et il mélangea le tout. Soudain, ça prenait forme. Il remarqua que certaines étaient opaques et d'autres plus transparentes. Alors, il s'exerça en mélangeant les couleurs et donna un chiffre à chacune d'entre elles. Il jeta un bref regard à travers la vitre ; il pouvait commencer. Il posa le carton en toile sur le chevalet. Le crayon esquisse 2B traça les lignes avec précision. Il faisait attention aux différents plans de la perspective.

— Parfait !

Il était temps de lui donner les couleurs appropriées. Il prit son temps, scruta de nouveau le paysage ; il savait qu'il allait commencer par les couleurs sombres de sa palette. Ironie du sort, la sonnette le perturba.

— Qui cela peut-il bien être ? demanda-t-il au mur de sa demeure.

Il posa le tout sur une toile en plastique à ses pieds et se dirigea vers le hall d'entrée. En se dirigeant vers la porte, il se souvenait qu'il avait toujours été dérangé, à chaque fois qu'il avait décidé d'ouvrir le coffret pour en découvrir le contenu. Qui pouvait bien venir le déranger encore une fois. En passant devant le portrait de son père, il baissa les yeux.

*

— Oui ?

— Police…

Il y eut un silence.

— … Commissaire Lemé, madame.

— Je vous ouvre commissaire. C'est au troisième.

L'imposante porte s'ouvrit sur un clic électrique. Lemé et ses hommes pénétrèrent dans le hall. Aussitôt, un rideau s'écarta à travers une vitre, une porte s'ouvrit, un homme venait à leur rencontre.

— Vous désirez ? demanda l'homme d'une voix enrouée.

Lemé lui présenta sa carte.

L'homme y jeta un bref regard.

— Vous êtes… ? dit Lemé alors qu'il connaissait déjà la réponse.

— Le concierge de l'immeuble.

— C'est calme par ici ?

— Tranquille. Jamais de problème, répondit-il d'un air détaché.

— Merci monsieur, bonne soirée.

Le concierge retourna dans sa loge en toute quiétude.

« Pas étonnant que ce soit calme par ici. Il doit veiller toute la nuit derrière sa porte », pensa Lemé.

Les policiers montèrent les marches vers le troisième étage ; il s'agissait en effet d'un immeuble calme et tranquille. Arrivée sur le palier au bout du couloir, une femme d'une soixantaine d'années les guettait sur le seuil de sa porte. À la vue des policiers, elle leur faisait signe en remuant énergiquement sa main.

— Venez vite, dépêchez-vous… dit-elle à voix basse.

Dès que les policiers furent entrés dans l'appartement, la femme referma la porte silencieusement en balayant le palier d'un regard inquiet.

À l'intérieur, les policiers scrutaient déjà chaque pièce allumée, quand un homme au visage livide ouvrit une porte.

— C'est mon mari, commissaire, dit la femme d'une voix rassurante.

L'homme se présenta :

— Alain Million, commissaire. Et voici mon épouse Martha, dit-il en tendant la main aux enquêteurs.

Lemé les observait et constata qu'ils étaient très inquiets, mais assez réservés.

— Nous vous avons vu à la télé, commissaire, dit Alain Million d'une voix tremblante.

Effectivement, Lemé se souvenait avoir été sous les feux des projecteurs.

— Ce fut inévitable, M. Million, répondit Lemé en esquissant un sourire. Et si voulez bien en venir au fait pour lequel vous souhaitiez ma présence…

— Il s'agit de notre petit-fils… annonça la femme en s'agrippant au bras de son mari qui la rassura en lui tenant la main.

—… Émeric nous a réveillés en pleine nuit. Nous sommes allés dans sa chambre et, soudain, il s'est mis à crier tout en hurlant : « Il est ici ! Il vient me chercher ! » Et je vous assure que nous avons eu très peur, alors nous avons appelé le médecin.

— Vous avez bien fait madame. Et qu'en pense le médecin ? demanda Lemé sans vraiment comprendre le but de sa présence ici.

— D'après le médecin, une crise de tétanie, mais ce n'est rien de grave. La cause viendrait d'un cauchemar et du fait qu'il se voyait vraiment dedans.

— Quel âge a-t-il ?

— Quatorze ans commissaire, répondit la femme. C'est encore un enfant, vous savez…, ajouta-t-elle en dévisageant les policiers.

« Jérémy », pensait Lemé.

— Peut-on le voir ? demanda le commandant Laplace qui s'impatientait.

— Venez, il est dans sa chambre… Nous avons attendu le départ du médecin pour vous appeler, commissaire, dit la femme en ouvrant la porte.

En entrant dans la chambre, Lemé porta son regard en direction du mur. Des posters des soldats du feu en action contre les flammes recouvraient les murs. À environ un mètre au-dessus de la tête du lit, sur une étagère, il admirait avec enthousiasme toute une collection du patrimoine des sapeurs-pompiers en miniatures. Puis il observa le jeune Émeric sur son lit, plongé dans un profond sommeil.

— Le médecin lui a donné un calmant. J'espère qu'il ne va pas recommencer. Vous savez, commissaire, Émeric est perturbé en ce moment. Alors, il est chez nous en attendant que les choses aillent mieux. Avec sa mère, ils ne se comprennent plus…

Les policiers froncèrent les sourcils en écoutant M. Million. Ils étaient dubitatifs, mais se gardaient bien de faire le moindre commentaire.

— Donc, vous voulez dire que son cauchemar est dû au problème avec sa mère ?

— Non, commissaire. Le problème avec sa mère ne le préoccupe pas au point qu'il cauchemarde de la sorte. On pense que ça ne peut venir que…

Million s'interrompit un court instant et fixa sa femme qui se frottait les doigts.

— Martha, je vais dans le salon avec ces messieurs…

Elle avait juste hoché la tête en signe de confirmation.

La pendule du salon, accrochée au mur, indiquait minuit vingt.

— Nous avons suivi les informations, et l'on se pose beaucoup de questions à ce sujet. Depuis ce matin, le quartier ne parle que de ça. Mais vous savez, commissaire, Martha et moi-même sommes des gens très discrets, surtout lorsqu'il s'agit de civisme. Et je crois qu'il s'agit de civisme. D'habitude, on nous informe… Je veux dire, les médias balancent tout et n'importe quoi…

Les enquêteurs écoutaient l'homme, impassibles. Il en avait sur le cœur. Ils savaient à quel instant précis il fallait passer à la vitesse supérieure. Alors, ils le laissaient vider son sac après l'appel téléphonique de son épouse.

— … Après, à chacun de se faire son opinion. Mais sachez, commissaire, que si notre petit-fils est le coupable, nous serons là pour le soutenir.

— Qu'a-t-il fait pour que vous…

L'homme l'interrompit en lui remettant un téléphone portable qu'il sortit de sa poche.

— Tenez, c'est la cause de son cauchemar. Il disait : « Il va venir, il arrive, il va me faire la même chose. »

— C'est juste un portable, M. Million ! Et qu'y a-t-il d'urgent, à part son cauchemar et ce portable, pour que vous souhaitiez notre présence ? lâcha Lemé en fixant le mobile.

— Ouvrez le commissaire ! Il vous suffit de faire glisser le clapet.

Lemé ne s'attendait pas à une telle surprise. Il eut subitement envie de s'asseoir. L'espace d'un instant, il crut même qu'il y avait une chaise à ses côtes. Sur l'écran du portable, il découvrit la photo du corps de la victime de l'obélisque.

— Vous pouvez nous faire confiance, commissaire. Ceci ne sortira pas de cette maison.

— Merci, M. Million… Merci…

Lemé plongea le portable au fond de sa poche sous le regard inquiet du commandant Laplace. En son for intérieur, rien n'indiquait qu'il tenait son meurtrier à travers un écran de portable. Mais il avait la certitude qu'il venait de trouver une piste indéniable pour la suite de l'enquête.

— Que va-t-il lui arriver, commissaire ?

— Dans un premier temps, il aura besoin d'aide, répondit Lemé en retrouvant peu à peu ses esprits. Il aura besoin d'être bien entouré. Nous allons faire ce qu'il faut pour qu'il soit transporté dans un hôpital afin d'y recevoir les soins nécessaires suite à ce traumatisme.

— Il n'ira pas en prison, commissaire ?

— Non, n'ayez crainte. Il sera juste sous surveillance et devra répondre à nos questions.

— Nous vous faisons confiance, commissaire.

— Nous sommes obligés de l'emmener ce soir. Si vous voulez l'accompagner…

— Oh ! Bien sûr, commissaire…

Silence.

— M. Million, le médecin… A-t-il vu ces photos ?

— Non, commissaire. Nous avons pris la précaution de retirer le portable de la chambre, même si M. Savelli est notre médecin de famille depuis vingt ans.

— Vous ne lui en avez pas parlé, par hasard ?

— Non, à aucun moment.

— Et votre épouse, elle a peut-être…

— Ne bougez pas ! Je vais la chercher.

L'homme revenait avec son épouse.

— Le commissaire voudrait savoir si tu as parlé au médecin des photos…

— Non. Commissaire, il y a des choses qui ne se racontent pas. On peut le vivre, mais le raconter, c'est une autre histoire...

— Merci de de nous avoir avertis. Nous allons appeler une ambulance et nous l'emmenons, dit sombrement Lemé.

*

La sonnette du portail avait retenti deux fois. Il avait pris tout son temps pour descendre l'escalier qui menait au hall d'entrée, puis il s'était posté un court instant devant un miroir accroché au mur.

L'esprit tourné vers son visiteur, il repositionna le nœud de sa cravate, chassa quelques pellicules de son épaule et dit d'une petite voix :

— Parfait ! Mais qui peut être ce visiteur ?

De nouveau, on sonna. Il avança vers la porte et activa la caméra de surveillance. Soudain, il remarqua qu'il avait oublié d'activer l'alarme. C'était une erreur : « Comment ai-je pu oublier d'activer l'alarme ? », se demanda-t-il en fixant le visage immobile d'un vieillard à l'écran, les yeux rivés sur la lampe éclairant l'entrée du domaine devant l'imposant portail.

— Papi ? s'étonna-t-il en jetant un regard vers le haut de l'escalier.

— Allons, mon garçon. Tu ne veux pas m'ouvrir ?

— Tu as vu l'heure, papi ?

— Allez ! Ouvre la porte, fiston…

Fiston. Il l'appelait toujours comme ça. C'était tous ses souvenirs d'enfance qui ressurgissaient dans sa mémoire. Mais depuis, le temps s'était écoulé. Il n'était plus ce petit garçon, mais il était devenu un homme. Son grand-père avait vieilli, mais il avait gardé la même joie de vivre.

— Je t'ouvre papi.

Sur l'écran de contrôle, il observa le vieil homme remonter dans son véhicule. Il attendit que le grand portail soit complètement refermé pour activer l'alarme.

Pendant que le visiteur remontait la route à travers le jardin du domaine, il jeta un dernier regard sur le paysage que lui offrait le temps : « Magnifique ! »

Il était fier de sa réussite. Il descendit l'escalier et avança rapidement vers la porte d'entrée, l'ouvrit et attendit sur le perron que le vieil homme ait garé son véhicule.

Le vent soufflait péniblement, soulignant sa lenteur. Il descendit le perron en marbre pour aller à sa rencontre. Le vieil homme posa un pied au sol en grimaçant.

— Alors mon garçon, comment vas-tu ?

— Bien, papi. Laisse-moi te prendre dans mes bras.

— Doucement fiston, j'ai une côte de fêlée.

Néanmoins, il serra son grand-père contre lui. Ce dernier lui posa un baiser sur la joue. Il ressentit un frisson. Ce contact était désagréable.

— Quand comptes-tu te faire poser un dentier ? demanda-t-il en souriant.

— Jamais ! Ne me parle pas de ça. Vieillir est un art.

— Allons à l'intérieur, papi.

— J'y compte bien. Je n'ai pas l'intention de moisir sur le marbre.

En fermant la grande porte, il balaya d'un bref regard la route en contrebas. Il n'y avait aucun phare de véhicule à l'horizon. D'ailleurs, il était rare que l'on vienne par ici.

— Alors, que me vaut cette visite ? demanda-t-il en aidant le vieil homme à retirer son manteau, qu'il accrocha sur un portemanteau constitué d'une tête de cerf empaillée.

— Tu devrais le savoir, voyons !

— Il y a tellement de choses auxquelles je dois penser. En ce moment, je suis débordé et pris à la gorge à cause de mon planning surchargé.

— Arrête de travailler mon garçon ! Tu n'en as pas besoin. Tu devrais faire autre chose.

— J'aime mon travail, papi. Coordonner les services me plaît bien.

— Dans ce cas, accepte d'être pris à la gorge.

— Je l'accepte papi. Je l'accepte…

L'homme n'avait pas changé. Il était toujours le même, à lui prodiguer des conseils. Après avoir suivi son grand-père, qui observait curieusement le hall d'entrée, la grande salle de réception, le salon d'honneur, etc., il s'arrêta brusquement devant un mur. À cet emplacement, il y avait une porte à l'époque. Elle donnait accès au sous-sol, depuis condamnée. Une porte que le vieillard n'avait jamais osé franchir, en respectant le choix de son fils qui interdisait l'accès au sous-sol où se trouvait son atelier d'art. Puis son regard se posa sur une console.

— Ah ! Je vois que tu as l'intention de t'en servir, dit le vieillard en prenant le trousseau de clés. C'est bien mon garçon, c'est bien. Enfin, tu te décides à t'en servir. Quand comptes-tu le faire ?

— C'est fait papi. C'est fait, répondit-il en fixant le trousseau de clés.

Dans ce cas, il va falloir faire le nécessaire pour mettre ce véhicule en règle. Tu sais que tu ne peux pas t'en servir dans ces conditions.

Il s'apprêtait à prendre la direction de la salle de thé.

— Quel est le problème papi ? Le fait d'avoir utilisé ce véhicule qui appartenait à mon père alors que je n'ai jamais voulu en entendre parler ni eu le courage de m'en débarrasser ? demanda-t-il à voix basse voix.

— Aucun mon garçon. Simplement, ce véhicule n'est pas en règle. La carte grise est au nom de ton père…

— Aucun souci. Je ferais le nécessaire.

— Au fait, comment va Jeanne ?

Le vieil homme fronça les sourcils.

— Elle se porte bien. D'ailleurs, elle serait ravie de te rencontrer, elle me demande souvent de tes nouvelles, répondit le grand père tout en faisant la moue.

— Je sais.

Il se retourna et serra son grand-père dans ses bras.

— Je te ferai le plaisir d'aller la voir un jour... Ou sinon, pourquoi ne pas organiser une soirée ? Ce serait une occasion de faire connaissance.

Le vieillard se retira de son étreinte en faisant une grimace.

— Ma côte ! Doucement fiston. Une soirée pourrait être une solution ...

— Oh ! Pardon papi... Tu devrais consulter, comme pour ton dentier, lâcha-t-il avec un air moqueur.

Le vieillard le dévisagea.

— Tu sais ce que j'en pense, rétorqua-t-il en balayant une nouvelle fois le hall du regard. Je vois que tu t'occupes bien de ce lieu, dit le vieil homme avec un hochement de la tête.

— Je n'ai aucune raison de ne pas le faire.

Il marqua une pause et fixa le portrait de son fis.

— Il serait fier de toi, dit-il à mi-voix.

Il fit abstraction de cette remarque en baissant les yeux devant le portrait de son père.

— Allons dans le salon de thé, papi.

— Bonne idée. J'adore cet endroit, dit le grand-père en soupirant.

Mais depuis la disparition tragique de son fils, à chacune de ses visites, il avait l'impression que les murs l'observaient. Il avait l'impression que les tableaux accrochés au mur lui parlaient. C'était ce qu'il ressentait à chaque regard vers le passé d'une de ces vies hachées par des événements dramatiques. Mais le grand-père avait tenu le coup dans la tradition de la famille, de génération en génération, pour faire perdurer l'héritage. Quelques années auparavant, le poids de l'âge avait eu raison de son moral. Le domaine était devenu trop grand. Il avait préféré se retirer dans sa petite bourgade en Alsace pour profiter pleinement des années qui lui restaient à vivre. Aujourd'hui, il cédait cet héritage à son petit-fils en toute confiance, en espérant qu'il trouverait un jour le courage de lui dire la vérité, de lui avouer sans détour qui étaient réellement son père et sa mère. Mais pour cela, il lui faudrait ne pas brûler les étapes, sachant qu'il n'avait aucune idée de sa réaction face à une telle déclaration.

— Un petit thé ?

— Bonne idée, dit-il de nouveau.

— Une préférence ?

— Un Nuit tranquille !

— C'est parti...

Il fit quelques pas, puis s'arrêta soudain. Son ombre resta immobile sur le mur.

— Un Nuit tranquille ?

— Ça m'aide à m'endormir. Depuis que Jeanne m'en a fait goûter, je ne peux plus m'en passer. J'ai toute une cargaison dans le coffre de la voiture. Je peux aller en chercher si tu veux.

— Non, papi, j'en ai, répondit-il depuis la cuisine.

— Vois-tu, après que ton père nous ait quittés, j'avais entrepris des travaux. Je pensais avoir bien fait de condamner tous les accès au sous-sol, mais aujourd'hui, je te propose autre chose…

Il tendit l'oreille avec attention.

— Qu'en penses-tu ?

Il ne pensait à rien. Pour le moment, il ne se faisait aucune idée sur la situation et l'ambition de son grand-père, qu'il considérait comme un visiteur inopiné. Son esprit était ailleurs. Il voyageait dans le passé, à travers son vécu. C'est toute sa vie qui faisait un bond en arrière. Il ne pourrait jamais oublier ses premiers pas dans le sous-sol.

Il revenait dans le salon. Le plateau de service en or pur soulignait toute l'élégance de son savoir-faire. C'était comme ça, il fallait suivre la tradition.

— Excellent, dit le vieil homme. Alors, dis-moi, que comptes-tu faire de ce domaine ?

— Continuer le travail, papi, l'entretien.

— Très bien. Mais je pourrais peut-être te suggérer autre chose…

Il fronça les sourcils.

— Quelles sont tes intentions, papi ? Il me semble que tu n'es pas seulement de passage…

— En effet, je vois que tu me connais ! Sais-tu à quoi je pense ?

— Mais, papi !

Le vieil homme l'interrompit.

— Je te demande de faire revivre ce domaine. Tu possèdes plus de dix mille hectares, mon garçon !

— Il y a de l'espace… Je ne me plains pas.

— Crée un parc d'attractions ! Ouvre la porte du domaine au grand public. Fais découvrir ce lieu au monde.

— Il faut que je réfléchisse, Rome ne s'est pas faite en un jour.

— Je suis encore de ce monde. Je pourrais t'aider à tout mettre en place, j'ai des idées plein la tête.

Le vieil homme reposa la tasse avec délicatesse. Le tintement de la porcelaine fine résonna dans la pièce.

— Tu pourrais organiser des conférences, des réceptions, il y a autant de place au sous-sol… Tu sais qu'il existe un plan de tout le site, et on pourrait rouvrir tous les accès pour ce projet, sans oublier qu'il existe des bureaux d'études qui pourraient te conseiller là-dessus…

Il ouvrit grand les yeux.

« Ah ! En fait je n'avais jamais songé à ces plans. Peut-être devrais-je m'y intéresser », pensa-t-il.

Il poussa un profond soupir.

— Il me semblait bien qu'il y avait un plan, mais je ne savais pas que c'était toi qui le possédais.

— Je te l'offrirai. Il y a aussi un labyrinthe au sous-sol. Tu pourrais le réaménager. Tu sais, les enfants adoreraient ce type d'attraction. Je m'occuperais personnellement de tous les travaux. Il te suffit de me laisser faire.

— Oui, mais je n'ai pas besoin d'argent.

— L'argent, fiston, c'est pour l'entretien ! J'ai soixante-dix-huit ans. Je vieillis. Il faut que tu penses à ce projet avant qu'il ne soit trop tard ! La vie nous réserve bien des surprises...

Il fit un sourire.

— Si tu penses, la même chose que moi, sache que la mort ne vient pas à nous. C'est plutôt le contraire.

— Arrête tes sottises, répondit-il en jetant un coup d'œil sur sa montre.

Il était déjà tard.

— Tu as fait tout ce chemin pour me dire ça ?

— Cette visite inattendue fait partie de mon voyage.

— Tu aurais pu me l'annoncer par téléphone.

Le vieil homme s'apprêtait à se lever puis se résigna.

— C'est bientôt le 1er novembre.

« La Toussaint », pensa-t-il.

— Bien sûr, papi, dit-il avec un sourire narquois.

— C'est la Toussaint... Une date que tu as bannie de ta mémoire.

— Tu sais pourquoi papi. Quand c'est fini, c'est fini.

— Regarde-le...

Le portrait en grand format était accroché au mur, encadré ; le visage du défunt émergeait dans la lumière. Ses petits yeux suggéraient le mystère. Mais dans les yeux du vieil homme, les larmes jaillirent.

— Oh papi ! dit-il en allant le serrer dans ses bras. Ne pleure pas. Je suis là, tu es là ; lui, il n'est plus là. Ne trouves-tu pas que quelque chose ne tourne pas rond dans ce monde ?

Il berça le vieillard. Il se souvenait que, dans le passé, ce dernier le prenait dans ses bras en lui disant que tout allait s'arranger. Il se souvenait que quand il le serrait dans ses bras, il avait l'impression qu'il ne pouvait plus respirer. La pression était trop forte, trop forte pour son corps d'enfant, pour sa blessure d'enfance. Émergeant de ses souvenirs, il prit son grand-père dans ses bras, il l'étreignit jusqu'à ce qu'il eut l'impression qu'il n'y avait plus rien à serrer, qu'ils ne firent plus qu'un... un seul corps. Soudain, il revint à la réalité, à l'instant présent, lorsque son regard fixait le portrait de son père. Il avait l'impression qu'il se manifestait. Il le regarda comme si ses petits yeux mystérieux lui disaient : « Continue, l'étau n'est pas fermé. Continue. Ne t'arrête pas. C'est ton destin… »

14

Mercredi 31 octobre 2007

10 h 15

Omar Séne gara son véhicule à l'emplacement VIP. Il coupa le contact. La vitre baissée, il regarda un avion décoller. Il le fixa jusqu'à perte de vue. Un court instant, il s'imagina assis à bord, en partance pour une destination appropriée à son état d'esprit rêveur. « *Quelques jours de congé nous feraient du bien.* » Aussitôt, il abandonna cette pensée positive, s'enfonça dans son siège et prit son journal. Comme d'habitude, il l'ouvrit à la page vingt-sept : le sport hippique. C'était son dada. Chaque matin, et cela depuis trente ans, il pariait sur les chevaux. Mais depuis quelques années, analyser une course était devenu un véritable casse-tête chinois. En effet, le P.M.U., organisait simultanément plusieurs réunions aux quatre coins de la France. Plus de vingt courses étaient offertes chaque jour aux parieurs. Il lui arrivait même de parier sur une course disputée à des milliers de kilomètres. Il faisait aveuglément confiance aux chevaux et aux jockeys français engagés dans une course à l'étranger, en espérant qu'ils l'aideraient à gonfler son compte en banque de quelques euros. Mais Omar n'avait jamais passé la ligne en tant que gagnant. Au contraire, à chaque fois qu'il franchissait la porte d'un bar, d'une brasserie ou d'un point P.M.U. pour faire son jeu, il avait l'impression d'entendre la voix de sa femme qui lui disait : « Le jour où tu gagneras, les poules auront des dents ! »

Malgré tout, il s'obstinait à vouloir contrer les dires de sa femme.

Il regarda sa montre ; elle indiquait 10 h 30, l'heure à laquelle devrait arriver son client. En fixant les gens qui sortaient de l'aéroport, Omar Séne croyait le reconnaître, mais ce n'était qu'une personne lui ressemblant. Alors, Omar se plongea à nouveau dans son journal, mais le cœur n'y était pas. Ce jour-là, il ne s'intéresserait pas à la page hippique, mais à la Une de son journal, qui titrait : « *LE MYSTÈRE DE L'OBÉLISQUE* ».

« *Au nom du respect de la victime, aucune information ne sera divulguée…* »

À la fin de cette petite phrase, Omar poursuivit sa lecture à la page neuf. Plongé dans cet article et à cause du bruit assourdissant des décollages des avions, il n'avait pas fait attention à l'individu qui s'était glissé à l'arrière de son véhicule. Surpris, il crut un instant voir à travers son rétroviseur le fantôme de son client assis sur le siège arrière avec un grand sourire.

— Comment avez-vous fait ? demanda-t-il.

— Comme tous les voyageurs ! Ils trouvent un taxi, ouvrent la porte, s'asseyent et donnent l'adresse de leur destination.

— Et quelle est la vôtre ?

— Allons Omar, vous le savez très bien ! À la maison.

Il plia son journal en deux, le posa sur le siège avant et quitta le stationnement.

— Je ne vous dépose pas à votre bureau ?

— Non, à mon domicile, Omar.

— Vos congés n'ont pas duré longtemps ?

— Que voulez-vous… répondit Lemarchand en observant un avion qui s'apprêtait à atterrir. Mais dans l'ensemble, je me suis reposé. Et puis, le devoir m'appelle.

Sur ce, Omar Séne se concentra sur la route. Rencontrant une circulation fluide, il se disait que c'était son jour de chance. « Peut-être devrais-je analyser le tiercé d'aujourd'hui », pensa-t-il.

Depuis vingt ans, Omar sillonnait les rues de Paris qu'il connaissait comme sa poche. Sur tous ses clients, il donnait la priorité à ce privilégié. C'est en silence qu'il parcourut la moitié du chemin, avant d'entamer de nouveau la conversation sur divers sujets de la vie quotidienne. Après plus d'une heure passée à contourner le sud de Paris, il quitta le périphérique pour emprunter la RN 307. Le paysage était tout autre. Il connaissait par cœur le trajet de son client. Il se souvenait que, quelques fois, il arrivait en avance et s'arrêtait un instant au bois de Malmaison à réfléchir sur le ticket gagnant. Son rêve se trouvait ici, dans cette région. Il y avait tant de verdure que l'on avait du mal à croire que la capitale n'était qu'à une vingtaine de minutes. Dès l'entrée de la ville, sur la RN 321, son corps frissonna et il ne put s'empêcher de dire à mi-voix :

— Bougival.

C'était une petite commune qui fut riche d'histoires et d'événements sous le règne de Louis XIV. Si Colbert, ministre du roi, fut à l'origine de la brigade contre la criminalité, il fut aussi à l'origine de la construction de la machine qui allait de Marly à Bougival, construite pour remonter l'eau de la Seine afin d'alimenter les bassins, fontaines et canaux des parcs et jardins des châteaux de Marly et de Versailles.

Omar Séne aimait cette ville. Pour lui, venir vivre ici, c'était comme un rêve. C'était comme gagner le pactole au tiercé. Il s'était juré qu'il viendrait avec son épouse y finir ses vieux jours. Il se voyait entouré de ses petits-enfants, leur raconter l'histoire de cette petite ville qu'il considérait, à titre personnel, comme la huitième merveille du monde. Mais pour Reynald Lemarchand, directeur adjoint de la police judiciaire parisienne, c'était toute son enfance qui s'était incrustée au fond de sa mémoire. En ce temps-là, dans la maison familiale, au fond du jardin ou dans les greniers, il se cachait. Il savait que c'était un endroit introuvable. S'il ne respirait pas, s'il ne faisait pas de bruit, il était sûr d'attraper les voleurs. Ironie du sort, il n'avait plus affaire aux mêmes voleurs. Ce n'était plus un jeu. C'était la réalité. Depuis longtemps, il avait rangé ses jouets dans le tiroir.

— Vous y êtes, monsieur.

— Merci Omar, je vous ferai signe s'il faut que vous alliez chercher ma petite famille à l'aéroport.

— Vous pouvez compter sur moi, monsieur. Soyez prudent.

Omar le connaissait depuis plus de vingt ans, et il ne lui avait jamais posé de question sur telle ou telle affaire. Il lui disait simplement : « Soyez prudent ». Il se doutait bien que ce retour prématuré avait un lien avec le « Mystère de l'Obélisque ». Reynald Lemarchand avait un large sourire en regardant Omar Séne disparaître à l'angle de la rue. Il avait programmé une journée de balade avec les garçons à la forêt de Louveciennes, à leur retour de Marrakech.

Le cœur serré, ce sourire s'effaça lorsqu'il se dirigea d'un pas un peu hésitant vers le portillon et qu'il croisa le regard de Margaret qui l'attendait sur le seuil de la porte d'entrée l'air triste et désolé. Margaret l'employée de maison était au service de Reynald Lemarchand depuis plus de onze ans. Elle y était entrée quelques jours après la naissance de son premier garçon, depuis elle est devenue une pièce incontournable pour toute la famille.

— Bonjour, dit Lemarchand avec un soupir. Ça s'est bien passé ?

Margarèthe serra les dents pour ne pas céder à l'envie de lui dire le fond de sa pensée. Néanmoins, elle ne put s'empêcher de pester :

— C'est injuste de ne pas profiter de ses vacances comme tout le monde ! Dépêchez-vous, je vais vous préparer des œufs brouillés pour éviter le contrecoup du voyage, ajoute-t-elle en allant vers la cuisine.

— Allons Margarèthe ! Il y a des choses plus graves, répondit Lemarchand en ayant une forte pensée pour la cause de son retour prématuré. Je me douche. Ensuite, ce sera avec plaisir que je dégusterai vos œufs brouillés.

Trois quarts d'heure plus tard, Reynald Lemarchand monta dans son véhicule et démarra. Arrivé devant le portail électrique, il actionna le boîtier de la télécommande. Avant l'ouverture totale du portail, acheté chez un ferrailleur voilà plus de dix ans, il appela le bureau. Après un nombre important de tonalités, on décrocha :

— Je serai là dans une petite heure.

— OK ! répondit une voix fébrile.

Reynald Lemarchand avança jusqu'à la sortie. Au moment où il s'apprêtait à quitter le trottoir, une berline noire s'arrêta soudain à sa hauteur. L'instinct du terrain se réveilla. Ses doigts se crispèrent sur le volant. Reynald Lemarchand ne bougea plus. Il n'avait aucune réaction de défense. Le conducteur lui fit signe de passer ; Reynald Lemarchand lui adressa un grand sourire de remerciement pour cacher son angoisse. Il posa son téléphone portable et eut une pensée pour la voix fébrile de son patron, au bout du fil. La berline noire continua son chemin. Reynald Lemarchand pensait déjà au contrecoup du voyage.

15

Mercredi 31 octobre 2007

12 h 45

Olivier Danze était assis, tête baissée, au-dessus de la table d'archives. Il scrutait minutieusement les documents. L'historique du site de l'OAD, le passionnait de plus en plus, au fur et à mesure qu'il tournait les pages remplies d'histoires. Lors de son entretien, le directeur du renouveau du site avait été séduit par son projet « Les Ombres de la dalle ». En attendant que son espace soit équipé, il avait été installé dans la grande salle d'archives.

Ainsi, il pouvait se déplacer avec aisance d'armoire en armoire afin de repêcher le moindre indice qui lui permettrait de peaufiner son projet. Plongé dans sa lecture, il fut interrompu par le téléphone. Il décrocha. Olivier Danze écouta, puis il raccrocha. Il envoya quelques pages à l'impression, se leva, récupéra les feuilles au passage et quitta la salle d'archives. Poulsen, le directeur, l'attendait :

— Entrez ! Asseyez-vous !

Danze s'assit en silence.

— J'ai apporté quelques modifications à votre discours. Inutile de parler de nos concurrents ni de ce qu'il se fait en dehors de notre secteur…

— Il me semblait nécessaire de le rappeler.

— Je vous comprends, mais vous allez être en face des personnalités de l'OAD. Si l'un d'eux n'est pas de votre avis, vous serez remercié.

Danze fut surpris. C'était l'autre face des dirigeants qu'il découvrait. Son enthousiasme baissa d'un cran.

— Alors, vous me conseillez de leur parler seulement du projet ?

— Exactement ! La City de Londres ou le projet d'ADP pour le futur quartier d'affaires d'Orly, nous les connaissons déjà. Concentrez-vous juste sur votre projet. Ne parlez pas du coût, pas d'estimations, soyez direct.

— Je peux l'être aussi, répondit Danze avec une certaine amertume.

— Très bien… Avez-vous les croquis ?

— Tenez !

Poulsen observa longuement chaque feuille. Dans l'ensemble, il avait la confirmation que sa nouvelle recrue pouvait être aussi directe qu'il l'aurait imaginé.

— Vous n'avez pas perdu votre temps sur ces croquis…

— Exact, répondit Danze. Il y a plus de trente hectares de dalles et de cheminements piétons. Étendre le projet sur tout le secteur demanderait beaucoup plus de temps.

— De combien de temps avez-vous besoin ? demanda Poulsen en levant son regard sur Danze.

— Il me faudrait quatre ou cinq jours.

— Serez-vous prêt pour lundi ?

— Tout sera planifié, monsieur. Surtout s'il faut que j'abrège l'oral.

— Je vous répète qu'il est préférable… Bon, expliquez-moi le fonctionnement de tout ceci, lui dit Poulsen sur un ton plus amical.

Danze retrouva soudainement l'enthousiasme qu'avait son supérieur le jour de son entretien.

— Le but de ce projet consiste à placer des capteurs de son sur les cheminements piétons. Chaque impact de pas sur la dalle est envoyé à un caisson électronique et à une table interactive qui permet de visualiser des vidéos. Il y aura une connexion entre le caisson et une animation en dessin. Chaque impact fait bouger les ombres qui dansent à l'écran, et l'image sera émise par vidéoprojection dans le paysage.

— Hum ! fit Poulsen. Et pourquoi pas tout simplement sur un écran géant ?

— C'est une solution envisageable, mais j'ai peur que les gens s'en lassent. Il faut les surprendre.

— Les surprendre ! Pas les effrayer !

— Ils ne seront pas effrayés lorsqu'ils comprendront que c'est à leur rythme et en fonction de leur humeur que ces images bougent. Ils se laisseront facilement prendre au jeu.

— Vous croyez ? lui dit Poulsen à mi-voix.

— Sinon, vous ne m'auriez pas engagé, répondit Danze calmement.

— En effet, reconnut Poulsen avec un long soupir, puis il regarda sa montre. Venez, il est midi passé ! Je vous invite à déjeuner, si ça ne vous dérange pas.

Danze était surpris par cette invitation, et il le fut d'autant plus lorsque Poulsen posa sa main sur son épaule. Néanmoins, il accepta.

— C'est une idée simple et très ludique. Je commence déjà à m'y faire. Vous savez, je me prends vite au jeu. J'espère qu'il en sera de même pour tous ceux qui marcheront sur les dalles…

Danze garda le silence en marchant à ses côtés.

— Vous voyez, je vais maintenant faire plus attention à la résonance de mes pas sur les dalles. Vous avez raison, tout dépendra de notre humeur… Ça doit être très intéressant d'avoir une idée du moral des gens lorsqu'ils se rendent sur leur lieu de travail. Ça doit être intéressant… Très intéressant…

— Excusez-moi, l'interrompit Danze dans son élan. Je dois faire une halte au…

— Je vous comprends, moi aussi.

Ils rentrèrent tous les deux dans les toilettes pour hommes. Mais à l'intérieur, leurs chemins se séparèrent. Danze allait saisir la poignée d'une porte lorsqu'il s'aperçut que la pièce était occupée. À l'instant où il entra dans une pièce libre, il entendit la chasse d'eau puis l'ouverture de la porte et l'eau qui coulait à flot du robinet. Soudain, une idée émergea de son esprit. Avant de se rendre au siège de l'OAD, il avait été attiré par les jets d'eau du bassin situé au pied de la tour HQE L'ombre de la dalle pourrait bien faire danser les jets du bassin. Mais un bruit de percussion le sortit de ses pensées. Il tira la chasse d'eau et alla auprès du lavabo se laver les mains. Poulsen sortit à son tour avec un large sourire. Un instant, il pensa lui demander la raison de ce sourire, mais il se ravisa.

— Vous avez entendu ce bruit de percussion sur le lavabo ? demanda Poulsen en se savonnant énergiquement les mains.

— Oui, répondit Danze sans y prêter réellement d'intérêt.

— Celui qui jouait des percussions sur le lavabo n'était autre que Jacques Cesco. On dirait que quelqu'un d'autre a pris le relais. Vous savez, c'était un type écœurant…

Danze se retourna brusquement et perdit l'équilibre. Par réflexe, Poulsen le retint par le bras.

— Restez là, je tiens à vous inviter à déjeuner.

— Excusez-moi. J'étais distrait, dit Olivier Danze en masquant sa surprise. Merci de m'avoir évité une chute.

— Je vous le répète : je tiens à vous inviter à déjeuner.

Ce fut en silence qu'Olivier Danze suivit le directeur du renouveau du site de l'OAD. En son for intérieur, Danze se demandait pourquoi son ami d'enfance ne lui avait rien dit de son passage au sein de l'OAD.

16

Mercredi 31 octobre 2007

15 h

Avant de regagner son bureau, Reynald Lemarchand s'était entretenu un long moment avec son supérieur. Il l'avait trouvé le regard rivé sur des tas de dossiers. Certains remontaient des archives. Son patron avait longuement insisté sur le rapport de la police, qui faisait suite à la baisse de la délinquance et des délits. L'affaire de l'obélisque, en cette fin d'année 2007, venait simplement gonfler le pourcentage d'homicides en cours. Son patron, qui avait l'air affecté et de mauvais poil, n'avait fait aucun commentaire et s'était borné à lui dire tout simplement :

— Trouvez-moi ce visage. Je suis désolé pour vos congés.

C'est en silence qu'il avait regagné son bureau. Lemé l'attendait en compagnie de trois chefs du groupe – les commandants Laplace, Henry et le commissaire Menez.

Silencieusement, Lemarchand avait scruté le maigre dossier de l'inconnue de l'obélisque : quelques photos du blouson et le rapport d'autopsie de l'institut médico-légal. Il avait reposé le dossier en fixant ses hommes lourdement.

— Je sors du bureau du patron. J'ai l'impression qu'il n'était pas très en forme, lâcha-t-il.

— En effet, répondit Lemé. Je l'ai remarqué aussi. Je suis désolé de te dire cela, mais nous avons autre chose à penser qu'à nous inquiéter de la forme de notre patron.

Cette remarque inhabituelle ne dérangea nullement Lemarchand, qui ne commenta pas les paroles de Lemé.

— Alors, qu'est-ce qu'on attend ? demanda Laplace avec fougue. Il retrouvera la forme si on boucle l'affaire rapidement…

— Tu as peut-être raison, répondit Lemarchand.

De nouveau, Lemarchand prit le dossier et l'ouvrit, jetant un regard furtif vers le téléphone portable posé sur son bureau.

— C'est tout ce que nous avons ?

— Pour l'instant oui, répondit Lemé. Mais nous n'en sommes qu'aux prémisses.

— Phase de réflexion… dit Lemarchand. Mais il me semble difficile de battre le record de la rue de la Boétie.

— Affaire classée, répondit Laplace.

— Bon boulot les gars ! Mais ce nouveau dossier a l'air d'être un cauchemar, dit Lemarchand en posant un bref coup d'œil sur la photo du blouson de la victime.

Il fut d'autant plus surpris lorsque Lemé lui indiqua le téléphone portable du regard.

— Est-ce que cela appartenait à la victime ? demanda-t-il d'un air étonné.

— Ça aurait pu l'être. Mais, malheureusement, ce n'est pas le cas, répondit Lemé. Ça nous aurait facilité la tâche.

— Que suis-je censé comprendre au juste ?

— Que nous sommes face à un individu qui a perdu les pédales ! Et que si l'on ne met pas la main dessus, j'ai l'impression que l'on aura d'autres surprises, lâcha Laplace en se levant de sa chaise.

— Allons Richard, dit Lemarchand d'une voix apaisante. Viens t'asseoir et reprends ton calme. La maison ne peut pas se permettre de faire n'importe quoi ni de t'envoyer seul sur le terrain.

— Allez, pose ta carcasse, lâcha Lemé en laissant échapper un sourire malgré la gravité de la nouvelle affaire.

Lemarchand garda les yeux rivés sur le portable en attendant que le commandant Laplace ait regagné sa place. Le silence fut alors total.

— Bon, on peut y aller ! lâcha Lemarchand en fixant Laplace qui, malgré tout, continuait à remuer sur sa chaise.

Lemé s'apprêtait à prendre la parole lorsque son téléphone portable vibra.

— Décidément… lâcha-t-il en dévisageant longuement le commandant Laplace, comme s'il cherchait à savoir s'il était à l'origine de tous ces dérangements.

Après avoir écouté attentivement, il raccrocha avec un long soupir de soulagement.

— Cette fois-ci, je peux vous expliquer la situation, dit-il en ayant un regard sur le portable du jeune Émeric. Un certain M. Arbey Ramirez, agent de la ville de Paris, a découvert la victime dans la nuit de lundi à mardi, vers 4 h 35. Aussitôt, il a alerté le commissariat de l'arrondissement. Le commissaire principal Morand s'est rendu sur le site et a sécurisé la zone.

En quelques minutes, Lemé lui retraça la journée en totalité, depuis la découverte du corps jusqu'à la réunion au ministère, en passant par les grands-parents du jeune Émeric, lequel venait de se réveiller dans un lit d'une clinique privée.

— C'est étonnant ! s'exclama Lemarchand en fronçant les sourcils. Tu veux dire que Duval n'a pas dit un mot au ministère de l'Intérieur ?

— Rien. Pas un mot. J'avais l'impression qu'il était ailleurs.

— Il a peut-être été bouleversé par l'événement ?

— J'en doute.

— Bon, on ne va pas s'attarder là-dessus. Rien ne nous empêche de travailler, dit Lemarchand en reprenant le dossier de l'obélisque. Il saisit l'ordonnance de l'autopsie et la lut à voix basse.

« La victime est une femme de type méditerranéen. 1 m 65, 56 kg. Son âge : entre 30 et 35 ans. En très bonne santé. Les analyses d'ADN sont en cours. Elle n'a subi aucune autre violence. Aucun traumatisme et aucune trace de coups ou d'hématome n'ont été relevés. Le plus étrange, c'est que la victime a été conservée dans une chambre froide ou un congélateur, ce qui a empêché la décomposition du corps. Cela a permis au meurtrier de la transporter dans cette forme assise. Pour la conservation, entre -18 ° et - 40 °C. Il nous est difficile de déterminer la durée exacte de conservation, mais on penche pour un maximum de deux à quatre jours. Les dix doigts des mains ont été scarifiés, ce qui semble signifier que le meurtrier voulait empêcher l'identification de la victime par empreinte digitale. Son cou a été cautérisé avec précaution. Aucune trace de sang ne s'est répandue sur ses vêtements ni sur le blouson qu'elle portait, à moins qu'il ne s'agisse pas de ses vêtements. Mais à l'œil nu, nous pensons que la victime n'a pas été déshabillée et que la cautérisation a permis d'éviter que le sang ne se répande sur ses vêtements. Le meurtrier a ainsi pu manipuler le corps sans difficulté pour le déposer dans un congélateur. L'autopsie a permis de remarquer la présence de carbonate de calcium dans les alvéoles pulmonaires. Cela suppose qu'elle est restée enfermée dans une pièce, telles une grotte ou une cave à vin. *D'après la radio, le plus étonnant est que la nuque ait été sectionnée sans aucune fragmentation de l'os. Cela atteste des précautions prises par le meurtrier. Une telle précision implique de maîtriser la victime par le cou. Le rachis cervical ne présentait pas de fractures liées à un choc. Par contre, on remarque la section des apophyses vertébrales au niveau des 3e et 4e vertèbres cervicales. La section est*

nette, identique à la façon dont la moelle épinière a été sectionnée. En conclusion, sauf avis contraire des analyses toxicologiques, la mort eut lieu par décapitation. »

Lemarchand se tut. Il sentit son sang se glacer et éprouva une sensation désagréable rien qu'en imaginant l'angoisse ressentie par la victime.

— Cette jeune femme s'est fait décapiter ! s'exclama-t-il d'une voix tremblante.

Silence. Tous cherchaient une réponse convenable, une raison qui leur permettrait de comprendre le mobile d'un acte aussi barbare.

— Nous sommes dans l'inconnu total.

— Complètement. Pas même un indice ne nous autorise à nous faire ne serait-ce qu'une idée de la personnalité du meurtrier.

— C'est peut-être le message, répondit Laplace en retrouvant son calme. On ira le chercher. On le trouvera. Si c'est le défi, on va l'avoir…

— Le plus vite sera le mieux, répondit Lemarchand en s'adressant à l'ensemble de l'équipe.

— Je compte mettre le groupe Henry en alerte, précisa Lemé.

— Je n'y vois pas d'inconvénient.

La fin de l'entretien se dessina lentement. Dans leur tête, ils commencèrent à œuvrer sur le déroulement de l'enquête. Quel chemin fallait-il prendre pour les mener vers cet inconnu qui savait déjà que des hommes étaient sur sa trace ? Lemé se leva lentement de sa chaise et, d'un pas mal assuré, se dirigea vers la fenêtre d'où il observa la Seine à travers la vitre. Il aurait aimé, jadis, qu'elle lui dessine le visage de l'inconnu. Cela aurait été trop facile…

Mais c'était juste une illusion. Il savait que c'était à lui et à ses hommes d'aller le chercher.

— Actuellement, le groupe de Menez arpente les rues de la capitale sur les traces du blouson. C'est une piste qui me semble sérieuse. Le groupe d'Henry restera en contact avec le commissaire Roustan concernant Arbey Ramirez. Il faut reprendre sa déposition et voir si c'est cohérent. Quant à moi… continua-t-il en s'approchant du bureau de son patron.

Lemé avait un nœud dans la gorge et il cherchait les mots justes. Les mots pour justifier un tel acte. Pour justifier la surprise qu'il allait dévoiler à son patron. Mais les mots lui échappaient… Alors, en toute simplicité, il prit le portable, l'ouvrit et le tendit à son patron. Les yeux rivés sur l'écran, Lemarchand se laissa aller sur son fauteuil et le silence vint, une fois de plus, envelopper les hommes du 36 quai des Orfèvres. Après un long moment, une phrase s'envola vers le plafond fissuré.

— Trouvez-moi ce visage…

17

Mercredi 31 octobre 2007

16 h 15

La veille au soir, il avait serré son grand-père dans ses bras jusqu'à ce que ce dernier ait poussé un cri de douleur. Il avait complètement oublié qu'il se plaignait d'une côte fêlée qui se remettait lentement. Sous l'effet de la douleur, le vieil homme avait réussi à se dégager violemment de son étreinte, ce qui avait fait surgir en lui une étrange pensée quand il fixa le portrait : « Je ne peux pas père… Je ne peux pas faire ce que tu me demandes… C'est mon grand-père… Il n'y a pas de danger, père… Tu le penses vraiment, père ?… Tu penses qu'il pourrait réduire notre œuvre à néant ? Très bien, père… Très bien, s'il le faut, je n'hésiterai pas… Je le ferai si cela s'avère nécessaire… Tu seras fier de moi… »

Le vieil homme l'avait secoué franchement, puis il prit conscience qu'il avait été absent pendant quelques instants. Subitement, il s'était senti étrangement fatigué et une seule chose avait envahi son esprit : dormir.

C'est ce qu'il fit dès le départ de son grand-père qui avait insisté sur l'avenir du domaine.

La nuit avait été longue et mouvementée. À son réveil, il avait pris le temps de réfléchir sur son œuvre. Ce ne fut qu'en fin de matinée qu'il décida de quitter son lit pour faire un brin de toilette.

Quelques instants plus tard, il quitta la salle d'eau, prêt à affronter la journée. En descendant l'escalier qui le menait vers le hall, il eut l'impression que son grand-père se trouvait encore à ses côtés.

C'était juste une sensation. Il sentait encore les lèvres du vieillard sur sa joue, ce qui le répugnait depuis que le portrait avait semé le doute dans son esprit à propos de son grand-père. Mais pour le moment, il allait faire semblant que tout allait bien. Comme sa vie, qu'il acceptait malgré tout. Alors, face au portrait de son père, il remonta le temps à la recherche du pourquoi. Des années auparavant, il était heureux et avait, comme tous les enfants, la joie de vivre. Rien ne lui manquait. Aujourd'hui, tout ce bonheur était derrière lui. Une autre vie prenait forme.

L'enfant, qui ne manquait de rien, vivait avec une blessure qui l'étouffait chaque jour. Mais depuis, ce portrait ne lui avait-il pas dit : *continue mon œuvre, c'est ton destin ?*

Rien ne se serait passé aujourd'hui s'il n'avait pas découvert le secret. Il se souvenait de ce jour-là comme si c'était hier.

Au cœur de la nuit, il avait suivi son père à travers le parc du domaine jusqu'à une entrée secrète. Là, au milieu des feuillages, il s'était caché et avait attendu le moment idéal pour pénétrer dans le labyrinthe. Il lui suffisait de reproduire les mêmes gestes au pied du grand chêne. Au bout de quelques minutes, il était sorti de sa cachette et s'était dirigé vers le grand chêne, le cœur battant la chamade. Il n'avait eu aucun mal à effectuer le même geste en actionnant le levier. Instantanément, une trappe s'était ouverte et, sous ses yeux, le sous-sol du domaine l'avait appelé vers son destin. Il avait descendu les huit premières marches et s'était arrêté au premier palier. Son regard avait fixé la trappe. Il était trop tard, elle s'était refermée sous ses yeux et la peur avait envahi son être. Son corps avait frémi ; soudain, il avait eu froid, chaud, puis il s'était senti paralysé. Il ne pouvait pas prévoir que la trappe se refermerait automatiquement. Malgré tout, il avait regardé vers le sol puis descendu les dernières marches. Il avait avancé à petits pas dans le labyrinthe, en suivant les empreintes de pas sur le sol en terre battue. Avec curiosité, il avait observé les murs éclairés par des chandeliers dont les flammes vacillaient. D'étranges tableaux sordides et macabres recouvraient les murs. Cela ne l'avait pas effrayé. Au contraire, il les avait admirés avec enthousiasme et intérêt. Il avait continué son chemin sans vraiment savoir où il allait. Il était comme envoûté par l'atmosphère qui régnait en ces lieux. Dans son esprit, il aurait aimé en être l'auteur et le propriétaire. Soudain, venue de nulle part, une voix avait retenti :

— Ça te plaît ?

— Oui ! avait-il répondu avec jubilation, sans savoir à cet instant que c'était son père qui lui parlait.

Il avait fini par le comprendre.

Alors, ensemble, ils visitèrent tous les secrets du labyrinthe. Il lui expliqua chaque détail et la façon dont il fallait s'y prendre. Il lui expliqua la précision qu'il fallait adopter avec la planche graduée en manipulant la poulie. Pour lui, soudain, tout devint un art. Alors, il imaginait le jour où il ferait comme lui. Son père lui avait mis la main sur son épaule et il l'avait emmené vers son secret, son histoire, enfouie sous terre. Sur le seuil de la porte de son atelier d'art, il s'arrêta et lui dit :

— Regarde comme c'est beau ! Allez, entre ! Tu n'as aucune raison d'avoir peur. Un jour, tout ceci sera à toi. C'est notre secret. Allez, monte les marches !

Son regard s'était illuminé devant le mortel édifice. Il s'était retourné une fois arrivé à la dernière marche. Mais soudain, son sourire d'enfant disparut lorsqu'il vit son père qui le fixait avec des yeux terrifiants en lui disant :

— Je regrette mon enfant, mais tu as forcé le destin...

Brusquement, son esprit s'était troublé. Tout était devenu flou. Une violente douleur avait envahi sa tête. Avant de perdre totalement connaissance, il avait vu une ombre se pencher sur lui et s'était senti soulevé du sol. Une dernière fois, l'échafaud et les images morbides qui recouvraient les murs du sous-sol avaient défilé sous ses yeux, mais il était encore en vie. Il n'était qu'un enfant de huit ans.

Avec lenteur, un sourire en coin destiné au portrait, il murmura : « Je te pardonne, père. Oui, je te pardonne de toute cette souffrance ». Puis, silencieux, il pénétra dans la salle de projection. Il avait tout mémorisé. Il n'avait jamais oublié ce jour. C'était aujourd'hui qu'il allait mettre en place la prochaine étape de sa folie, son chef-d'œuvre. Il s'approcha de la table à dessin. Il alluma la petite lampe et admira son œuvre dans la pénombre. Le livre d'histoire devant les yeux, il contempla le visage de celui qui avait tant hanté ses nuits... Il s'imprégna de ses œuvres, de son combat. Celui qui disait : « De l'audace, encore de l'audace ! » Il était en admiration, l'adrénaline lui montait à la tête. De l'audace il en avait eu : n'avait-il pas déposé un corps au pied de l'obélisque de Louxor ? Il tourna la page avec excitation. Puis il mémorisa ses derniers mots, ses citations. Mais il se voyait comme lui, doté de sang-froid, habile, réfléchi ; il fallait qu'il le soit. Alors, il referma lentement le livre d'histoire. Délicatement, il décolla avec une grande précision la feuille blanche de format A0 qu'il plia en six, et la laissa au milieu de la table. Il avait décidé de ne plus retracer son enfance sur cette feuille depuis qu'ils étaient venus le déranger, depuis que le portrait de son père s'était manifesté. Cette fois-ci, c'était pour de bon. Il ne reviendrait plus en arrière.

En quittant la salle de projection, il s'approcha et se mit une nouvelle fois à genoux. Il contempla du regard le portrait de son père.

« Peut-être que cette lettre se trouve chez la petite amie... »

Il y eut un silence.

Il ferma les yeux. Il ne lui restait plus que ça à faire. Récupérer cette lettre.

« Tu sais, père, il va falloir que je réfléchisse. Je pense que j'ai une idée et grand-père est peut-être la clé de cette lettre... Tu ne le penses pas, père ? Tu ne penses pas que grand-père puisse m'être utile ? Tu penses que je devrais y aller seul, là-haut, sur l'autre versant de la colline ?… C'est elle qui a la réponse ?... Très bien, père. J'y vais et tu seras fier de moi. Je trouverai cette lettre… Bien sûr, père, bien sûr qu'elle m'aime, père… J'y vais, père… Je vais récupérer cette lettre... »

Il était dans un état second. Des fragments d'images incrustées sur les murs du sous-sol lui traversèrent subitement l'esprit et firent monter en lui une sorte d'excitation. Dans un élan de frénésie, il monta les marches et entra dans une pièce rustique. C'est vers la bibliothèque qu'il se dirigea. Il contempla les nombreux albums photo qui appartenaient autrefois à son père. Son choix se porta sur l'année 1976, puis il prit place sur le fauteuil de style.

Quelques instants plus tard, il prit son portable et composa le numéro. Il eut soudain envie de se blottir dans ses bras en fermant l'album photo.

« C'est une surprise ma louve, dit-il à celle qui l'acceptait tel qu'il était… J'en ai pour une demi-heure. »

Il était prêt. Il avait choisi un costume rouge correspondant à son état d'esprit : la passion, l'amour, la puissance, et aussi la haine. Il s'installa au volant du véhicule dont il ne voulait pas, mais pour lequel son grand-père lui avait demandé d'être en règle. Lorsqu'il mit le moteur en route, l'adrénaline lui monta à la tête. En douceur, il passa une vitesse. Ainsi, il traversa le jardin du domaine jusqu'à l'immense portail. Il actionna la télécommande vers la borne de détection ; le portail s'ouvrit devant ses yeux.

Oui, une demi-heure le séparait de sa louve, ce qui lui avait permis de prendre conscience qu'il avait fait une erreur en laissant ce véhicule dans le box depuis toutes ces années. Il ressentait un énorme plaisir à chaque changement de vitesse, comme s'il était en harmonie avec le levier de la trappe qui cachait le secret du domaine. En arrivant à destination, il stationna son véhicule sous sa fenêtre, puis il prit lentement son portable : « Je suis là, ma louve, juste sous ta fenêtre. »

Sa louve se précipita vers la fenêtre, scruta la rue et le vit traverser la route puis disparaître sous l'auvent de l'entrée de l'immeuble. Depuis le temps qu'elle attendait qu'il lui fasse la surprise, elle souriait tout en allant ouvrir la porte. Ce soir, elle allait lui demander de changer de visage ; il serait ainsi beaucoup plus heureux. Ce fut avec un large sourire qu'il sortit de l'ascenseur et avança vers elle. La porte se referma lentement sur le palier. Derrière la porte, il la souleva du sol en la prenant dans ses bras – elle était légère comme une plume, encore plus légère qu'une plume, et il l'emmena dans la chambre.

Il s'était senti puissant, dominant ; il l'avait à sa merci. Mais elle était différente des autres. Elle l'acceptait tel qu'il était et il ne pouvait pas lui faire de mal. Ses sentiments étaient partagés. Il se souvint de leur première rencontre. Elle était là, belle, souriante, les cheveux en bataille, assise au fond de la salle, la tête dans les étoiles, si radieuse qu'il avait eu du mal à reprendre sa respiration après avoir échangé un regard avec elle. Puis elle lui avait souri. Il s'était demandé d'où elle venait. Et qui était-elle ? Elle l'avait regardé tendrement et, dans ce regard, il avait vu une nouvelle vie s'offrir à lui. Le destin avait fait qu'ils avaient échangé quelques mots. C'était elle qui était venue à sa table, en slalomant au centre de la piste de danse. Lui n'osait pas, il restait dans l'obscurité. Il se contentait juste de la regarder et de lui rendre son sourire. Le premier pas, ce n'était pas son point fort. Il se faisait discret, sachant que tous les regards se braquaient sur lui à chacun de ses pas. C'est ainsi qu'il avait rencontré celle qui l'accepterait tel qu'il était.

Dans la chambre, une odeur de jasmin envahit ses narines. Un vent frais traversa les rideaux qui frémissaient. Il l'allongea sur le lit, tandis que son téléphone vibra dans la poche gauche de sa veste : il sourit. Cette nuit-là, il dormirait en dehors du domaine, il pouvait se le permettre. Bien que son grand-père fût en possession des plans du domaine, il ne se faisait pas de souci. Il ne craignait rien. Pour pénétrer dans le sous-sol par le labyrinthe du domaine et en sortir, il fallait en connaître le secret. Depuis, il avait fait le nécessaire pour sécuriser le domaine en ayant recours à la plus haute technologie.

Maintenant, il allait peut-être lui parler avec son cœur, lui raconter sa souffrance. Il allait peut-être lui raconter un secret enfoui depuis tant d'années. Elle, de son côté, avait ce souhait qu'il change de visage, tout en sachant que la nuit allait être longue et chaude. Elle attendait ce moment depuis…

18

Mercredi 31 octobre 2007

18 h

Dans son vaste bureau illuminé au nord-est de la tour HQE, le directeur du renouveau du site de l'OAD, jubilait devant l'écran de son ordinateur. Ses yeux brillaient, reflétant l'image aux multiples couleurs qui dansaient sur l'écran. *Les Ombres de la dalle*, projection qu'il aurait l'honneur de présenter à l'ensemble de la direction de l'OAD. Le titre émergeait lentement de son esprit.

Debout, penché au-dessus de son épaule, Olivier Danze se félicitait de la première étape de son projet, qui avait particulièrement plu à son directeur.

— Fabuleux… Fabuleux… murmura ce dernier, n'en croyant pas ses yeux. Fabuleux ! ajouta-t-il en allant vers la paroi vitrée.

Danze esquissa un sourire.

— Ce n'est que le début du projet, monsieur. Il me reste à faire le montage sur tout le secteur.

En ce mois de novembre, la météo faisait des siennes. Tantôt, le temps était agréable, tantôt, un vent glacial balayait tout le quartier d'affaires de l'OAD. L'hiver s'annonçait et la nuit tombait plus tôt. À travers la paroi vitrée de son bureau au 36e étage, Poulsen scrutait les allées piétonnes et il imaginait tous ces pas résonnant sur la dalle. Il crut un instant que tout le quartier vibrait dans sa tête. Au pied de la tour HQE, le bassin s'alluma et les jets d'eau jaillirent au rythme d'un grand concerto de Bach, dont les accords retentissaient dans l'air glacial comme les grondements de la mer.

— Venez voir, Olivier… Venez ! dit Poulsen dans un élan d'excitation.

Danze s'approcha de la paroi vitrée et plissa le front avec une persistance quelque peu inquiétante.

— Regardez comme ces jets d'eau jaillissent de leurs orifices… et imaginez-les en harmonie avec les ombres de la dalle. Ce serait fantastique !

Danze plissa les yeux.

— Qu'en pensez-vous ?

— C'est envisageable. Mais cela ne me semble possible qu'en été, monsieur.

En effet, dans quelques jours, le bassin serait vidé de son eau pour éviter le gel jusqu'au retour du printemps.

— Pensez-y, M. Danze, dit Poulsen en jetant un bref coup d'œil à un individu poussant doucement un fauteuil roulant.

Bien que le siège de l'OAD se situât à une centaine de mètre du niveau de la dalle piétonne, on y distinguait clairement le mouvement de la foule. L'individu s'approcha du bassin et s'assit sur un banc. Depuis la baie vitrée, Poulsen eut brusquement une idée.

— Dans votre programme, avez-vous inclus les handicapés ?

Danze prit un air pensif et intéressé.

— Que voulez-vous dire ?

— Est-ce que les handicapés en fauteuil roulant font partie des ombres de la dalle ? suggéra-t-il tout en observant l'individu assis sur le banc.

— Non. Ce programme ne concerne que les gens valides. Faire vibrer les roues d'un fauteuil roulant sur la dalle me semble difficile.

— En êtes-vous sûr ? demanda Poulsen en allant à son bureau.

À nouveau, il scruta l'image qui dansait sur l'écran, et ça l'amusait. Mais au fil des secondes, il était persuadé qu'il y avait une solution.

— Il faut voir, monsieur, répondit Danze calmement. Pourquoi ne pas envisager cette éventualité ?

— Pensez-y ! Autant je n'aurais jamais pensé à tout ceci avant, autant maintenant, j'ai la certitude que tout est possible…

— Je me pencherai là-dessus, répondit Danze pour répondre au bon vouloir de son directeur.

— Bon, je ne vais pas vous retenir plus longtemps. Mais une dernière chose, M. Danze…

— Je vous écoute monsieur.

— Vous savez que demain, nous serons le 1er novembre ?

Danze fronça les sourcils.

— Oui, c'est la Toussaint.

— Alors, sachez qu'ici à, l'OAD, nous fêtons les Saints dans nos bureaux.

Danze faillit s'étrangler sous l'effet de la surprise.

— Vous voulez dire que nous travaillons un jour férié ?

— Seulement le 1er novembre, c'est un désir de la direction. Vous savez, parfois, il ne faut pas trop chercher à comprendre. Mais soyez sûr que vous serez payé.

Poulsen referma l'ordinateur portable et le lui tendit.

— Vous avez fait du beau travail, Olivier. Du très beau travail ! À demain.

— Merci monsieur. Je vous souhaite une bonne soirée, répondit Danze, en quittant le bureau.

Il traversa le long couloir pour regagner son nouveau bureau. La salle d'archives n'était plus qu'un lointain souvenir. Le temps d'enfermer tout son matériel dans l'armoire, son téléphone vibra dans la poche de sa veste.

— Comment vas-tu ?

Au bout du fil, il avait Jacques Cesco, son ami d'enfance.

— Heureux comme un pape, vieux. Je viens de présenter un aperçu de mon projet à mon directeur. Il était aux anges et très enthousiaste.

— Vraiment ? s'exclama Jacques.

— Il faut le voir pour le croire, mon vieux. Si tu voyais sa tête, on dirait…

— Ça te dit de prendre un verre ?

— Comme tu veux.

— Je t'attends au pied de la tour. Tu me raconteras tout ça.

— Ça marche !

Un quart d'heure plus tard, Poulsen n'avait toujours pas bougé d'un cil. L'air songeur à la recherche de ce qui, dans le projet des Ombres de la dalle, pourrait être amélioré. L'idée d'inclure un fauteuil roulant naviguait dans sa tête. Mais s'il se rappelait bien du fonctionnement : les capteurs fixés sous les dalles ne réagissaient qu'aux chocs des talons qui claquaient. Déçu, il se hâta vers la paroi vitrée. Scrutant les alentours du fauteuil roulant, un sentiment d'incompréhension s'installa en lui. Il se pressa vers son bureau, décrocha son téléphone, composa le numéro puis retourna à la baie vitrée.

— Sécurité, j'écoute.

— Bonsoir. Je suis M. Poulsen de l'OAD, dit-il d'une voix fébrile.

— Bonsoir M. Poulsen. Que puis-je faire pour vous ?

— Faites-moi un plan sur le bassin et dites-moi ce que vous voyez.

Il y eut un silence.

— J'ai l'image, M. Poulsen. J'ai les jets d'eau, deux personnes viennent de passer à quelques mètres d'un fauteuil roulant, un homme assis sur un banc… Rien d'étonnant.

— Pouvez-vous faire un plan sur les deux personnes ?

— Un instant.

Il y eut un nouveau silence, interminable pour Poulsen.

— Alors ?

— C'est fait, j'ai capturé l'image. Que voulez-vous que je fasse ?

— Vous pouvez me l'envoyer par mail ? J'ai besoin de vérifier une chose.

— C'est comme si c'était fait. Mais n'oubliez pas la procédure d'utilisation…

— N'ayez crainte !

Aussitôt, une sonnerie à peine audible lui confirma la réception de l'email. Poulsen l'ouvrit, et ce qu'il découvrit sur l'écran lui donna la nausée.

*

L'appel téléphonique que Lemé avait reçu provenait du médecin de la clinique privée qui lui avait annoncé que le jeune Émeric était en mesure de parler. Aussitôt la réunion terminée, il s'y rendit malgré l'heure tardive.

Sous le regard du policier qui montait la garde devant la porte de la chambre, Lemé et le commandant Laplace regardaient à travers la vitre qui donnait sur la chambre en compagnie du médecin. Le jeune Émeric était allongé sur le lit, le regard dans le vide. Ses bras, étendus le long de son corps, portaient des traces rouges aux poignets.

— Vous l'avez sanglé ? demanda Laplace d'une voix calme, mais qui cachait bien autre chose.

— Une demi-heure après votre départ, il a été très agité et refusait de laisser quiconque l'approcher. Nous avons juste pris des précautions…

— Était-ce bien nécessaire ? l'interrompit Laplace sur le même ton faussement calme.

— Pour sa santé, je vous réponds que oui. Il souffre de crises d'angoisse, ce garçon…

— Angoisse ? s'enquit Lemé. Il me semblait que c'était une crise de tétanie…

— Oui et non, répondit le médecin. D'après les propos qu'il a tenus, je dirais qu'il était très angoissé, malade de peur à l'idée de ce qu'il pourrait lui arriver.

— De quel genre ? demanda Lemé.

— Ce gamin s'est retrouvé pris entre une terreur nocturne et une paralysie du sommeil. En somme, quelque chose qui définit un état d'hallucination, de peur, d'angoisse, de stress, et tout ceci, certainement à cause d'un cauchemar. De plus, l'alcool l'a un peu aidé.

« Finalement, le médecin de famille avait vu juste pour le jeune Émeric », pensa Lemé. Mais lui, Lemé, ne se souvenait presque jamais de ses rêves qui tournaient aux cauchemars. Sauf que, depuis deux jours, un cauchemar troublait ses nuits. Même à son réveil il y pensait encore.

— Vous pouvez aller le voir. Il a dormi toute la journée sous calmant et je pense qu'il est plus apaisé.

— Merci docteur, répondit Lemé.

La chambre était plongée dans la pénombre. La lueur d'une veilleuse illuminait le visage du jeune Émeric. Il tourna son regard vers Lemé, qui s'approcha de lui en toute décontraction.

— Bonsoir, dit Lemé d'une voix agréable et sécurisante.

En réponse, le jeune homme posa de nouveau son regard dans le vide.

Silence. Lemé s'assit sur le bord du lit et sortit sa carte.

— Nous sommes des enquêteurs de la police et nous avons besoin de ton aide, dit-il en faisant signe à Laplace qui se tenait à l'entrée de la chambre.

L'envie d'être proche du gamin ne se fit pas attendre ; en deux pas, Laplace se pencha presque sur le lit.

— Je suis le commandant Laplace, dit-il en souriant. Et voici mon patron, le commissaire Lemé. Sache que tu n'as rien à craindre. Bientôt, tu rentreras chez toi. Ça te plairait ?

Sous les yeux des deux policiers, le jeune Émeric eut brusquement une respiration rapide et saccadée. Il poussa un cri et ses doigts crispés se cramponnèrent sur le bord du lit. Sous les draps, ses jambes se tendirent et il contracta sa bouche. Laplace se pencha sur lui.

— Merde ! Il ne va quand même pas nous faire une crise ! Allez mon garçon, calme-toi ! Allez, respire mon garçon… respire, dit Laplace.

Il fronça soudain les sourcils lorsque le jeune Émeric tourna la tête et lui jeta un regard foudroyant.

— Je veux rester ici ! dit-il dans un cri qui déchira l'atmosphère paisible qui régnait dans la chambre.

Au même instant, le médecin arriva, talonné par le policier de garde qui ne put le retenir.

— Avez-vous un problème ? demanda le médecin.

Les deux policiers s'écartèrent du lit et laissèrent le champ libre au médecin qui se pencha sur le jeune Émeric.

— Je ne veux pas rentrer chez moi ! dit celui-ci en détachant ses mots.

— Ne t'inquiète pas, tu peux rester ici. Mais ces messieurs ont besoin de toi. Tu veux bien les aider ?

— D'accord, mais je ne veux pas sortir d'ici… Pas tant que…

Émeric s'interrompit, ses yeux s'embuèrent.

— Alors, dis-leur tout… Tu ne risques rien.

Lemé et Laplace échangèrent un regard furtif rempli de points d'interrogation par rapport au médecin qui quitta la chambre. Que lui avait-il raconté ?

— Et si tu nous racontais ce que tu as dit au médecin ?

Le jeune Émeric prit l'air de réfléchir comme s'il cherchait au fond de sa mémoire un passage qui s'était effacé brutalement.

— Je ne me rappelle plus de ce que j'ai raconté au médecin.

— Ne te fais pas de souci, on est là pour t'aider, lui dit Lemé. Quoi que tu aies pu raconter, le médecin est lié par le secret professionnel. Alors, dis-nous tout.

— On est sorti entre potes, lâcha le jeune Émeric d'une voix enrayée. On a pris quelques verres…

— Dans quel secteur étiez-vous ?

— Les Halles…

— Sympa comme coin, intervint Laplace. Dans ma jeunesse, je ne me baladais qu'aux Halles. Tu connais le *Bar Jazz Club* ?

Méprisant complètement le *Bar Jazz Club* et la jeunesse retrouvée du commandant Richard Laplace, Émeric posa son regard sur Lemé.

— Je venais de la rue de Rivoli pour déboucher, avec mon scooter, sur la place de la Concorde. C'est alors que j'ai vu un type sous la pluie déposer quelque chose sur le trottoir… Ensuite, il est monté dans son véhicule, a démarré puis tourné à gauche en direction des quais. Mais quand je me suis approché, j'ai vu une silhouette assise contre la grille de l'obélisque. Sur le coup, je ne pensais pas… Je ne pensais pas…

De nouveau, sa respiration saccadée se fit entendre.

— Respire, mon garçon, respire calmement, dit Lemé en lui prenant la main.

Son instinct paternel refit surface ; le visage de son fils lui traversa l'esprit.

— … Qu'elle n'avait plus… Et, sans réfléchir, je l'ai prise en photo avec mon portable. J'ai fait du mal…

— Un mal pour un bien, mon garçon, répondit Lemé d'une voix rassurante. Grâce à cette photo, nous espérons trouver le responsable.

— Non ! C'est un mal… Je n'aurais pas dû faire cette photo… Et puis, il est…

Sa respiration s'accéléra encore et Lemé eut à nouveau les mêmes mots et les mêmes gestes.

— Je m'apprêtais à prendre une photo lorsque…

Le jeune homme se concentra sur le fait d'inspirer et d'expirer pour tenter de se calmer.

— Je l'ai vu revenir à pied… Il m'a fait peur. J'ai pensé un instant le percuter, mais il me faisait de plus en plus peur à chacun de ses pas...

— As-tu vu son visage ? demanda Laplace dans un élan d'excitation.

— Non. Sous la pluie, c'était comme s'il n'en avait pas !

— Regarde-moi, mon garçon ! dit Lemé. Son visage, Émeric ! Son visage… Essaye de t'en souvenir, mon garçon. Tu as sûrement vu son visage...

— Je vous ai dit qu'il pleuvait et que je ne voyais pas son visage ! C'était comme s'il n'en avait pas ! Tout ce que je peux vous dire, c'est qu'il est très grand et qu'il portait des habits sombres.

— Comment était-il vêtu ?

Émeric semblait chercher cette nuit-là au fond de sa mémoire, une sortie entre potes autour d'un verre qui allait finir en cauchemar sous ses draps.

— Il était habillé comme vous…

— Tu veux dire qu'il portait un costume et une gabardine ? demanda Laplace.

— Oui.

Sa respiration se fit entendre de nouveau.

— Merci mon garçon, dit Lemé en lui prenant la main. Et ce véhicule, peux-tu nous en parler ?

— Il faut que je m'en rappelle…

Durant quelques minutes, le regard du jeune homme sembla lointain, puis il dit :

— C'est une camionnette beige, modèle J7, J9.

Abasourdis par les déclarations du jeune homme, Lemé et Laplace se jetèrent un regard furtif ; ils n'en croyaient pas à leurs oreilles.

« Une Peugeot ! » pensa Laplace.

— En es-tu sûr ? demanda-t-il, cherchant malgré tout à chasser le doute qui subsistait dans son esprit.

— Certain, vous pouvez me croire.

— Merci, mon garçon, merci, répondit Lemé en prenant son visage à deux mains.

Ce fut vers le domicile des grands-parents que son esprit voyagea, dans les murs de la chambre du jeune Émeric. Il se rappelait des posters des hommes du feu et des véhicules d'incendie entourés de flammes. Puis il poussa un long soupir. Ses pas arpentaient le sol brillant de la chambre, il avait le sentiment qu'il venait de franchir une étape de plus pour retrouver le visage de la victime.

— Tu as été très courageux, mon garçon. Sache que tu nous as été d'une grande aide. Comment te sens-tu ?

— Un peu mieux.

— Écoute-moi, dit Laplace en s'approchant du lit. Grâce à ces informations, nous allons pouvoir suivre une piste. Mais il faut que tu saches que tant que nous n'aurons pas trouvé le responsable, nous pouvons avoir besoin de toi.

— Vous savez où me trouver…, répondit le jeune Émeric.

Il porta soudain son regard dans le vide et une seule pensée tournait désormais dans sa tête : « Trouvez-le, je veux sortir d'ici. »

La nuit était tombée lorsqu'ils quittèrent l'enceinte de la clinique privée. Le jeune Émeric serrait fermement le drap entre ses doigts, qu'il remonta jusqu'au cou. Le policier de garde, devant la porte de la chambre, lui donnait l'impression d'être en sécurité.

Durant le trajet de la clinique vers l'Île de la Cité, les deux enquêteurs gardèrent le silence, ressassant le témoignage du jeune Émeric. Arrivés à destination, Lemé gara son véhicule. Pendant quelques instants, ils échangèrent un regard inquiet.

— Allez, lui dit Lemé d'une voix rassurante. Rentre chez toi et reviens demain en pleine forme !

Richard Laplace fixa son patron longuement avant d'esquisser un sourire.

— Ouais, répondit-il en regagnant son véhicule.

Le froid qui régnait dans l'habitacle envahit Laplace ; il remonta son col et démarra. Alors qu'il pensait se réchauffer en allumant le chauffage, l'air froid qui sortit de la grille lui agressa le visage. Soudain, ses souvenirs de jeunesse émergèrent. Malgré l'heure tardive, il avait très envie de prendre une petite bière au *Bar Jazz Club*. Pour s'y rendre, il sillonna les rues de la capitale en regardant les camionnettes en stationnement le long des boulevards. Au coin d'une rue, il arriva devant la porte du lieu de sa jeunesse. Sa déception fut énorme lorsqu'il constata qu'il n'y avait pas âme qui vive : le *Bar Jazz Club* était fermé. « Ça sera pour une prochaine fois », pensa-t-il en jetant un coup d'œil sur sa montre. Il rebroussa chemin et rentra chez lui.

À quarante-sept ans, Richard Laplace était dans la police depuis plus d'un quart de siècle. Dès l'adolescence, il avait fait son choix quant à ce que serait sa vie future : il serait policier et sa loyauté envers les institutions républicaines serait un gros atout.

Durant vingt-cinq ans, il avait fait preuve de sang-froid, de courage et d'une abnégation parfaite de sa personnalité.

Richard Laplace était d'ailleurs un bon policier et il le savait. Un homme intègre et impartial qui s'était placé au service du public en se comportant d'une manière exemplaire, quelle que soit la personne qu'il avait en face de lui…

À peine après avoir passé le pas de la porte de son domicile, son fidèle compagnon se trouva à ses pieds sans émettre le moindre aboiement, chose que

Richard Laplace avait su lui apprendre. Le chien se contenta de remuer énergiquement la queue d'un air implorant.

— Allez ! Laisse-moi accrocher mon imperméable.

Aussitôt dit, aussitôt fait. Il prit son chien dans ses bras et s'affala sur le canapé. Le silence s'installa autour de lui.

Richard Laplace, le regard dans le vide, imaginait une vie de famille au milieu des rires d'enfants et la voix d'une femme qui l'encouragerait. Une femme qui partagerait sa vie, ses émotions, ses moments d'angoisse et de peur. Cette peur qui, malgré lui, était présente à chaque mission, lorsqu'il traquait les criminels jusqu'au dernier souffle. Malgré le fait qu'on le surnomma « *Le Lion* », Richard Laplace ressentait la peur comme tout le monde. Mais il n'avait jamais trouvé de réponse à la question qui le lancinait à chaque instant quand il tournait la clé dans la serrure : « Quelle femme pourrait m'accepter tel que je suis ? »

— Allez, laisse-moi une petite minute et après, on ira faire un tour…

Son bichon aux longs poils abricot s'éloigna de lui et alla se coucher sur le coussin, au bout du canapé, puis le suivit du regard avec ses gros yeux noirs, sans ciller.

Richard Laplace se pencha sur la table et alluma son ordinateur portable. Après quelques minutes, il ouvrit une page internet et sélectionna une image qu'il envoya à l'imprimante. Il referma l'ordinateur qui émit un bip ; le chien remua alors ses oreilles et leva la tête.

— Allez viens, dit-il en prenant le collier du chien qui, brusquement, fit un bond du canapé tout en remuant la queue.

La joie envahit son chien, qui s'apprêtait à faire une promenade.

Richard Laplace sourit tout en ayant une pensée pour son adversaire : « Tu commettras une erreur, comme moi. Et ce jour-là, je serai là. » Mais il savait déjà qu'il allait veiller toute la nuit.

— Allez ! On va faire un petit tour.

*

— Alors, il était content, le grand Poulsen ? demanda Jacques Cesco avec un sourire en coin.

« En effet, il était assez grand », pensa Danze.

— Comme un gosse devant un jouet. C'est la première fois que l'un de mes projets procure autant d'effet.

Jacques Cesco croisa ses bras en suivant du regard le serveur qui s'approcha de leur table.

— Je vais prendre une vodka, et toi ?

— Un whisky. Je vois que tu n'as pas changé tes habitudes !

— C'est pour ne pas oublier le bon vieux temps.

Le serveur tourna les talons. Le temps sembla s'arrêter pour Jacques Cesco, jusqu'à ce que le serveur revienne et pose les deux verres sur la table.

Ils prirent leur verre et trinquèrent.

— Dis-moi…

Danze porta le verre à ses lèvres.

— Je t'écoute.

Danze prit une gorgée. Il réfléchit, se demandant s'il fallait employer la méthode douce d'Eduard Poulsen pour le 1er novembre, ou bien tout simplement lui poser une devinette.

— Si je te dis, « au bon vouloir de la direction ».

Jacques Cesco fronça les sourcils et prit l'air hébété.

— C'est un jeu ?

— Et si je te dis, « demain c'est la Toussaint » et « nous fêtons les Saints dans nos bureaux », à quoi penses-tu?

Jacques détourna son regard. Une grimace se dessina sur ses lèvres. Il aurait préféré que son ami ne découvre pas son existence au sein de l'OAD, une erreur dans son parcours professionnel. Il en gardait un mauvais souvenir encore coincé en travers de la gorge.

— Où as-tu trouvé ces informations ?

— Dans les toilettes de l'OAD, répondit Olivier à mi-voix.

Jacques Cesco avala une gorgée ; la liqueur lui brûla la gorge, il grinça des dents.

— Comment ça ? le questionna-t-il.

— Poulsen dit que tu jouais des percussions sur le bord du lavabo.

Jacques gloussa et posa son verre.

— OK, je vois. C'était pour m'égoutter les mains. Pourtant, je ne me vois pas le faire devant lui… Bon, bref !

— Tu étais dans quelle direction ?

Jacques poussa un long soupir en posant sa main sur son genou droit. Il ressentit des fourmis dans ses jambes et l'envie de marcher le prit soudainement. Cette sensation, il l'avait éprouvée lorsqu'il avait appris la nouvelle. Il s'en souvenait encore. Ce jour-là, il était debout, à la tête de la table de la salle de vote. Il avait entamé sa lecture à haute voix, la présentation de son projet pour le renouveau du site de l'OAD. L'ensemble de la direction lui faisait face. Vers la fin de son discours, prononcé dans un silence absolu, le doux soupir qui avait traversé la salle avait paru aussi assourdissant que l'ouverture de la trappe, dans le plancher, qui avait laissé apparaître l'escalier d'honneur que les directeurs avaient gravi pour mettre leur vote dans l'urne. Le verdict avait été sans appel : l'ensemble de la direction désapprouvait son projet de renouveau du site.

— Tu sais, dit-il d'une voix nostalgique, j'étais persuadé de détenir le projet idéal. J'avais vu les choses en grand, tout me paraissait faisable. Ce n'est que le lendemain, devant un café bien serré et après une nuit blanche, que j'ai réalisé que ce jour-là, j'avais peut-être commis une grosse erreur.

Jacques Cesco porta brusquement son regard vers le comptoir. Il avait envie d'un autre verre.

— En relisant mon projet, je me suis rendu compte qu'à aucun moment je n'avais nommé la direction. J'avais écrit au moins une dizaine de « moi » par page. J'avais l'impression de ne lire que : « moi, moi, moi ». Quel idiot j'ai été !

— Ce n'est pas une raison valable pour te renvoyer, dit Olivier qui fit signe au serveur de leur remettre la même chose.

— Je ne sais pas. Mais sache que je cherche encore la vraie raison, figure-toi. Par contre, Poulsen n'a pris la parole qu'au début de la présentation, puis n'a plus dit un mot jusqu'au vote.

Soudain, le son d'une sirène se fit entendre, proche de lui. Danze se retourna, croyant apercevoir le véhicule d'intervention à travers la baie vitrée de l'établissement.

— Il se passe quelque chose dehors ? demanda Danze.

— C'est courant les sirènes, ici. D'ailleurs, il se passe toujours quelque chose. Mais rassure-toi, ce n'est rien de grave. Comme à l'OAD. Bon, bref… Tu voulais savoir dans quelle direction j'ai travaillé ?

— Je m'interroge… Mais tu n'es pas obligé de me le dire.

Le serveur déposa deux verres sur la table.

Aussitôt, Jacques Cesco se saisit du verre.

— L'urbanité.

— L'urbanité ! s'exclama Olivier qui, avalant de travers, manqua de s'étrangler. Je pensais que…

Jacques Cesco vida son verre d'un trait.

— Je connais ton avis sur le sujet mon vieux. Pas besoin de me le montrer de cette façon. Bien que tu penses que l'urbanité est un sujet très délicat à traiter et difficile à résoudre, je te donne raison. Les cadors de l'OAD, m'ont clairement fait comprendre ce qu'ils pensaient de mon point de vue sur ce sujet… Bon, reprit-il en soupirant, je connais un bon resto à deux pas d'ici. Je t'invite à casser la croûte.

— Bonne idée, répondit Olivier en réglant l'addition. Ne parlons pas de choses qui fâchent.

Les deux amis se dirigèrent vers la porte de sortie de l'établissement. En passant devant le comptoir, Jacques Cesco saisit un dépliant qu'il parcourut rapidement.

— L'établissement organise un cocktail dansant samedi. Ce serait bien qu'on aille y jeter un œil, dit Cesco en franchissant la porte du pub.

Olivier Danze remonta le col de son manteau. Un léger vent frais lui balaya le visage.

— En souvenir du bon vieux temps ?

— Plutôt pour prendre son pied, et fêter les jours fériés !

19

Jeudi 1er novembre 2007

7 h 45

Bien qu'il ait veillé toute la nuit, Richard Laplace avait l'esprit bien clair lorsqu'il avait sauté de son lit avec un goût amer dans la bouche. Le désir d'une petite bière au *Bar Jazz Club* envahissait toujours son esprit, pour fêter la Toussaint en mémoire de tous les Saints.

Ne trouvant pas le sommeil, il s'était dit que la meilleure solution serait de prendre un café, de regagner son bureau et de se replonger dans le maigre dossier de la victime sans visage.

Le cœur serré et meurtri, l'esprit rempli de doutes, il avait pris conscience que les indices en leur possession ne leur permettraient pas de résoudre l'affaire d'un coup de baguette magique.

Alors, Richard Laplace s'était mis dans la peau de l'assassin, dans la tête de celui qu'il considérait comme un fou. Mais il n'était pas si fou qu'il voulait le faire croire et il n'avait pas encore perdu la raison. Au fond de lui, il le considérait comme un fou audacieux. Un fou qui, en quelque sorte, ne ferait pas n'importe quoi, puisqu'il réfléchissait : la victime déposée au pied de l'obélisque n'en était-elle pas la preuve ?

Puis Laplace s'était cherché une raison de commettre un crime. Il s'était cherché une raison de passer à l'acte. « Mais pourquoi dissocier la tête du corps de sa victime ? Pourquoi ? » s'était-il demandé en fixant l'écran de son ordinateur.

Il avait parcouru le plan de la ville de Paris, depuis l'obélisque, la place de la Concorde. Quel chemin aurait-il pris, en prenant en considération les dires du jeune Émeric ?

Richard Laplace se doutait bien qu'il lui était impossible de déterminer sur un simple plan le parcours du meurtrier.

Non. Laplace prit conscience qu'il cherchait une aiguille dans une botte de foin. Soudain, la porte s'ouvrit.

Lemé posa son porte-documents sur son bureau :

— Bien dormi ? lâcha-t-il.

— Ne m'en parle pas... J'ai fait du bon café. Ça ne m'arrive pas souvent, mais c'est du bon...

Son ton était léger pour masquer son impuissance. Leur impuissance.

Laplace se leva, remplit une tasse et la tendit à son patron, qui but une gorgée du breuvage.

— Pas mauvais ton café, merci bien.

Richard Laplace lui répondit par un hochement de tête, puis il se posta devant la fenêtre, comme il avait l'habitude de le faire lorsqu'il se sentait impuissant. À croire que la Seine qui coulait paisiblement allait leur montrer le chemin à prendre.

— Un juge... L'homme de la situation. Moins de trente lignes pour un rapport d'autopsie, la photo d'un blouson, un portable et quelques impressions concernant une camionnette que j'ai imprimés hier soir. Voilà ce sur quoi il faut enquêter et ce qui nous mènera au tueur. Comment fait-il ? Comment a-t-il réussi, en toute tranquillité à déposer sa victime à quelques mètres de l'Élysée sans être inquiété ?

— Et si tu étais à sa place, que ferais-tu ? demanda Lemé en dirigeant son regard vers la fenêtre.

— C'est bien ce que j'essaie de faire, figure-toi. Mais je n'arrive pas à me mettre à sa place. Je ne comprends pas la raison d'un acte aussi barbare...

Laplace se retourna vers Lemé :

— À moins... À moins que j'aie quelque chose à cacher. Que je ne me supporte plus et que... Non ! Ça ne rime à rien...

— À moins que quoi ?

— À moins que je fasse tout ça juste pour le plaisir, comme une envie de pisser. Laplace mit ses mains dans ses poches. Puis il regagna son bureau et se posa de tout son poids sur sa chaise.

Parfois, Laplace ne mâchait pas ses mots. Lemé en avait l'habitude.

— Hum ! Le plaisir. Et pour parachever ce plaisir, tu déposes le corps sur un lieu public...

— Et pas n'importe où. Un lieu touristique, symbolique. Un lieu rempli d'histoire. Et quel est le lien entre un lieu symbolique, ma victime et moi ?

Laplace porta la photo de la victime à ses yeux. Cette photo qu'il avait refusé de découvrir sur l'écran du portable du jeune Émeric.

— La vie que tu as menée jusqu'à maintenant. Et le fait que, soudain, se réveillent en toi des souvenirs... une souffrance par exemple.

Il rapprocha la photo.

— Et pourquoi elle ? dit-il en écartant la photo de son visage.

Lemé le regardait sans ciller.

— Il n'y a que toi qui le sais. C'est ton secret et tu ne souhaites pas le partager avec quiconque, lui répondit Lemé en observant le voyant rouge de son téléphone qui s'alluma.

— Un secret ?

— Pourquoi pas ? On reparlera de tout ça plus tard. Va chercher les autres et rejoignez-moi dans le bureau… Lemarchand nous attend !

— Au fait, comment va Nancy ?

— Elle se remet gentiment. Avec les enfants, nous avons décidé de l'emmener au Musée de l'Homme à sa sortie de l'hôpital.

— Au Musée de l'Homme ? s'exclama Laplace

— Oui, ne me demande pas pourquoi. C'est un endroit où elle se sent particulièrement bien. Allez, va chercher les gars…

« Musée de l'Homme », murmura Laplace en regardant Lemé sortir du bureau. Mais, un secret naviguait encore dans son esprit.

Quelques minutes plus tard, ils avaient tous un regard déterminé face à Reynald Lemarchand, qui explora une dernière fois un gros dossier que son assistante lui avait remis en main propre dans son bureau quelques instants plus tôt.

— Vous savez comme moi qu'à chaque élection, il y a du changement, et ce que j'ai à vous annoncer n'est pas une surprise. Ça commence en haut de la pyramide, pour ensuite descendre au plus bas. Le plus bas, c'est le peuple, les citoyens. Nous, on se trouve au milieu de cette pyramide infernale. Je vous annonce donc le départ du directeur. Duval part vers d'autres horizons. Je n'ai pas d'autre explication. Le nouvel arrivant sera là dans les jours qui viennent, je n'ai pas d'autre information non plus. Il faut s'attendre à ce qu'il y ait du changement avec l'arrivée du nouveau directeur.

Lemé pesta en son for l'intérieur, mais il s'efforça de ne rien montrer à son patron. « Verdier avait donc raison. Un nouveau gouvernement en place, un nouveau ministre de l'Intérieur et la foudre venaient de frapper au quai des Orfèvres. Cette annonce était-elle la cause de l'agacement du directeur ces derniers jours ? »

— Il aurait dû nous en parler ! dit Lemé.

— Ça ne change rien, Franck. Depuis que je suis ici, j'en ai connu trois. Et aucun d'eux ne m'en a parlé avant. Eux-mêmes ne savent pas grand-chose avant de se faire proposer un autre poste, avec l'obligation d'accepter, si tu vois ce que je veux dire… Ils sont peut-être en train d'étudier mon cas… et pourquoi pas le vôtre ?

Laplace éclata de rire, puis il dit :

— Il nous rassemblera dans la grande salle autour d'un verre. Il nous annoncera qu'il a été heureux de faire ce parcours avec nous et qu'il nous souhaite bonne chance. Il nous présentera le nouvel arrivant qui, à son tour, nous fera son discours. En attendant, on a un type dehors, un fou qui a perdu les pédales… Et que fait-on ?

Il avait commencé doucement et, au fur et à mesure, il avait haussé le ton au point que tous les regards s'étaient braqués sur lui. Laplace s'était tu et le silence avait pris place dans le bureau. Un long silence. On entendait juste le commissaire Menez : sa respiration sifflait dans ses bronches à cause de son état grippal.

— Avez-vous fini ? demanda Lemarchand en employant le vouvoiement.

— Avouez quand même que je suis payé pour arrêter les criminels ! Chaque chose en son temps ! En attendant…

— En attendant, l'interrompt Lemarchand, je te demande juste de m'écouter. Nous sommes ici pour la même cause. Je ne tiens pas à ce que mon équipe soit divisée à l'heure où elle apportera des résultats. Tenez, jetez un coup d'œil et vous verrez que ce n'est pas le moment de ne penser qu'à sa personne.

Tandis que Laplace scrutait avec attention le communiqué de presse établi par la préfecture de police sur l'évolution de la délinquance à Paris et l'activité des services de la préfecture de police – bien qu'il en était parfaitement informé – Lemarchand se demandait quel mouche l'avait piqué.

— Vous pensez que c'est le moment d'avoir des états d'âme ? Et de partir seul, la fleur au fusil, à la recherche d'un criminel ? Ces chiffres sont le résultat de toute une équipe ! De la maison ! Chacun d'entre nous a contribué à ces résultats, en baisse de plus de 3 %. Si je vous ai réunis, c'est pour faire un point sur les dossiers en cours et vous encourager à continuer dans le même état d'esprit. Ce qui se passe de l'autre côté de ces murs… Ne vous en inquiétez pas, on nous mettra au courant. J'espère avoir été bien clair ! Peut-on y aller maintenant ?

Si Richard Laplace fut à l'origine de ces explications, ses collègues, qui attendaient, n'en pensaient pas moins. Les changements au niveau des services, ils en avaient l'habitude, mais cela ne changeait en rien leur façon de voir les choses et de progresser sur une affaire. Richard Menez prit la parole dès que le feu passa au vert.

— Mon équipe travaille actuellement sur le blouson de la victime. Nous progressons sur le modèle. Avec un peu de chance, on pourra peut-être remonter une piste vers la victime.

— Avez-vous un délai ?

— Pour le moment, c'est impossible à dire. Enquêter sur un blouson appartenant à un motard n'est pas chose aisée, répondit Menez en se frottant le cou.

Lemarchand semblait réfléchir.

— Je suppose qu'il est inutile de parler de l'enquête de voisinage ?

— Ignorant l'identité de la victime, nous sommes dans une impasse. D'après le médecin légiste, il s'agit d'une femme de type méditerranéen. On fait actuellement des recherches sur toutes les personnes signalées disparues récemment, et qui n'ont pas donné signe de vie depuis. On enquête aussi sur le fauteuil roulant. On attend les résultats, ajouta Menez à mi-voix.

Lemarchand baissa les yeux sur le dossier.

— Ne négligez aucune piste. Je pense qu'il faut se mettre en relation avec les gendarmes et s'assurer...

— Inutile de perdre son temps là-dessus, lâcha subitement Laplace, qui avait pris connaissance du dossier que Lemé lui avait remis quelques instants plus tôt. Les collègues gendarmes enquêtent sur un étudiant du nom d'Anthony Martins... Il me semble que notre victime est une femme. À moins... à moins..., il s'interrompit sans aller au bout de sa pensée.

— À moins que quoi, Richard ? lui demanda Lemarchand d'un ton sec.

— C'est sans importance, patron. Juste une petite pensée.

Silence.

— Mais nous avons une bonne nouvelle, dit Lemé.

Lemarchand leva le menton, non sans chasser de son esprit la petite pensée de son fougueux commandant Richard Laplace.

— Nous connaissons le type de véhicule que le meurtrier a utilisé.

— Le gamin ? Vous avez pu lui parler ?

— Oui. Il a vu le type monter dans une camionnette juste avant de prendre la photo. L'équipe d'Henry s'occupera de recenser tous les véhicules type J9 en circulation, et éventuellement les déclarations de vols.

— Et à quoi ressemble ce type ? dit Lemarchand en fixant Laplace qui respirait à peine.

— Un type comme vous et moi. Il porte un imperméable comme vous et moi. Un type grand, bien habillé, qui se permet de commettre un acte ignoble en toute quiétude. Le problème, c'est qu'il n'a pas vu son visage.

20

Jeudi 1er novembre 2007

8 h

À trente-six ans, elle n'avait eu qu'une semaine pour faire ses bagages et refaire sa vie. Salariée dans un grand magasin parisien, elle était encore sous le choc de l'annonce de sa fermeture suite à une réunion extraordinaire. La direction avait annoncé la fermeture en évoquant des raisons de sécurité relatives aux normes d'incendie du magasin, fondé en 1870. La direction n'avait eu qu'un seul message à adresser aux salariés : « Devant la gravité de la situation actuelle, c'est le principe de précaution qui prime. » En effet, la sous-commission de sécurité de la préfecture de Paris avait émis un avis défavorable pour la poursuite de l'exploitation du magasin en l'état. Mais rien n'obligeait la direction à prendre la décision de fermer.

Rose-Marie Dolmon s'en souvenait encore. Comment pourrait-elle chasser tous ses souvenirs après plus de vingt ans de maison ? Elle y était entrée à seize ans. Plus de vingt ans de bons souvenirs. À l'époque, elle promenait son regard inquiet dans tout le magasin. Elle avait le sentiment qu'on leur avait cassé les genoux. Tout était allé si vite ! Les salariés n'avaient pas compris la rapidité d'une telle décision. Tout avait été clôturé en l'espace de quelques jours. Elle avait eu une pensée pour tous ses collègues, notamment pour ceux qui travaillaient là depuis trente, voire quarante ans ; c'était dramatique, se disait-elle. Beaucoup d'entre eux n'étaient pas qualifiés et allaient se retrouver sur le carreau. Malgré tout, elle avait tenté d'organiser la mobilisation autour d'elle dans ce secteur d'activité très faiblement syndiqué. Le rassemblement devant le magasin n'avait rien donné. La direction avait tenu bon et avait tranché. Le magasin sera fermé pour être mis aux normes de sécurité.

Depuis, Rose-Marie Dolmon tentait de tourner la page. Une page de son histoire. Une page qui faisait d'elle une femme heureuse, épanouie à chaque fois qu'elle franchissait la porte du grand magasin parisien. Il y avait un truc ici, quelque chose de magique, de différent.

— C'est un endroit chargé d'histoire. Il faut y être pour ressentir tout cela, avait-elle dit à une jeune vendeuse qui se tenait alors à ses côtés et n'avait que six mois d'ancienneté.

Sophie Lesage, la jeune vendeuse, lui avait répondu :

— Au final, ça ne va rien changer. Quand ils prennent la décision de fermer, rien ne les en empêche. Je ne suis que démonstratrice d'une grande marque. Contrairement aux autres, qui ont reçu leur lettre de licenciement, moi, je suis en attente. Je subis.

Si ce fut une triste fin pour le grand magasin parisien, Rose-Marie s'était fait la promesse de rebondir après ses vingt années dans le grand magasin parisien. Rebondir grâce à un album photo immortalisant des anniversaires, des retrouvailles après un mois de congés, les quelques mariages et même les photos des collègues en larmes, le dernier jour, lors de la fermeture. Rebondir depuis la perte de son emploi. Organiser des soirées dansantes, ce genre d'activités qui, à son sens, était très lucratif tout en impliquant un minimum de risques. Les quartiers d'affaires des grandes villes de France étaient susceptibles de lui offrir de nombreux clients. Elle avait employé tout son charme pour convaincre la direction du site de l'OAD, et décrocher son premier contrat avec le patron de l'établissement *Le Pub du Parvis.* C'était en présence du commissaire Boulard, responsable du maintien de l'ordre sur le site de l'OAD, qu'elle avait signé son contrat.

Mais depuis quelque temps, à chaque réveil, Rose-Marie avait décidé d'effacer tous ses bons souvenirs. Ce matin-là, elle s'était levée en ouvrant l'album photo, avait pris la première photo et s'apprêtait à lui porter le premier coup de ciseaux lorsque la sonnerie de son téléphone stoppa net son geste. Reposant la photo sur la table tout en repoussant quelques mèches de cheveux rebelles de devant ses yeux, elle décrocha en se demandant qui pouvait l'appeler de si bon matin. Les hommes avec lesquels elle partageait la douceur de ses nuits ne l'appelaient jamais. Elle prenait des précautions pour ne pas être envahie par un beau parleur qui ne chercherait qu'à faire passer le temps. C'était elle qui décidait.

— Allo ? dit-elle avec circonspection.

— Rose-Marie ?

— Qui est-ce ?

— Bonjour, c'est Sophie.

Rose-Marie se posa sur la première chaise venue et émit un long soupir. Elle ne reconnut pas immédiatement la voix de son amie.

— Sophie ! s'écria-t-elle presque en criant. Je ne t'ai pas reconnue. As-tu un problème ?

— Non, tout va bien. Je suis juste émue. Très émue, Rose-Marie.

— Alors, dis-moi tout ! dit Rose-Marie d'un air plus détendu.

— Je vais me marier !

— Pardon ? s'exclama-t-elle en faisant un bond sur sa chaise.

— Je vais me marier. Il vient de me demander en mariage.

— Comme ça ? demanda Rose-Marie en tirant sur quelques mèches de ses cheveux. Le type de la soirée ?

— Oui.

Un long silence s'ensuivit. Rose-Marie se laissa aller lentement sur la chaise.

— Une connaissance de quelques mois te demande en mariage comme ça, sans même vraiment te connaître ? Et toi, d'ailleurs, tu ne sais même pas qui il est. S'il est sérieux, s'il est d'une bonne famille, ses amis, ses connaissances… et surtout, s'il a un job d'avenir.

— Je sais, Rose-Marie. Je sais… Depuis la soirée, on s'est revus, et il est tellement sincère que je n'ai pas pu…

— Lui dire non ?

— Non… Que j'avais besoin de plus de temps. Qu'il fallait qu'il me laisse réfléchir un peu plus.

— Tu lui as dit non ? insista Rose-Marie qui connaissait son amie, quelquefois influençable et naïve, égarée par une passion qu'elle n'avait jamais éprouvée auparavant.

— Il a insisté en me promettant monts et merveilles, que je ne travaillerais plus, que je n'aurais plus à me faire de souci et que je ne connaîtrais plus de licenciement.

— Tu as fini par lui dire « oui » à cause de toutes ses promesses ?

— Il était sincère. Il me l'a prouvé toute la nuit.

— Il a passé la nuit avec toi ? demanda Rose-Marie.

Son amie ne pouvait pas deviner, à sa voix impassible, que son visage était rempli d'incompréhension.

— Oui. Et j'ai cédé à sa sincérité, répondit-elle calmement.

— Il est encore là avec toi ?

— Non, il a dû partir très tôt ce matin. Je ne l'ai pas entendu…

— D'accord Sophie. Si tu es certaine de ton choix, je suis heureuse pour toi. Si cet homme te promet monts et merveilles et qu'il tient ses promesses, pourquoi pas ! Mais n'oublie pas que je compte sur toi samedi, pour la soirée.

— Pas de souci. Je serai là.

— Tiens ! Tu n'as qu'à l'emmener et tu me le présenteras. Depuis le temps ! Je vous mettrai à l'honneur.

Rose-Marie ne voyait pas que, de l'autre côté du fil, son amie venait de rougir jusqu'aux oreilles.

— Je lui en parlerai. Mais je ne sais pas si je pourrai… Tu vois ce que je veux dire…

— Je vois ! La timidité se soigne. Tu vas te marier, c'est bien ce que tu as décidé ?

— Oui.

— Dans ce cas, il va falloir chasser cette timidité. Je vous attends samedi et j'improviserai.

Silence.

— Qu'en penses-tu ?

— On verra…

— Alors, en attendant, j'ai quelques courses à faire. Peux-tu m'accompagner ?

— Là ? Maintenant ?

— Dans une petite heure, le temps de me préparer et de prendre la voiture…

— OK. Bipe-moi dès que tu seras en bas de chez moi.

Elle raccrocha avec une pensée pour la dernière photo prise devant le magasin. La petite vendeuse avait fini par recevoir sa lettre de licenciement. Depuis, la petite naïve voyageait d'homme en homme, à la recherche de celui qui lui offrirait monts et merveilles. Rose-Marie se saisit de la paire de ciseaux et la mit de côté. Elle avait tout le temps de tourner complètement la page.

21

Jeudi 1er novembre 2007

10 h

Ils n'avançaient pas sur leurs investigations. Voilà plus de deux heures qu'ils débattaient, et ils en revenaient toujours au point de départ : trouver ce visage.

— Bon, on reprendra tout ceci plus tard. J'ai rendez-vous avec Duval, puis j'irai voir personnellement le juge Sauron pour connaître sa motivation. Je vous remercie, messieurs. Au boulot !

Lemé s'apprêtait à sortir lorsque Lemarchand lui fit signe. Il ferma la porte et se retrouva seul avec son patron.

— Quelle mouche l'a piqué ? demanda Lemarchand avec un demi-sourire. Je le trouve de plus en plus nerveux.

— Je l'ai remarqué aussi. Mais vous le savez autant que moi, il a un long vécu dans la police. Il a consacré toute sa vie à ce milieu. Et l'avoir comme coéquipier, c'est un régal. Il faut juste le contenir.

— De ce côté-là, je suis d'accord avec toi. Mais j'ai l'impression qu'il a besoin d'autre chose.

— Penses-tu à la même chose que moi ? demanda Lemé avec un sourire en coin.

— Peut-être qu'il retrouvera le calme auprès d'une femme. Sinon, comment va Nancy ?

— Hors de danger. Mais restons prudents ! Elle rentrera à la maison lundi prochain si tout se passe bien… Et ça fait du bien de savoir que les enfants auront bientôt leur mère auprès d'eux. Je ne peux même pas te décrire leur joie quand je leur ai annoncé la nouvelle.

C'était ce genre de moment d'intimité que Lemarchand aimait partager avec Lemé. Ils avaient à eux deux un regard sur chaque homme qui formait le groupe de la brigade. Comme de bons pères de famille, prêts à s'unir pour résoudre leurs problèmes, à l'instar de cet instant où le téléphone sonnait dans le bureau. Lemarchand décrocha le combiné.

Il écouta sans ciller, puis raccrocha.

— Le juge Sauron t'attend.

*

— Merci de votre venue, monsieur le divisionnaire ! dit le juge Sauron en regardant Lemé qui venait de pénétrer dans son bureau.

Le juge Sauron se plongea dans son dossier tout en l'invitant à prendre place.

— Alors, où en sommes-nous ? demanda le jeune magistrat en posant le stylo bien à l'horizontale sur son sous-main en cuir.

— Nous sommes sur la bonne voie.

— Juste sur la bonne voie ?

Lemé, ne répondit pas.

Le juge Sauron tendit son bras et se saisit du dossier.

— Vous voyez, monsieur le divisionnaire, ce dossier me fait penser à l'axe historique, ou bien, si vous préférez, à la voie Royale. J'ai eu la curiosité de remonter l'Histoire, depuis la Pyramide du Louvre jusqu'à la Grande Arche. Le tueur décapite sa victime, puis il la dépose sur un lieu historique : la place de la Concorde, au pied de l'obélisque. Voyez-vous, monsieur le divisionnaire, nous avons affaire à une seule personne. Je pense que…

Le juge marqua une pause et sembla réfléchir.

— J'ai l'impression qu'à travers l'Histoire de notre pays, vous arriverez à l'identifier.

Lorsque Lemé traversa la cour de l'hôtel de police pour se rendre au palais, il n'avait qu'une seule pensée en tête : que le juge Sauron qui avait été nommé en un temps record pour instruire l'affaire lui ouvre en grand les portes de ses pensées.

Le jeune magistrat, d'un tempérament calme et distant, croisa les bras. Soudain, il devint pâle et se sentit très seul. Comme tous les juges d'instruction, c'était un homme solitaire. À cet instant le juge se rappela du temps où il restait seul dans sa chambre à entendre la voix de son père résonner dans l'autre chambre.

— Puis-je vous poser une question, monsieur le divisionnaire ?

Lemé fronça les sourcils et hocha la tête.

— Cela ne vous semble-t-il pas curieux d'enquêter sans un rapport du médecin légiste ? Regardez ce que j'ai dans ce dossier. C'est le début de votre enquête préliminaire, depuis l'ouverture d'information d'homicide : le corps de la victime, un fauteuil roulant, un blouson, puis une photo prise par un portable d'un jeune inconscient. Et, par-dessus le marché, une autopsie sur le corps meurtri d'une jeune femme victime d'un barbare. La cause de la mort, vous l'avez, monsieur le divisionnaire : la décapitation.

Le juge Sauron parlait lentement ; il articulait sans mâcher ses mots, avec l'accent du rejeton d'une très bonne famille de l'aristocratie.

— Mon père était médecin légiste. Voyez-vous, monsieur le divisionnaire…

Lemé sentait son sang se figer dans ses veines à chaque prononciation de : « monsieur le divisionnaire ». Mais il n'avait pas la main. En tout état de cause, le juge Sauron était le patron sur ce dossier. Lemé prit donc garde de ne pas dévoiler sa colère au jeune magistrat. Il avait une forte pensée pour ce qu'il avait appris de ce gamin, qui avait choisi une autre voie que celle suivie par son père.

— … Je l'entendais sans cesse raconter à ma mère, qui était une mère formidable, ses journées passées à autopsier les corps de victimes, avec ou sans homicide. Pourquoi ces autopsies, dans le but de déterminer la mort, alors que le plus souvent, il savait déjà de quoi étaient mortes toutes ces personnes ? Je n'ai jamais compris pourquoi. Si vous avez une réponse, donnez-la-moi. Vous savez où me trouver…

— Monsieur le juge, je ne peux pas m'exprimer sur un tel sujet. Ce que je peux vous dire, c'est que l'autopsie nous permet d'avancer et de comprendre la cause du décès. Il nous arrive de trouver un indice crucial sur le corps des victimes.

Un nouveau silence se mit à régner.

— Ce qui n'est pas le cas pour cette pauvre femme. Bon, je vous laisse carte blanche. Je vous suivrai dans toutes vos actions et je vous délivrerai votre commission rogatoire. Je vous laisse une liberté totale. Mais vous devrez m'informer de l'évolution de l'enquête.

— C'est entendu, répondit Lemé qui se forçait à croire que le jeune magistrat naviguait encore au sein du cocon familial.

Cette époque fut sûrement douloureuse pour lui, c'est pourquoi Lemé ressentit de la compassion pour le jeune magistrat. Lui-même n'avait-il pas souffert d'être fils unique ? Tout ceci le fit sourire en son for intérieur.

— Vous avez baptisé ce dossier « l'Axe maudit »… Pourquoi un tel nom ?

Le juge Sauron prit un air fier. Lemé venait de le mettre sur le chemin de son sujet de prédilection.

— L'axe historique. Reprenez l'Histoire, monsieur le divisionnaire… Place de la Concorde, Robespierre, Marie-Antoinette, le roi lui-même…

— Louis XVI, compléta Lemé.

L'image du juge Sauron s'incrusta petit à petit dans sa mémoire : sa corpulence, son intelligence, sa taille, sa façon de s'habiller... Tout concordait avec les déclarations du jeune Émeric. Il avait en face de lui un suspect potentiel, mais il lui manquait ce visage qui hantait ses nuits.

— Vous y êtes. Et puis, il y en a eu d'autres. De grands noms qui ont marqué l'Histoire de la Révolution française. Et celui qui disait : « De l'audace, rien que de l'audace »...

Le juge Sauron se tut. Un long silence se fit.

— Voulez-vous me dire que c'est une piste ?

— Je suis là pour diriger l'enquête. C'est une piste comme une autre, à ne pas négliger. Votre suspect a peut-être un lien avec la Révolution française. Si ce n'est pas le cas, alors pourquoi la décapitation ?

— Peut-être pour d'autres raisons.

— Alors, allez-y, monsieur le divisionnaire. Et tenez-moi au courant.

Entre-temps, Rose-Marie avait reçu un appel de Sophie qui s'inquiétait de son retard. Finalement, Rose-Marie avait pris la décision de tourner la page tout en récitant à haute voix : « Ne pas reporter au lendemain ce que tu peux faire le jour même ».

Elle s'était sentie libérée et retrouvait peu à peu son énergie pour organiser la soirée du samedi au *Pub du Parvis*. C'était vers le centre commercial du site de l'OAD qu'elle avait choisi de se rendre pour trouver tout ce dont elle avait besoin, essentiellement pour la décoration de la salle.

Elles arpentaient les allées commerçantes et Rose-Marie n'avait qu'une pensée. Elle ne se souciait guère du monde qui se trouvait dans les allées. C'était à haute voix et sans gêne qu'elle raconta sa conception du mariage :

— Tu verras, il ne pensera qu'au ventre ! Ils ont toujours faim dès qu'ils trouvent une bobonne pour la popote !

Comme elle était une femme jusqu'au bout des ongles, quelques regards masculins la fixaient d'un air curieux, se demandant visiblement ce qu'elle racontait...

Ils n'étaient pas tous à mettre dans le même sac.

Même si ça grouillait de monde dans tous les sens, cela n'incommodait en rien Rose-Marie qui n'en finissait pas de raconter les aléas du mariage, presque sans prendre le temps de respirer.

— Il va vouloir un enfant. Peut-être deux, ou même cinq. C'est toi qui vas les porter tandis qu'il ira s'affaler sur le canapé, trop fatigué d'avoir déposé la petite graine.

Sophie souriait tout en déambulant à ses côtés.

— J'ai banni le mariage depuis longtemps. Ce n'est pas pour moi. Du moins, je ne suis pas prête pour le moment. Je pense que tu devrais prendre le temps de réfléchir, parce que dès qu'il te passera la bague au doigt, c'en sera fini de tout ça ! Le mariage, il s'agit de ta liberté ma fille… ta liberté ! Mais au fait, nous sommes dans quel rayon ? s'interrogea-t-elle bêtement.

— Oh ! Regarde ces nappes bleues. Je les vois très bien sur la table… lâcha Sophie.

Rose-Marie porta son regard sur la nappe.

— Tu m'écoutes quand je te parle ?

Sophie laissa éclater son rire.

— Pourquoi ris-tu ?

— Je viens d'avoir la preuve que tu as une dent contre le mariage, et je ne te connaissais pas ainsi !

Rose-Marie fixa son amie.

— S'il te plaît, renonce à ce mariage.

Sophie ne répondit pas.

— Tu as encore le temps ma chérie…

Sophie haussa les épaules.

— Sophie ?

— Quoi ? Ce n'est pas le sujet. On est là pour quoi ?

— Tu as oublié le hammam Saint-Martin ? Je te demande de renoncer à ce mariage !

Sophie regarda dans le vide, ferma les yeux et se retourna vers Rose-Marie.

— Je ne veux plus en entendre parler ! Si tu es mon amie, alors oublie le hammam. Je ne sais pas ce qui te pousse à revenir là-dessus. Si tu penses au sexe, je suis désolée de te dire qu'il n'y a rien de ce genre là-bas.

Sophie détourna son regard vers les vases.

— Sais-tu pourquoi j'insiste à ce sujet ?

— Non, mais tu vas me le dire vu que les aléas du mariage t'en donnent l'occasion !

— Tu ne m'as toujours pas dit comment tu as connu cette dame ?

Elle cherchait désespérant son regard.

— Antonella ?

Rose-Marie prit l'air étonné.

— Bellinda n'était pas son nom ?

— Non, c'est celui du salon…

— OK ! répondit Rose-Marie d'un ton presque agressif. Alors, où l'as-tu rencontrée ?

— Au jardin des Halles. Je grignotais un sandwich avec Bryan après avoir déposé mon CV dans une cinquantaine de boutiques de prêt-à-porter.

— Pardon ! s'exclama Rose-Marie en faisant un pas vers son amie. Tu plaisantes ? Bryan Dorlan, le magasinier ?

Sophie lâcha un long soupir, mais ne détourna pas son regard.

— Qu'y a-t-il de mal dans le fait que Bryan me l'ait présenté ? C'était pour le boulot…

— Tu aurais dû m'en parler. Je ne savais pas que Bryan et toi…

Sophie l'interrompit.

— Et alors ? C'est du passé. Il fallait que je te dise aussi le jour où j'ai quitté le hammam ? Et que je n'y suis jamais retournée, même pour récupérer mes deux semaines ? rétorqua Sophie en haussant légèrement le ton.

Soupir de Rose-Marie qui tentait de retrouver son calme.

— Et ça remonte à quand, votre rencontre ?

— Dis donc, il s'agit d'un interrogatoire ?

— Non, répondit Rose-Marie en tournant son regard vers le profil droit de Sophie dont les traits exprimaient une légère colère. J'essaie juste de comprendre une chose qui me tourmente. Et du fait que ce soit Bryan qui t'ait présenté *Bellinda*, j'ai du mal à croire à tout ceci. Jamais je n'aurais pensé que Bryan fréquentait ce genre d'endroit.

Sophie tourna son regard vers Rose-Marie.

— Au lieu de me poser toutes ces questions, dis-moi ce qui t'angoisse. Je l'ai bien vu depuis qu'on est entré dans ce centre. Je peux t'assurer qu'il n'y a rien de ce genre là-bas. C'est un lieu destiné uniquement aux femmes. Elle m'a raconté une partie de sa vie, de ce qu'elle a vécu étant jeune jusqu'à l'ouverture de son salon. Tu sais, elle a tourné la page depuis, même si les flics s'obstinent à penser qu'elle est toujours dans le milieu. Quant à moi, c'est terminé. Antonella, son salon et Bryan… Terminé !

Soudain, il y eut un silence autour d'eux, comme si le magasin s'était vidé d'un coup de baguette magique.

Sophie lui avait envoyé son plus mauvais regard. Rose-Marie eut l'impression qu'un vent glacial traversait son corps et soudain, elle eut un mauvais pressentiment. Finalement, elle prit conscience que son interrogatoire ne la mènerait nulle part, au risque de commettre l'irréparable bien que, le plus souvent, elle avait été une très bonne conseillère pour son amie, ce qui a fait que leur amitié fut sans faille depuis la fermeture du grand magasin.

Puis, d'une voix à peine audible, elle lui dit :

— Je ne veux pas te perdre. Je tiens énormément à toi.

— Dans ce cas, oublions tout ça. Il te reste des choses à faire pour la décoration de la salle. Regarde ces vases, lui suggéra Sophie comme si de rien n'était.

Les aléas du mariage étaient clos. Même si Rose-Marie ne pouvait pas l'admettre, Sophie Lesage avait bel et bien tourné la page du passé.

22

Jeudi 1er novembre 2007

13 h 15

Assis à son bureau, l'esprit focalisé sur son portable, le commandant Richard Laplace avait à peine levé les yeux vers le fax qui crachait les feuilles. Puis, au bout de quelques minutes, il s'était dit qu'il était temps d'en prendre connaissance. Il fut stupéfait lorsqu'il découvrit que les fax provenaient de la gendarmerie et qu'il s'agissait du procès-verbal d'une audition. Il ramassa le tout, s'installa à son bureau et commença sa lecture. Lemé entra à cet instant dans le bureau. Il donnait l'impression d'être lessivé. Son entretien devant le juge Sauron n'avait pas dû être de tout repos.

C'était un personnage capable de vous ramollir le cerveau.

Lemé s'affaissa dans son fauteuil sans prendre le temps d'accrocher sa gabardine, comme s'il avait le pressentiment qu'il allait repartir.

Mais en fait, c'était de la lassitude.

— Ce n'est pas le moment de baisser les bras. On pourrait aller casser la croûte, c'est bon pour le moral, proposa Laplace.

Il n'avait pas faim.

Il ferma les yeux un court instant. Lemé tenta d'effacer ce qui était encré dans son cerveau : « Monsieur le divisionnaire ».

Il se mordit la lèvre puis se redressa de son fauteuil.

— Du nouveau ?

Laplace entamait la dernière page du procès-verbal.

— Nos futurs collègues ne chôment pas. Ils viennent de nous faxer quinze pages du témoignage d'un certain Luigi Biaggi concernant la disparition d'Antony Martins, qui étudiait à l'université de Nanterre. Il a quitté son domicile le vendredi soir pour passer le week-end avec sa petite amie, laquelle possède une chambre d'étudiante au sein de l'université. D'après leurs investigations, ils ont une piste dans le département des Yvelines qui se confirme, puisqu'il a essayé de joindre ses parents le dimanche vers 20 h 30. Son téléphone portable a activé une borne. Pour le moment, ils n'ont aucune idée de la raison qui a poussé le jeune Martins à ne plus donner signe de vie. Le colonel Terrieux, chargé de l'enquête, et ses hommes sont dans l'incapacité de trouver un témoin qui confirme cette déclaration…

— Qui est ce Biaggi ?

— Un professeur d'histoire du campus.

— Une piste dans notre affaire ?

Laplace réfléchit un instant, puis il tourna une page.

— Pour le moment, non. Je ne vois aucun lien entre la réunification de l'Italie, qui n'est d'ailleurs pas un enseignement fondamental, sauf pour certaines filières, et notre affaire. Mais si je dois conclure en une seule page, je dirais qu'il s'agit d'une photo représentant un groupe de neuf jeunes filles et garçons, tous habillés d'une chemise rouge et d'un bandeau noir autour de la tête. Voilà trois ans, l'étudiant Antony Martins a sollicité le professeur pour l'aider à créer un spectacle au sein de l'amphithéâtre du campus, en hommage au général Giuseppe Garibaldi et à ses troupes de volontaires. Malheureusement, le professeur n'était pas en mesure de l'aider, il venait d'apprendre une mauvaise nouvelle par son médecin. Par contre, Martins s'intéressait à ce personnage à titre personnel. Les « camicie rosse » ! Le nom qu'il donnait à la représentation. D'après le professeur, quelques jours après le spectacle dans l'amphithéâtre, le groupe s'est dissout.

Lemé fronça les sourcils.

— La raison ?

Une autre page.

— Le professeur lui a demandé quelques explications à ce sujet, mais Antony ne lui en a jamais données. D'après lui, c'est suite à l'attribution du rôle d'Anita. À l'époque, Antony Martins avait une petite amie, Florence Clin. Il y avait une étudiante répondant au nom de Kristina qui venait d'une autre université et, selon le groupe et l'avis d'un certain Claude Dablin, Kristina était meilleure pour ce rôle d'Anita. Mais le jour de la représentation, monsieur Martins a changé son fusil d'épaule en donnant le rôle à Mlle Clin. Le professeur pense que les différends au sein de ce groupe ne pouvaient venir que de là et cela a créé une mauvaise ambiance au sein du groupe.

— Tout ceci remonte à trois ans. Mais en quoi son témoignage peut-il nous aider à faire le lien entre ce groupe et notre affaire ?

Laplace reposa les feuilles sur son bureau.

— Peut-être qu'il n'y a aucun lien avec notre affaire. Sauf qu'il y a deux mois environ, le professeur Biaggi a eu une discussion avec M. Martins, qui avait l'intention de produire de nouveau la représentation dans l'amphithéâtre. Ce qui l'a étonné, c'est qu'il reconnaissait ses erreurs au niveau du rôle d'Anita… Il ne lui a pas caché que Kristina, l'étudiante qui devait jouer ce rôle, était meilleure que Mlle Clin. Il en a profité pour lui confirmer qu'ils avaient mis fin à leur relation et qu'il s'était trompé sur son choix.

Lemé inspira profondément à plusieurs reprises.

— Très étonnant qu'Antony Martins décide de recréer un groupe et remonter sur scène avec celle qui devait jouer le rôle d'Anita…

À cette remarque, Laplace resta figé sur la feuille.

— Donc, ça veut dire que trois ans après cette représentation, M. Martins avait gardé contact avec cette étudiante… ?

— À croire que oui. C'est peut-être là que nous devons chercher le lien avec notre affaire.

Laplace reprit les feuilles et tourna les pages.

— Et pourquoi ne pas s'intéresser à Mlle Clin, puisqu'elle manque à l'appel. D'après ce fax, elle a coupé toute relation avec ses parents depuis la fin de sa scolarité et elle n'a plus donné aucune nouvelle. Nous avons aussi les noms sur les photos. On pourrait s'intéresser à M. Dablin, qui a quitté le campus au cours de l'année, sans oublier la petite amie… Le plus étrange, c'est que les parents d'Antony Martins confirment que leur fils a passé le week-end avec son amie.

Lemé se leva et retira sa gabardine.

— Peut-être que les parents pensent que leur fils est toujours avec Mlle Clin. Nous devrions convoquer le professeur Biaggi pour une identification sur notre victime.

À cette remarque, Laplace resta figé sur la feuille.

— C'est là le hic ! D'après le professeur, ils devaient se rencontrer prochainement… Hélas, ce rendez-vous n'aura pas lieu.

— C'est certain en ce qui concerne Antony Marins, qui ne donne plus signe de vie. Mais pas pour Anita…

Laplace leva le menton.

— Tu veux dire Mlle Clin ?

— Non ! L'autre étudiante, celle qui devait rencontrer le professeur prochainement.

— Kristina ?

Au moment où il accrochait sa gabardine au portemanteau, son portable sonna sur son bureau.

Lemé décrocha, laissant son bras droit bouche bée :

— Bonjour commissaire, je ne vous dérange pas ?

Lemé reconnut son interlocuteur : le directeur du labo, Charles Verdier.

— Bien sûr que non. Si vous m'appelez, c'est que vous avez de bonnes nouvelles à m'annoncer, je suppose…

Lemé se laissa aller sur son siège et prit une assise confortable.

— Je vous écoute.

— Je vous disais que Legal ne lâche jamais prise. Nous avons trouvé de la poussière blanche sur les vêtements de la victime. Aussi invraisemblable que cela puisse paraître, la victime a dû délibérément remplir une petite poche à l'intérieur de son blouson. Cette poussière blanche, nous l'avons comparée avec celle retrouvée sur le fauteuil roulant… D'ailleurs, nous avons le modèle et le fabricant de ce dernier…

— C'est un modèle récent ?

— Non, un vieux modèle. Je vous ferai parvenir les caractéristiques par email. D'après les résultats, c'est de la roche sédimentaire d'origine marine…

— De la craie ! s'exclama Lemé.

— Les analyses le confirment. J'ai tout vérifié avant de vous appeler.

— C'est encourageant. Avez-vous la possibilité de connaître sa provenance ?

— Ce ne sera pas un problème.

— Entendu. Il va falloir concentrer les recherches sur un seul secteur, suggéra-t-il. Cela me fait penser, si vous n'avez rien trouvé sur la victime de l'obélisque…

— À quoi pensez-vous ? l'interrompit Verdier.

— La pluie…

— Exact ! C'est la seule raison pour laquelle nous n'avons rien trouvé sur le corps, confirma Verdier.

Il y eut une pause.

— Mais ce n'est pas tout. Il y autre chose, Lemé…

— Allez-y.

— Lundi dernier, à la demande du parquet, j'ai envoyé deux de mes hommes au commissariat du XIIe arrondissement pour prélever quelques échantillons sur un véhicule.

— Un homicide ?

— Plutôt une mort suspecte. J'ai envoyé le rapport au juge et au lieutenant Spencer, chargé de l'affaire, qui a eu un doute sur des traces blanches découvertes uniquement sur le siège du conducteur.

— De la craie ?

— À cent pour cent. Les deux échantillons de poussière blanche présentent les mêmes caractéristiques. Elles doivent être de la même provenance. À moins d'une coïncidence…

— Vous y croyez ?

— S'il y a un lien avec ce véhicule, je dirais que le hasard fait bien les choses.

— Je me charge de répertorier les secteurs et je vous tiens au courant, dit Verdier.

— Entendu.

Lemé remercia Charles Verdier et se tourna vers le commandant Richard Laplace.

— Nous avons du nouveau, Richard ! Mets-toi rapidement en contact avec le lieutenant Spencer, du commissariat du XIIe, afin qu'il te donne des renseignements concernant la poussière blanche prélevée sur un véhicule.

— Tu penses qu'il y a un lien avec le témoignage du gamin ?

— Il n'y a qu'une façon de le savoir, c'est d'y aller. On fera le point à ton retour, lui suggéra Lemé.

Laplace ramassa son portable et quitta le bureau. Aussitôt, Lemé ouvrit le dossier et lut le rapport d'autopsie du professeur Tellier : « L'autopsie remarque la présence de carbonate de calcium dans les alvéoles pulmonaires. Cela suppose qu'elle est restée enfermée dans une pièce. »

Il se cala dans son fauteuil et ferma les yeux pour imaginer le visage de la victime.

23

Jeudi 1er novembre 2007

14 h

Olivier Danze marchait, pensif, les yeux rivés sur la première page de son journal. Pris dans sa lecture, Danze bouscula un passant. « Regardez où vous mettez les pieds, monsieur », lui dit le passant. Danze s'excusa et entra dans le hall de la tour HQE ; il se retourna pour observer une dernière fois le bassin à jets d'eau.

L'ascenseur venait d'arriver. Il y pénétra tout en se regardant dans la paroi vitrée de la cabine pour remettre en place une mèche un peu rebelle. Il lui fallut à peine vingt secondes pour parvenir au dernier étage et arriver au siège de l'OAD. La porte de l'ascenseur s'ouvrit, et il fut surpris de constater que Poulsen l'attendait dans le couloir.

— Bonjour, dit Poulsen, excité comme une puce.

Danze n'eut pas le temps de manifester son étonnement et le suivit d'un pas pressé.

— Il faut que je vous explique rapidement la fin de la procédure. Je dois m'absenter pour une signature d'une grande importance…

— Entendu monsieur. Mais comment saviez-vous que j'arrivais ?

— Simplement parce que vous travaillez pour moi. Je vous expliquerai plus tard… Allez-y, entrez.

Danze pénétra dans la salle de vote où il aurait plus tard l'occasion de se mettre à l'ouvrage. La salle de vote était à la hauteur de sa notoriété. Son regard balaya les murs qui retraçaient l'historique du site de l'OAD. Il fut attiré par le portrait d'un homme dont la barbe grisonnante pointait vers le bas.

— Qui est-ce ? demanda-t-il avec un regard ébloui.

— César, répondit Poulsen en s'approchant de la toile. Un artiste hors pair des Beaux-Arts.

— Et pourquoi son portrait figure-t-il dans cette salle ?

— Je n'ai pas le temps de vous relater son histoire, mais il a travaillé dans un atelier où il fut nommé grand massier.

— C'est donc représentatif de ce qu'il se passe dans cette salle...

— Que voulez-vous dire ? demanda Poulsen tout en positionnant quelques fauteuils autour de la grande table.

— Il me semble que le massier renvoie à une personne chargée de la collecte des cotisations…

— Sauf qu'ici, on collecte des voix… J'ai toute une documentation sur cet homme. Si vous voulez en savoir davantage, je me ferai un plaisir de vous la prêter.

— Le plaisir sera partagé, M. Poulsen.

— En attendant, dit Poulsen en arrivant au bout de la grande table, voilà comment ça va se passer lundi…

Danze tendit l'oreille et suivit les moindres faits et gestes de Poulsen.

— Vous serez ici au bout de la table en T. Je serai à l'autre bout et j'aurai, à ma droite, le responsable de la sécurité du site de l'OAD, et à ma gauche, le commissaire du site de l'OAD. Derrière vous, il y aura la régie, avec qui je vous mettrai en contact. Le régisseur s'occupe du son et de l'envoi de la bande-vidéo. Il vous expliquera le déroulement technique et vous pourrez lui demander tout ce dont vous aurez besoin à ce niveau. C'est un expert en la matière !

— Ici, reprit Poulsen en prenant une longue inspiration et en se déplaçant vers la gauche de la table en « T », de ce côté, ce sont les directeurs. Ici, à l'OAD, ce sont eux les décideurs. En face d'eux sont placés les financiers, ceux qui mettront la main au portefeuille si vous êtes convaincant, ajouta Poulsen en allant vers l'autre bout de la table, la place qu'il occupera pour présenter un nouveau projet devant tous les directeurs de l'OAD. Voilà ce qu'il se passera à la fin de la représentation.

Poulsen enclencha un levier chromé fixé sur le bord de la table, comme il avait eu tant de fois l'occasion de le faire. Il se produisit d'abord un léger grincement, puis le bruit électrique envahit la salle de vote. Danze se retourna vers la salle de régie sur sa droite. Une trappe s'ouvrit pour laisser sortir du plancher une estrade de cinq marches donnant accès à l'urne de vote posée sur un plateau en marbre fixé sur une colonne.

— C'est ici que ça se passe, dit Poulsen en se dirigeant vers le plateau en marbre. C'est par vote que le projet sera validé. Au cas où nous aurions un vote négatif, il ne me restera plus qu'à faire mes cartons.

Danze émit un sifflement. Il ne trouvait pas ses mots face à une telle situation. Fixant lourdement Poulsen, il se demandait où il avait mis les pieds.

— Voilà, je vous ai tout dit. Je vous envoie le technicien de la régie. À partir de maintenant, croisons les doigts…

Les préparatifs pour la représentation devant l'ensemble de la direction de l'OAD prirent fin. Olivier Danze savait qu'il devrait être à la hauteur de l'événement, mais quelque chose hantait son esprit et brouillait sa mémoire. Le doute s'installa en lui lorsqu'il regagna son bureau. Le silence prit place autour de lui, un silence rempli de points d'interrogation. Il décrocha le téléphone pour chasser le doute de son esprit.

— Comment vas-tu ? dit-il d'une voix ferme en jetant un regard à travers la porte vitrée de son bureau.

— Je vais bien mon vieux, mais on dirait que tu as un problème...

Jacques Cesco remarqua à l'intonation de la voix de son ami que quelque chose le tracassait.

— Non, pas vraiment, mais j'ai besoin que tu m'éclaires.

— Que veux-tu savoir ?

— Il se passe des choses bizarres ici…

Danze entend son ami rire.

— Dis-moi plutôt ce qui ne va pas.

Olivier Danze passa la main dans ses cheveux et posa son regard dans le vide ; c'était un regard lointain, rempli d'inquiétude.

— Je viens de mettre au point la représentation pour lundi. J'ai eu le topo de ce qu'il va se passer. Poulsen m'a tout expliqué, l'emplacement de tous les directeurs de service. Mais il faut reconnaître qu'ils ont des drôles d'idées pour valider un projet.

— Je sais : l'échafaud…

— C'est bizarre… J'ai la chair de poule rien que d'y penser.

— La trappe qui s'ouvre et l'urne qui sort du plancher. Puis tu les vois monter les marches avec leur allure de cadors… Et à partir de là, ta tête est mise à prix.

— C'est dingue ! Je ne sais plus quoi faire, mon vieux. Je ne sais pas s'il faut que je continue ou bien…

— Va jusqu'au bout. Tu ne peux plus reculer. D'ailleurs, tu n'as rien à craindre, tu es sous contrat…

Olivier Danze suivit du regard un individu qui traversait le couloir dans un costume rouge vif. Il marchait tête baissée et avait une démarche inconfortable.

— Et en plus, il y a des types bizarres ici. Tout est bizarre ici… De mon bureau, je vois un type dans un costume rouge vif, mon vieux. Tu te rends compte ? Un costume rouge, lâcha-t-il à voix basse.

De nouveau, il entendit son ami rire.

— Je disais la même chose que toi lorsque je suis arrivé à l'OAD. Finalement, je me suis adapté et j'ai compris que nous étions tous bizarres. La meilleure chose à faire, si tu venais à rester, c'est de faire ton job. Ne t'occupe que de ton job, mais ne laisse personne t'emmerder !

— C'est avec joie que je suivrai ton conseil. Mais je pense que je ne resterai pas ! C'est flippant… dit Danze en fixant le long couloir devant ses yeux.

L'individu dans son costume rouge allait de bureau en bureau et passait juste la tête pour dire quelques mots. Puis Danze revint à lui.

— Bon, c'est toujours d'actualité la soirée de samedi ? demanda-t-il à mi-voix.

— Pas de problème. On se retrouve vers vingt heures devant l'entrée du pub.

À l'instant où il raccrocha le téléphone, Danze leva son regard vers la porte.

— M. Danze ! dit l'individu.

— Oui, répondit-il calmement.

— Enchanté M. Danze, dit-il en lui tendant la main. M. Poulsen m'envoie à vous…

— Êtes-vous le technicien de la régie ? demanda Olivier Danze en fixant son visage.

— Lui-même, répondit le technicien avec un large sourire. Si vous le souhaitez, nous pouvons commencer dès maintenant à mettre en place la vidéoconférence de lundi matin.

Olivier Danze se leva et tendit la main à cet homme.

— Enchanté !

Puis il le fixa lourdement :

— Dites-moi, vous n'étiez pas au *Pub du Parvis*…

— … mardi dernier ?

— Oui, accompagné.

— Oui j'y étais. D'ailleurs, vous aussi vous étiez accompagné.

— Avec un ami.

— Je vois. Jacques Cesco !

— Le connaissez-vous ?

— Pas vraiment. J'ai eu l'occasion de travailler avec lui sur les préparatifs de la représentation, mais rien de plus. Et lui, vous a-t-il parlé de moi ?

— Non. Il aurait dû ?

— Pourquoi-pas. Je ne passe quand même pas inaperçu. Je comprends qu'il ait fait l'ignorant en votre présence. Et comment l'avez-vous rencontré ?

Danze fronça les sourcils.

— Oui… Nous avons vécu dans le même quartier en banlieue parisienne. Maternelle, primaire et lycée ; on s'est séparé à l'université. Il a choisi l'aménagement, moi l'événementiel.

— Ce n'est pas étonnant que les deux métiers se rejoignent.

— Puis-je vous poser une question ?

Le technicien haussa les épaules et sourit.

— Allez-y.

— A-t-il travaillé à l'OAD ?

— Oui, et alors ?

— Que s'est-il passé ? D'après M. Poulsen, il jouait des percussions sur les lavabos.

Le technicien sourit de nouveau.

— Vous n'êtes pas obligé de me répondre.

Il haussa à nouveau les épaules.

— Je suppose qu'il ne vous a rien dit. Pas étonnant. C'était dans les WC des femmes qu'il jouait des percussions. Quand tout le monde a compris, je vous laisse imaginer… Mais je vous répète, je n'ai pas vraiment eu l'occasion de le côtoyer.

Danze n'en revenait pas. Il se retenait de poser cette question qui lui brûlait la langue à son directeur et à l'intéressé. Tout cela le laissa stoïque.

— Un conseil : évitez de trop le fréquenter sur le secteur, même si c'est votre ami. Il vous causera des problèmes. Et pour lundi ?

Danze ne répondit pas. Le doute émergeait de son esprit concernant ce qu'il venait d'entendre au sujet de son ami. Mais en son for intérieur, il l'en croyait capable.

Il revint à lui.

— Oui, oui, je vous suis !

24

Jeudi 1er novembre 2007

19 h 30

« Ce ne pouvait être ni le hasard ni une coïncidence », pensa Lemé en lisant et relisant le rapport d'autopsie de la victime. Il profita une nouvelle fois de l'absence de son bras droit pour analyser avec attention le dossier gris regroupant les éléments récoltés jusque-là et les quinze pages envoyées par les gendarmes. Il s'intéressait davantage au dossier sur le général Garibaldi, mais ses recherches sur le net n'avaient rien donné, et il n'avait pu faire aucun lien avec les noms donnés par les gendarmes en ce qui concernait la représentation dans l'amphithéâtre du campus. Le nom de Kristina revenait souvent sur les pages Facebook.

Il chassait ses pensées de son esprit lorsque son bras droit surgit dans son bureau avec toute l'équipe pour faire un point sur les nouveaux éléments. Désormais il tenait une piste indéniable. À peine prirent-ils place que le téléphone sonna.

Au bout de trois sonneries, Lemé leva son regard vers le commandant Richard Laplace qui, à ses yeux, semblait oublier les bonnes manières lorsqu'il analysait un dossier.

Finalement, il décrocha l'appel :

— Laplace j'écoute, dit-il d'un air lointain, indifférent au regard que lui adressa Lemé.

Il se contenta d'écouter son interlocuteur tout en ayant, de temps à autre, un léger sourire en coin.

— Ne quitte pas, je te le passe, dit Laplace en transférant l'appel. C'est pour toi, Franck. Autant qu'on commence maintenant à se tutoyer, ça devrait nous rapprocher et renforcer le groupe.

Laplace fit une nouvelle fois référence au rattachement de la gendarmerie au ministère de l'Intérieur.

Lemé écouta son interlocuteur. Au bout du fil, le capitaine Delfour lui confirma les éléments faxés dernièrement concernant leur dossier. Ils exploraient toujours la piste dans le département des Yvelines.

— Ça me plaît bien… dit Laplace d'une voix enrouée dès que Lemé mit fin à sa communication avec le capitaine Delfour.

— Que veux-tu dire ? demanda Lemé à mi-voix.

Sur le coup, il s'était complètement désintéressé des paroles de son bras droit qui était en droit d'exprimer ouvertement sa pensée – une suggestion des plus intéressantes, mais peu pertinente à l'heure actuelle.

— La façon dont la fusion va se faire. C'est inévitable ! Je pense que le fait de se tutoyer rapprocherait le groupe. Vous n'êtes pas de mon avis, les gars ? proposa-t-il en dévisageant chacun d'entre eux.

— Tu penses que c'est le moment de se poser ce genre de questions ? Pour ma part, ce n'est pas une affaire prioritaire… lui répondit Menez qui, bien que légèrement guéri de son rhume.

— Et si tu nous parlais de cette poudre blanche ! rétorqua Henry d'une voix sèche.

Laplace esquissa un sourire, prit une chaise et s'assit près d'Henry. Il ouvrit ensuite le dossier gris qui contenait les éléments qui serviraient à constituer le dossier rouge.

— Il s'agit de M. Bryan Dorlan, quarante-trois ans, d'origine française. Célibataire, demeurant rue de la Roquette dans le XIe, chez ses grands-parents maternels, depuis décédés. Pas de casier judiciaire. Il a été retrouvé lundi dernier à cinq heures du matin dans un état comateux à l'arrière de son véhicule, place de la Nation, à moins de quatre kilomètres de son domicile. C'est une habitante qui a donné l'alerte. Apparemment, cette dame signale au commissariat tout ce qui lui semble suspect dans la rue. Ça a été le cas pour ce véhicule en stationnement sur la chaussée. M. Bryan Dorlan est décédé peu après l'arrivée des secours. Sur les lieux, le lieutenant Spencer a mené son enquête à la recherche d'une trace suspecte, mais il n'a rien trouvé. L'arrêt de ce véhicule à cheval sur le passage piéton était dû à une panne sèche. Il n'y avait plus une goutte de gasoil dans le moteur.

— Quel a été l'avis du médecin qui a examiné le corps ? demanda Menez en rattachant un bouton de sa chemise tirée par un ventre proéminent.

— La victime ne portait aucune trace de violence et rien n'a été constaté sur le corps qui laisse penser à un homicide.

— Et la cause du décès ? demanda une voix.

— Question très intéressante, répondit Laplace.

Il se leva de sa chaise, déposa le dossier sur le bureau de Lemé et alla s'appuyer contre le mur, près d'une fenêtre donnant sur la Seine.

— J'ai lu le rapport du médecin légiste qui a rempli le certificat de décès : coma toxique lié à une consommation de psychotropes. M. Dorlan a sûrement abusé de l'alcool, ce qui l'a conduit à un état de coma éthylique, qui a provoqué une absence de ventilation et un arrêt respiratoire.

Un silence s'installa ; il réunit chacun d'entre eux dans une même pensée.

— Le verre de trop qui lui a été fatal… On pourrait même dire que c'est du suicide d'en abuser autant, lâcha Menez avec un soupir.

— Si ce n'était qu'un verre… mais là, c'était une bouteille d'un litre de vodka qu'il tenait dans la main à l'arrière de son véhicule.

Laplace marqua une pause.

— Sauf que le lieutenant Spencer a fouillé son appartement rue de la Roquette. Il semblerait que M. Dorlan ait déménagé, il ne reste que quelques bibelots. Le voisinage confirme qu'il a commencé à déménager il y a un an, après le décès de ses grands-parents. Ceux qui le côtoyaient confirment que l'alcool n'était pas son truc. Malheureusement, il suffit d'une première fois, conclut Laplace.

— Donc, rien de suspect ? s'enquit Menez en prenant note.

C'était une obligation que Lemé avait instaurée dans le groupe. Chaque dossier était différent, et puisqu'ils formaient une seule équipe, ils devaient tous être au courant des affaires en cours de chacun.

Laplace reprit sa place sur la chaise et tourna quelques pages de son dossier gris.

— Suite aux informations communiquées par le voisinage, Spencer a approfondi ses recherches jusqu'à la découverte d'une poudre blanche, présente sur le siège du conducteur et sur le plancher arrière de la camionnette. Après analyse par le labo, ce n'était que de la poussière de craie.

— Donc ce n'est pas suffisant pour ouvrir une enquête pour homicide, précisa soudain l'un des hommes formant le groupe de l'enquête.

— Cela aurait pu, répondit Laplace, mais ce n'est pas le cas. Il y a autre chose qui aurait pu…

Brusquement, tous les regards se posèrent sur lui.

— En consultant ce dossier, je ne trouve aucune trace d'analyse concernant les vêtements que portait M. Dorlan…

De nouveau, une voix résonna au milieu du groupe.

— Ce qui veut dire que l'on a négligé ses vêtements, qui auraient peut-être pu indiquer s'il était seul ou bien accompagné.

Nouveau silence.

Lemé repensa soudain à sa conversation avec le professeur Verdier concernant la poussière blanche. Mais Verdier ne lui avait parlé à aucun moment des vêtements de la victime.

— Le directeur Verdier ne peut pas avoir fait une erreur de cette envergure. À mon avis, le lieutenant Spencer ne lui a pas remis les vêtements, puisqu'il n'était pas face à un homicide ! lâcha Lemé, dubitatif.

L'homme était connu pour son professionnalisme au sein du laboratoire.

— Pourquoi pas ? L'erreur est humaine ! dit une voix dans le groupe.

— Peut-être qu'on ne lui a jamais demandé de prélever des échantillons sur les vêtements, dit Menez.

— C'est une possibilité, tout comme pour l'autopsie, répondit Laplace. Il se pourrait que Bryan Dorlan ait passé des heures dans un endroit, du genre une cave à vin, à faire la fête. Allez savoir… Comme c'était la première fois, il décide de rentrer chez lui, il tombe en panne d'essence, il sort de son véhicule et choisit d'aller dormir à l'arrière de sa camionnette. Et là, il fait un coma éthylique.

La tête pensante résuma en quelques mots le destin tragique d'un homme pour lequel il avait suffi d'une seule fois pour que son existence s'envole comme un claquement de doigts.

— On ne va pas se focaliser sur les vêtements. Et s'il n'était pas seul ? Si ce n'était pas lui qui conduisait ? Si c'est le cas, il ne devait pas bien suivre le marquage de la route. Et puis, je pense que quelqu'un a dû signaler quelque chose. Vu que tout le monde est équipé d'un portable, il n'est pas difficile de signaler un conducteur dangereux qui met en jeu la vie d'autrui sur la route. C'est ce qui me fait penser que quelqu'un d'autre était au volant, suggéra Henry.

— N'oublions pas que cette nuit-là, la météo a fait des siennes, et il ne devait pas y avoir foule sur la route, dit le lieutenant stagiaire Lavoix.

Laplace quitta sa chaise et scruta la Seine par la fenêtre. Il avait l'impression que son cœur cognait contre la vitre froide.

— Quoi qu'il en soit, le lieutenant Spencer a fait le nécessaire pour boucler son enquête en interrogeant le voisinage de M. Dorlan. Il n'a rien trouvé qui aurait pu conclure à un homicide. Ses conclusions ont conforté l'avis du procureur, qui a délivré le permis d'inhumer. En attendant, ils font des recherches pour trouver la trace d'un membre de la famille encore vivant. Bryan Dorlan est toujours à la morgue de l'institut légal de Paris. On pourrait peut-être reprendre ce dossier en main… Nous avons des éléments en béton pour demander une autopsie et lier Bryan Dorlan à notre affaire.

Sous ses yeux, Lemé fixa une nouvelle fois le rapport d'autopsie du professeur Tellier : « L'autopsie remarque la présence de carbonate de calcium dans les alvéoles pulmonaires. Cela suppose qu'elle est restée enfermée dans une pièce. »

Il n'y avait aucun doute, Bryan Dorlan n'était pas au volant de sa camionnette. Quelqu'un d'autre y était. Et ce quelqu'un, il se pourrait que soit celui dont il tentait de remonter la trace.

Nouveau silence.

— J'ai bien peur qu'il y ait un lien avec notre affaire et que nous devions reprendre ce dossier en main, ajouta Laplace. Pour en avoir le cœur net, je suis allé voir…

Soudain, il s'interrompit comme pour se remémorer un moment très agréable qu'il aurait du mal à faire disparaître de sa mémoire : lorsqu'il s'était rendu au chevet du jeune Émeric.

— Voir quoi ? demanda Lemé, bouche bée.

Laplace reprenait ses esprits tout en passant la main sur sa poitrine. Son cœur battait si fort !

— Le véhicule de la place de la Nation, placé à la fourrière par le commissariat, est bien celui qu'Émeric a vu au pied de l'obélisque.

— Tu veux dire la camionnette beige modèle J7, J9 ? demanda Lemé, surpris par la déclaration de Laplace, qui prit soudainement un air détaché.

— Il en est certain. Un détail lui est revenu. Sur le toit, il lui a semblé voir une forme comme un champignon.

— Un champignon ? s'exclama Lemé de surprise. Tu veux dire un aérateur du toit ?

— Lorsque j'étais à son chevet, j'ai passé un coup de fil à Spencer afin qu'il aille vérifier cette information. D'après lui, la camionnette a été transformée en camping-car grâce à l'installation d'une ventilation sur le toit. C'est sans appel : il s'agit bien de ce véhicule, modèle J9.

Le froid traversa à nouveau le bureau. Les visages se figèrent par la surprise.

— On n'aurait jamais fait le lien avec cette affaire si le lieutenant Spencer n'avait pas demandé cette analyse.

Un nouveau silence s'installa, les plongeant dans leur réflexion, comme si la réponse les laissait sans voix.

— Si ce n'était pas lui qui conduisait, pourquoi la place de la Nation ? Le conducteur connaissait son adresse. Vu qu'il n'y avait plus rien dans le réservoir, il a abandonné le véhicule. Ensuite, il s'est engouffré dans une station de métro, ni vu ni connu. Ça veut dire aussi que ce Bryan n'a jamais mis les pieds dehors… On l'a déposé à l'arrière du véhicule, n'est-ce pas ? demanda à nouveau Lavoix.

— Pas mal mon Lavoix, dit Laplace. Tu as du répondant.

— C'est une nouvelle page qui s'ouvre dans le dossier, intervint Lemé en refermant le dossier gris. Il va falloir la remplir rapidement. Menez, tu te charges de récolter des indices auprès du lieutenant Spencer concernant Mme Kristens !

Au pas de course, Menez quitta le groupe, les yeux rivés sur son portable.

Les ordres suivirent :

— Henry, reprit Lemé, renseigne-toi sur Bryan Dorlan, et il faut faire une recherche plus approfondie concernant les Garibaldi, voir s'il y a lien entre Kristina, Claude Dablin et l'étudiant Antony Martins.

Henry savait ce qu'il voulait dire par « approfondie ». Il savait qu'il lui faudrait même fouiner dans les poubelles des personnes. Il se tenait déjà devant la porte du bureau grande ouverte.

Lemé s'interrompit en jetant un bref regard sur sa montre : il était 19 h 30.

— C'est bien qu'il y ait eu cette découverte de la poussière blanche dans ce véhicule. Mets-toi aussi en contact avec Verdier au sujet de la provenance de la poussière de craie, s'il a pu localiser les régions d'où l'on a extrait de la craie. Nous avons la preuve qu'il existe un lien entre M. Dorlan et notre victime. Il va nous falloir dénicher ce lien pour trouver notre suspect. Richard, réfléchis sur ce qui aurait pu se passer dans cette histoire. Lavoix, concentre-toi sur le centre technique de surveillance de la station du RER de Nation. S'il a pris une rame, on doit sûrement pouvoir trouver sa trace…

Un nouveau silence s'installa. Lemé observa à nouveau la dernière page du dossier gris et la glissa à l'intérieur le procès-verbal du lieutenant Spencer. Mais les ombres noires et les faits récoltés depuis ces dernières heures restaient sans réponse, comme souvent. Un pli soucieux se dessina sur le front du commandant Richard Laplace lorsque le commissaire Menez rentra précipitamment dans le bureau :

— Bingo ! Je viens d'avoir le lieutenant Spencer. J'ai une adresse. Le hameau de la vallée, sur la commune de Maule. Il a pu localiser cette adresse suite au témoignage d'une habitante. Il a aussi à notre disposition deux cahiers de trois-cent-quatre-vingts pages appartenant à Mme Kristens ; j'ai envoyé un homme récupérer tout ça.

— C'est son adresse actuelle ? demanda Lemé en tendant la main vers le commissaire Menez qui lui remettait la fiche d'information.

— Cela reste à confirmer.

Lemé semblait réfléchir aux paroles du capitaine Delfour, lorsque Lavoix dit :

— J'ai comme l'impression que la vérité se trouve dans cette commune.

— Ça me semble trop facile, répondit Lemé d'un air pensif. Actuellement, nos collègues les gendarmes mènent leur enquête dans le département des Yvelines.

Un nouveau pli se dessina sur le front de Laplace, qui avait gardé les yeux fixés sur la fenêtre.

— Que fait-on ? demanda-t-il d'une voix éteinte.

D'après sa voix, Lemé sentit que son bras droit avait l'esprit ailleurs. Brusquement, il ne lui donnait plus l'impression de réfléchir sur l'hypothèse de ce dossier. Le commandant Richard Laplace n'était pas du genre à déposer un dossier sur son bureau tant que l'affaire n'était pas close, tant qu'il n'avait pas le nom d'un suspect ou bien celui du coupable.

— Le dossier Bryan Dorlan reste ouvert, répondit Lemé.

Il va falloir être très vigilant. On ne doit rien négliger, pas même un grain de poussière. Pas même cette habitante qui a l'habitude de signaler au commissariat ce qu'elle voit dans sa rue. Menez, tu t'en occupes ! Avec ces éléments, je suis curieux de savoir ce que pense Lemarchand au sujet…

— Apparemment, la commune de Maule nous réserve quelques surprises, à croire que la vérité se trouve là-bas…

Lemé s'interrompit. Son regard alla du commissaire Menez à son bras droit. Et d'une voix basse, il dit :

— Rien ne nous empêche sous prétexte d'une commission rogatoire d'aller faire une petite visite de routine après une bonne nuit de sommeil…

25

Vendredi 2 novembre 2007

9 h 30

Le lendemain, au nord de la petite commune de Maule, sur la terrasse d'une maisonnette perchée sur une colline, une quinquagénaire ramassait son linge qu'elle pliait contre sa poitrine tout en observant sur l'autre versant de la vallée un véhicule qui roulait prudemment. Brusquement, elle se dirigea vers l'avant de la terrasse pour observer la voiture qui venait de ralentir à la lisière du bois.

Personne n'empruntait ce chemin de terre à part le propriétaire des lieux. L'arrivée de ce véhicule attira donc sa curiosité. Il gravit la colline sur le mauvais chemin de terre. Roulant au pas, Laplace tenait fermement le volant de la voiture, dont la direction était trop sollicitée au fur et à mesure qu'il avançait sur les nids de poules. Il avait l'impression que le châssis du véhicule allait lâcher.

Il fut soulagé lorsqu'il s'arrêta sur un plateau à la végétation dense, où se trouvaient des arbres encore feuillus malgré l'approche de l'hiver. Le vent soufflait à travers les murs d'un corps de ferme isolée et à moitié en ruines. À l'écart, un hangar en tôle abritait la vieille carcasse d'une voiture au-dessus d'une fosse ; quelques pièces détachées étaient posées en vrac, ce qui donnait l'impression d'être un atelier fantôme.

Bien que le commandant Laplace et son coéquipier Menez menaient leurs investigations sous couvert d'une commission rogatoire, ils ne s'attendaient pas à se retrouver dans un lieu désert, ce qui compliquait énormément leur tâche pour ce qui ne devait être qu'une visite de routine.

Trois planches clouées faisaient office de porte, et tout semblait faire croire qu'il n'y avait personne qui vivait là. Pourtant, d'après un témoin, Bryan Dorlan avait une adresse dans cette commune. Les trois planches ne représentèrent aucune résistance, la porte s'ouvrit sur une vaste pièce. Passés les premiers pas à l'intérieur, ils observaient avec perplexité une pièce vide, froide et sans fenêtre.

Ils échangèrent un regard dubitatif et restèrent sans voix sous l'effet de la surprise. À la lumière de leurs torches, ils distinguèrent dans l'obscurité plusieurs recoins et des tas de petites niches dans les murs.

— Des murs, rien que des murs…, murmura Laplace en avançant au centre de la pièce.

— Bon, il va falloir faire avec, ajouta-t-il.

Il haussa les épaules, dévisageant Menez qui espérait récolter quelques échantillons susceptibles de confirmer la présence du propriétaire.

En effet, Menez observait minutieusement les murs à la recherche d'une fissure ou d'une ouverture dissimulée qui pourrait éventuellement cacher un autre passage. Soudain, sa curiosité le mena vers un renfoncement dans le mur. Une vieille couverture en laine vert bouteille accrochée sur une poutre par un fil faisait office de rideau. Un vent frais l'agita ; Menez l'écarta lentement pour découvrir une porte, puis une autre avec une clé dans la serrure.

— Viens voir par ici ! dit-il en tournant la clé.

Laplace se pressa vers lui. Bien qu'ils fussent déçus de se retrouver en plein jour à l'arrière de la maison sur un terrain en piteux état, la chance leur sourit. Un pas fit craquer l'herbe haute. Menez recula ; sa tête arborait un air languissant qui étonna Laplace.

— Regarde discrètement à seize heures.

Laplace fit un pas en avant et buta sur un tronc d'arbre. De la mousse se dégagea et le culot d'une bouteille lui sauta au visage avant qu'il n'ait pu regarder dans la direction indiquée par Menez.

— Il faut y aller ! C'est une piste qu'il ne faut pas négliger. Peut-être que cette personne nous donnera quelques renseignements.

Menez avait regardé sur l'autre versant de la colline. Il avait aperçu une femme postée sur la terrasse. Menez avait la certitude qu'elle les observait avec insistance et qu'elle s'intéressait tout particulièrement à ce qu'il se passait sur l'autre versant, c'est-à-dire à leur présence.

— Et l'autre porte ? s'enquit Laplace.

— On va le savoir, répondit Menez.

Sur la porte, il n'y avait pas de serrure, juste un bouton de porte. Menez l'ouvrit sans aucune difficulté, puis ils découvrirent un escalier droit. Avec prudence, ils descendirent les marches jusqu'au niveau d'un sol en parfait état, bien que poussiéreux.

— Ça ne ressemble pas à une cave, dit Laplace.

— À l'époque, ça devait être une belle pièce à vivre, répondit Menez.

Puis les deux policiers balayèrent le sol et les murs du regard. Des étagères poussiéreuses étaient visibles. En observant de plus près, ils découvrirent que leur contenu avait été déplacé.

— Rien de suspect, il ne nous reste plus qu'à rendre visite à cette dame, suggéra Menez.

Quelques instants plus tard, la quinquagénaire observait une nouvelle fois un véhicule descendre la colline avec prudence.

Bien qu'elle ne pouvait imaginer ce qu'il se passait de l'autre côté de vallée, la quinquagénaire observait le hangar – l'atelier fantôme – quand, soudain, un bruit de moteur et le claquement d'une portière détournèrent son attention. Cela lui sembla provenir de devant la maison. Elle s'y dirigea d'un pas pressé et constata avec surprise la présence d'un véhicule garé dans la cour. Descendant calmement l'escalier, elle interpella l'un des policiers qui s'apprêtaient à sonner à sa porte.

— Ne vous fatiguez pas, messieurs ! dit-elle d'une voix enrouée. Ça ne fonctionne pas. Je suis Marcelline Gottin. Vous désirez ? demanda-t-elle sans ciller.

Laplace laissa son doigt en suspens tout en ayant un regard sympathique pour la quinquagénaire.

— Bonjour madame.

Laplace prit soin de se présenter ainsi que son coéquipier.

— Nous aimerions obtenir quelques renseignements…

— Venez à l'intérieur, lâcha-t-elle en tournant le dos.

Les deux policiers ne se firent pas prier.

Si les badauds ne manquaient pas dans les grandes villes de province, ils étaient, dans un coin désert comme celui-ci, un cadeau tombé du ciel.

Elle les invita à prendre place à table.

— Un café ? proposa-t-elle d'une voix calme qui n'échappa pas aux policiers.

— Non merci, répondit Laplace, mais c'est très aimable de votre part.

La quinquagénaire s'en servit une tasse et prit place à table. De la main, elle chassa un infime brin de poussière de la table.

— Que puis-je faire pour vous ? dit-elle en portant la tasse à ses lèvres.

— Connaissez-vous le propriétaire sur l'autre versant ?

Elle leva le menton.

— Il lui est arrivé quelque chose ?

Croisant le regard de la quinquagénaire, Laplace s'abstint de préciser le but de leur présence.

— Le connaissez-vous ? insista Laplace.

— Oui, je veux dire…

Elle avala une gorgée de café.

—… en tant que voisin, sans plus.

— A-t-il toujours habité dans le secteur ?

Elle prit autre gorgée.

— Il lui est arrivé quelque chose, je me trompe ? demanda-t-elle subitement en dévisageant les deux enquêteurs.

— Écoutez, nous menons simplement une enquête de voisinage. Nous aimerions savoir s'il a toujours habité dans le secteur et quand vous l'avez vu pour la dernière fois, dit Menez d'un ton ferme. Son domicile semble être désert et ressemble à des ruines.

La quinquagénaire semblait réfléchir. Elle regarda au fond de la tasse. Elle s'en voulait d'être restée tout ce temps sur sa terrasse, à les observer, et d'être à cet instant en train de répondre à leurs questions.

— Il a quitté la région depuis très longtemps. Il est revenu il y a à peu près un an avec un camion.

Laplace se remémora la pièce vide qui ne contenait aucun meuble.

— Pour un déménagement ?

— Il me semble. En tout cas, c'était des meubles qu'il transportait.

— Était-il seul ce jour-là ?

— Oui.

— Et c'est la dernière fois que vous l'avez vu ?

— Non…

Les deux policiers froncèrent les sourcils.

— Et c'était quand, la dernière fois ?

— Je l'ai aperçu dimanche dernier, depuis ma terrasse. Il faisait des aller-retour entre le hangar, l'arrière de la maison et le camion.

Menez jeta un regard vers la porte-fenêtre qui donnait sur la terrasse.

— Vous souvenez-vous de l'heure qu'il était ? demanda-t-il.

Un détail qu'il ne manquerait pas de vérifier.

— Oh ! Il était seize heures. C'est l'heure à laquelle je me repose…

La quinquagénaire expliqua qu'elle consacrait de nombreuses heures entre les vapeurs de javel et le ronronnement de l'aspirateur. Elle alterna entre l'entretien du linge et la tenue de sa maison.

Menez lança un bref regard autour de lui. En un clin d'œil, il se fit son opinion. La poussière n'était pas la bienvenue dans cette maison où l'on respirait la fraîcheur jusque dans les moindres recoins. Mais son regard se posa dans un coin de la pièce, vers une porte-fenêtre ; il découvrit une paire de chaussures qui lui sembla être celle d'un homme.

— Puis il est monté dans le camion et il est parti.

— Seul ?

— Oui, répondit-elle d'un ton badin, avec un léger sourire sur les lèvres qui sema le doute dans l'esprit des enquêteurs.

Il y eut un silence.

— Et ce camion que vous dites, c'était le même que la dernière fois ?

— Ah non ! Celui-ci était beaucoup plus petit…

— Pouvez-vous nous le décrire ? la questionna Laplace

— Ce n'était pas vraiment un camion, mais plutôt un fourgon, répondit-elle sans aucune hésitation. Avec un machin sur le toit !

— Sur le toit ?

— Oui, un truc rond.

— Comme un champignon ?

— C'est ça, répondit-elle en haussant la voix.

Nouveau silence.

— Permettez-vous que nous jetions un coup d'œil sur votre terrasse ? demanda Menez en faisant un signe vers la porte-fenêtre.

À travers la vitre, il fixa une chaise pliante.

— Oh ! Bien sûr, répondit-elle en se levant brusquement de sa chaise. Si ça peut vous aider…

De l'autre côté de la vallée, devant le corps de ferme en ruines, Menez et Laplace distinguaient clairement le paysage : un terrain recouvert d'une dense végétation. Mais s'il y avait une ou plusieurs personnes, il leur était impossible de mettre un nom sur qui que ce soit.

— L'avez-vous déjà vu en compagnie de quelqu'un d'autre ?

De nouveau, elle sembla réfléchir en portant la main à sa poitrine, puis elle leva le menton.

— Non, répondit-elle d'une voix hésitante. Mais pourquoi toutes ces questions ? Est-il arrivé quelque chose ?

— C'est juste une enquête de voisinage, madame.

— Ici ? Dans ce coin perdu ? Vous feriez mieux…

Elle s'interrompit en portant la main à sa poitrine.

— Je n'ai rien d'autre à vous dire de plus sur lui. Si vous voulez en savoir davantage, je vous conseille d'aller voir le garagiste à la sortie de la ville. Je pense que M. Morales peut vous renseigner.

— Avez-vous l'adresse ? Cela nous éviterait de chercher, dit Menez en ouvrant son calepin.

— Sur la route principale, à la sortie de la ville, vous avez une zone industrielle.

Menez s'apprêtait à griffonner l'adresse du garagiste. Mais tout compte fait, c'était inutile : route principale à la sortie de la ville, direction zone industrielle, il n'aurait aucun mal à retenir ces informations.

— Nous vous remercions pour votre aide. Tenez, je vous laisse nos coordonnées. Si quelque chose vous revenait à l'esprit, n'hésitez pas à nous contacter. Et si vous le voyez, dites-lui de nous appeler.

— Je n'y manquerai pas, répondit-elle presque en souriant.

— Une dernière question, dit Menez d'une voix calme. Vivez-vous seule ?

La quinquagénaire plissa le front d'un air étonné.

— Et en quoi cela a-t-il un rapport avec M. Dorlan ?

— Ce n'était qu'une question madame. Merci de votre coopération, lâcha Menez en se dirigeant vers la porte de sortie.

Les deux policiers regagnèrent leur véhicule. Pendant un court instant, Menez admira le jardin. Ce qui se voyait à l'intérieur de la maison se voyait également à l'extérieur. La quinquagénaire n'avait pour ainsi dire que ce genre d'activités.

— Elle a l'air tendu cette dame, murmura Menez.

Laplace mit le contact et démarra.

— Elle a été plus ou moins convaincante, mais elle me donne l'impression de cacher quelque chose, répondit Laplace d'une voix calme.

— La paire de chaussures par exemple…

Laplace tourna la tête vers son coéquipier.

— Pour la poussière, je n'en doute pas, mais j'ai raté cette paire de chaussures !

— Elle était juste à côté de la porte-fenêtre. Je peux te confirmer que c'était une paire de chaussures d'homme.

— Cela explique donc ta dernière question …

— Exact !

— Dans ce cas, on va chez ce garagiste. Et nous pourrions ensuite revenir lui rendre une petite visite…

Pendant ce temps-là, dès le départ des policiers, la quinquagénaire se précipita à la porte-fenêtre, ramassa la paire de chaussures et se dirigea vers le cagibi. Elle l'enferma dans une petite armoire et prit son balai-brosse, son seau et sa serpillière pour enlever les traces de pas. Le temps que cela sèche, elle se posta sur la terrasse et observa le véhicule de police descendre la colline. Elle se sentit brusquement fatiguée, comme souvent après avoir lavé par terre…

Traversant la commune sur la D191, au nord de la route de Mantes, les deux policiers entrèrent dans la zone d'activités. Ils n'eurent aucun mal à trouver le garage automobile, contrairement à leur précédente visite à la lisière des bois. À l'instant où ils garaient le véhicule sur le parking visiteur, un jeune homme aux épaules larges et aux cheveux courts les observait à travers une baie vitrée. Soudain, son regard devint inquiet. Laplace parcourut avec attention l'ensemble de la propriété du regard. Il s'attendait à un autre atelier fantôme, mais il sentit que la discipline était de rigueur et que ce garage automobile était digne de ce nom. Son regard se posa sur celui du jeune homme, qui n'avait rien d'un mécanicien. Ils se fixèrent à travers la vitre, comme si chacun essayait de lire dans les pensées de l'autre. Le mécanicien fit le premier pas vers les deux individus en poussant la porte vitrée du bureau de l'atelier.

— Messieurs, dit-il en faisant front aux deux individus. Que puis-je faire pour vous ?

Il y eut un silence.

Contrairement au commandant Laplace, Menez se concentra sur un seul objectif. Ce qu'il admirait avec insistance n'échappa pas au regard du jeune mécanicien, qui se frotta les mains avec un chiffon.

— Mais c'est une Chevrolet ! s'exclama Menez, fasciné.

— Corvette, modèle 1967, équipée d'un moteur V8. 7 litres, 435 chevaux, boîte manuelle 4 rapports, 4,5 secondes de 0 à 100 km/heure… Et toutes les pièces sont d'origine !

— Belle bête ! rétorqua Menez. Et la couleur est-elle d'origine ?

— C'est le seul élément qui n'est pas d'origine. Ce bleu foncé métallisé est ce qui se rapprochait le plus de l'origine. Moi, ça me va…

— Je n'en demande pas tant ! C'est recherché, ce type de véhicule ?

Menez jeta un bref coup d'œil vers l'atelier.

Deux mécaniciens étaient en train d'extraire à l'aide d'une poulie le moteur d'une camionnette en piteux état. La cabine du conducteur était pratiquement intacte ; le reste du véhicule était complètement aplati, comme si la carrosserie avait été prise en sandwich.

— Je pense que oui. En tout cas, la mienne n'est pas à vendre.

Il se tut quelques instants et sembla réfléchir.

— Bon, si vous voulez bien me dire ce que vous faites ici... Je ne pense pas que ce soit au sujet de ce véhicule, dit-il en envoyant un regard furtif aux individus.

— Non. On nous a conseillé de venir vous voir au sujet de monsieur Bryan Dorlan, lâcha Laplace en sortant sa carte de police.

Le visage du jeune mécano se figea.

— Conseiller, vous dites ?

— Madame Gottin. La connaissez-vous ?

— Marcelline, murmura le jeune mécanicien avec un léger sourire qui lui plissa le coin des lèvres. Si elle vous a conseillé, dans ce cas…

Il secoua énergiquement son chiffon d'un air résigné.

— Vous allez pouvoir nous renseigner alors ! Nous menons une enquête de voisinage concernant monsieur Bryan Dorlan, enchéri Menez d'une voix calme.

— Allons à l'intérieur…

Le jeune mécanicien ouvrit la porte qui donnait sur l'atelier et dit :

— Jacquot ! Si ça sonne, tu décroches le téléphone. Je suis en rendez-vous…

Ce dernier se retourna et secoua la tête en signe d'acceptation.

— Vous venez donc de sa part... ajouta-t-il en prenant place autour de la table.

— Exact, peut-être que sans elle nous ne serions pas là. Quelque chose vous gêne-t-il dans le fait que nous venions de sa part ?

Le jeune mécanicien se calla contre le dossier de sa chaise puis leva les bras, comme s'il voulait se protéger d'un projectile.

— Et comment ! Depuis fin 2005, lorsque je me suis installé dans la région, il ne se passe pas un jour sans que quelqu'un n'appelle ici pour demander des renseignements. À chaque fois, c'est parce que madame « X » nous a conseillé… Pour tout vous dire, j'ai changé trois fois de numéro, mais je capitule de ce côté-là…

— Que pouvez-vous nous dire au sujet de M. Dorlan ? Il a peut-être été victime d'une agression qui lui a coûté la vie, lâcha Laplace sans prendre de gants.

Le jeune mécanicien sembla s'enliser sur sa chaise.

— Je suis désolé. Je ne savais pas que… dit-il d'une voix enrouée.

— Vous n'étiez pas au courant ? demanda Menez en cherchant le regard du jeune mécanicien qui s'était posé dans le vide. Vous ne lisez pas la presse ?

— Non. Vous pouvez me croire, je n'étais pas au courant. Je ne m'intéresse qu'à la presse automobile. Honnêtement, je ne le connaissais pas… du moins, pas assez pour pouvoir vous apprendre quelque chose sur lui. Je l'ai rencontré pour la première fois fin 2005 pour lui exprimer mon souhait de redonner vie à ce garage qui appartenait à ses parents. Tout s'est très bien passé lors de la signature.

Les deux policiers échangèrent un regard étonné suite à cette déclaration.

— Ce garage appartenait à ses parents ?

Laplace porta son regard vers l'atelier. Il fixait le mécanicien Jacquot qui gesticulait autour de la camionnette en faisant de grands signes de la main. Son collègue regardait le moteur en haut de la poulie.

— D'après les documents, je vous réponds que oui. Mais je n'ai pas eu l'occasion de vraiment le connaître.

— Et c'était quand la dernière fois que vous avez eu de ses nouvelles ?

— Il y a environ un an de cela. Il avait besoin d'un véhicule pour organiser son déménagement. C'est ainsi que j'ai appris qu'il avait l'intention de revenir dans la région, dans le même coin que Marcelline Gottin…

Le jeune mécanicien s'interrompit et sembla réfléchir.

— Il va falloir que je fasse vraiment le nécessaire pour ne plus être dérangé par cette dame.

Les deux policiers échangèrent un regard furtif, suivi d'un silence. On entendait seulement le bruit de la chaîne de la poulie qui redescendait lentement le moteur vers le sol.

— Il a été vu par Mme Gottin dimanche dernier aux alentours de seize heures. On pourrait penser qu'il serait passé ici, histoire de vous demander si vous êtes satisfait de votre garage. Vous voyez, ce genre de choses…

De nouveau, le jeune mécanicien se colla sur le dossier de la chaise puis leva les bras ; cette fois-ci, il prit son visage dans ses mains.

— OK. Je pense savoir pourquoi elle vous demande de venir me voir.

Laplace esquissa un sourire qu'il dédia en son for intérieur à Marcelline Gottin, qui savait parfaitement ce qu'elle avait voulu leur faire comprendre en les envoyant chez le garagiste Morales.

— La semaine dernière, j'ai reçu un appel de Marcelline Gottin. Elle me demandait si on avait la possibilité de récupérer des pièces détachées. J'ai passé la communication à M. Merault pour fixer une date de rendez-vous et prendre les coordonnées de cette personne. Il nous arrive de récupérer des épaves dans le secteur. Il s'avère que cette fois, c'était chez ce M. Dorlan. D'après mon meccano, il y avait de quoi faire ; il reste encore quelques pièces et une carrosserie dans un hangar.

— Êtes-vous sûr que c'est elle qui vous a appelé ? demanda Menez.

Le mécano réfléchit un instant.

— M. Merault peut vous le confirmer.

— Il avait un garage à son domicile ? demanda Laplace en ayant l'image de l'atelier fantôme en tête.

— Aucune idée. Mais si ce garage appartenait à ses parents, il n'est pas étonnant qu'il ait des connaissances en mécanique.

Laplace était quand même surpris que ce soit Marcelline Gottin qui ait fait subitement appel à eux pour récupérer quelques pièces détachées dans l'atelier fantôme. Pourquoi avoir téléphoné alors qu'il était si simple de se déplacer ? Bryan Dorlan était sûrement dans le secteur, ou bien il pouvait très bien le faire par lui-même. Il fut perplexe en pensant à la paire de chaussures qui lui avait échappé.

— Avez-vous une idée de la raison pour laquelle elle vous a appelé afin de récupérer ces pièces ? demanda Menez.

Ce dernier prit des notes sur son calepin, qui était resté jusque-là au fond de sa poche. Un élément qu'il souhaitait noter tellement sa mémoire commençait à flancher.

— Que dois-je vous répondre ? demanda-t-il en jetant un œil vers l'atelier.

Dans l'atelier, le vieux mécanicien continuait d'agiter ses bras.

— Excusez-moi, dit-il en allant vers la porte.

Les deux policiers ne se gênaient pas pour observer le visage du mécanicien. Il avait l'air abattu, son visage blême et livide et sa courte barbe grisonnante cachaient mal l'effet d'une très longue journée de labeur. Avec ses cheveux lisses et ses favoris collés aux joues, il parlait à mi-voix avec des yeux perpétuellement inquiets. Les deux policiers tendirent l'oreille pour épier leur conversation.

— Si le moteur est prêt, récupérez toutes les autres pièces. On appellera le ferrailleur demain pour récupérer la carrosserie, ordonna Ader Morales une fois que le mécanicien lui eut expliqué la situation.

— Et le véhicule, c'est pour quand ? demanda le mécanicien impatient.

— Ne t'inquiète pas, il va arriver.

— Ça fait plus d'une semaine qu'on attend...

— Je sais, Jacquot, je sais... Allez nettoyer l'atelier, c'est bon pour aujourd'hui. On verra ça demain, d'accord ?

Le mécanicien hésita un instant à retourner dans l'atelier, mais il se résigna après une seconde de réflexion.

— OK. Bonne soirée, marmonna-t-il.

Le vieux mécano s'éloigna d'un pas lent, les bras croisés dans son dos courbé, cherchant une consolation à cette journée qui venait de se terminer.

Ader Morales se précipita dans son bureau et laissa la porte entrebâillée.

— Excusez-moi, dit-il en esquissant un sourire. Il s'inquiète toujours du lendemain. Quand je pense qu'à son âge il réussit encore à faire les trois-huit. Mais il va falloir qu'un jour, je lui fasse comprendre que je ne pourrai pas le garder éternellement...

Immédiatement, les deux policiers se retournèrent pour jeter un bref regard vers l'atelier. Le mécanicien rangeait les outils dans les grands tiroirs d'un meuble en tôle.

— La mécanique n'est pas un métier facile, dit Laplace en se tournant vers Morales. Quel âge a-t-il ?

— Soixante-douze ans. La mécanique n'a plus de secret pour lui. Mais il va bien falloir un jour que je lui fasse comprendre que...

Brusquement, Morales s'interrompit.

Il y eut un silence d'une courte durée.

— Vous savez quoi, reprit-il en penchant le buste en avant vers les deux policiers. Ce qui me semble étrange, c'est que cette dame soit plus en mesure de vous renseigner que moi au sujet de M. Dorlan. Et je ne comprends pas pourquoi elle vous a conseillé de venir ici. À moins qu'elle n'ait essayé de vous mettre sur une piste sans trop se mouiller.

Les deux policiers froncèrent les sourcils.

— Que voulez-vous dire ? demanda Laplace

— Quand M. Merault est entré ici, il m'a annoncé qu'il avait travaillé dans ce garage il y a plus de trente ans, sans me donner davantage d'explications.

De l'autre côté de la vitre, Laplace fixait le vieux mécanicien qui ajustait son sac sur son épaule quand soudain, il se remémora le témoignage de Marcelline Gottin.

— Il est allé charger les pièces seul ? demanda-t-il sans quitter le vieux mécanicien des yeux.

— Oui.

Il y eut un silence de courte durée. Mais celui-ci fut déterminant pour Laplace, qui eut subitement la certitude qu'ils s'étaient fait mener en bateau par Marcelline Gottin. Il se rendit également compte que ce n'était pas Bryan Dorlan qu'elle avait vu depuis sa terrasse.

Dans l'atelier, Merault remonta la fermeture éclair de son blouson vert kaki. Avant qu'il n'eût le temps de franchir le rideau de l'atelier, Laplace bondit de sa chaise et ouvrit en grand la porte vitrée du bureau ; sa voix résonna dans l'oreille du vieux mécanicien qui eut l'impression qu'une détonation venait de retentir dans l'atelier.

— Un moment s'il vous plaît, lâcha Laplace en s'adressant au mécanicien.

Brusquement, Ader Morales eut les mêmes gestes que précédemment sur sa chaise : il leva les bras comme s'il voulait se protéger d'un projectile.

— Oui ? dit le vieux mécanicien d'un calme à laisser penser que le temps venait de s'arrêter.

— Avez-vous connu l'ancien propriétaire des lieux ?

— Oui, répondit-il d'un air étonné.

— Pouvez-vous nous en dire quelques mots ?

— Bien sûr…

Jacquot avança à petits pas vers le bureau.

Le commandant Laplace le regarda ; coïncidence ou hasard, il ne savait plus sur quel pied danser.

26

Vendredi 2 novembre 2007

10 h 45

La dernière nuit, Raymond Roland l'avait portée. Elle était encore plus légère qu'une plume, et il l'avait emmenée dans la chambre. Sachant que la nuit allait être longue et chaude, elle s'était complètement abandonnée à lui. Elle n'avait pas eu le temps de lui demander de changer de visage. Lui, de son côté, n'eut pas le temps de lui raconter son secret, cette douleur qui avait déchiré son cœur et le phénomène si étrange qui s'était manifesté en lui quand il avait décidé de retracer son enfance sur une feuille.

C'était avant l'aube ; il s'en était allé en silence, fermant doucement la porte. Fier d'avoir été à la hauteur, tandis qu'elle dormait d'un profond sommeil rempli de rêves, il n'avait qu'une idée : savourer la nouvelle vie qui s'offrait à lui. Pour cela, il devait accomplir l'œuvre de son père à la perfection et sans commettre d'erreur.

Deux jours plus tard, il pensait à tout ceci en roulant seul sur la route, à une allure modérée. Les arbres défilaient sous ses yeux au ralenti. Regardant droit devant lui, pensif, il s'approcha lentement du point final, mais il l'ignorait. Il avait le sentiment d'être dirigé par une chose invisible qu'il ne pouvait ni toucher ni effacer ; il s'agissait de sa conscience qui prenait emprise sur lui, tout comme l'amour de cette femme, qui offrait un nouveau souffle à sa vie.

« Et cette lettre ? Peut-être se trouve-t-elle là-haut, sur l'autre versant de la colline… chez la petite amie de Bryan ! Je trouverai cette lettre père… Je vais récupérer cette lettre... »

Ce jour-là, Mme Dorlan – cette femme qui était sa grand-mère, ce qu'il ignorait – n'avait pas compris ce qu'il lui arrivait. Elle savait seulement qu'elle avait suivi un enfant, si innocent, vers son secret, son héritage.

Quelques minutes plus tard, il attendait patiemment son grand-père, les yeux rivés sur la lettre posée sur la table basse, bien en évidence. « *Je m'en vais.* » Tout en bas de la page, elle avait écrit ces trois mots : « *À mon fils.* »

« Mais il n'y avait pas que ça père… Il y avait autre chose. Autre chose que je ne comprenais pas père. Avait-elle laissé un message ? »

Si ces souvenirs ressurgissaient de sa mémoire, c'était pour rechercher l'erreur qu'il aurait commise avec la conscience d'un enfant de treize ans. Puis, soudain, après un bref regard dans le rétroviseur, il entama un demi-tour. Pensant que l'erreur ne pouvait venir que de lui, il avait hâte effacer la dernière trace de ce qu'il avait fait lorsqu'il avait treize ans sur l'autre versant de la colline.

En arrivant dans la cour, Raymond Roland prit soin de couper le moteur dès qu'il eut franchi l'entrée de la propriété. Il gara son véhicule le long de la clôture. Mettant pied à terre, il observa l'autre versant : la maison en ruines n'était plus ce qu'il avait connu à travers l'album photos qui appartenait à son père. Il savait que c'était dans cette maison que Bryan Dorlan avait vécu, jusqu'à la mort de son père et dans des circonstances qui avaient donné à sa vie une autre tournure. Il savait aussi que la petite amie de Bryan vivait ici. Mais durant toutes ces années sombres qui avaient traversé sa vie, Raymond Roland n'avait donné aucune importance à ces deux personnages liés à sa vie. Mais depuis qu'ils étaient venus le déranger, il lui semblait important de s'intéresser à la petite amie d'enfance de Bryan. Elle avait sans doute des réponses à ses nombreuses questions, qui lui permettraient de mettre fin à l'œuvre de son père et de se consacrer totalement à l'amour de sa vie.

Fermant sa portière dans un calme absolu, il eut l'impression que la maison était vide. Il n'y avait pas un bruit, à l'exception du croassement d'un corbeau survolant la propriété. Vers le pignon droit, une allée de graviers menant derrière la maison attira sa curiosité. Raymond avança à petits pas et fixa la première marche d'un escalier. Lentement, il le gravit tout en pensant à l'attitude qu'il allait avoir s'il venait à se retrouver nez à nez avec la petite amie de Bryan Dorlan. Arrivé sur la terrasse, il s'arrêta à l'angle du pignon et tendit l'oreille : ce qu'il entendit lui fit comprendre pourquoi le silence régnait sur le lieu et pourquoi personne n'était venu à sa rencontre. Sur sa chaise pliante, la quinquagénaire était plongée dans un profond sommeil, comme à son habitude.

Dans un coin, il y avait un vieux tabouret sur lequel un pot de fleurs était posé. Roland le déposa au sol, prit le tabouret et s'approcha au plus près de la quinquagénaire. Il s'assit et se pencha sur elle en lui balayant le visage d'un léger souffle. Elle avait tourné la tête vers lui. Puis un deuxième souffle. D'un revers de la main, elle donnait l'impression de chasser une mouche.

Un nouveau souffle sur son visage.

Elle ouvrit un œil, puis les deux. Elle eut un sursaut au moment même où une main gantée se posait sur sa bouche.

— Chut… chut…

Elle l'avait agrippé par le bras avec des yeux révulsés.

— Chut ! Je vais enlever ma main et je te demande de ne pas crier ! Sommes-nous d'accord ?

Elle avait l'impression d'étouffer. Cette main plaquée sur son visage l'empêchait de respirer librement. Elle acquiesça d'un hochement de la tête.

— Parfait ! Je vois que nous sommes d'accord.

Il retira sa main ; elle avala un grand bol d'air pour gonfler ses poumons. Encore sous l'effet de la surprise, elle se demanda si tout cela était réel ou non.

— Sais-tu qui je suis ?

Elle regarda longuement son visage et ressentit de la pitié pour lui.

— Oui.

— Très bien. Je vais te poser quelques questions. Je n'aime pas le mensonge. Tâche donc de ne pas me mentir. Sommes-nous d'accord ?

— Oui, répondit-elle avec hésitation. J'ai l'impression que c'est une menace.

— Non. Je ne me le permettrais pas. Je souhaite simplement que nous trouvions une entente. Il suffit de me donner les bonnes réponses. C'est tout ce que je souhaite.

— Que voulez-vous ?

— Tu sais donc qui je suis. Et tu te souviens de l'accident…

Marcelline Gottin plissa le front comme si elle remontait le temps pour se souvenir de l'événement tragique qui avait bouleversé toute une région. Ce visage qui lui faisait tant de peine. Elle ne s'attendait pas à ce qu'il vienne un jour lui rendre visite et emploie de telles manières pour une première rencontre.

— M. Roland !

— Je t'en prie, appelle-moi Raymond. Nous n'avons jamais eu l'occasion de nous rencontrer depuis toutes ces années. Je vois que tu as une bonne mémoire. Maintenant que tu sais qui je suis, je vais te poser des questions. Connais-tu Bryan Dorlan ?

— Oui, répondit-elle calmement, sans lui montrer l'angoisse qui l'envahissait.

— Avez-vous été proche l'un de l'autre ?

— Oui, mais où veux-tu en venir ? demanda-t-elle en respectant son choix du tutoiement pour ne pas le contrarier.

— Voilà ! Il me semble l'avoir croisé sur la route dimanche dernier et il n'était pas seul. Et comme je sais que par le passé vous étiez très proches, je me suis dit que tu pourrais peut-être me renseigner sur les gens qui l'accompagnaient ?

— Hum ! s'exclama-t-elle se frottant les yeux.

Elle tenta de se redresser.

— Je t'en prie Marcelline, reste allongée. Je ne vais pas te déranger longtemps. Je veux seulement savoir qui l'accompagnait.

Elle n'avait pas vu que ses doigts le démangeaient à travers les gants.

— Écoute, je ne suis pas surprise que tu l'aies croisé sur la route dimanche dernier. Il avait l'intention d'aller voir ton grand-père pour lui présenter une personne.

— Mon grand-père ?

— Oui.

— Et sais-tu pourquoi ?

— Désolée, je n'en ai aucune idée.

— Et qui est cette personne ?

— Je l'ignore.

Il marqua une pause.

— Et si je te parle d'une lettre, ça te dit quelque chose ?

— Tu veux dire cette lettre qui confirme le suicide de sa mère ?

— Soit disant… dit-il d'une voix rassurante.

Il faisait semblant de ne pas être au courant, alors qu'il connaissait parfaitement le contenu de cette lettre.

— Je ne te comprends pas. Que souhaites-tu savoir au juste ? demanda-t-elle d'un air agacé par ses nombreuses questions.

— C'est ma dernière question Marcelline. Est-ce que cette lettre te dit quelque chose ?

— Si c'est cette lettre qui t'amène ici après toutes ces années, sache que je n'ai pas l'intention de la chercher pour toi.

— Ne sois pas stupide Marcelline !

— Je n'en ai pas l'intention, Raymond ! Mais il y a une chose que tu ignores peut-être…

Il fronça les sourcils et resta attentif.

— La rumeur disait à l'époque que sa mère avait laissé une lettre à son domicile. Mais il me semble que le soir de sa disparation, elle était chez ton grand-père. Chez toi, Raymond… C'est chez toi qu'elle a laissé cette lettre…

Elle s'interrompit avec un sourire narquois. Raymond tentait de garder son calme et ne montrait pas que ses doigts le démangeaient.

— Maintenant, si tu veux cette lettre, demande-la à ton grand-père… Et profites-en pour lui demander des nouvelles d'Antonella.

— Peux-tu être plus claire ? J'ai du mal à te comprendre.

— Antonella, est la seule rescapée de ton accident. Tu sais nous n'avons jamais eu l'occasion de se rencontrer. Mais il faut que tu saches qu'il s'est passé beaucoup de choses en ton absence.

Des souvenirs refirent surface. Il lui restait à présent beaucoup de chemin à parcourir pour retrouver un visage acceptable au regard des autres. Cette décision avait été prise par son grand-père quelques mois après la disparation de Mme Dorlan, après son retour de l'étranger dans un centre spécialisé dans les réparations chirurgicales. C'était un jeune homme à la morphologie impressionnante qui donnait l'impression de tout terrasser sur son chemin. Son grand-père ne s'opposait à aucune de ses moindres demandes, qui ressemblaient davantage aux caprices d'un enfant qui avait beaucoup souffert.

— Explique-toi. Je n'ai pas le temps de jouer aux devinettes. Tu as l'air d'être au courant de beaucoup de choses.

— Tu ne peux pas te l'imaginer, lâcha-t-elle avec une grimace.

Elle se tut.

Sa démangeaison s'accentuait. Dix fois il avait fait le geste dans sa tête.

— Je ne vois toujours pas où tu veux en venir. Tu refuses donc de me dire l'identité de ces personnes et la raison pour laquelle Bryan souhaite voir mon grand-père…

Elle avait fait la moue et semblait réfléchir à la situation. Avait-elle tout dit ? Ou bien était-elle encore sous l'effet de la surprise d'avoir été réveillée d'une drôle de manière ? Elle ne se doutait toujours pas de l'idée qui animait l'esprit de ce visiteur qu'elle semblait agacer à petit feu.

— Demande à ton grand-père. Durant toutes ces années, j'ai fait le nécessaire pour comprendre ce qu'il s'était réellement passé à propos de la disparition de Mme Dorlan et de ton accident. J'ai découvert d'autres choses. Tous ces événements ont été classés par une enquête de la gendarmerie comme un banal accident de la route et un suicide. Et pour ta gouverne, sache que tu n'es pas le seul qui cherche à joindre Bryan…

Il plissa le front.

— Que veux-tu dire ?

— En ce moment, je suis extrêmement fatiguée. J'ignore depuis combien de temps je me suis assoupie, mais sache que j'ai eu la visite de deux policiers qui sont venus me questionner à son sujet.

— Des policiers dis-tu ?

— Oui. Ils voulaient savoir quand je l'avais vu pour la dernière fois. Apparemment, ils le recherchent.

— Et que leur as-tu dit ?

— Tu aimerais le savoir...

— Pourquoi pas ? répondit-il calmement. Il me semble que nous sommes sur la même longueur d'onde.

Elle ricana en essayant de se redresser.

— Tu peux rester allongée, je vais te laisser.

Il se leva et prit appui sur sa jambe. Il avait l'impression que tout le poids de sa haine s'était concentré sur sa jambe droite. Ça le démangeait tellement qu'il voulût en finir une fois pour toutes.

— Ils n'ont rien voulu me dire, j'ignore pourquoi ils le recherchent. Je ne leur ai pas dit que cela fait deux ans que Bryan est venu vivre chez moi, depuis qu'il a perdu son emploi.

Il fut surpris d'apprendre qu'il vivait ici, avec elle. Soudain, l'individu sur son scooter lui traversa l'esprit tel un éclair. Il savait qu'il ne fallait pas s'aventurer dans le secteur. Son instinct lui suggéra donc qu'il était temps de mettre les voiles.

— Penses-tu que c'est au sujet de mon grand-père ?

— Je ne sais pas, Raymond, mais sache qu'à l'avenir, il va falloir que tu te montres beaucoup plus galant dans ta façon d'aborder les gens – pas comme tu viens de le faire.

En faisant cette remarque, elle avait regardé la maison sur l'autre versant, comme elle en avait l'habitude avant de faire sa sieste sur la chaise longue après une bonne journée de chasse aux poussières. Lorsqu'elle revint vers lui, elle eut juste de temps d'entendre :

— C'est sans importance. Repose en paix !

*

Lemé était dans son bureau et naviguait sur Internet. Il s'offrait une courte pause histoire de changer d'air. Plus les jours passaient, plus son enquête avançait ; Nancy faisait beaucoup de progrès. La visite de ses enfants, qu'elle avait reconnus dès le premier regard, l'avait considérablement aidée à vouloir se remettre sur pieds. Elle avait hâte de se lever et de faire quelques pas. Alors, pour sa première sortie, lorsqu'elle pourrait marcher sans appréhension, pour l'occasion, il avait choisi de l'emmener au Musée de l'Homme plutôt qu'aller voir une une pièce de théâtre. Nancy et les enfants en raffolaient. Il n'oubliait pas pour autant son affaire en cours. C'est alors que son téléphone sonna ; il décrocha :

— Oui, Richard, dit-il en fermant la page Internet.

— Franck, dit Laplace, on a du nouveau. Nous avons bien trouvé cette adresse, mais il semblerait que M. Dorlan n'y habite pas. C'est une ruine. Une habitante nous a conseillé de nous renseigner auprès d'un garagiste du nom d'Ader Morales…

Ce nom l'interpella, mais il resta attentif à ce que lui disait son collègue, le cœur battant la chamade.

— Depuis 2005, il dirige un garage automobile dans la commune de Maule. Il a trois salariés, dont un certain M. Merault qui y travaille depuis plus de trente ans. À l'époque, celui-ci s'appelait Le Garage du Domaine d'après les dires de Merault, âgé aujourd'hui de soixante-douze ans. Le garage aurait continué à exister si le propriétaire ne s'était pas tué dans un accident de la route à dix kilomètres de son domicile. C'était en 1976. Il y a eu cinq morts et un blessé. Le propriétaire avait quarante-quatre ans. Il a laissé un gamin de douze ans. Malheureusement, le garage a fermé ses portes cinq ans plus tard, en 1981, et a été laissé depuis à l'abandon. La veuve n'a pas supporté la disparation brutale de son mari. Elle a envoyé le gamin étudier à Paris, chez les grands-parents maternels de celui-ci, puis elle a disparu en 1981.

— Qu'entends-tu par disparu ?

— Elle aurait mis fin à ses jours. D'après M. Merault, une lettre aurait été retrouvée à son domicile confirmant son intention de se suicider. Cela fait plus de vingt-six ans…

Lemé avait du mal à croire ce que lui racontait Laplace.

Il ouvrit une page internet et fit une recherche de l'accident sur la commune de Maule. Avec un peu de chance, il trouverait sûrement un article.

— Et ce gamin, Franck, il s'agit de Bryan Dorlan.

Il eut l'impression que le froid traversait le bureau, ce qui le poussa à formuler sa pensée à voix haute :

— S'agit-il du hasard ou bien d'une coïncidence ?

— Appelle ça comme tu veux, répondit Laplace, croyant que ces propos lui étaient destinés.

— Donc, rien ne nous prouve que notre meurtrier serait ce gamin ?

Il y eut un silence.

— Pour le moment, c'est une piste en béton. Notre seul suspect dans cette affaire est un mort !

Il y eut des crépitements sur la ligne.

— Allo ? dit Laplace.

— Je t'écoute.

— Mais le problème, c'est que cette habitante n'a pas été très coopérative lors de notre visite. Nous pensons qu'elle en sait beaucoup plus que ce qu'elle nous a dit… D'après Merault, la famille Gottin a connu toute la famille de Bryan Dorlan et ils étaient de bons amis.

De nouveau, il y eut un silence.

— Peut-être devrais-tu la rencontrer de nouveau pour la confronter à ce témoignage ?

— C'est exactement ce que nous envisagions de faire. Je te…

Laplace s'interrompit brusquement en s'accrochant au tableau de bord suite à un coup de frein énergique de son coéquipier, qui évita de justesse un renard traversant la route et s'engouffrant dans le sous-bois. L'automobiliste venant en sens inverse avait eu le même réflexe. Menez dévisagea brièvement le conducteur, mais il n'avait d'yeux que pour le véhicule gris foncé :

— Je ne bouge pas. J'attends ton appel.

Laplace raccrocha ; au même moment Menez se tourna vers lui.

— As-tu vu le renard ?

— J'ai failli me fracasser la tête contre sur le pare-brise à cause de ce renard… L'autre bagnole a failli l'écraser.

Menez fixa son rétroviseur et commença à ralentir : l'autre bagnole, comme disait son coéquipier, avait disparu.

— J'ai l'impression que cette bagnole sortait de là où nous avons l'intention de nous rendre.

Laplace se retourna rapidement et regarda la voiture en question dans la vitre arrière.

— En es-tu sûr ? C'était peut-être le renard. Et c'était quoi cette bagnole ?

— En tout cas, pas une corvette, répondit Menez.

Quelques instants plus tard, ils gravirent un chemin à la lisière des bois.

*

Raymond Roland avait repris la route avec une seule idée en tête : obtenir coûte que coûte des informations concernant cette lettre, qui semblait plus le préoccuper que les révélations de Marcelline Gottin. Le seul qui était en mesure de lui donner des réponses concernant cette lettre qui avait été laissée sur la table basse n'était autre que son grand-père. « Qu'en avait-il fait ? » se demanda-t-il.

Mais cela ne l'avait pas empêché de rester concentré et d'éviter un animal de justesse.

« Il était temps que je quitte les lieux », pensa-t-il tout en gardant les yeux fixés sur le véhicule dans son rétroviseur dont les feux-stops s'allumèrent.

Quelques instants plus tard, Raymond Roland arrêta sa voiture et actionna la télécommande. Le grand portail électrique émit un grincement et s'ouvrit. Au même instant, à l'intérieur de sa veste, son téléphone portable émit un bip d'avertissement. Ce n'était qu'une fausse alerte. Tous les murs du domaine étaient hautement sécurisés. Il s'était renseigné dans les plus grands magasins parisiens spécialisés dans la vente d'alarmes, et il avait porté son choix sur une alarme sans fil avec un transmetteur téléphonique. Depuis son téléphone portable, il pouvait contrôler les zones de déclenchement ainsi qu'activer ou désactiver l'alarme à distance. Tout le labyrinthe et le sous-sol étaient équipés d'un détecteur de présence intelligent, issu de la technologie de reconnaissance des formes, capable de faire la différence entre une présence humaine ou celle d'un animal. Il avait acheté tout ce matériel dans divers magasins en toute discrétion et avait procédé à l'installation lui-même.

« Encore ces rongeurs nuisibles au museau pointu et à longue queue nue et écailleuse ! Des rats ! » murmura-t-il.

Ces rats qui le répugnaient autant que le charognard perché chaque jour sur la branche du vieux chêne.

Il pensa que c'était l'âme de son père qui se trouvait prisonnière dans le corps d'un rat ou dans les yeux d'un charognard, à la recherche du chemin de la paix.

Il fixa à travers le pare-brise le portail qui s'ouvrait sur son domaine. Il ferma les yeux un instant et, en une fraction de seconde, il vit le couperet descendre de tout son poids sur le cou du charognard. Mais Raymond préféra la paix qui envahissait son cœur depuis qu'il avait souhaité à Marcelline Gottin de vivre en paix. Il avait le sentiment de franchir un grand pas vers l'amour lorsqu'il redémarra en douceur et entra dans son monde.

Le portail grinça puis se referma. Au même moment, il sentit en son for intérieur qu'il était prêt à affronter une nouvelle vie au lieu de suivre sa destinée. Mais le mal était fait depuis qu'ils étaient venus le déranger.

27

Lundi 29 octobre 2007

11 h

L'endroit était en parfait état à leur arrivée, d'une propreté impeccable. Tout avait été décapé, astiqué et l'on ne pouvait pas y trouver un seul grain de poussière. Cette maison était particulièrement bien entretenue. Il n'y avait aucune trace sur le sol, sur les murs, et rien qui puisse mettre en doute le travail d'une femme au foyer maniaque. À première vue, il n'y avait rien qui puisse aider nos enquêteurs. Laplace et Menez avaient fouillé toutes les pièces principales sans trouver la moindre trace d'effraction, et ils furent surpris de constater que la paire de chaussures avait disparu. En attendant l'arrivée de Lemé et de l'équipe d'Identité judiciaire. Ils espéraient trouver leur bonheur en descendant dans la cave.

Trois quarts d'heure plus tard, Lemé apprenait l'identité de la victime :

— Il s'agissait de Marcelline Gottin. Elle était sur sa terrasse. Nous sommes revenus pour lui reposer quelques questions au sujet de M. Dorlan. Malheureusement, on ne saura jamais pourquoi elle nous a menti. Nous avons frappé à la porte avant de monter sur la terrasse. Aucune trace d'effraction sur la porte ni sur les fenêtres. Nous pensons que le meurtrier a emprunté l'escalier qui mène sur la terrasse. Dans la cour, nous n'avons constaté aucune trace de véhicule ni de pas. Pas de signe de lutte ; elle devait sûrement dormir. Le corps était encore chaud. Nous avons remarqué une trace de chaussure sur son ventre, au niveau de l'estomac. Elle a sûrement reçu un violent coup au niveau du plexus qui lui a coupé instantanément la respiration. Pour le moment, c'est la cause de la mort, mais tout ceci reste à confirmer par le médecin légiste. Tous les éléments nous confortent dans l'idée qu'il s'agit d'un homicide remontant à moins d'une heure. Avec un peu de chance, on aurait pu se retrouver face au meurtrier.

C'est ainsi que le commandant Laplace termina son rapport. Après que le légiste ait confirmé l'hypothèse du décès de Marcelline Gottin formulée par le commandant Laplace, Lemé ordonna que l'on conduise le corps à l'Institut médico-légal de Paris. Ils descendirent ensuite dans la cave ; d'une trentaine de mètres carrés, cette pièce ne comportait aucune fenêtre. Elle contenait plusieurs commodes alignées contre le mur et sur lesquelles quelques caisses en bois étaient posées. Tout brillait comme si la propriétaire aimait ces objets et les bichonnait, comme s'ils avaient une grande importance. C'était sûrement ce qu'elle avait de plus précieux.

La cave contenait plusieurs autres meubles : armoire, tables, lit, chaises, mais aussi de vieilles étagères, des valises et des sacs de voyage, ainsi que tout un tas de choses accumulées pendant l'existence de la victime.

— Espérons que nous trouverons quelque chose à nous mettre sous la dent, lâcha Menez après un long soupir.

Les policiers commencèrent leurs fouilles sous les yeux de Lemé, qui se concentrait sur l'exploration des objets que refermait la cave. Il avait davantage confiance en son instinct et préférait agir ainsi plutôt que de se demander par quel bout commencer. Trente minutes plus tard, l'identité judiciaire mit la main sur les premiers documents concernant le Garage du domaine. Le dossier renfermait de nombreuses factures, devis, divers bons de commande classés par date. Ils surprirent Laplace qui fixait Lemé avec insistance. Ce dernier fronça les sourcils. Tous deux se demandaient quel lien Marcelline Gottin avait avec ces documents enfermés dans sa cave, vu que les dates des factures destinées aux clients remontaient à 1912 et que certains d'entre eux étaient certainement morts depuis.

— Il va falloir faire des recherches pour savoir quels clients sont encore de ce monde.

— C'est un travail de titan ! Il va falloir commencer dès maintenant, répondit Laplace, concentré sur ses recherches.

Cependant, ils avancèrent dans leurs fouilles. Au fur et à mesure, ils tombèrent sur des documents plus récents. S'associant à la fouille tout en mettant en avant les hommes de l'Identité judiciaire, Henry ouvrit un vieux secrétaire dans lequel plusieurs photos étaient minutieusement rangées. Ils prirent place à une table et commencèrent à les examiner. Celles qui leur semblaient importantes, ils les mettaient de côté et tentaient de faire le lien entre elles. Certaines photos étaient placées dans des cadres et d'autres non. Mais rien ne permettait de lier Marcelline Gottin à ces photos.

Laplace examina l'une d'elles de plus près. Il constata qu'il s'agissait de la maison sur l'autre versant : la maison et son atelier fantôme, chez Bryan Dorlan. C'était une prise de vue derrière la maison, du temps où les murs étaient encore debout. Sur les photos, Laplace imaginait la vie et le bonheur qui régnait dans le lieu. Un petit garçon était assis entre un homme et une femme. L'homme avait sa main sur la tête de l'enfant, qui souriait. Bien que la photo fût en noir et blanc, il distingua le visage triste de la femme. Elle était habillée d'une longue robe blanche en dentelle et d'un gilet de laine. Mais le plus étrange était que le paysage ne correspondait en rien à ce qu'ils avaient pu voir lors de leur visite dans la maison en ruines. Il éparpilla les photos jusqu'à ce qu'il mit la main sur une autre image qui représentait une prise de vue similaire. Sauf qu'à la place du garçonnet, on pouvait voir une petite fille qui avait l'air d'avoir entre douze et treize ans. Laplace manipula le cadre, en extrait la photo et lut la petite phrase au dos de la photo : « À nos amis de la vallée, avec toute notre amitié ». La signature commençait par un D et s'achevait en une ligne biscornue finissant vers la droite. C'était la même signature qu'il avait déjà remarquée sur diverses factures et bons de commande. Lemé avait examiné les photos. Il avait une idée bien précise de ce qu'il recherchait : un lien entre ces photos et Marcelline Gottin. Il n'avait pas la moindre idée de l'identité des gens qui figuraient sur les photos, mais il devinait que certaines représentaient l'entourage du petit garçonnet qui, à ses yeux, ne pouvait être que Bryan Dorlan. L'une des photos était celle d'un homme grand, mince, au regard perçant, placé face à un portail bordé d'arbres. Au dos, aucune inscription et aucune date n'étaient mentionnées. La seule indication provenait du fait que la photo était en couleurs, ce qui indiquait qu'elle était plus récente. Cet homme revenait sur certaines photos, parfois accompagné de jeunes femmes, et ils souriaient tous devant l'objectif. Tous les clichés de cet homme étaient pris en plein air, sous un soleil radieux et toujours au même endroit : devant le portail bordé d'arbres.

Lemé mis les photos de côté, excepté une qu'il regarda avec attention. On pouvait y voir une belle maison implantée sur un plateau, avec son garage en forme de tour accolé au pignon gauche. À l'arrière-plan, deux silhouettes ne donnaient pas l'impression d'intéresser le photographe. C'était la maison qui était ciblée. Une toiture en mansarde. La façade lui fit subitement penser à la fameuse maison d'Amityville, avec sa forme de visage humain qui avait par le passé hanté ses nuits. Un arbre dominait à l'arrière de la maison et il penchait légèrement vers la gauche, en direction de la tour de l'atelier. Gardant la photo dans sa main, Lemé se dirigea vers le secrétaire et revint avec un autre dossier regroupant d'autres clichés.

Laplace lui jeta un nouveau regard rempli d'interrogations.

— As-tu trouvé quelque chose ?

— Hein ? dit Lemé, plongé dans ses pensées.

— Je demandais si tu as trouvé…

— Ah oui. Je vérifie une chose. J'espère trouver ce que je cherche dans ce dossier.

C'était devenu presque un duel, et il n'y aurait qu'un seul gagnant.

Tous les coups étaient permis, pour un seul résultat : démasquer le responsable.

Laplace le dévisagea dubitatif et se replongea dans sa fouille.

Lemé finit par mettre la main sur ce qu'il cherchait. Une photo prise derrière la maison et son garage en forme de tour. Sur la gauche, une femme était à la fenêtre et deux enfants assis sur la première marche de la demeure, côte à côte ; ils regardaient tous l'objectif. Lemé observa au premier plan un tronc d'arbre qui obstruait le reste de la photo. Puis une autre photo, une autre encore, et toujours ce tronc d'arbre dans le paysage. Subitement, il comprit que toutes ces photos avaient été prises depuis la terrasse de la quinquagénaire. Brusquement, il se leva de sa chaise et Laplace lui emboîta aussitôt le pas. Ce ne fut que lorsqu'il arriva sur la terrasse et qu'il scruta le paysage sur l'autre versant qu'il décida de dévoiler sa pensée.

— Regarde, dit-il dans son élan. Cette photo a été prise d'ici, de l'endroit précis où je me trouve.

Lemé se positionna à l'angle de la terrasse avec l'escalier dans son dos. Autant la maison avait été bien entretenue, autant Marcelline Gottin avait laissé le jardin dans son état d'origine, comme si elle voulait garder ses souvenirs en l'état. Laplace jeta un coup d'œil sur la photo par-dessus l'épaule de Lemé.

— Sans aucun doute. À part le jardin de l'autre côté, où la nature a repris le dessus.

— Cette maison a été abandonnée depuis des années. Regarde l'arbre. Sur cette photo, il se trouve sur la droite et il penche légèrement sur la gauche, vers la tour.

En ce mois de novembre, la nuit arrivait assez vite. Ils distinguèrent clairement le reste de la maison, mais quelque chose manquait dans le paysage sinistre et plongé dans l'obscurité.

— Il va falloir retourner sur l'autre versant pour faire le lien avec la victime.

— Il nous faut de la lumière…

— Les phares de nos véhicules et nos lampes torches devraient suffire, répondit Lemé qui sentit qu'il était temps de reprendre l'opération en main.

*

Pendant ce temps, un technicien de l'Identité judiciaire avait fini par découvrir une grande armoire dans le cagibi qui renfermait divers produits ménagers. Il avait remarqué que la profondeur intérieure de l'armoire ne correspondait pas à ses dimensions extérieures. Il s'aperçut que l'armoire cachait un autre compartiment, séparé par une planche sur toute la hauteur.

Quelques crochets étaient fixés sur la planche qui servait à Marcelline Gottin à accrocher ses chiffons et serpillières. Le technicien eut l'idée de tirer sur l'un de ces crochets, et toute la planche glissa vers l'avant. Là, stupéfait, il découvrit un tas de dossiers dissimulés, dont une enveloppe en kraft renfermant une importante somme d'argent, sûrement ses économies, ainsi que les souvenirs de toute une vie qu'elle tenait secrètement cachés là où étaient stockés les produits d'entretien. Il fut d'autant plus surpris de découvrir une paire de chaussures. Une certitude : cette paire de chaussures n'appartenait pas à Marcelline. Son propriétaire ne pouvait être qu'un homme. Vu l'acharnement de la maîtresse de maison pour son intérieur, il ne se faisait aucune illusion sur une quelconque trace d'ADN qui dévoilerait le propriétaire de la chaussure.

Ensuite, il éclaira le fond de l'armoire avec sa lampe. Sur une étagère, le technicien avait remarqué un porte-documents en cuir usé et il avait été traversé, au moment même où il l'avait vu, d'un long frisson : il y avait là, sous ses yeux, un sac de voyage qui était posé dans ce cagibi sans lumière. Avec minutie et fier de son flair, il déposa le tout sur la table sous le regard ahuri de ses collègues, qui fixèrent cette découverte comme un trésor. Dans son élan, il ouvrit le porte-documents : il y avait le journal intime de Bryan Dorlan, celui de Marcelline Gottin, un répertoire avec une dizaine de noms et un cahier portant le titre : *Biographie des candidates*... d'où quelques pages avaient été arrachées. Sur une page, il y avait des signes biscornus.

Avant tout, le technicien se pencha pour lire le journal intime de Bryan Dorlan, qui avait commencé à écrire la première page l'année de ses dix ans. Une écriture soignée, sans aucune faute d'orthographe. Il s'était demandé si c'était Bryan Dorlan qui était à l'origine d'une telle maîtrise de la langue ; il referma le cahier intime et s'apprêta à annoncer sa découverte.

*

Sur l'autre versant, ils gravirent le chemin en piteux état quelques minutes plus tard en direction de la maison de Bryan Dorlan. Lemé était accompagné de Laplace et suivaient à distance le commissaire Menez et le commandant Henry. Tandis que Laplace avançait en évitant les nids-de-poule, Lemé appela le juge Sauron pour lui faire part de l'avancement de l'enquête et de la découverte d'une autre victime. Mais rien ne prouvait qu'ils aient affaire au même meurtrier. Néanmoins, la mort de Marcelline Gottin venait grossir le dossier.

Le juge Sauron lui rappela qu'il était libre de mener son enquête à sa guise, à condition qu'il soit informé de tous ses faits et gestes. À ce sujet, le juge Sauron lui demanda de trouver le lien entre Bryan Dorlan, Marcelline Gottin et la victime sans visage. Après ces dernières nouvelles, le juge Sauron lui fit part d'une citation qui le fit réfléchir. Lemé comptait bien en percer le mystère.

— Ayez de l'audace, M. le divisionnaire. De l'audace ! Je vous couvre et je vous laisse le champ libre, ajouta le juge Sauron avant de raccrocher.

Au même instant, Laplace arrêta le véhicule sur le plateau. Les phares éclairaient la maison en ruines. Seul le vent, sifflant à travers les arbres encore feuillus, couvrit le silence qui régnait aux alentours.

Ils avancèrent dans l'herbe haute vers l'arrière de la maison. Lemé se positionna à l'endroit où avait été prise une photo pour mieux la comparer avec le paysage. Vers le nord-est, il y avait l'atelier, dont les murs de la tour n'existaient plus ; au sud-est, il y avait toute une rangée d'arbres à la végétation dense et aucun vis-à-vis ; au sud-ouest, il observa la maison de la famille Gottin et, dans le prolongement, l'arbre avait disparu. Sous le regard scrutateur de Laplace qui l'éclaira de sa torche, Lemé avança vers l'atelier, à l'endroit où devait se situer une pièce devant laquelle les deux enfants étaient assis sur une marche. La porte en très mauvais état attira son attention. Cette porte avait remplacé la fenêtre d'où se trouvait la femme sur la photo. C'était par cette porte que Menez était sorti pour découvrir, sur l'autre versant, une silhouette sur la terrasse. Lemé en déduisit que l'arbre qui penchait avait fini par tomber sur le pignon et la tour, et que les enfants étaient vraisemblablement Marcelline Gottin et Bryan Dorlan. Derrière la photo, Lemé avait lu l'inscription : « En deux exemplaires ». Lemé ratissait sans conviction l'endroit où l'arbre était planté et ne tombait que sur des racines arrachées, comme si l'arbre s'était déraciné de lui-même. Éclairant vers la clôture limitant la propriété, il remarqua que le terrain finissait en pente et émit l'hypothèse que l'arbre était tombé du fait d'un glissement de terrain.

En contrebas de l'endroit où se trouvait la femme à la fenêtre, Lemé observa une dalle en béton. Dirigeant la torche vers le sol, il découvrit un morceau de tige en cuivre verdâtre qui lui fit penser qu'à l'époque, à cet endroit, il devait y avoir un point d'eau. Sûrement la cuisine. Brusquement, il fixa la dalle en béton autour du tronc d'arbre. Il s'accroupit et l'examina : « Quelqu'un a sûrement posé ce tronc ici », pensa-t-il. À cet endroit précis, lors de leur visite, Laplace avait buté sur le culot d'une bouteille.

— Tu penses que ce tronc est juste posé sur cette dalle ? demanda Laplace, qui semblait regretter de n'avoir rien remarqué lui-même.

— C'est fort probable. Ce tronc d'arbre n'apparaît sur aucune photo, répondit Lemé d'un air dubitatif.

— Lors de notre visite, nous nous sommes retrouvés ici, sur ce tronc, en passant par cette porte, répondit Laplace en éclairant la porte. C'est d'ici que nous avons remarqué cette dame sur sa terrasse.

Lemé jeta un coup d'œil sur l'autre versant de la vallée ; des silhouettes grouillaient sur la terrasse de la quinquagénaire. Puis il tendit le bras vers le sol et commença à tâter la mousse autour du tronc d'arbre. Soudain, il ramena fermement un fil de petit diamètre dans sa main. Il tira dessus.

— C'est un câble électrique ! s'exclama-t-il en éclairant la direction du câble. Essayons de bouger ce tronc. J'ai comme l'impression qu'il a été posé là intentionnellement.

L'adrénaline leur monta au visage lorsqu'ils prirent place autour du tronc d'arbre. Ils étaient prêts à le faire bouger, mais ils étaient loin d'imaginer la surprise qui les attendait ; c'est alors qu'une sonnerie retentit. Lemé répondit sans émettre le moindre mouvement et garda sa position jambes écartées.

— Lemé, j'écoute.

Le technicien lui fit part de la découverte du sac de voyage.

Lorsqu'il raccrocha, le silence s'installa autour de lui. Une nouvelle fois, il eut l'impression de rêver.

— Nous avons une bonne nouvelle, dit Lemé. L'Identité judiciaire vient de trouver d'autres documents. C'est une source d'encouragements pour faire bouger ce tronc ! Sinon, il va falloir faire appel à des gros bras…

Laplace se demandait s'ils avaient bien inspecté l'intérieur de la maison et la cave. Peut-être y avait-il un accès communiquant avec ce tronc.

Il prit place sur le tronc.

— Allons-y ! s'exclama-t-il motivé.

Ils concentrèrent tous leurs efforts sur le tronc jusqu'à ce que se produise un violent craquement dans le sous-sol, suivi d'un bruit sourd. Sous l'effort, ils se retrouvèrent projetés en arrière, évitant le tronc qui roula sur la dalle en béton. Ils fixèrent le trou béant plongé dans les ténèbres qui s'ouvrit dans le sol. Des grains de poussière vacillaient à travers la lumière en se dirigeant vers le ciel.

— C'est un puits à eau, dit Laplace en éclairant la paroi en pierre, puis le fond.

Il n'y voyait rien.

— Le câble électrique devait sûrement alimenter une pompe pour remonter l'eau, répondit Lemé.

— Je suis curieux de connaître la profondeur, dit Menez en se penchant au-dessus du trou.

Ils tendirent l'oreille lorsque Menez lâcha une pierre qui tomba en chute libre. Ils attendaient d'entendre le bruit causé par le contact du projectile avec le fond du puits.

Silence total.

— Alors le matheux, as-tu calculé la profondeur ? demanda Laplace.

Menez se redressa et l'aveugla avec sa torche.

— Très drôle. Et si tu appelais l'Identité judiciaire…

Ils retournèrent chez Marcelline et y débarquèrent dix minutes plus tard, essoufflés par l'énergie dépensée autour du tronc d'arbre ; ils prirent place autour de table.

Le commandant Henry s'était immédiatement intéressé à une enveloppe qui renfermait divers papiers administratifs. Il n'avait devant lui que des quittances de loyer datant de 1 981 à 2 000. Sur la dernière quittance, un devis pour des travaux était adressé à la locataire, au nom d'Antonella Marcchini. Ce nom laissa le commandant Henry dans un silence dubitatif, tandis qu'il jetait un dernier regard sur le devis ; les travaux concernaient la maison de l'autre versant, c'est-à-dire chez Bryan Dorlan.

Le cœur emballé, l'esprit focalisé sur le sac de voyage que l'Identité judiciaire avait pris soin de lui remettre en main propre, Lemé entama la lecture de la première partie du journal intime de Bryan Dorlan, qui avait pour titre : *Orphelin de père à douze ans.*

Dans son journal, Bryan racontait sa nouvelle vie auprès de ses grands-parents qui lui apportaient toute leur attention et lui donnaient tout leur amour. Un amour bien étranger à son regard d'enfant. C'est en silence qu'il l'acceptait, et il se gardait bien de leur montrer la blessure que renfermait son cœur. Pour seule réponse à leurs questions, il leur disait que tout allait bien.

Lemé s'étonnait au fur et à mesure qu'il découvrait les mots employés par Bryan enfant, qui décrivait son père comme unique, comme étant le meilleur, le plus généreux, le plus courageux, le plus dévoué, un bon père de famille et un excellent camarade. De son père, qui l'aimait si tendrement, le jeune Bryan finissait la description en disant qu'il continuerait de l'aimer malgré son absence.

Lemé tournait les pages. Bryan y décrivait avec amertume la séparation d'avec sa copine d'enfance. Il racontait qu'elle lui manquait…

Lemé en déduisit qu'il s'agissait de Marcelline.

La deuxième partie de son journal avait pour titre : *Orphelin de mère à dix-sept ans.*

À partir de quinze ans, son langage changeait. Ses mots devenaient pesants, traduisaient une révolte, une souffrance enfouie dans son cœur qui, soudain, refaisait surface à la pointe de son stylo. Il décrivait sa mère comme ayant le cœur sur la main. À travers sa mère, il retrouvait la générosité de son père, son désir d'aider les autres. Lemé fronça les sourcils et continua à tourner les pages tout en faisant référence au cahier.

Sa mère aimait chanter en jouant du piano ; il admirait chaque trait de son visage. Mais parfois, il découvrait un regard lointain, comme si elle conservait en son for intérieur, un secret, un épisode marquant – peut-être dramatique – qu'elle n'osait dévoiler. « Puis ma mère est morte subitement », écrivait Bryan Dorlan.

Lemé tourna six pages blanches, qui représentaient les années dont Bryan ne souhaitait pas laisser de trace sur son journal. Lemé avait le sentiment que ce n'était plus le même enfant avec ses bons sentiments, mais un enfant qui avait grandi avec la colère d'une vie hachée par le malheur. Cette nouvelle écriture intervint à ses dix-huit ans, en 1987, six ans après la disparition de sa mère, activité qu'il arrêtera fin 2005. Il y évoquait un fait divers concernant la fermeture d'un grand magasin parisien dans lequel il avait travaillé en tant que magasinier. Bryan Dorlan avait glissé une coupure de presse représentant un groupe devant le grand magasin parisien. Lemé jeta un bref regard sur les noms que Bryan avait notés à côté de chaque visage qu'il avait encerclé.

Mais à travers les mots couchés dans son journal, le jeune Bryan montrait ensuite tout son désespoir dû à l'absence de ses parents ; il écrivit en lettres majuscules : « JE SUIS ORPHELIN DE PÈRE ET DE MÈRE, VICTIME D'UNE BRUTALE SÉPARATION. JE RESTERAI TOUJOURS LIBRE ET RESPONSABLE DE MES ACTES… JE VOUS AIME. »

Lemé relisait la phrase qui ne contenait aucune faute d'orthographe. Les lettres étaient soignées. Il en déduisait qu'il s'agissait d'un passage dans le monde d'adulte. Lemé fixa en bas de la page une écriture biscornue qu'il ne pouvait déchiffrer.

Lemé termina la lecture du journal intime de Bryan Dorlan et commença à se faire une première opinion : Bryan Dorlan ne pouvait pas être un meurtrier, c'était une victime à laquelle il fallait rendre justice, au même titre que pour Kristina Marcchini et Marcelline Gottin. Il avait la certitude que le lien entre ces trois crimes ne pouvait être que Marcelline Gottin. Elle avait menti sur ses relations avec Bryan Dorlan avec lequel elle vivait, selon lui, depuis 2005. Dans son journal intime, Marcelline Gottin n'en avait pas écrit un mot.

L'Identité judiciaire commençait à mettre sous scellés tous les documents saisis dans la cave de Marcelline Gottin pour une analyse approfondie en laboratoire. Ils travaillaient en priorité sur les écrits biscornus du journal intime de Bryan Dorlan et sur son cahier.

Au même moment, Lemé prit la décision d'ouvrir le sac. La fermeture éclair émit un grincement, centimètre par centimètre, jusqu'à ce qu'une odeur envahit ses narines. Cette odeur lui était familière ; il l'avait tant de fois humée dans un coin de son appartement, avenue Kleber. Cette odeur, il l'avait sentie un soir où il devait sortir avec son épouse pour qu'ils se retrouvent en tête-à-tête après leurs dix ans de mariage. Il avait l'impression que cette odeur provenait de trois feuilles de papier pliées en quatre, froissées, jaunies et posées en évidence au-dessus des vêtements. L'une des feuilles était une photocopie d'articles parus dans les journaux régionaux de l'époque. Le premier était daté du 22 juin 1976 :

TRISTE ACCIDENT DE LA ROUTE SUR LA RN191
Cinq morts et un enfant gravement blessé.

Le soir du 21 juin, vers 23 h 45, une collision entre deux véhicules – une camionnette et une berline 504 cabriolet – s'est produite dans le département des Yvelines (78), sur la RN191, au carrefour de la route de Rambouillet et de la RN307, dans la commune de Mareil-sur-Mauldre. Cinq personnes sont mortes et un enfant, gravement blessé, a été évacué en ambulance au CHU de la région. D'après les premiers éléments de l'enquête de la gendarmerie nationale, les trois femmes et les deux hommes – ces derniers seraient les conducteurs des deux véhicules – ont péri sur le coup. Vu la violence du choc, les corps de deux jeunes femmes ont été désincarcérés par les sapeurs-pompiers d'un amas de tôle froissée à l'arrière de la camionnette. Ratissant la zone de l'accident, les gendarmes ont découvert le corps d'une jeune femme et celui d'un enfant à une dizaine de mètres du lieu de la collision. Une enquête a été ouverte pour identifier les victimes et déterminer les causes et les circonstances exactes de ce drame de la route d'une violence extrême…

Le deuxième article, provenant du même quotidien, était daté du 26 juin :

LA FAMILLE ROLAND EN DEUIL
Les victimes identifiées !

Dans l'accident survenu le soir du 21 juin vers 23 h 45, cinq personnes ont trouvé la mort et un enfant a été grièvement. Alors qu'il était en voyage d'affaires, M. Roland a écourté son déplacement à l'annonce de l'accident tragique qui a tué son fils, Rémy Roland, âgé de trente ans. Rémy Roland était le père de l'enfant qui a été gravement blessé dans l'accident. De retour en France, M. Roland s'est rendu sur le lieu du drame et a déposé une gerbe en mémoire des victimes. M. Roland a déclaré qu'il prenait en charge les obsèques des victimes dont les chemins se sont croisés pour l'éternité en ce jour du 21 juin. Il a ajouté qu'il acceptait la fatalité de perdre son fils et a adressé toutes ses condoléances aux familles des victimes !

Lemé lut, à la fin de l'article, les noms des cinq victimes en caractères gras. Parmi elles, il y avait le conducteur de la camionnette, Mathieu Dorlan, propriétaire du Garage du domaine.

La dernière feuille n'était pas un article de presse, mais un texte écrit à la main, d'une écriture soignée avec des lettres d'une extrême précision.

Il s'agissait d'un débat entre des prostituées et des étudiants tenu sur le campus de Lyon 2, le 27 avril 1976. « *Deux mois avant l'accident* », pensa Lemé. Le texte décrivait l'une des dernières manifestations publiques du mouvement des prostituées lancé à Lyon et qui avait vu une centaine de femmes occuper une église de la ville pendant plus d'une semaine afin de protester contre la répression policière…

À cette époque-là, Lemé n'avait que onze ans. Il était loin d'imaginer l'existence de ce mouvement, et encore plus étonné d'en lire le compte-rendu trente-et-un ans après. Il prit une longue inspiration avant de continuer la lecture sur l'autre page de la feuille. Une vingtaine de noms – principalement de femmes – y étaient inscrits avec les adresses et les numéros de téléphone. Scrutant la feuille, Lemé remarqua qu'un seul numéro était à dix chiffres, associé à un nom : Luciana Launay.

Reposant les feuilles dans le sac, sa curiosité l'attira vers une poche sur le côté. Il l'ouvrit et s'aperçut qu'elle contenait une enveloppe, à l'ouverture de laquelle il eut le souffle coupé.

Il y découvrit la photo d'une femme. Elle avait un visage fin, le regard bleu, presque dur, éclairant son visage. Ses cheveux longs, noirs et bouclés, flottaient autour de sa figure angélique et tombaient sur ses épaules. Elle portait un blouson en cuir bleu et blanc.

Il cherchait de l'air. De l'air frais. Il avait besoin de respirer. Il avait l'impression d'être dans un trou noir. Il aurait fait n'importe quoi pour sortir de ce trou, lorsqu'il croisa le regard de Richard Laplace.

— Elle s'appelait Kristina Marcchini, murmura Lemé en humant une dernière fois l'odeur de lys.

Elle avait le visage d'une femme romantique. Il eut une pensée pour ses enfants, sa femme Nancy et son parfum, Anaïs-Anaïs de Cacharel.

Pour la première fois au cours d'une enquête, le commandant Richard Laplace vit une larme rouler sur la joue de Lemé.

28

Vendredi 2 novembre 2007

21 h

Une heure avant son passage devant les directeurs du site de l'OAD, il s'était posté dans la salle de régie pour observer à travers la vitre la projection de son visage sur l'écran de visioconférence. Un visage éblouissant. Il était prêt à affronter les cadors. Il comptait utiliser son élégance et son charme pour convaincre l'ensemble des conviés à la réunion.

Une heure plus tard, tous les fauteuils autour de la grande table ovale étaient occupés par les directeurs. Jacques Cesco se tenait debout à l'autre bout de la table. À sa droite, Poulsen, le directeur du renouveau du site de l'OAD, se forçait à montrer un visage détendu, à la hauteur de l'événement. Il poussa un profond soupir et fit signe au technicien de la salle d'établir la communication. Instantanément, le grand écran de la largeur du mur s'alluma. Soudain, le visage détendu du directeur général apparut et tous les regards se braquèrent sur l'écran.

— M. le directeur, m'entendez-vous ? demanda le technicien de la salle.

— Je vous entends parfaitement, mais il y a quelques parasites.

— Effectivement, nous avons un retour dans la salle. Permettez-moi de vous demander d'éteindre ou bien d'éloigner votre portable du récepteur.

— Ah ! Le portable, messieurs, le portable ! Vous avez raison, s'exclama le directeur en riant dans sa barbe. Espérons que ces ingénieurs se limiteront à la communication... Si vous voyez ce que je veux dire...

Le directeur général se tut et laissa à chacun le soin de deviner sa pensée.

Dans la salle de vote, il y eut quelques murmures et sourires. C'était habituel d'entendre le grand patron démarrer une réunion par une devinette. Mais l'un d'eux, assis à la gauche de Jacques Cesco, laissa échapper un rire incrédule. On n'entendait que lui, mais personne ne lui prêtait attention.

— Messieurs, M. le directeur, si vous le voulez bien, commençons la réunion, dit Poulsen. M. Cesco va vous expliquer son projet…

Jacques Cesco n'avait pas bougé d'un cil quand il prit la parole :

— Si nous vous avons réunis, c'est pour vous présenter le nouveau projet de la direction de l'urbanité. Bien sûr, messieurs, je compte sur votre collaboration. Pour commencer, je vais vous remettre le support de ce projet, dit-il en tendant un paquet à celui qui se trouvait sur sa gauche – celui au rire incrédule. Veuillez faire passer, s'il vous plaît…

Ce dernier avait pris le paquet et le fit passer au suivant, et ainsi de suite. Cela lui fit penser à sa scolarité. À cette époque, assis au premier rang à chaque contrôle, il faisait passer les feuilles et se levait à la fin du contrôle pour remettre le tout à son maître. Il souriait malgré lui. Aujourd'hui, les occasions de donner son avis en déposant un bulletin de vote dans l'urne ne manquaient pas.

— Merci, Albert ! Vous remarquerez, messieurs, que ce support ne comporte que quatre pages… Cela m'a semblé suffisant pour synthétiser ce projet.

Ce fut en silence, assis sur le bord du lit et tout en fixant son regard dans la glace de l'armoire, que Jacques Cesco prit soudainement conscience que, finalement, son directeur de projet s'était juste servi de lui pour sauver sa tête et continuer son chemin pour renouveler le site de l'OAD. Pas étonnant qu'il ait su si bien le faire, puisqu'aujourd'hui, il apprenait que Poulsen était le nouveau directeur de l'événementiel. Un nouveau choix de carrière au sein de l'OAD. Il savait que l'urbanité était un sujet délicat à traiter.

Prenant son téléphone portable, il s'assit sur le bord du lit et le porta à l'oreille.

— Salut vieux. Comment vas-tu ?

Olivier Danze était accroupi sur le sol et raccordait quelques fils à l'amplificateur. Il coinça son portable entre son épaule et son oreille.

— Ça ira mieux dans une petite heure.

— As-tu besoin d'aide ?

— Non, ça va aller. Pourquoi m'appelles-tu ?

À l'autre bout du fil, Jacques Cesco pensait aux paroles de son directeur.

— Je viens de réaliser que, finalement, je me suis fait avoir comme un bleu !

— Que veux-tu dire ?

— Je te disais que, lorsque j'ai présenté mon projet sur l'urbanité, je ne parlais que de *moi*, tu te souviens ?

— Oui, je m'en souviens, répondit Olivier Danze en connectant le dernier câble à l'amplificateur. Mais où est le problème ?

— Le problème, c'est que ce n'est que maintenant que je me rends compte que Poulsen s'en sort une fois de plus. On a travaillé sur ce projet pendant des années.

À l'époque, il en était le directeur. Et lors de ma présentation, il a dit une phrase qui m'a juste effleuré l'esprit. Alors, écoute-moi bien. Si lundi matin, il annonce à la salle : « Danze vous expliquera son projet », je veux que tu m'appelles avant les votes. S'ils maintiennent la procédure de présentation, vous aurez vingt minutes de pause. Alors, n'oublie pas de m'appeler.

— Je ne te comprends pas mon vieux, répondit Danze. Quoi qu'il dise, je m'en fous complètement. J'ai un contrat, moi ! Tu devrais réfléchir. Peut-être aussi que ça ne vient pas de là ?

— Non, non mon vieux. Je ne vois pas autre chose.

— Et les percussions dans les WC des femmes ?

Il y eut soudain un grand silence.

— Poulsen ? s'enquit-il

— Non, le technicien de la régie. D'ailleurs, c'était lui qui était avec la petite l'autre jour au pub…

Jacques Cesco pesta devant sa glace.

— Laisse tomber, je ne le connais pas ce type. On n'a bossé qu'une fois ensemble. Et c'est ce jour-là que je me suis fait viré.

— Que s'est-il passé ? demanda Danze en fixant un capteur de son à l'extérieur de sa porte. Il avait conscience que cette procédure était interdite, mais il n'avait pas le temps de faire du porte-à-porte ou de demander l'autorisation aux syndics en leur expliquant pourquoi il avait fixé des capteurs sonores sur sa porte.

Il considérait que le hall et le palier de l'immeuble formaient une caisse de résonance, à condition que le sol soit revêtu d'un dallage de carrelage.

— Oh, quelques aventures ! répondit-il à voix basse. Tout ce que je te demande, c'est de m'appeler !

Danze mit fin à l'interrogatoire, il n'en saurait pas plus. Inutile de tirer le diable par la queue. Connaissant son ami, il n'était pas à l'abri de commettre les mêmes erreurs. N'avait-il pas dit : « elles sont toutes belles par ici » ?

— OK ! Je peux faire ça pour toi.

— C'est mieux ainsi. Ça colle toujours pour demain soir ?

— Pas de problème, vieux. On se retrouve comme convenu.

Jacques Cesco n'était pas certain que son ami ait compris pourquoi il souhaitait tant qu'il le rappelle.

29

Vendredi 2 novembre 2007

22 h 30

Lemé avait estimé qu'il n'y avait plus rien à ratisser dans les ruines de la ferme de Bryan Dorlan. Les fouilles en profondeur n'aboutirent à aucun résultat dans la maison de Marcelline Gottin.

À 22 h 30, l'équipe était de retour au 36. Chacun regagna son bureau et se mit à décortiquer ses trouvailles. Lemé avait emporté avec lui quelques photos sous scellés, les articles de presse, la liste des noms et le visage de Kristina Marcchini sur une photo. Mais aucune pièce d'identité de la jeune femme, ce qui prouvait que le meurtrier avait fait le nécessaire pour qu'elle ne puisse être identifiée : mais pourquoi l'obélisque ? Et pourquoi ce sac se trouvait-il chez Marcelline Gottin ? s'interrogea-t-il.

Il alluma son ordinateur pour prendre connaissance du contenu de sa messagerie. Seulement trois messages l'attendaient. Puis il eut un long moment de réflexion sur le fait qu'il leur fallait concentrer leurs recherches sur un seul secteur. Il avait la conviction que Bryan Dorlan n'était pas le meurtrier et qu'il ne fallait pas s'attendre à ce que le vrai coupable revienne sur le lieu de son crime.

Mais au-delà de cette intime conviction, il était conscient qu'il subsistait quelques ombres noires dans la vie de Bryan Dorlan et dans celle de Marcelline Gottin. Quelles étaient les circonstances qui liaient ces victimes au meurtrier ? Et pourquoi les gendarmes insistaient-ils sur la disparition d'un étudiant dans le département des Yvelines ? Les fouilles ne détectèrent aucune trace d'Antony Martins. Cependant, il y avait une certitude : les gendarmes ne s'étaient pas trompés sur leurs investigations et le témoignage du professeur Biaggi s'avérait vrai. La vérité se trouvait dans ce département des Yvelines.

Le premier mail provenait du juge Sauron, qui lui fixait rendez-vous pour le lendemain. « Samedi ! », pesta intérieurement Lemé. Le juge Sauron souhaitait faire un point sur l'avancement de l'enquête étant donné qu'une nouvelle victime venait peut-être de grossir le dossier qu'il avait baptisé : « L'axe maudit. »

Confirmant par email son rendez-vous, il fut surpris de recevoir instantanément un retour ; le juge Sauron était encore à son bureau. « *Parfait M. le divisionnaire, je vous attendrai demain. Je vous souhaite une bonne nuit...* » Délaissant la réponse du juge Sauron, il consulta ses autres mails. Verdier, le directeur du labo, lui annonçait : « *Nous sommes en train de faire le nécessaire. D'ailleurs, nous sommes sur le point de regrouper les communes où l'on extraie de la roche de craie, la caractéristique du fauteuil roulant, ainsi que les résultats de vos investigations d'aujourd'hui. Dès que nous aurons des résultats, nous vous les enverrons.* »

Lemé croisa les doigts en espérant que les résultats leur seraient favorables. Tous ces éléments constituaient le dossier gris. Il avait le pressentiment que le dossier rouge de l'obélisque allait bientôt être ouvert.

Le troisième mail provenait d'un compte Hotmail anonyme. Lemé hésita ; cependant, la curiosité prit le dessus. Il cliqua sur le message et une image apparut instantanément. Il put voir un cœur rouge avec des ailes jaunes et, autour, les lettres dansaient en formant une phrase *: « Papa, on t'aime… On t'aime très fort… De la part de tes monstres. »*

Il resta là, les yeux fixés sur les lettres qui dansaient sous ses yeux. Tous ses souvenirs ressurgirent de sa mémoire comme un éclair et le bonheur l'envahit tel un torrent d'adrénaline.

Au même moment, une petite fenêtre dans le coin droit de son écran d'ordinateur l'informa de l'arrivée d'un nouveau message ; il revint sur terre. Le commandant Henry lui communiquait les premiers éléments du labo concernant les signes biscornus. Il s'agissait de signes de sténographie. Il apprit également que le titre sur la couverture du cahier était l'œuvre de la mère de Bryan Dorlan. Le labo constatait que madame Dorlan avait simplement inscrit une citation sur le cahier : *« Le temps passe ; le temps s'efface ; le temps trépasse ».* Cette citation a été retrouvée dans le journal intime de Bryan Dorlan. Donc rien de suspect pour suivre sérieusement une piste. Puis, dans ce message, il y avait un lien.

Lemé prit une longue inspiration, cliqua sur le lien et lança le programme sur son ordinateur. Il entra le nom d'une personne.

La fiche de renseignement de la personne apparut à l'écran ; il s'enfonça dans son siège et décrocha son téléphone.

À trois bureaux de là, le commandant Henry prit l'appel.

— Il y a sûrement erreur sur la personne ! lança Lemé, les yeux rivés sur son écran.

— Nous avons vérifié. Il n'y a aucune erreur, le numéro correspond bien à cette personne.

Lemé jeta un bref regard dans le coin droit de son ordinateur. Il était 23 h 45. Puis, après réflexion, il dit :

— Merci bien, Henry. Bon travail !

Lorsqu'il raccrocha, il se souvint d'un nom de la liste : « Luciana Launay ».

Quelques instants plus tard, Lemé envoya son rapport au directeur adjoint de la police judiciaire parisienne, Reynald Lemarchand, sur l'avancement de l'enquête au sujet de la victime de l'obélisque. Il avait retrouvé son visage, mais ce n'était qu'une photo. Il lui indiqua qu'il passerait le voir dans son bureau pour une mise au point sur l'avancement du dossier. Puis il se tourna vers Laplace, qu'il trouva sage comme une image, les yeux rivés sur le dossier gris.

— Tu n'es pas dans ton assiette depuis hier, lui dit Lemé à mi-voix.

Laplace leva un sourcil en signe de réponse.

Lemé remarqua un pli soucieux sur son visage. Il en fut étonné, car son bras droit ne lui avait jamais montré une telle attitude pour une affaire.

— Je viens de te transférer mes emails avec la procédure du dossier rouge, dit Lemé en décrochant le téléphone.

Laplace ouvrit ses messages en silence. Son esprit était ailleurs. Puis il se leva de sa chaise avec une moue dubitative et se dirigea vers la fenêtre donnant sur la Seine. Il avait le cœur qui battait la chamade à cet instant précis ; il n'entendait même pas la voix de Lemé.

— Bonsoir madame. Je suis le commissaire divisionnaire Franck Lemé, chef de la brigade criminelle de Paris. Excusez-moi de vous appeler à une heure aussi tardive et de vous importuner, mais je souhaiterais vous poser quelques questions.

— À quel sujet ? répondit la voix grave et séduisante.

— Au sujet de Mlle Luciana Launay.

Soudain, il y eut un long silence, presque interminable pour Lemé.

— Luciana Launay est morte.

S'ensuivit un nouveau un silence.

— Morte, ajouta-t-elle d'une voix sans aucune émotion.

Une réponse qui laissa Lemé de marbre.

— Voulez-vous m'en parler ?

— Vous ne me laissez pas le choix, M. le divisionnaire.

Lemé eut une forte pensée pour le juge Sauron, avec un sourire en coin.

— Effectivement. Il serait opportun de vous rencontrer ce soir même. Le temps presse.

— Je vous attends. Je suppose que vous connaissez l'adresse.

— Oui, madame. Je vous remercie de votre collaboration.

— Il n'y a pas de problème. Ne tardez pas, je vous attends.

Laplace était resté là, devant la fenêtre, lorsque Lemé ferma la porte en douceur. Il se voyait dans la chambre du jeune Émeric. Il avait l'impression de naître pour la seconde fois.

30

Vendredi 2 novembre 2007

22 h 45

Elle ne pouvait pas trouver mieux. Un bâtiment épargné du temps des grands travaux de Beaubourg qui se déroulèrent en 1969. Le président Georges Pompidou, passionné d'art contemporain, avait eu l'idée de créer un immense espace culturel en plein centre de Paris. Ce fut à deux pas de là, rue Saint-Martin, qu'elle déposa sa valise.

L'endroit était idéal : cette rue, fréquentée par des milliers de personnes, était une aubaine pour attirer la clientèle. Le propriétaire venait de déposer le bilan et elle ne tarda pas à mettre la main sur l'affaire. Un bail qui la mènerait jusqu'à sa mort, jusqu'au jour où elle estimerait qu'il ne lui restait plus rien à faire. Ce n'était qu'aujourd'hui, à soixante-deux ans, qu'elle profitait pleinement de sa nouvelle vie. Cette autre époque, cet autre temps où elle n'était qu'une jeune adolescente. Elle avait espéré ne plus jamais avoir à en parler, jusqu'à cet appel téléphonique. En effet, elle avait tourné la page. Il lui avait fallu treize années pour tourner la page complètement. Mais à cet instant, elle fut rattrapée par le temps qu'elle pensait avoir fui :

— Vous savez… dit-elle avec un regard candide.

Elle avait entre cinquante-cinq et soixante ans, peut-être plus. Mais on aurait dit qu'elle en avait une vingtaine seulement tant on voyait en elle toute l'élégance de la femme de par sa façon de se tenir droite sur son mètre soixante-quinze, ses gestes purs et raffinés, son visage aux traits classiques qui rayonnait d'un éclat de jeunesse éblouissant. Sur ses épaules se déployaient ses cheveux, coiffés avec un bandeau autour d'une raie et ornés de petites pinces en forme d'ailes de papillon multicolores.

Lemé était sous le charme inexplicable de cette grande dame. Il s'était déplacé jusqu'à elle pour comprendre pourquoi Luciana Launay était morte. Aussitôt qu'il aurait sa réponse, il disparaîtrait de sa vie, mais pas avant de lui avoir montré le contenu de l'enveloppe qu'il avait posé sur la table.

— J'étais très dorlotée au sein du cocon familial. Mes parents m'aimaient. Certes, ils n'étaient pas riches, mais je ne manquais de rien…

Elle prit le temps de prononcer chaque mot ; elle ne voulait rien oublier.

— À l'époque, c'était une chance d'avoir des parents qui vous offraient tout l'amour dont ils disposaient. J'étais très cabocharde, mes parents s'en doutaient.

Elle sourit.

— Et puis, un jour, j'ai fugué de chez moi. Je suis arrivée à Lyon sans un sou en poche. Je n'avais pas même de quoi manger. Rien. Strictement rien. Le soir, je flânais dans la rue. Je voyais des gens de mon âge, heureux. Certes, j'avais un pincement au cœur en pensant à mes parents, mais je savais que c'était inutile. À vingt-et-un ans, j'ai commencé à mourir…

Elle se frottait les mains. Les mains moites, elle avait horreur de ça.

— Excusez-moi, dit-elle subitement en allant vers l'évier et en faisant couler l'eau sur sa main.

Puis elle revint à la table et reprit.

— Alors, j'ai croisé un monsieur qui m'a proposé de l'argent…

Elle s'interrompit un instant.

— Pas besoin de vous faire un dessin… J'avais le ventre vide depuis plus de cinq jours, alors je lui ai dit oui. Il m'a emmenée chez lui. C'était une petite pièce avec un lit, une armoire, un lavabo, une table et deux chaises. Les sanitaires étaient à l'extérieur, sur le palier. Juste ce qu'il faut pour ne pas vivre dans la misère. Ce qui me semblait étrange, c'est qu'il n'y avait pas de coin-cuisine, juste un bac à douche dans une espèce de placard. À vrai dire, je me foutais de l'endroit où il vivait. Tout que je voulais, c'était faire l'amour avec lui et qu'il me paye…

Elle fit une affreuse grimace, que Lemé prit presque pour un sourire aimable, puis elle poursuivit avec un sourire en coin.

— Nous avons vraiment fait l'amour et ça a été une satisfaction pour moi : j'allais pouvoir manger un morceau de pain. Il m'a payé six-cents francs, ce qui, à l'époque, représentait une belle somme. Quand je suis sortie, de son soi-disant appartement…

Elle souriait légèrement, Lemé l'écoutait sans la brusquer.

— Quand j'y pense, je n'étais pas une prostituée et ça ne me venait même pas à l'esprit. J'ai juste fait l'amour avec un homme qui me proposait de l'argent. Dehors, dans la ruelle, deux hommes m'ont abordée. L'un d'eux m'a demandé calmement si l'homme était mon ami, je lui ai dit que non. Puis il m'a demandé si j'avais fait l'amour avec lui. Je n'ai pas réfléchi, j'ai répondu positivement et il m'a demandé s'il m'avait donné de l'argent. J'ai une nouvelle fois acquiescé. À partir de là, ils m'ont emmenée au poste et j'ai été placée en cellule avec d'autres filles. Un policier est venu me chercher pour être présentée devant le commissaire. Ils ont pris mon nom, mes empreintes et une photo. Ils m'ont même demandé si j'avais un signe, une tache de naissance sur le corps. Puis des tas de questions. J'étais complètement perdue, tellement que je n'ai pas pu empêcher mes larmes de couler. Le commissaire me posait question sur question et je devais répondre. Je répondais n'importe quoi. Un policier est entré dans le bureau et lui a remis une feuille. Le commissaire s'est levé de sa chaise. Sur tout le panneau du mur, il y avait des photos de visages de femmes de tous âges. Il n'y avait plus de place, jusqu'à ce qu'il trace une croix sur le visage d'une jeune fille. Elle avait l'air d'être plus jeune que moi. Le commissaire a décroché sa photo et fixé la mienne à la place. Puis, en me tournant le dos, il m'a annoncé : « On vient de retrouver son corps brûlé dans un bois. Bien qu'on ait du mal à l'identifier, elle avait un signe particulier. Il lui manquait un bout de phalange sur la main droite. Tu sais, maintenant, nous allons prévenir la famille. » Puis il s'est retourné et m'a dit en râlant : « Tu devrais réfléchir. »

Je tremblais comme une feuille ; il m'était impossible de contrôler mes larmes. Ils m'ont recollée en cellule. Il y avait une fille, plus âgée que nous toutes, qui s'est approchée de moi et a passé sa main dans mes cheveux. J'avais l'impression qu'elle était ma mère. Je crois que si ma mère s'était présentée, je serais partie avec elle. Je lui aurais demandé de me pardonner, juste pour sentir sa main dans mes cheveux.

Elle sourit

Elle me dit : « Ne t'inquiète pas. Tout ceci n'est que du pipeau. Ils racontent la même chose, les mêmes histoires, à toutes les filles. "Vous êtes fichée". À vrai dire, ce ne sont que des conneries, ça n'existe pas tout ça. Certes, ils ont tes empreintes, ta photo, ton nom, mais ça ne leur sert à rien. Le fichage, comme ils disent, ça n'existe pas. Ce n'est pas légal. Il faut attendre qu'ils te rendent ta liberté. Ils n'ont pas le droit de te garder éternellement dans leurs locaux. Arrête de pleurer, ils vont bientôt nous laisser sortir… Sauf si tu es mineure. Dans ce cas, c'est toute autre chose ».

Elle marqua une pause, le temps de reprendre sa respiration. Elle avait la bouche sèche et clignait des yeux. Lemé savait qu'il se faisait tard. Il ne retournerait pas au bureau, il rentrerait directement chez lui.

— J'avais tout juste vingt-et-un ans en 1966. Ils ont fini par nous libérer dans la nuit. Une pluie très fine tombait. J'ai eu de la chance, Antonella m'a emmenée chez elle. Elle vivait dans une chambre de bonne. De là, elle m'a raconté son histoire. Elle s'était retrouvée enceinte à quinze ans, et ses parents n'avaient rien voulu savoir. Aucune solution n'était envisageable…

Elle grimaça.

— D'origine corse, elle avait grandi dans le village de Biguglia ; ses parents ont préféré la mettre dehors plutôt que d'affronter le scandale dans la famille. C'est ainsi qu'à quinze ans, elle n'avait plus que la rue. Suite à un contrôle de police, elle s'est retrouvée devant un juge pour enfants pour vagabondage. Ses parents qui l'avaient bannie et voulaient plus entendre parler d'elle. De là, elle a été placée dans une maison maternelle pour accoucher de son enfant. Je l'ai su bien après…

Elle regarda dans le vide tandis que Lemé réfléchissait sur la dernière phrase de son interlocutrice.

Puis ses yeux s'embuèrent soudainement. Lemé fixa de grosses larmes qui provenaient de ses jolis yeux clairs et roulaient sur ses joues. D'un revers de main qui ressemblait plus à une expression de colère, elle essuya ses larmes.

— C'était une fille !

« *Kristina* », pensa Lemé, dubitatif.

— C'est dans cette maison maternelle qu'elle a fait la connaissance d'une éducatrice sensible aux problèmes des jeunes femmes en difficultés. Elle aidait les filles à se reconstruire. Elle lui a trouvé une chambre et un emploi. La petite avait sept mois. Elle s'est investie corps et âme pour donner à son enfant une vie confortable…

Elle fit une nouvelle pause.

— Puis l'inattendu s'est produit. Un samedi, elle a reçu la visite d'un membre de sa famille qui a été complètement bouleversé de voir dans quelles conditions elle vivait avec son enfant. Elle lui a proposé de garder l'enfant, prétextant qu'elle avait besoin de changer d'air. C'est vers l'éducatrice qu'elle s'est tournée ce soir-là. Avec quelques amies de la maison maternelle, elles ont fait une sortie dans une salle de bal. Au cours de cette soirée, l'éducatrice lui a présenté un homme qui lui a proposé de partir avec lui. Elle me disait qu'il lui avait proposé le triple de son salaire. Vous vous doutez bien qu'elle n'a pas refusé.

Soudain, elle pencha légèrement la tête sur le côté. Ses yeux étaient d'une infinie tristesse, son menton tremblait, des larmes coulaient. Lemé attendit une confirmation de ce qu'il voulait entendre. Il glissa sa main vers elle. Il lui prit la main en signe de compassion à son égard.

— Elle est rentrée chez elle le dimanche soir. Le membre de sa famille avait disparu avec son enfant. Elle était bouleversée. Alors, pour retrouver sa fille, elle s'est retournée vers cet homme que l'éducatrice lui avait présenté. Elle me disait qu'il était charmant et que c'était un bel homme, riche par-dessus le marché. Elle a fait plusieurs sorties avec lui. Je pense qu'elle était amoureuse… Mais le problème, reprit-elle en changeant de ton, si vous me le permettez, commissaire, c'est que vous ne voulez rien savoir. Du moment que nous fréquentons un homme, il est accusé de proxénétisme. Même si cet homme ne vous donne pas un centime, car une prostituée n'a pas le droit d'avoir des sentiments pour un homme. Elle n'a le droit à aucune amitié. Elle n'a pas le droit d'être amoureuse parce qu'elle est fichée. Elle n'a pas de mari, parce qu'une prostituée ne peut pas avoir de mari. Cet homme m'aurait peut-être plu. Et c'était envisageable d'en rencontrer un qui soit riche et qui vous donne l'espoir de vous en sortir et, pourquoi pas, accepter de partir en week-end en tête-à-tête.

Elle resta un moment silencieuse.

— Antonella a réussi à en trouver un qu'elle nous présenta. Nous étions toutes heureuses qu'elle refasse sa vie et qu'elle parvienne à s'en sortir. Entre les filles, il y avait de la solidarité. On s'échangeait des informations sur nos clients. Contrairement à ce que vous pourriez penser, beaucoup d'entre eux nous promettaient monts et merveilles. C'est aussi pour cela que certains viennent nous voir, juste pour combler leur manque de tendresse, d'amour et d'affection. Alors, pour s'en sortir, on acceptait de l'argent en échange. Et je ne regrette rien, parce que je n'avais pas le choix. Je ne regardais plus derrière moi, il me fallait absolument gagner de l'argent de toute urgence. Cet homme avait les moyens et invita d'autres filles. Certaines n'hésitaient pas à partir en week-end avec lui. Puis, il y a eu d'autres filles qui sont sorties avec lui, d'autres filles que je n'ai plus jamais revues. Certaines d'entre elles n'ont plus donné signe de vie. J'avais peur. Les filles disparaissaient sans laisser de traces et il n'y eut jamais d'enquête pour les retrouver. Bien sûr, nous n'avions plus de famille, personne ne s'inquiétait de notre sort. Personne ne comprenait pourquoi, on vendait son corps. Personne, commissaire ! On n'intéressait personne ! On faisait tout pour se débarrasser de nous. On polluait la ville, disait la population. Alors, j'ai eu peur. Il fallait que je quitte la région. J'avais assez d'argent pour monter à Paris… Mais vous savez, je ne suis jamais retournée à Lyon pour me faire déficher. Cette décision a été capitale pour moi. J'avais décidé que Luciana Launay était morte dans cette ville.

Lemé baissa les yeux et semblait réfléchir sur ce « moi aussi ». Il avait bien compris qu'elle venait de lui relater toute sa vie. Un vécu pour lequel elle ne ressentait aucune honte, mais qui était rempli de mépris. Il aurait pu ne pas l'écouter et aller droit au but, lui demander ce qu'il venait chercher et qui le conduirait à faire le lien avec le meurtrier.

— Vous m'avez dit que Luciana Launay était morte… Morte ?

Elle fronça les sourcils et sembla fouiller dans ses souvenirs.

— Pourquoi est-elle morte deux fois ? demanda Lemé en cherchant son regard avec le sentiment que c'était une question judicieuse.

Elle ricana tout en essayant d'avoir l'air indifférente et de faire comme si elle n'avait rien compris à la question.

— Vous, les flics, répondit-elle sèchement. Vous posez toujours de bonnes questions. Vous auriez pu me demander l'identité de ces personnes…

Elle s'interrompit.

— Ou bien ce qu'est devenu l'enfant qu'on a volé à sa mère, finit-elle en fixant Lemé, dans l'attente d'une confirmation.

Lemé laissa échapper un simple sourire.

— Il est de mon devoir de poser les bonnes questions, mais il nous arrive parfois de poser de très mauvaises questions. Dans ce cas, nous piétinons. Nous n'avançons pas dans nos investigations. Je pense que je vous ai posé de bonnes questions et que vous m'avez donné de bonnes réponses. Du moins, je l'espère…

Silence.

— Alors, racontez-moi comment elle est morte une deuxième fois.

— Vous êtes un homme charmant, si vous me permettez.

Elle sourit.

— Comment ne pas céder à votre demande ?

— Je vous remercie, répondit-il d'un air modeste. Et si vous me racontiez…

Ils échangèrent un regard furtif. Elle, avec ses yeux candides, lui, avec son charme. Puis elle se leva soudainement et revint avec deux verres et une bouteille d'eau.

— Je vous sers un verre ? lui demanda-t-elle à voix basse.

— Volontiers.

Elle prit une bonne assise sur la chaise ; sa voix grave et séduisante couvrit le bruit du réfrigérateur qui, soudainement, s'était mis à vibrer.

— Lorsque je suis arrivée à Paris, je ne connaissais personne. J'ai éprouvé le même sentiment que lorsque j'ai débarqué à Lyon. Avec la seule différence, c'est que j'avais de l'argent pour tenir un bon mois. C'est ici, dans le quartier de Beaubourg, que j'ai pris une chambre d'hôtel en attendant de trouver une location.

Elle avala une gorgée d'eau.

— Il y a des circonstances, dans la vie, qui se produisent et pour lesquelles on se demande s'il faut leur chercher une explication ou bien se dire que ce n'est que le pur hasard, ou alors une coïncidence…

Elle but une autre gorgée.

— Je consultais des petites annonces à la recherche d'un appartement, lorsque je suis tombée sur une qui disait : « *Peintre connu recherche jeune femme pour modèle. Possibilité d'hébergement.* » Il y avait un numéro de téléphone. Je ne pouvais pas négliger cette annonce. Après réflexion, j'ai fini par appeler. En raccrochant le téléphone, j'avais l'adresse, la date et l'heure du rendez-vous. Trois jours plus tard, je me suis rendue à l'adresse indiquée. Moi qui ai toujours été habituée à vivre dans une grande ville, je me suis retrouvée en pleine campagne. Il y avait des champs à perte de vue…

Elle se servit un verre d'eau. Lemé lui fit signe qu'il s'en passerait.

— Quand je vous dis que les flics posent toujours les bonnes questions, j'aimerais que vous apportiez une réponse à l'une des miennes. Il m'arrive parfois d'y penser, mais je n'ai jamais su y répondre. J'ai fini par me dire que ce n'était qu'un passage dans ma vie, qu'une petite annonce vous mène devant…

Elle avala une autre gorgée.

— … devant l'éducatrice de la maison maternelle.

— L'éducatrice ? s'exclama Lemé en portant le verre vide à ses lèvres.

Elle remplit son verre.

— Je n'en croyais pas mes yeux. Ils étaient là, devant moi : Antonella, les filles et lui… Je me suis toujours demandé si c'était une coïncidence, le hasard de la vie. Mais lui, il me faisait peur. Lorsque j'ai croisé son regard, j'ai eu la chair de poule. Il m'effrayait vraiment.

Il y eut long silence durant lequel le bruit du réfrigérateur résonna dans la pièce. Lemé estimait qu'il était temps de clore.

— J'ai apporté ceci, dit-il en ouvrant l'enveloppe qu'il avait sous ses yeux. À travers son contenu, je pense pouvoir répondre à toutes vos questions.

Il lui tendit les documents. Scrutant les feuilles tout en se laissant aller contre le dossier de la chaise, elle découvrit avec stupéfaction les photos d'une époque jusqu'alors consignée dans un coin de sa mémoire, mais encore accrochées à son mur. Son regard se figea sur l'une des photos.

Elle leva les yeux vers Lemé et le regarda avec un air agréablement surpris.

— Que voulez dire par-là ?

Elle reposa les photos d'un air dubitatif.

— Qu'a-t-il à voir avec ces photos ? Et d'abord, je ne vous comprends pas. Où avez-vous trouvé ces photos ?

— Elles ont été retrouvées dans la cave de Marcelline Gottin.

Soudain, elle prit l'une d'elles entre les mains.

— C'est de cette façon que vous m'avez retrouvée ?

— Entre autres, madame.

Elle regarda la photo, puis en prit une autre. Les mettant face à face, elle les observait. Elle connaissait très bien les deux enfants.

— Vous devez m'aider à comprendre le lien entre toutes ces photos…

Elle leva le menton.

— Étaient-ils amis ? demanda Lemé en faisant référence aux deux photos qu'elle tenait dans ses mains.

— Oui, je me souviens très bien de cette photo. Les Gottin sont venus manger une grillade et passer l'après-midi.

Elle poussa la photo vers Lemé, qui avait remarqué une hésitation de sa part.

— Sur cette photo, vous avez M. et Mme Gottin et la petite Marcelline. L'autre photo représente Bryan et ses parents. M. Dorlan est mort dans un accident de la route en 1976. Si je m'en souviens bien, c'était le 21 juin, peu avant minuit. La famille Dorlan tenait un garage familial depuis des décennies et ça fonctionnait très bien. Ils vivaient aisément. Malheureusement, Mme Dorlan a été complètement bouleversée par la mort de son mari. Cinq ans plus tard, elle a mis fin à ses jours. Bryan avait douze ans à la mort de son père et dix-sept ans à celle de sa mère. Il a accepté que je reste dans la maison le temps que je me reconstruise.

Lemé plissa le front et le doute s'installa en lui.

— Si je comprends bien, la mère de Bryan était l'éducatrice ?

Elle hoche la tête pour confirmer.

— Que faisait-elle à Lyon ?

Elle fronça les sourcils et se souvint avoir posé la même question à l'éducatrice.

— Après la mort de son mari, répondit-elle en inspirant profondément, cette question me brûlait la langue… Elle a fini par me dire toute la vérité. Mais, à son mari, elle ne lui en avait jamais parlé. Elle avait essayé, mais elle n'avait pas trouvé le courage de lui dévoiler son passé. Cependant, M. Dorlan a été très compréhensif sur le fait qu'elle s'investisse dans une association d'assistance sociale aux prostituées et d'aide à notre réinsertion, bien qu'il n'ait pas compris pourquoi elle avait décidé de le faire sur la région lyonnaise.

Elle prit une nouvelle inspiration.

— Sa mère était d'origine lyonnaise. Elle avait connu une vie dissolue, riche en scandales, ainsi qu'une sexualité ambiguë. Elle était née dans cette maison maternelle, de père inconnu et d'une mère prostituée qui avait eu de nombreux ennuis avec la justice. Après la guerre et le décès de sa mère en 1946, elle est venue s'installer dans la région, dans de la famille. Ironie du sort : à quatorze ans, elle est tombée enceinte.

Lemé soupira.

— Mme Dorlan a eu un enfant à quatorze ans ?

— Elle avait besoin de se confier. Je me suis contentée de l'écouter. Mais j'ai bien compris qu'elle ne voulait pas parler de l'enfant.

— Vous ne savez pas si c'était un garçon ou une fille ?

— Désolée, je n'en ai aucune idée.

— M. Dorlan était-il le père ?

— Non, répondit-elle d'un air agacé qui n'échappa pas à Lemé. Elle a rencontré M. Dorlan bien plus tard. Et je ne pense pas qu'il était au courant pour cet enfant.

Le bruit du réfrigérateur se fit à nouveau entendre.

— Drôle de vie, dit Lemé. J'ai ceci à vous montrer, ajouta-t-il en glissant la feuille manuscrite trouvée dans le sac.

Elle la prit et commença à balayer les lignes d'un regard pesant.

— Seigneur ! s'exclama-t-elle en arrivant à la fin de la lecture. La révolte des prostituées lyonnaises sur le campus de Baron ?

— Vous y étiez ? demanda Lemé en avalant sa salive.

— Non ! répondit-elle d'un ton étonné. Je n'étais déjà plus dans la prostitution. J'avais tourné la page, mais…

Lentement, elle se leva. Lemé se redressa sur sa chaise et la suivit du regard.

— Regardez, dit-elle en décrochant le cadre du mur, puis, revenant à la table, elle le glissa vers Lemé.

— La révolte s'est répandue dans d'autres villes. Les filles de Paris ont elles aussi occupé les églises. Elles ont reçu le soutien d'organisations politiques, syndicales et féministes. Comme je vous l'ai dit, j'avais tourné la page. La photo dans ce cadre, c'est tout ce que j'ai gardé des filles qui ont mené la lutte au printemps 1975. Elles avaient occupé des édifices religieux pour protester contre la répression policière dont elles étaient victimes. C'était la révolte, et elles se sont bien fait comprendre…

Elle fit une courte pause en allant raccrocher le cadre, puis revint à la table.

— Alors, à qui avez-vous répondu à l'annonce ?

Elle lui glissa les deux photos de l'homme de grande taille entouré de jeunes femmes devant le portail bordé d'arbres.

— Rémy Roland. Mort dans l'accident du 21 juin ; son petit garçon a été grièvement blessé, répondit-elle sans aucune émotion. Il avait aussi une passion pour les voitures de sport. C'est chez lui que Mme Dorlan a laissé une lettre indiquant qu'elle voulait en finir avec la vie.

— Saviez-vous ce qu'elle a fait ce jour-là ?

— Précisément non. Mais à la demande de Roger, il lui arrivait de faire du baby-sitting ; après l'accident, le petit Raymond avait besoin de compagnie.

« Le grand-père », pensa Lemé.

— Donc, ce jour-là, elle aurait pu rendre service à M. Roland.

— Probablement. Vous savez, c'est la vie dans toute sa splendeur. Elle réserve à chacun d'entre nous quelques surprises, ajouta-t-elle en secouant légèrement la tête.

Le silence prit place. Lemé pensait au récit de son bras droit concernant la mère du jeune Bryan, ainsi qu'au témoignage contradictoire du vieux mécanicien.

— S'est-elle suicidée ?

— J'en doute. Même si elle était malheureuse, elle ne me donnait pas l'impression d'être suicidaire. Au-delà de tenir compagnie au petit Raymond, elle avait retrouvé le moral, puisque le père de Rémy lui avait apporté tout son soutien. Il venait régulièrement la chercher pour qu'elle ne reste pas seule. Elle reprenait goût à la vie avec cet homme qui acceptait la fatalité. Mais comme elle a laissé une lettre, j'ai fini par croire qu'elle avait mis fin à ses jours.

Lemé regarda dans le vide et sembla réfléchir à tout ce qu'ils s'étaient dit jusque-là, mais un doute s'installa en lui.

— Vous m'avez dit : « ils étaient là : Antonella, les filles et lui ». Il s'agissait bien de M. Rémy Roland ?

Lemé lui posa la photo de l'homme entouré de jeunes femmes devant un portail.

— Oui. Le peintre, répondit-elle en plissant le front.

Une confirmation pour Lemé.

— Qu'entendez-vous par : « moi aussi » ? Vous voulez dire que votre amie est montée à Paris ?

— Oui.

— L'avez-vous vu le jour du rendez-vous ?

Brusquement, elle sursauta lorsque le moteur du réfrigérateur se remit en route.

— Plus tard.

— C'est après votre rencontre chez Mme Dorlan qu'elle vous a raconté sa vie et qu'elle vous a annoncé qu'elle avait un enfant… et que ce peintre était l'homme qui l'emmenait en week-end ?

Elle n'avait aucun doute sur le fait que les flics, comme elle les appelait, posaient les bonnes questions quand il le fallait, à un moment bien précis.

— Vous avez tout à fait raison. Mais c'est à Lyon que l'on s'est vue pour la première fois, dans la même cellule. Aujourd'hui, je peux vous expliquer comment je l'ai retrouvée à partir d'une annonce découpée dans un journal.

Lemé s'approchait lentement de ses conclusions. Mais une surprise n'était pas à exclure, aussi restait-il prudent.

— Combien de fois avez-vous posé comme modèle pour M. Rémy Roland ? demanda Lemé en faisant référence à la liste des noms trouvés dans le sac à dos de la victime.

Un sourire involontaire se dessina sur ses lèvres ; elle regarda les photos éparpillées sur la table.

— Aucune fois. D'après Mme Dorlan, il fallait attendre son tour. Il devait d'abord finir ses toiles. Pour tout vous dire, c'était la première fois que je gagnais de l'argent sans rien faire et sans dépenser un centime. Il fallait juste attendre. Les Dorlan nous hébergeaient chez eux, jusqu'à ce jour dramatique…

Le moteur du réfrigérateur cessa de vibrer.

— M. Dorlan a reçu un appel téléphonique. Nous étions à table. C'était Rémy Roland qui lui disait qu'il avait besoin de trois modèles pour ses toiles. On s'est toutes levées en même temps. Une fois de plus, je devais attendre. Il avait donné des noms et je n'en faisais pas partie. Ils ont quitté la maison vers vingt-trois heures. Et puis, une heure plus tard, on a appris la nouvelle. Mme Dorlan était restée silencieuse un long moment avant de réaliser qu'elle ne reverrait plus son mari vivant. Elle me supplia de ne pas la quitter, qu'elle avait besoin de moi.

Elle fit une grimace en se frottent les mains.

— Je n'ai jamais cru à son suicide malgré cette lettre.

— D'après le témoignage d'un certain M. Merault, elle était en compagnie d'un homme la veille de sa disparition.

Elle leva le menton d'un air pensif.

— M. Merault, le mécanicien, est-il toujours vivant ? demanda-t-elle en faisant de gros yeux.

— Vous le connaissez ?

— Bien sûr ! Il venait régulièrement chez les Dorlan. C'était le responsable d'atelier. Et il a vu Mme Dorlan en compagnie d'un homme. ajouta-t-elle en essayant de remonter le temps.

Tout à coup, un silence s'installa dans la pièce et les plongea dans une indicible attente.

— S'il s'agit d'un homicide, Rémy Roland ne peut pas en être à l'origine, marmonna Lemé.

— Pardon ?

Elle revint à elle.

— Oui, bien sûr. C'est évident.

— Par contre, son père pourrait-il être à l'origine de la disparition de Mme Dorlan ?

Elle fut soulagée de savoir qu'il y avait finalement un responsable, mais elle doutait de la culpabilité de M. Roland.

— Je n'accuse personne dans cette histoire. J'ai appris la nouvelle dans la nuit par une visite inopinée de M. Roland.

Lemé leva le menton.

— Il vous a parlé de cette lettre ?

— Non. Ce soir-là, il m'avait demandé la permission de fouiner dans les documents de Mme Dorlan sans me divulguer ce qu'il recherchait.

— Peut-être cette fameuse lettre…

— Vous savez, dit-elle, ce soir-là, Mme Dorlan était sortie juste avec son trousseau de clés. Elle avait pour habitude de planifier ses journées. D'ailleurs, malgré la perte de son mari, elle me parlait souvent du lendemain.

— Dans ce cas, si elle a laissé une lettre, ça ne pouvait être que chez M. Roland. S'il vous a rendu visite, c'est qu'il avait planifié quelque chose. Et d'ailleurs, ce n'est que le lendemain qu'il vous a annoncé l'existence de cette lettre.

Luciana hésita un instant.

— Je ne me suis jamais posé la question. Quand il est reparti, il n'a rien emporté et avait l'air naturel.

— Et cette lettre, il ne vous est jamais venu à l'esprit de vous y intéresser, vu que vous aviez toutes les cartes en mains pour rechercher son existence. M. Roland a pu très bien déposer cette lettre ce soir-là. Vous ne croyez pas ?

— Ne soyez pas indigne de vous, commissaire. Cela ne vous ressemble pas dans votre démarche…

Lemé tentait de masquer une petite grimace qui n'échappa pas à Luciana. Bien qu'elle fût une piste sérieuse, il ne souhaitait pas que Luciana s'enfonçât dans son retranchement.

— Je vois très bien ou vous voulez en venir, mais sachez que Mme Dorlan a toujours été claire avec moi dans nos relations. D'ailleurs, elle planifiait ses journées à haute voix dans n'importe quel coin de la maison. Elle tenait un cahier où elle avait le plaisir de tout noter, même la biographie de chacune des filles qu'elle recevait. J'ai eu l'occasion de lui raconter une partie de mon vécu, alors, je n'avais aucune raison de fouiner dans ses affaires. Pour tout vous dire, honnêtement, lorsque son mari est décédé, elle m'avait demandé de l'aider à faire le tri dans ses documents.

— Vous comprenez que je suis dans l'obligation de vous poser cette question.

— Je voudrais aussi que vous sachiez que je n'avais aucune raison de le faire. J'avais tout à portée de main.

— Même ce cahier de biographie ?

— Absolument. Et je n'ai jamais ressenti le besoin de voir ce qui y était écrit.

— Nous pensons que tout ce que nous avons trouvé chez Marcelline Gottin venait du domicile de Mme Dorlan. Cependant, nous avons trouvé un cahier dont les pages ont été arrachées.

Elle laissa échapper un long sourire crispé, puis elle fixa ses veines qu'elle comparait souvent à ses peines.

— Ces cahiers existent. Ils contenaient des écrits. Je les ai vus. D'ailleurs, Mme Dorlan inscrivait des signes en bas de chaque biographie. Je n'ai jamais cherché à les comprendre.

— Nous les avons traduits, il s'agissait d'une citation…

— Oui. Elle écrivait souvent des signes biscornus. À l'époque je n'avais aucune idée de ce qu'étaient ces signes, mais aujourd'hui, je peux affirmer qu'il s'agit de sténo…

Elle passa outre cette citation.

Lemé l'avait compris. Cette situation qui lui allait si bien. Inutile de remuer une nouvelle fois le couteau dans la plaie.

Une visite inopinée de M. Roland avait abouti à toutes ces déclarations. Lemé se demanda s'il avait bien mené la fouille dans la maison de Marcelline Gottin, en pensant qu'il n'y avait plus rien à espérer. Néanmoins, bien que ce sentiment le troublât, il en déduisit que M. Roland avait dû glisser cette lettre dans les documents de Mme Dorlan en échange de ces pages de cahier le jour de sa visite inopinée. Mais cette lettre n'avait jamais été retrouvée par les gendarmes menant l'enquête à l'époque.

Luciana reprit :

— Mais si M. Merault ne s'est pas trompé sur ce qu'il avance, Mme Dorlan ne pouvait être qu'en compagnie de M. Roland. C'était la seule personne qui avait réussi à lui changer les idées.

— Vous pensez qu'ils ont eu une liaison après la mort de son mari ?

Il y eut un silence. Luciana leva le menton puis fit les gros yeux. Elle regarda dans le vide. Les treize dernières années de sa vie la rongeaient à cet instant, face au chef de la brigade criminelle de Paris qui souhaitait comprendre pourquoi Luciana était morte par deux fois.

Pendant ce silence, Lemé eut soudain une pensée pour l'enfant que Mme Dorlan avait eu à quatorze ans : Rémy Roland était-il cet enfant ? Néanmoins, il préférerait en rester là.

— En tout cas, la disparition de Mme Dorlan demeure un mystère. Mais il nous reste toujours un espoir de connaître la vérité. La seule certitude, c'est que ce n'est pas Rémy Roland le responsable. À moins que le coupable de sa disparition fasse croire à travers cette lettre au suicide.

Luciana sursauta, comme si elle avait soudain été frappée en plein cœur.

— Vous ne pensez quand même pas que Roger et son petit-fils, qui était âgé de treize ans à l'époque, soient à l'origine de cette mise en scène ? Non, je ne crois pas cela possible commissaire. Vous le pensiez aussi pour toutes ces filles qui sont montées à Paris et qui ont disparu sans que quiconque lève le petit doigt ? Et sans que l'on recherche les vraies identités de ces malheureuses qui ont péri dans l'accident ?

Elle se tut et prit une longue inspiration.

Lemé prenait note de cette remarque et passa à autre chose. Il lui montra l'autre page de l'article de presse : « La famille Roland en deuil, les victimes identifiées ! »

— Est-ce dans ces circonstances que l'on vous a déclarée morte ? demanda Lemé en lui montrant les noms des victimes en bas de la page. Les gendarmes, pour identifier un corps, eurent recours à une pièce d'identité du nom de Luciana Launay. Votre nom !

Son menton tremblait ; elle sentit les muscles de sa mâchoire puis toute sa bouche tressaillir. Elle pensait avoir fait le deuil.

— Dans la précipitation, Antonella avait pris ma veste. On devait se revoir. Elle était probablement dans un triste état pour que l'on ne puisse pas identifier son corps. Pauvre fille, elle pensait s'en sortir.

Elle posa la feuille sur la table et passa la paume de sa main dessus, la caressant, comme pour un dernier au revoir.

— Vous aviez trouvé l'occasion de ne plus donner signe de vie.

— Évidemment, lâcha-t-elle en haussant les épaules. D'ailleurs, personne ne s'inquiétait de notre sort et nos familles nous avaient bannies. Alors, j'ai gardé le silence.

— Pourtant, quelqu'un s'intéressait énormément à vous.

Il posa devant ses yeux la page qui contenait des noms de femmes. En scrutant la feuille, elle ressentit un grand frisson parcourir son corps.

— C'est mon numéro de téléphone ! s'exclama-t-elle en portant la main à son menton. Et c'est son écriture… C'est l'écriture de Marcelline !

— En êtes-vous sûre ? demanda Lemé, surpris de cette déclaration qui le laissa pantois.

— Je mettrais ma main au feu que cette liste provient de la main de Marcelline.

Lemé prit un air réfléchi et commença à établir un scénario plausible des circonstances dans lesquelles cette liste avait été retrouvée dans le sac à dos de la victime. Après cette courte pause, il ne trouva rien d'autre à faire que de glisser la photo de Kristina Marcchini sur la table.

Les yeux fixes, les paupières figées, elle analysa la photo avec minutie. Elle reconnut le visage d'Antonella.

— C'est sa fille ? s'enquit-elle.

Puis son regard candide se posa sur Lemé. Elle lui adressa un sourire.

Lemé n'avait pas l'intention de faire de sentiment ni de cacher la vérité. Non sans un pincement au cœur, il lui dit :

— Il va vous falloir être très courageuse.

Son sourire s'effaça brutalement.

— Pardon ?

— Nous enquêtons sur un triple homicide. Kristina Marcchini a été assassinée sauvagement et déposée sur un espace public. Elle vous recherchait.

— Seigneur ! L'obélisque ! s'exclama-t-elle avec terreur, se rappelant les articles de presse qui avaient ébranlé Paris quelques jours auparavant.

Le souffle coupé, elle porta la main à sa bouche, empêchant ainsi un cri de douleur.

— Et les deux autres, vous voulez dire…

Elle s'interrompit. Son visage devint blême et perdit toute fraîcheur.

— Je suis désolé. Bryan a été retrouvé lundi dernier dans un état comateux à l'arrière de son véhicule. Quant à Marcelline… Assassinée aujourd'hui en fin d'après-midi ! Toutes ces photos, nous les avons trouvées à son domicile.

— Oh ! Mes enfants, ne me tuez pas, finit-elle par sangloter, essayant tant bien que mal de contenir son émotion.

Les larmes roulaient sur ses joues amaigries.

Elle resta insensible au ronronnement du moteur du réfrigérateur qui se remit en route.

De nouveau, elle prit les photos et les contempla une à une.

— Seigneur ! Ce n'est pas possible. Qui a pu faire une chose pareille ? Vous ne pensez pas qu'il est à l'origine de ce…

— Non, nous ne le pensons pas. Savez-vous qui Bryan fréquentait ?

— Oh ! Seigneur… Je ne sais pas trop… Croyez-moi, je ne l'ai pas revu depuis plusieurs mois, répondit-elle en regardant dans le vide.

— Vous n'étiez donc plus en contact ?

— Oui et non. Il m'a laissé ses coordonnées au temps où il vivait encore chez ses grands-parents maternels, rue de la Roquette dans le XIe. Ça remonte à 1999, l'année de la tempête. Il était venu constater les dégâts occasionnés par un arbre qui était tombé sur la maison.

Lemé haussa les sourcils avec un air interrogateur : « Finalement, l'arbre ne s'est pas déraciné du fait d'un glissement de terrain », pensa-t-il.

— Et la dernière fois ?

— C'était en 2005, juste après son licenciement. On s'est rencontré tout à fait par hasard au jardin des Halles… On peut dire que le hasard fait bien les choses. Il était en compagnie d'une jeune fille, une ancienne collègue qui recherchait du travail. D'ailleurs, à cette époque, j'avais besoin d'engager une personne. Et cette jeune fille avait les capacités pour… Mais après deux semaines, elle ne m'a plus donné signe de vie. Sachez que j'étais constamment dérangée par vos collègues, au point que j'étais obligée de m'éclairer à la bougie, précisa-t-elle d'une voix douce et persuasive.

— Avez-vous les coordonnées de cette jeune fille ?

Elle leva le menton.

— Pensez-vous qu'il y ait un lien entre ces meurtres et cette jeune fille ?

— Nous ne négligeons aucune piste…

— Excusez-moi.

Elle quitta la table.

Lemé parcourut la pièce du regard. L'appartement était en réalité un studio de belles dimensions, comportant une alcôve et un coin-cuisine, qui était autrefois un espace de bureau. Bien que la pièce fût équipée de vieux meubles, il régnait une agréable chaleur dans l'appartement. Il s'arrêta sur la photo en noir et blanc accrochée au mur blanc. Elle représentait un groupe de jeunes femmes devant la porte d'une église avec en gros titres « La révolte des prostituées ».

Elle revint à la table.

— Tenez ! Voilà son certificat du travail. Voyez-vous, elle n'est jamais revenue chercher son salaire.

Sur le contrat du travail, un chèque de banque était agrafé.

— Vous n'avez jamais essayé de la joindre pour percevoir son salaire ?

— Non. Je pense qu'elle était assez grande pour le faire. Et vous n'aurez aucune difficulté pour retrouver sa trace. La « BRP » est bien placée pour vous renseigner.

— Une dernière question : savez-vous si Bryan était en contact avec la famille Roland ?

— Je ne peux rien vous dire à ce sujet.

Elle se tut, comme si elle déjà avait utilisé tous les mots de son dictionnaire. Au fond, elle avait l'impression qu'on lui avait arraché une partie d'elle-même. Elle se sentit presque mourante pendant un court instant, puis elle regarda Lemé tristement.

— Où puis-je les voir ?

Lemé lui prit la main. Une question lui brûlait la langue. Il se retenait de la poser en regardant sa montre. Il était 1 h 30 dans la nuit de vendredi à samedi ; il avait le sentiment que Luciana Launay – alias « Antonella Marcchini » – n'avait pas l'intention de mourir une troisième fois.

31

Samedi 3 novembre 2007

8 h

Profitant de son réveil brutal dû à un cauchemar qui s'était avéré salutaire, Lemé s'était dépêché de regagner son bureau avec une seule idée en tête : se connecter à Internet. Pendant de longues minutes, il avait navigué de page en page à la recherche de renseignements complémentaires, délaissant même le message envoyé par le labo à 5 h 12. Il n'avait pas pensé que les propos tenus par le juge Sauron, lors de leur premier rendez-vous, l'auraient suivi jusque dans son sommeil. Il avait fini par trouver ce qu'il recherchait : le même visage que celui qu'il avait vu dans son cauchemar apparut à l'écran. Il prit connaissance des résultats venant du labo qui lui avaient permis d'entamer la procédure d'ouverture du dossier rouge. Et ce fut sur le tableau blanc accroché au mur, qu'il prit soin de rédiger et de commenter à haute voix :

« Affaire de la femme sans visage, baptisée l'axe maudit.

- Points communs : assassinées.

- 1er - la victime de l'obélisque. Circonstance du décès : par décapitation. Depuis, nous savons qu'elle s'appelle Kristina Marcchini.

- 2ème - la victime place de la Nation. Circonstance du décès : absorption d'alcool. Coma éthylique qui a provoqué une absence de ventilation. Arrêt respiratoire. Depuis, nous savons qu'il s'agit de Bryan Dorlan.

- 3ème - la victime du hameau de la vallée dans la commune de Maule. Circonstance du décès : un violent coup de pied au niveau du plexus qui lui a coupé instantanément la respiration ; confirmation par le légiste. Depuis, nous savons qu'il s'agit de Marcelline Gottin.

- 4ème – similitude entre les meurtres et mode opératoire : néant. »

Lemé marqua une pause. Il s'était mis à réfléchir sur les éléments qui leur avaient permis de suivre une piste : les pièces à conviction, les témoins, et les éléments à venir, qu'il détailla sur le tableau en quatre colonnes. Pour terminer ses réflexions, il écrivit : débats et conclusion.

Vers huit heures, presque toute l'équipe vint le rejoindre pour faire le point sur les derniers renseignements récoltés. Dès qu'ils franchirent la porte, ils fixèrent tous le tableau avec enthousiaste.

— Richard n'est pas là ? demanda Lemé, toujours absorbé par ses recherches sur son ordinateur.

— Il arrive… Il est en communication sur son portable, répondit Menez.

Lemé prit le dossier rouge.

— Alors on va l'attendre, murmura-t-il.

Puis il réfléchit, comme s'il cherchait la raison du changement radical de son bras droit. Soudainement, sa courte nuit et son réveil cauchemardesque lui revinrent en mémoire. Il laissa échapper un rire qui surprit les hommes de son équipe.

Il était 2 h 30 lorsqu'il était rentré chez lui. Sur la pointe des pieds, il s'était rendu directement dans la chambre de ses monstres qui dormaient comme des anges, les embrassant comme tous les soirs. Lemé avait encore l'impression d'écouter Luciana Launay lui raconter sa vie, ce qui lui avait été d'une grande aide pour l'enquête. Il était persuadé que tout ceci avait un lien et que, pour le découvrir, il fallait faire vite ! Ne pas laisser le temps faire son chemin. Il s'était retenu de lui demander ce qu'elle avait fait depuis l'année 1981 jusqu'au jour où l'arbre était tombé sur la maison de Bryan Dorlan. Lemé avait fait référence à la tempête de 1999, qui avait traversé la France d'ouest en est en dévastant tout sur son passage. Il espérait que Luciana n'avait pas vécu dans le stress engendré par sa fausse identité les dix-huit dernières années, même si cela ne l'avait pas empêchée d'ouvrir le hammam « Bellinda », rue Saint-Martin, dans le quartier de Beaubourg. Depuis son ouverture, le hammam était surveillé nuit et jour par la Brigade de Répression du Proxénétisme (BRP), au même titre que tous les établissements tels que les bars de nuit, bars à hôtesses, cabarets, appartements privés, etc. C'était une précaution pour empêcher la prostitution de se développer dans les secteurs qui abritaient cette nouvelle forme de prostitution : le plus vieux métier du monde, mais avec un autre visage.

Lemé ne s'était pas imaginé que ses investigations le mèneraient chez Bellinda, à deux pas de l'immense espace culturel de Beaubourg.

Il avait pris conscience du fait qu'il avait besoin de dormir pour recharger les accus.

Avant de sombrer dans un profond sommeil, il avait analysé tous les éléments récoltés jusque-là qui pourraient le mener à boucler le dossier rouge en mettant le meurtrier hors d'état de nuire.

Soudain, il avait eu l'impression que des ombres étaient sorties de l'obscurité pour danser au plafond. Les paupières de ses yeux avaient cligné de temps à autre, laissant entrevoir des lueurs diaboliques. Des cadavres sans tête, à demi décomposés, puis, soudain, une voix s'était abattue sur lui comme les vagues d'une mer déchaînée, l'empêchant de respirer. Il avait eu l'impression de ne plus pouvoir bouger, se défendre ou de pouvoir appeler au secours, jusqu'à ce qu'une silhouette, descendant du plafond, s'approcha vers lui tout en murmurant à voix basse : « De l'audace… De l'audace… » Lemé capta une voix qui lui était familière : celle du juge Sauron. Brusquement, il avait ouvert ses yeux en grand : Natacha et Jérémy étaient penchés au-dessus de lui et le secouaient énergiquement.

— Papa, réveille-toi ! Réveille-toi, papa !

Le temps de revenir à lui, il avait pris conscience que le juge Sauron prenait autant de place dans son rêve que les victimes. Ici même, dans son lit, les mots du juge lui étaient revenus en mémoire : « celui qui disait de l'audace… »

Regardant vers le plafond, Lemé s'était demandé quelle était la signification du message du juge Sauron. Une fois de plus, le terme « audace » lui était revenu en mémoire. Il avait adressé un long sourire à ses petits monstres qui avaient échangé un regard dubitatif.

Lemé était en sueur lorsqu'il sortit de son lit, puis il invita ses enfants à prendre un bon petit-déjeuner, histoire de chasser son cauchemar.

Après quelques instants, les deux monstres échangèrent un regard. Jérémy vit sa sœur sortir de la cuisine puis revenir dix minutes plus tard à table, un léger sourire s'était dessiné sur les lèvres de celle-ci, suivi d'un clin d'œil espiègle à l'attention de son frère.

Lemé se versa une autre tasse de café et réalisa que son cauchemar était toujours présent ; la voix du juge Sauron résonnait toujours dans sa tête.

— Je vous ai réveillés, hein ! avait-il subitement lâché.

— Tu sais, papa, avait dit Jérémy en allant vers l'évier déposer son bol vide, il n'y a pas que les enfants qui font des cauchemars. Ça arrive aussi aux adultes !

Lemé dévisagea Natacha, qui avait levé les yeux sur son père avec un sourire ironique en entendant les paroles de son frère

— Ce qui est drôle, c'est que tu fais toujours le même cauchemar.

Natacha avait laissé éclater son rire. Un rire que Lemé n'avait plus entendu depuis bien longtemps, depuis l'opération baptisée « Aube ».

— Je suis désolé de vous avoir réveillé, avait répondu Lemé.

Jérémy était revenu à la table et s'était assis auprès de son père, puis il l'avait fixé dans les yeux et avait poussé un long soupir.

— Ça arrive à tout le monde, avait-il dit en lui tapotant sur l'épaule avec un geste compatissant. Le problème, c'est que tu n'arrêtes pas de crier : « Audace, audace ! De l'audace monsieur le… »

Cette fois-ci, Natacha ne s'était pas fait prier pour laisser son rire exploser.

— Alors, nous nous demandons qui peut bien être ce monsieur qui a tant d'audace !

Lemé avait froncé les sourcils en signe d'étonnement. Il eut brusquement une forte poussée d'adrénaline en murmurant : « le juge Sauron. »

— Tu as dit quelque chose ? demanda Natacha. Tu disais… insista-t-elle.

— Rien, répondit calmement leur père.

— Si… Tu disais quelque chose, répliqua Jérémy. J'ai cru entendre…

— Dites donc, les enfants, de quoi suis-je coupable ? demanda-t-il subitement en contournant la table.

Natacha avait eu le temps de bondir de sa chaise et de quitter la cuisine en courant, tandis que Jérémy avait cherché son salut en slalomant entre les chaises de la cuisine. Lemé l'avait serré dans ses bras : il connaissait la sentence.

— Donne-lui, Natacha ! Donne-lui ! avait-il crié avec un rire étouffé.

Son père n'avait pas commencé à exécuter la sentence que Natacha apparut devant la porte de la cuisine. Lemé avait déjà positionné ses mains sous les bras de Jérémy pour un long moment de chatouilles.

— Donne-lui ! avait crié Jérémy en secouant les épaules au rythme des spasmes de son rire.

— Voilà…

Lemé avait tendu la main.

— C'est quoi, cette feuille ?

— Monsieur audace, avait répondu Jérémy en reprenant son souffle.

— C'est lui ton cauchemar, avait ajouté Natacha avec un large sourire, tout en étant prudente pour ne pas tomber dans le piège que lui préparait son père.

Brusquement, Lemé regarda la feuille.

— Donc, c'est toi mon cauchemar…

Sur la pointe des pieds, silencieux comme un félin, Jérémy avait échappé à la vigilance de son père et était sorti de la cuisine tout en disant :

— Eh bien ! Tu ne te souviens plus de tes cours d'histoire ?

Leur père s'était élancé vers eux tout pensant : « Nancy, tu nous manques. »

— Franck ?

— Hein ?

Lemé était loin des membres de son équipe. Ils avaient bien remarqué qu'il avait la tête ailleurs. Il fixait le visage vu dans son cauchemar sur l'écran de son ordinateur.

— On est prêt. Tu peux y aller, dit Menez tandis que Laplace s'assit à son bureau, les yeux brillants et avec un visage radieux illuminant toute la pièce.

— Excusez-moi, dit-il en chassant de ses pensées le sourire de ses enfants. Bon, qui commence ?

Il dévisagea Laplace derrière son bureau, qui n'avait d'yeux que pour son portable.

S'il y en avait bien un qui bondissait habituellement de sa chaise comme un fauve pour prendre la parole, ce ne pouvait être que le commandant Richard Laplace, vers qui tous les regards se tournèrent. Mais l'esprit de Richard Laplace était ailleurs. Il n'avait pas l'intention de s'attarder sur les derniers éléments qui confirmeraient l'ouverture du dossier rouge.

Après un silence, il se leva lentement de sa chaise et se dirigea vers le tableau. Jetant un dernier regard sur l'écran de son portable, il lut : *« Message envoyé. »*

— Il me semble qu'il manque quelqu'un sur le tableau, s'enquit Lavoix.

Laplace balaya le tableau d'un geste.

—Qui manque-t-il ? demanda-t-il d'un air détaché.

— Il manque un témoin : M. Arbey Ramirez, celui qui a découvert la première victime.

Plusieurs personnes présentes se raclèrent la gorge.

— Tu as raison, mon gars !

À l'emplacement des témoins, Laplace ajouta Arbey Ramirez, l'agent d'entretien de la ville de Paris.

— Dans ce cas, reprit-il. Le débat est ouvert. Nous remplirons le tableau au fur et à mesure. Commençons par procéder par élimination. Menez, je te laisse la parole…

Puis, il s'assit et jeta un bref regard sur l'écran de son portable. Il lut : « avec plaisir ». Il avait l'impression qu'on lui arrachait le cœur tellement celui-ci battait fort.

Menez se lança :

— Dans ce cas, j'opterais les éléments à venir. Concernant Mme Emma Kristens, celle qui a prévenu le commissariat de la camionnette à la poussière blanche : de ce que l'on sait, cette retraitée note tout ce qu'il se passe dans sa rue. J'ai récupéré deux beaux cahiers de 380 pages qui comportent toutes ses observations pendant deux ans. Quand je vous dis qu'elle note tout, elle note tout…

Laplace prit l'un des cahiers sur son bureau et ouvrit une page au hasard.

— En face de chaque évènement, vous avez la date, l'heure, la météo, et les commentaires de la scène. Par exemple, ici, elle écrit : « un individu sort de son véhicule, ouvre le coffre et sort quelque chose qui semble être une couverture. Puis, il s'enroule dedans et rentre dans son véhicule. Il est 3 heures du matin »…

Tous froncèrent les sourcils.

— Il y en a d'autres, tous plus étonnants les uns que les autres. Cet homme est revenu plusieurs fois et toujours au même endroit, toujours à la même heure. C'est certain qu'il n'y a aucun rapport avec notre affaire. Cependant, j'ai retenu un événement qu'elle décrit qui pourrait bien nous intéresser ! On sait qu'elle a été réveillée en pleine nuit par un bruit. D'après son appel téléphonique au commissariat, elle ne s'était pas trompée vu la suite des évènements. Après avoir passé ce coup de téléphone au commissariat, elle écrit que l'individu est sorti de la camionnette du côté gauche, a traversé l'avenue du Trône et a pris le boulevard de Picpus. Cela prouve que ce n'était pas Bryan Dorlan qui conduisait. À ce sujet, nous n'avons pour le moment pas d'image de notre individu pris par une caméra de la station de la Nation à l'heure donnée par cette dame. Je ne pense pas qu'il faille continuer les recherches dans cette piste.

— Très bien, Lavoix. Mais ne négligeons aucune piste, dit Lemé, toujours aussi concentré sur les pages du dossier rouge.

Henri prit la parole :

— Quand à moi, je choisis la colonne témoins concernant les collègues. Suite à ta demande, je n'ai malheureusement rien trouvé concernant le général Garibaldi qui pourrait nous mettre sur une piste. Rien ! Pas d'association, pas de représentation, etc. Et aucun lien avec Kristina ni les autres noms, à savoir Claude Dablin et l'étudiant Antony Martins. Depuis hier soir, j'ai effectué d'autres recherches avec Marcchini. Mêmes résultats. Et tout ceci grâce au net. Mais je ne mets pas en doute le témoignage du professeur Biaggi. Maintenant que nous connaissons l'identité de notre victime, il me sera plus facile de remonter une piste.

— Attendez, dit Menez. Dans ce cas, il y a forcément un lien entre nos deux intrus, si je peux m'exprimer ainsi. L'étudiant et Garibaldi, ce n'est pas le fruit du hasard. Il y a sûrement un lien entre eux. D'après… Comment s'appelle-t-il déjà… Lu… lu…

— Luigi, souffla Laplace.

— C'est ça, le professeur d'histoire. Kristina, pourrait très bien être une connaissance de Bryan Dorlan, de même que Kristina et l'étudiant pourraient avoir un lien avec Garibaldi. Ce que nous devons chercher, c'est ce lien qui les unit avec l'assassin. J'espère que, j'ai été assez clair là-dessus.

— Très clair, Menez. On dirait que tu récites une pièce de théâtre. Ensuite, qu'avons-nous dans cette colonne ? demanda Laplace.

Quelques rires éclatèrent.

— Marcelline, répondit Henry. Peut-être faudrait-il chercher le lien avec les deux autres victimes maintenant que nous avons la preuve que Kristina et Bryan ont un lien.

— Et à quoi fais-tu référence ? demanda une voix dans le groupe.

Henry se racla la gorge avant de répondre.

— Le lien entre nos deux victimes, Kristina, et Bryan : le carbonate de calcium, mais gardons le terme classique de poussière de craie. C'est pourquoi j'en conclus que nous devons concentrer notre recherche sur les communes proches de l'accident de 1976, dans la commune de Mareil-sur-Mauldre en particulier.

La même voix dans le groupe enchérit :

— Quelles sont les autres communes ?

Lemé leva le menton pour la première fois depuis la prise de parole de son commandant, qui sembla brusquement retrouver sa voix :

— Il s'agit des villes de Meudon, Issy-les-Moulineaux, Louveciennes, Port-Marly et Bougival, où l'on exploitait des carrières de craie. Certaines carrières devaient être très anciennes, d'après Verdier, le directeur du labo. Déjà, au XVIIe siècle, des traces de ces carrières d'extraction de calcaire, de sable et de craie sont retrouvées. Alors, je me suis intéressé à trois communes pour faire le lien avec les poussières blanches trouvées sur le fauteuil roulant, dans les poumons de Kristina et dans le véhicule de Bryan…

Lemé leva le menton à deux reprises et prit une meilleure assise sur sa chaise. Puis, il se laissa aller lentement contre le dossier.

— Il s'agit des communes de Louveciennes, Le Port-Marly et de Bougival, plus ou moins proches de l'accident, survenu le soir du 21 juin 1976, vers 23 h 45, sur la commune de Mareil-sur-Mauldre.

— C'est presque une blague. Notre meurtrier vit peut-être sur la même commune que notre patron !

C'était plus fort que lui. À cette remarque, il n'y eut aucune réaction du reste de l'équipe. Malgré tout, Richard Laplace s'excusa :

— Mille excuses, dit-il en écartant les bras.

— À ce sujet, je tiens à rajouter quelque chose, intervint Menez. Nous connaissons les noms de toutes les victimes. J'ai fait des recherches sur le net concernant cet accident. Sans succès, aucune page ne traite de l'accident.

Lavoix répliqua :

— Nous avons assez d'éléments provenant de la cave de Marcelline pour aller vérifier sur place, ou bien dans les archives de nos collègues les gendarmes. D'autant que nous avons un article de presse… Et pour le moment, je ne vois rien qui lie notre meurtrier à l'accident. Je souhaite aborder un sujet de la première colonne du tableau. Avons-nous les caractéristiques du fauteuil roulant ?

Lemé attendait les renseignements au plus tard lundi. Finalement, Verdier avait fait tout son possible pour lui communiquer les informations au plus vite. L'homme et son équipe avaient été très efficaces. Mais il avait pris soin de ne pas mentionner ces informations sur le tableau, et il constata rapidement que ses hommes étaient encore sous le feu de l'action et qu'ils ne laisseraient rien au hasard.

— Un simple fauteuil roulant. Un Everest Flemming modèle de 1 937. Menez rétorqua :

— Dans ce cas, il y a un bémol. Je te signale que nous n'avons toujours pas de trace de l'étudiant… Antony Matins. C'est quand même dans ce département que nos collègues les gendarmes suivent une piste. On ne peut pas dire qu'il n'y a pas de lien avec l'accident.

Silence.

— Antony Marins, colonne 1, les éléments qui nous ont permis de suivre une piste, dit Laplace.

Il se leva, alla vers le tableau et déboucha le gros feutre rouge.

Sa voix était ferme et imposante. Lemé avait en face de lui le commandant Richard Laplace, celui qui avait toujours été consciencieux de boucler une affaire sans laisser au meurtrier le temps de respirer. Il voulait le traquer jusqu'à son dernier souffle et le mettre hors d'état de nuire.

— Bouclons cette colonne. Avez-vous des questions ?

Ils fixèrent tous le tableau.

— Colonne 2, les témoins. Avez-vous des questions, des suggestions ?

— Ader Morales, proposa Lemé. Ce nom m'interpelle.

— Moi, je cite Mme Kristens ; elle doit nous confirmer ce qu'elle a exactement vu sur l'individu. Ensuite, qu'avons-nous ?

— Je rajoute M. Merault, le mécanicien, à cause de cette lettre

— Très bien. Rien d'autre ? dit Laplace en fixant tout le groupe. Passons à la colonne 3, soit les éléments à venir.

— Résultats du labo, et je termine une nouvelle fois par Arbey Ramirez. Nous avons tendance à l'oublier…

— Décidément, tu ne lâches pas l'affaire, toi !

Dans la colonne témoins, Laplace ajouta Arbey Ramirez.

— Voilà, ça te convient ?

Quelques rires bons enfants animèrent le groupe.

— Ai-je oublié autre chose avant de laisser la main à Franck ?

Silence.

Lemé se leva et prit les gros feutres.

— Très bien. Je pense que nous avons rassemblé l'ensemble des moyens pour l'ouverture du dossier rouge. Nous devons encore être très vigilants et ne pas commettre d'erreur. Suite aux éléments que nous avons découverts dans la cave de Marcelline Gottin, nous pouvons être sûrs qu'il ne s'agit pas d'un tueur en série, vu les circonstances dans lesquelles les victimes sont mortes…

Lemé fit une pause, puis il inscrit sur la colonne 3 « éléments à venir » :

— Une lettre.

Les têtes de décalaient pour voir ce qu'il écrivait au tableau.

— Ensuite BRP, et pour terminer, Sophie Lesage, famille Roland, et le Hammam rue Saint-Martin. Il s'écarta du tableau et fixa son équipe. Le groupe découvrit les éléments qui venaient d'être ajoutés sur le tableau.

— Bien que vous ne soyez pas tous au courant de ma soirée d'hier pour le moment, je pense que Marcelline Gottin a eu tout le loisir de fouiller dans les documents de Bryan Dorlan, qui se trouvaient dans sa cave. J'en déduis qu'ils vivaient ensemble.

— À part une paire de chaussures, aucun autre vêtement d'homme n'a été retrouvé, dit Lavoix.

— Exact ; d'ailleurs, nous l'avons oublié cette paire de chaussures.

Lemé ajouta la paire de chaussures dans « 3ème colonne ».

— Soyons vigilants, lâcha Lemé. Ensuite, Marcelline a sûrement découvert un secret de famille concernant Bryan Dorlan, et elle a probablement commencé à dévoiler ce qu'elle a découvert aux intéressés. Mais je ne pense pas que le jeune étudiant ait un rapport avec ce qu'elle a découvert. Pour le moment, nous devons remonter une piste : une lettre laissée par la mère de Bryan qui confirmerait son soi-disant suicide. Pour le moment, c'est peut-être cette lettre le mobile, lâcha-t-il en posant le feutre sur le bureau du commandant Laplace.

Brusquement, un silence de plomb se mit à régner. Tous fixèrent le tableau à la recherche d'un oubli.

Lemé prit place sur son fauteuil et fixa le visage de son cauchemar sur l'écran de son ordinateur. Il cherchait dans le fond de sa mémoire, tout en remontant le temps, l'histoire qui pourrait avoir un lien avec le visage du meurtrier. En tournant la dernière page du dossier gris, Richard Laplace lui laissa libre choix de confirmer la réouverture du dossier rouge avec un suspect numéro un, en glissant lui-même les informations récoltées lors de son enquête chez Bellinda, au Hammam Saint-Martin, auprès de Luciana Launay, alias Antonella Marcchini.

Une question lui brûlait toujours la langue. Il ressentit une poussée d'adrénaline rien qu'en pensant à la question qu'il souhaitait lui poser. D'une main hésitante, il décrocha son téléphone. Il estimait que c'était une bonne idée d'entendre Luciana lui dire ce qu'elle avait fait de 1981 à 86, et jusqu'en 1999, l'année de la tempête. Après un temps de réflexion, il se ravisa et reposa le combiné tout en se disant que les dix-huit dernières années de sa vie restaient un mystère.

— Des questions ? demanda-t-il au groupe.

— C'est vague, « famille Roland ». Il existe des milliers de gens portant ce nom, lâcha le commandant Henry.

— On n'en doute pas, Jérôme, dit Laplace. Dans notre affaire, il s'agit des trois « R » : Roger, Rémy et Raymond. Nous savons que Rémy Roland n'est plus de ce monde depuis belle lurette. Sur des milliers, intéressons-nous simplement au grand-père et à son petit-fils, Raymond.

— Quatre « R », rectifia Lavoix, comme s'il s'agissait d'une erreur.

Laplace le dévisagea.

— As-tu autre chose à dire ?

— Le Hammam Saint-Martin me dit quelque chose. Il me semble qu'il y a eu une descente par la BRP en 2005, mais rien de suspect n'avait été signalé. C'est un lieu strictement réservé aux femmes.

— Exact ! répondit Lemé. Tu te charges rapidement de récupérer toutes les infos concernant une connaissance de Bryan. Il s'agit de Sophie Lesage. S'il le faut, rends-lui une petite visite.

Lemé envoya quatre exemplaires de l'image affichée à l'écran à l'impression.

— Servez-vous, dit Lemé en faisant un signe vers l'imprimante qui débitait les feuilles.

Menez se leva, distribua les feuilles et regagna sa place, l'air dubitatif.

Après un instant, ils levèrent les yeux sur Lemé. Ils étaient stupéfaits.

— Qu'est-ce que ça veut dire ? dit Laplace en ayant les yeux écarquillés.

— C'est lui que nous recherchons, répondit Lemé. L'accident nous offre le meurtrier à travers toutes ces histoires et écrits, il ne nous reste plus qu'à localiser l'adresse de la famille Roland. Logiquement, leur domicile se trouve sur la commune de Louveciennes ou de Bougival. Je suis curieux de voir la réaction du patron quand il apprendra la nouvelle.

— Il habite sur le même trottoir que le meurtrier ! l'interrompit Laplace une nouvelle fois sur le ton de la plaisanterie.

Connaissant l'humour de son commandant, Lemé préféra faire comme s'il n'avait rien entendu.

— Henry et Laplace, la famille Roland. Ensuite, vous me reprenez tout depuis le début. Faites le lien avec ce visage. Menez, tu épauleras Lavoix concernant

Sophie Lesage ; montrez-lui le visage et soyez discret. Quant à moi, je vais faire un point avec Lemarchand puis avec le juge. Allez les gars, au boulot ! On se voit lundi matin à six heures pour faire le point…

32

Samedi 2 novembre 2007

10 h

Après avoir quitté son équipe qui suivait à la lettre ses dernières recommandations en essayant de faire le lien entre la page imprimée et les éléments qui avaient contribué à la réouverture du dossier rouge, Lemé s'était précipité dans le bureau de son patron. Le moment était venu de faire le point sur l'évolution des investigations menées ces dernières vingt-quatre heures avec, à l'appui, les copies du journal, la lettre et la photo appartenant à la victime de l'obélisque. Il avait informé Lemarchand de l'assassinat de Marcelline Gottin et de la situation qui leur avait permis de mettre la main sur le sac à dos appartenant à la victime.

Ensuite, Reynald Lemarchand découvrit le visage de la victime sur une photo ; il s'était laissé aller sur sa chaise, sans la moindre réaction. Pendant un long moment, il était resté silencieux, jusqu'à ce qu'il décidât d'annoncer, avec une moue dubitative : « Préparons-nous à recevoir la presse dans nos locaux, pour lancer un avis d'appel à témoin concernant Kristina Marcchini ! ».

Lemarchand s'était ensuite creusé les méninges en repassant en revue tous les éléments du dossier, l'ensemble des investigations qui avaient permis à Lemé de prendre la décision de confirmer l'ouverture du dossier rouge depuis l'affaire du mystère de l'obélisque. Bien que Lemarchand ait trouvé la méthode efficace et qu'elle portait ses fruits, il avait été stupéfait de découvrir le nom d'Ader Morales sur la dernière page du dossier – une piste qui leur avait permis de retourner chez Marcelline Gottin suite aux déclarations d'un mécanicien.

À ce moment du récit, Lemarchand avait retrouvé ses esprits et signalé à Lemé qu'il connaissait le jeune mécanicien par le bouche-à-oreille, mais qu'il n'avait jamais eu l'occasion de l'aborder physiquement. Lemarchand s'était tu et avait pris un air réfléchi. Après un long silence, il avait fini par dire : « J'ai l'impression que nous courons après un fantôme ».

Au même moment, Lemé lui avait glissé les deux photos de l'homme entouré de jeunes femmes devant le portail bordé d'arbres. Puis il lui avait demandé si, par hasard, il reconnaissait le visage de l'homme. Dans le silence qui régnait, Lemarchand avait contemplé le visage sur la photo avant de se concentrer uniquement sur le portail. Il n'en croyait pas ses yeux, il n'y avait aucun doute possible : c'était bien son portail qu'il avait acheté il y avait des années chez un ferrailleur. Puis, Reynald Lemarchand s'était concentré en vain sur le visage de l'homme et avait été déçu de ne l'avoir jamais vu de sa vie. Il s'était alors contenté de penser que ce n'était qu'une coïncidence. Quand Lemé l'avait informé que le meurtrier se terrait peut-être quelque part dans sa région, Lemarchand n'avait rien trouvé à dire et n'avait eu qu'une seule pensée : « Ce ne peut être qu'une coïncidence. »

Laissant son patron qui souhaitait réfléchir sur l'homme de la photo, il était dix-sept heures lorsque Lemé poussa la porte du bureau du juge Sauron, son dossier rouge sous le bras.

— Je pensais que vous n'alliez plus venir, dit le juge Sauron d'un ton amical. Asseyez-vous, je vous en prie.

— Avec plaisir, M. le juge, répondit Lemé. « Merci les enfants », pensa-t-il en riant en son for intérieur.

— J'espère que les nouvelles sont bonnes ? demanda le juge en ouvrant les bras pour prendre le dossier rouge.

Il était rare que l'on vienne le voir dans son bureau sans un dossier sous le bras. Mais le dossier rouge du chef de la brigade criminelle de Paris attisa sa curiosité.

Aussitôt dit, aussitôt fait. Lemé prit place sur la chaise.

— Voyons ce que vous avez là-dedans, dit le juge sans lui adresser le moindre regard.

Dix minutes plus tard, Lemé se contentait de respirer pendant que le juge Sauron s'imprégnait du contenu du dossier en passant en revue tous les éléments. Arrivé à la dernière page, une seule question le tourmentait :

— Avez-vous une préférence pour le rouge ? demanda-t-il, les yeux fixés sur le dossier.

— Pas spécialement, répondit Lemé d'une voix calme. Mais il est préférable de s'arrêter à tous les carrefours lorsque le feu est au rouge.

— Et vous arrivez à un carrefour ?

— On pourrait le dire ainsi.

Le juge souriait.

— Quant à moi, je vous dirais : rouge comme l'amour, la passion, la puissance, la haine… Et puis, ce dossier rouge me fait penser aux chemises rouges des assassins.

Lemé pensait que ceci arriverait beaucoup plus tard. Il sauta sur l'occasion. Il gardait précieusement le visage de son cauchemar au fond de sa poche.

— Avant l'allongement final.

Le juge Sauron leva les yeux sur Lemé et repoussa le dossier vers lui.

— Les cheveux coupés ?

Le juge souriait.

— Comment vous dire… pour faciliter le passage de la lame !

— Cette mutilation est un rituel de longue date infligé aux assassins, aux empoisonneurs et aux criminels politiques, comme les conspirateurs royalistes contre les « pères du peuple ». Et j'en passe…

— C'était un autre temps…

« Merci les enfants pour votre mémoire ! », pensa Lemé.

— De l'audace, M. le juge, de l'audace.

— Une nation se sauve, elle ne se venge pas.

— Ma demeure sera bientôt dans le néant, quant à mon nom, vous le trouverez dans le Panthéon de l'Histoire.

— Il n'aura pas cette chance et il ne sera pas au Panthéon.

Lemé glissa légèrement la main dans sa poche, tira la feuille et la déplia devant les yeux. Puis, il la glissa sur la table en direction du juge Sauron.

— De l'audace ! De l'audace ! martela le juge Sauron.

— Dans moins de vingt-quatre heures, vous aurez son nom dans le dossier, promit Lemé.

Le juge Sauron fixa la feuille avec enthousiasme, puis il releva ses yeux vers Lemé qui, l'espace d'un instant, vit autre chose qu'un homme froid et distant.

— Pensez-vous toujours qu'une autopsie est forcément nécessaire pour résoudre un crime ?

— Plus maintenant. Mais il nous est nécessaire de connaître la cause exacte de la mort. Les conclusions nous permettent de faire un premier point avec les victimes. Mais dans notre situation, je pense qu'il était inutile de s'acharner sur le corps de la victime pour déterminer la cause de sa mort.

— Nous sommes d'accord. Mais sachez que je ne suis pas contre. Vous verrez que nous nous retrouverons dans d'autres situations, et ce sera un honneur de travailler avec…

Le juge Sauron s'interrompit quelques instants, puis il se leva et lui tendit la main, tout en ayant une pensée pour celui qui portait sur son visage un passé douloureux.

— Me permettez-vous de vous tutoyer ?

Lemé eut une forte pensée pour Richard Laplace. « Autant commencer maintenant, ça rapprocherait l'équipe. »

— Avec plaisir.

— Donc, tu penses que le mobile serait une lettre ?

— C'est le seul mobile qui tienne la route pour ce triple meurtre.

— Alors, va chercher ce criminel. Mais j'ai bien peur que tu n'arrives trop tard.

— L'essentiel, c'est de le mettre hors d'état de nuire. Quelle que soit sa décision, nous, nous faisons ce que nous avons à faire.

Le juge Sauron s'asseya et fixa Lemé qui sortit de son bureau. Puis il ouvrit le dossier rouge et recommença la lecture de l'article de presse de l'accident de 1976. Le juge Sauron se demanda si l'enfant blessé dans l'accident s'en était sorti et ce qu'il était devenu. Avait-il toujours le même visage ? Ou bien avait-il gardé les marques de sa blessure, comme ce fut le cas pour le grand révolutionnaire qui disait : « De l'audace, de l'audace », et qui n'était autre que Danton qui garda à vie la marque de la blessure qui lui déformait le visage.

33

Dimanche 3 novembre 2007

4 h 30

La veille, au lever, Rose-Marie Dolmon avait eu une forte pensée pour les aléas du mariage. Subitement elle fut traversée par un vent glacial. Pendant un long moment, elle avait éprouvé un mauvais pressentiment à propos de l'événement qu'elle devait organiser au *Pub du Parvis*. Elle craignait que quelque chose d'étrange ne se produise, mais elle n'avait pas trouvé d'explication ni de lien entre les aléas du mariage et de la soirée. Il était huit heures lorsqu'elle prit possession de la salle pour la décoration, non sans avoir une pensée pour son amie Sophie, qui lui avait suggéré le thème « Eau-Hiver » pour décorer la salle.

Après avoir coordonné l'ensemble du personnel pour la décoration, Rose-Marie s'imprégna du lieu et de l'atmosphère qui se dégageait de la salle. Tout le mur était recouvert de draperies blanc neige où scintillait un jeu d'éclairages bleutés, presque spectral, qui illuminait la salle. Les tables étaient recouvertes d'une nappe de ton glacier et de serviettes blanches, disposées en éventails, donnaient à la table davantage de relief. Pour clore cette atmosphère de froid, Rose-Marie avait eu l'idée de positionner de grands vases de cristal ornés de fleurs teintées d'un bleu électrique, submergées et mélangées à de la fausse glace. Soudain, elle ressentit un long frisson qui lui glaça le sang. L'envie de tout arrêter lui traversa une nouvelle fois l'esprit, mais elle savait pertinemment qu'elle ne pouvait plus annuler la soirée. Le contrat avec la direction du *Pub du Parvis* était signé et elle avait investi une somme très importante. Dans quelques heures, à vingt heures précises, les premiers fêtards arriveront dans la salle qui sera plongée dans l'obscurité. Puis les lumières s'allumeront et illumineront la salle pour une soirée inoubliable.

Alors qu'elle l'admirait une dernière fois avec des yeux émerveillés, une main se posa sur son épaule. Puis, avant même qu'elle ne puisse réagir, elle eut l'impression de ne plus sentir son corps. Une sensation de mal-être s'installa en elle ; elle frissonna de peur.

— Je t'ai fait peur ? demanda une voix dans son dos.

Cette voix lui était familière. Rose-Marie ferma les yeux, prit une longue inspiration et se retourna.

— La prochaine fois que tu t'amuseras à me faire peur, je te tue ! dit-elle avec un visage grimaçant.

— Oh, je sais que tu en es capable, mais tu ne le feras pas !

— Au lieu de me faire peur, sache qu'il ne te reste plus que trois petites heures pour installer la sono, dit-elle en pestant.

— OK, princesse ! répondit le jeune C'Watt qui avait pour rôle d'animer la soirée derrière la table de mixage.

Puis il prendrait le micro pour démontrer tout son talent de rappeur, avec ses mots, son ressenti, sur un rythme martelé par l'ambiance de la salle. C'était son passe-temps favori, en dehors du poste d'agent d'entretien qu'il occupait au siège de l'OAD. Il se retourna avec un sourire malicieux aux lèvres qui ne laissait rien envisager de rassurant.

— Pas plus ! ajouta Rose-Marie en retrouvant ses esprits.

La fête du *Pub du parvis*, sur le site de l'OAD, devait battre son plein dans trois petites heures. Rose-Marie Dolmon ne pouvait plus reculer malgré son mauvais pressentiment.

Comme prévu, le *Pub du Parvis* ouvrit ses portes à vingt heures. Rose-Marie Dolmon ne s'attendait pas à un tel engouement. La soirée battait son plein. La salle du *Pub du Parvis* était pleine à craquer et le succès laissait présager d'un bel avenir.

Aux environs de 4 h 30, elle se posa enfin à une table en compagnie de son amie Sophie, pour se rafraîchir. Les yeux rivés sur la piste de danse, Rose-Marie contemplait les fêtards en délire.

— Je n'aurais jamais pensé attirer autant de monde, dit-elle à haute voix.

— Pardon ? demanda Sophie, assourdie par la musique qui sortait des enceintes.

— Je disais qu'il y a beaucoup de monde !

— Tant mieux, répondit Sophie en regardant aux alentours, puis son regard se posa sur une table au fond de la salle.

— C'est dommage qu'il ne soit pas là ! lâcha Rose-Marie en suivant le regard de son amie.

— Qui ça ? cria Sophie.

— Ton futur mari…

— Il est très occupé en ce moment, mais ce n'est pas grave.

Elle adressa un sourire à la tablée.

— Et puis, je m'amuse beaucoup !

— Comptes-tu toujours te marier ?

Sophie se leva et vida son verre d'un trait.

— Je vais danser, si cela ne te dérange pas !

— Tu ne m'as pas répondu... insista Rose-Marie.

— Ce n'est pas le sujet de ce soir.

Elle s'en alla et se dirigea vers la piste de danse.

Au même moment, au fond de la salle, un type au visage moite arriva à son tour sur la piste de danse.

Pendant ce temps, à l'extérieur, le commissaire Menez grillait une cigarette au bord d'un bassin à jets d'eau, à moins de cinquante mètres de la tour HQE.

Le lieutenant stagiaire Lavoix avait eu du flair. Selon les ordres de Lemé, il devait épauler le commissaire Menez et non être sous ses ordres. Dès la fin de la réunion, il s'était précipité aux services BRP et avait consulté le dossier du hammam Saint-Martin. Sophie Lesage avait une adresse avenue Division Leclerc, sur le secteur 9 du site de l'OAD, et elle n'avait pas de casier judiciaire. Sur le PV n° 0345, rien n'avait été mentionné à propos d'une quelconque accusation. Elle avait été entendue comme simple témoin suite à un contrôle musclé au hammam Bellinda. Le P.V. en main, il eut le flair de joindre directement le commissaire Boulard, chef du commissariat du site de l'OAD, pour une vérification de toute urgence. Ce dernier lui avait répondu qu'il connaissait très bien cette personne, puisqu'elle était la co-organisatrice d'une soirée au *Pub du Parvis* et qu'elle était toujours domiciliée à la même adresse. Une fois ces renseignements pris, Lavoix se présenta avec un large sourire devant le commissaire Menez qui le félicita.

Une heure avant l'ouverture du *Pub du Parvis*, ils avaient arpenté le site de l'OAD, comme des touristes, mais avec un autre regard sur les « sculptures » et les tours, qui faisaient la fierté du site de l'OAD.

Ils tentaient de repérer les visages qu'ils croisaient et qui avaient une ressemblance avec le visage imprimé par Lemé. Ils s'étaient juste concentrés sur cet objectif en espérant avoir plus d'explications de la part de leur chef.

Ce n'est que vers vingt heures qu'ils s'étaient mêlés à la file d'attente pour faire partie des privilégiés en achetant leurs billets. Puis, minutieusement, ils avaient passé en revue tous les visages sans trouver le moindre indice : personne ne correspondait au profil.

— Il fait un froid de canard, bon sang ! marmonna Menez en se frottant les mains

En effet, ce mois de novembre prenait l'allure d'un hiver froid à venir.

— D'après le programme, dans cinq minutes, le rappeur C'Watt prendra le micro pour clôturer la soirée, dit Lavoix en rentrant son cou à l'intérieur de son col. On pourrait aller à l'intérieur pour se réchauffer et prendre un café au bar.

— Bonne idée ! Tu as toujours des bonnes idées mon Lavoix !

Accoudé au bar de la salle, Menez sirotait un double café serré sans sucre. Il espérait chasser le froid qui envahissait son corps. Puis, il poussa un long bâillement ; il éprouvait une lassitude comme il n'en avait jamais éprouvé de pareille, même après ses plus rudes journées sur une enquête. Lavoix promenait son regard dans la salle et ne prêtait attention qu'à son objectif : Sophie Lesage et ses admirateurs. Mais aucun d'entre eux ne réveilla son instinct.

Dans la salle, Menez avait beaucoup de mal à distinguer les visages éblouis par les spots multicolores qui tournoyaient sur les draperies blanches recouvrant les murs. Au même instant, Rose-Marie gravit les marches de la scène, prit le micro et annonça :

— Merci à vous tous d'être venus ! Vous savez que tout a une fin…

Des cris et des sifflets bons enfants déchirèrent la salle.

— … alors, je vous propose de clore cette soirée, qui restera pour moi inoubliable, en applaudissant comme il se doit celui qui vous a fait danser tout au long de cette soirée. Le seul, l'unique, que j'ai nommé… C'Watt va nous chanter son nouveau tube. Je vous remercie !

La gaieté refit surface lorsqu'ils applaudirent le jeune rappeur qui prit le micro. Soudain, sa voix sortit des enceintes comme un tremblement de terre, alors qu'il débitait son nouveau texte.

« C' C' C' Watttttttttt…
L'Axe maudit…
Le mot est dit…
Les mystères de la vie,
Ou de la mort… »

Menez fronça les sourcils. Il eut l'impression de s'étouffer en avalant une gorgée. Subitement, il trouvait le café très amer et imbuvable. Il se dirigea vers la piste de danse et s'engouffra au milieu des fêtards, tandis que le jeune C'Watt martelait le refrain de son texte. Menez échangea discrètement un regard avec Lavoix, qui se demanda quelle mouche l'avait piqué.

— Bon sang ! murmura-t-il en jetant un regard furtif dans la salle.

Rose-Marie avait regagné sa table après avoir présenté à la salle le jeune rappeur. Elle fixa Sophie qui revenait avec le type qui s'était précipité sur la piste de danse quelques minutes plus tôt. À distance, d'un pas timide, un autre type les talonnait en secouant la tête au rythme du refrain.

— Rose-Marie, je te présente Jacques… et Olivier.

Rose-Marie leur tendit la main.

— Enchantée, messieurs, dit-elle en les invitant d'un geste de la main.

Mais elle eut une forte pensée pour son amie : « Tu n'es pas prête ma fille… On n'est pas prête pour ça… Renonce à ce mariage. »

Puis elle se souvint de son mauvais pressentiment de la veille qui, soudain, se transformait en un coup de cœur pour Jacques Cesco et Olivier Danze.

Les deux compères s'étaient retrouvés à vingt heures devant l'entrée du pub, comme ils l'avaient prévu. Et dès les premiers pas sur la piste de danse, ils s'étaient souvenus du temps où ils étaient les tombeurs de ces dames.

Dans la salle, les fêtards en délire reprenaient en chœur le refrain. Soudain, tout s'arrêta, et avant que la lumière ne s'éteigne et plonge la salle dans l'obscurité, C'Watt quitta la scène avant de revenir.

— Merci beaucoup, et à la prochaine fois !

La soirée était terminée. La salle se vidait dans le brouhaha.

Plus tard, aux alentours du pub, Menez, Lavoix et ses hommes observaient les derniers visages qui quittaient les lieux. À quelques mètres de lui, il eut la surprise de voir le jeune rappeur, assis sur un banc avec une cigarette aux lèvres, fouillant nerveusement dans ses poches. Profitant de la situation, il s'approcha de lui.

Lavoix surveillait la sortie du *Pub du Parvis.*

— Du feu ? proposa-t-il en allumant son briquet.

Le jeune rappeur, surpris, hésita un court instant.

— Merci, dit-il en approchant sa cigarette de la flamme.

— Pas mal ce que tu fais, dit-il en espérant gagner la confiance du jeune rappeur qui avait hésité un instant devant la flamme. Quand je pense que je vais annoncer à mon ami que j'ai rencontré une star du rap, il va m'en vouloir de ne pas avoir été là.

Le rappeur tira une grosse bouffée de fumée.

— Quand même pas ! J'anime juste des soirées. Ça me permet de sortir du train-train du boulot.

— Je pensais que c'était ton métier ?

Le jeune rappeur fronça les sourcils. Il tira une bouffée et envoya la fumée sur le côté.

— Non ! Je suis agent d'entretien à l'OAD.

— En tout cas, nous étions tous déchaînés ! lâcha Menez en espérant ne pas éveiller de soupçon.

— Vous étiez dans la salle ?

— Et comment ! C'était génial ! Mon ami n'écoute que du rap. Parfois, il lui arrive d'écrire quelques textes. Le dernier c'était :

« Parle à mon cœur,
Avant qu'il ne meure,
Dans le malheur,
De mes pleurs. »

Il martela ces paroles en espérant être à la hauteur d'un rappeur.

C'Watt laissa exploser son rire et s'étouffa presque avec la fumée qu'il venait d'envoyer dans ses poumons.

— Je ne suis pas à la hauteur, c'est ça ?

— Ce n'est pas si mal. Mais il faut y mettre un peu plus de volonté quoi… Il faut tout faire sortir, la rage… Tout quoi !

Menez observa le jeune rappeur. En un mot, ils n'avaient pas le même physique. C'Watt le dépassait de plus de vingt centimètres, lui et son mètre soixante-cinq. C'Watt portait un simple polo qui lui collait au corps, laissant apparaître ses muscles, et lui avait un ventre bedonnant dû à une alimentation trop riche. Puis Menez remarqua que le jeune rappeur portait de grosses lunettes pour pallier son strabisme. Son visage avait gardé les traces de l'invasion boutonneuse de sa jeunesse, ce qui lui fit penser que C'Watt se rapprochait du profil qu'ils recherchaient.

— Votre ami écrit plutôt dans le sentimental. Je pourrais peut-être lui proposer un son sur ses textes.

— Un son ? s'exclama Menez.

— La musique… répondit C'Watt en fixant Menez comme s'il venait de découvrir qui il était réellement.

— Ce serait sympa de ta part.

— Tenez, voici ma carte ! Il peut aller sur mon MySpace et me laisser un message.

— Vraiment sympa de ta part. Il va être content. Peux-tu me laisser un autographe ? demanda Menez en sortant un stylo de sa poche.

Il fit en sorte de tenir la carte du bout des doigts.

— Si ça vous fait plaisir…

— Vraiment ! répondit Menez en envoyant un regard aux alentours.

Devant la porte du pub, deux couples venaient de sortir. Rose-Marie regarda dans sa direction.

— Ça vous va ?

— Très bien, dit-il en prenant la carte, toujours du bout des doigts.

Puis il observa les chaussures du jeune rappeur.

— De qui t'inspires-tu pour écrire tes textes ?

— De la société, monsieur… De tout ce qui se passe autour de nous. Et croyez-moi, il y a de quoi écrire sur la société !

Menez déglutit.

— En effet il y a de quoi écrire, répondit Menez en faisant référence à la victime de l'obélisque.

— Nous représentons tous la société. Et il y en a même qui pètent les plombs.

Menez porta son regard dans le vide et fit le lien avec le refrain du jeune rappeur.

— Et tu t'es inspiré de ça pour écrire ce texte ?

C'Watt se leva du banc d'un bond.

— Vous avez tout compris, monsieur, répondit-il avec un sourire en coin. Bon, il faut que je vous laisse. On m'attend.

— Merci. Il va être très content, mon ami.

— Quand il veut, il peut me laisser un message sur MySpace.

Menez resta assis pendant quelques minutes sur le banc à observer du coin de l'œil C'Watt échanger quelques mots avec les deux couples. L'un des types eut un geste amical, une tape sur l'épaule. C'Watt rentra dans la salle. À l'instant où Menez décida de se lever du banc, C'Watt réapparut en plein jour et regarda en direction du couple qui venait de tourner à l'angle d'une tour avec un air dubitatif.

Lavoix rejoignit Menez qui avait suivi avec étonnement l'apparition du rappeur.

— Alors ?

— Hum !

— Je t'ai vu discuter avec le rappeur.

— Ah oui, le rappeur. Rien de spécial, je réfléchis.

Lavoix fronça les sourcils.

— Tu réfléchis s'il faut les suivre ?

— Non, sur le refrain du jeune rappeur. Mais sinon, ce n'est pas si bête de les prendre en filature. La petite a une adresse à moins de cinq-cents mètres de là.

Ils se mirent rapidement en marche, sauf qu'ils ne prirent pas le chemin menant au domicile de Sophie Lesage. À distance des policiers, les deux compères, Olivier Danze et Jacques Cesco, avaient toujours du succès auprès des femmes.

34

Dimanche 4 novembre 2007

8 h 30

Dans un appartement au cœur de Belleville, l'un des quartiers les plus populaires de Paris, un homme était assis à la table de cuisine et venait de se servir son troisième café en suivant le journal du matin. Un flash spécial attira son attention.

« La police judiciaire de la préfecture de Paris lance un appel à témoin à toute personne susceptible de donner des informations concernant Kristina Marcchini, Marcelline Gottin et une troisième personne… »

La photo de la troisième personne apparut à l'écran.

« Il s'agit de Bryan Dorlan, âgé… »

S'ensuivit une courte description de l'identité de la troisième personne, de son enfance, de son parcours professionnel, etc.

« Les enquêteurs précisent que toutes ces personnes ont un lien avec un fauteuil roulant. »

Suivait à l'écran l'image du fauteuil roulant, ainsi que la description de son type, sa marque, etc.

« En effet, d'après nos confrères, ce fauteuil roulant pourrait être lié à l'évènement de la place de la Concorde, qui reste, à ce jour, le Mystère de l'Obélisque. »

L'homme, devant son poste de télévision, fronça les sourcils d'un air surpris devant ce qui lui semblait être une aberration. Les yeux rivés sur l'écran, il n'avait même pas remarqué que sa compagne venait d'entrer dans la cuisine.

Il avait le visage blême et semblait être en proie à la terreur à la fin du flash spécial.

— Quelque chose ne va pas ? finit-elle par lui demander en voyant qu'il avait l'esprit ailleurs.

Il ne bougeait pas d'un cil quand elle s'assit et lui prit la main.

— Voyons, réponds-moi ! dit-elle d'une voix tremblante.

L'homme semblait réfléchir, comme s'il cherchait les mots justes. Il revint à lui.

— Tout va bien mon cœur. Tout va bien, répondit-il en fermant le téléviseur.

— C'est ce reportage qui te met dans cet état-là ?

— Non, mon cœur. Mais j'ai besoin que tu me rendes un service.

Elle se leva et l'enlaça. Timidement, il lui prit la main.

— Je suis là pour ça ! Et tu sais que tu pourras toujours compter sur moi, lui dit-elle avec un air inquiet.

— Aurais-tu un bloc pour écrire et deux enveloppes ? demanda-t-il subitement.

— Bien sûr !

Elle quitta la cuisine rapidement.

L'homme se leva de la chaise et fixa longuement l'écran noir du téléviseur.

— Voilà, si tu as besoin d'une autre, il m'en reste une bonne douzaine.

Il sourit en prenant la direction de la chambre.

Quelques minutes plus tard, il sortait habillé et lui remit une des enveloppes.

— Tiens mon cœur, dit-il d'une voix enrouée. Allons nous asseoir.

Il avait l'impression de ne plus sentir ses jambes en entrant dans le salon. Ils prirent place sur le fauteuil situé dans un coin de la pièce. Comme jadis, lors de leur première sortie, qui avait eu lieu un soir d'été sur la terrasse d'un restaurant au cœur du quartier de Belleville. Il avait cru perdre toutes forces dans les jambes lorsqu'elle l'avait regardé pour la première fois. Depuis, il retrouvait une seconde jeunesse à ses côtés.

— Voilà ce que tu vas faire…

Il prit une longue inspiration, comme s'il voulait remplir ses poumons d'air pour la dernière fois.

— J'ai une petite course à faire…

— Mais nous sommes dimanche ! Ça ne peut pas attendre ?

— Écoute-moi, mon cœur. Ça ne peut pas attendre. Promets-moi de poster cette enveloppe si je ne t'ai pas appelée d'ici demain midi.

— Mais enfin…

— Promets-le-moi, Jeanne ! insista-t-il en la regardant droit dans les yeux.

Il se leva du fauteuil et, d'un air hébété, elle jeta un coup d'œil sur le nom du destinataire.

— Qu'est-ce que ça veut dire ? Je pensais que tu ne voulais plus en parler... dit-elle à voix basse après avoir pris connaissance du destinataire.

Silence.

— Explique-moi, bon sang !

— Écoute, mon cœur, dit-il d'une voix cassée, je te promets de revenir dès que j'en aurais terminé. Mais n'oublie pas de poster l'enveloppe.

Elle ne trouva rien à rajouter et se contenta de lui promettre d'accomplir son souhait. Il pouvait lui faire confiance comme à lui-même. Puis elle l'embrassa comme la toute première fois, lors de cette douce nuit d'été sur une terrasse d'un restaurant au cœur de Belleville.

Quelques minutes plus tard, Jeanne sortit de la chambre au pas de course et se précipita vers la fenêtre pour lui signaler que… Mais il était déjà dans sa voiture et quittait le parking prudemment.

Il s'arrêta un court instant pour se procurer le journal du dimanche, mais une seule pensée le guidait.

« Mon Dieu, faites que ce ne soit qu'une coïncidence. Je vous en prie, mon Dieu ! »

Il n'était plus très loin de la porte de la vérité. Il allait en avoir le cœur net.

35

Dimanche 4 novembre 2007

11 h

Il aurait pu être irrésistible et envié par tous, mais le destin en avait décidé autrement. Il ressemblait à ces cèdres majestueux qui captivaient le cœur des femmes par leur beauté depuis la nuit des temps.

Sa musculature ainsi qu'une face de son visage provoquaient l'envie chez tous ceux qui croisaient son chemin. Mais l'autre face de son visage… Les regards se posaient sur lui, le suivaient comme un démon et le poursuivaient même jusque dans ses rêves, le poussant à se frayer sa propre route : tout d'abord à l'intérieur de son cœur, ensuite au cœur du monde qui l'entourait.

Il n'oubliait guère le passé. Toute son adolescence et le passage dans le monde des adultes, seul au fond de son esprit, avec le silence qui l'avait animé pendant tant d'années et au contact duquel ne s'étaient façonnées que de mauvaises pensées, jusqu'au jour où il avait décidé de passer à l'acte pour chasser le démon.

« Il a fait de moi un monstre », s'était-il dit durant des d'années en regardant son visage dans un miroir. Le soir, quand il se retrouvait seul au fond de son lit, il avait eu l'impression de se battre contre bourrasques et tempêtes, pour essayer de reprendre goût à la vie avec le visage qui lui était destiné. Et il y avait un responsable à tout ceci : lui, son père, qu'il avait suivi à travers le parc du domaine jusqu'au sous-sol qui refermait un macabre secret. Mais depuis, il ne s'attendait pas à ce qu'une telle femme croise un jour son chemin. Celle qui l'accepterait tel qu'il était : avec sa face d'ange et sa face blessée.

Et ce dimanche, c'était dans la pièce au décor rustique, où chaque objet avait une histoire, où chaque objet retraçait son caractère et son élégance, qu'il se réfugia pour trouver du réconfort et reprendre goût à sa nouvelle vie. Mais les autres, ils étaient venus faire en sorte d'anéantir sa nouvelle vie et de provoquer la colère de son père à travers le portrait.

Puis il pensa à elle. Il lui faisait totalement confiance, elle ne pouvait le trahir. Il eut soudain un désir fou de la revoir pour se blottir dans ses bras.

En retrouvant l'amour et en étant aimé tel qu'il était, il voulait tourner la page. Tout en pensant à elle, il ferma les yeux en murmurant :

— Demain, lundi, sera un autre jour. Je brûlerai le portrait de mon père.

Soudain, la sonnerie de la porte retentit dans le vaste hall du domaine. Il ouvrit un œil, celui qui lui permettait de voir le monde qui l'entourait. Avec lenteur, il se dirigea vers la porte d'entrée. Qui pouvait bien sonner chez lui un dimanche à onze heures, lui qui ne recevait jamais personne ?

36

Lundi 5 novembre 2007

6 h

L'équipe était au complet. Ils donnaient tous l'impression d'être de mauvais poil pour faire le point ce lundi matin. Plus de 184 heures d'enquêtes depuis la découverte de la victime de l'obélisque avec un seul but : trouver le meurtrier.

À la demande de Lemé, ils avaient repris une nouvelle fois le dossier en analysant chaque page, à la recherche d'une nouvelle piste, en vain. En se retrouvant à nouveau, ils espéraient percer le mystère en échangeant leurs conclusions personnelles pour aboutir à la confirmation définitive que le meurtrier avait bien un lien avec ses victimes. Mais le doute s'installa lorsqu'ils constatèrent qu'il n'y avait aucune ressemblance avec la page que Lemé avait imprimée samedi, lors de la dernière réunion.

— Qui veut démarrer ? demanda Lemé en voyant que personne ne souhaitait prendre la parole.

Ils avaient vraiment l'air abattu, et ils donnaient l'impression d'être vidés de toute énergie.

— Je veux bien commencer si Richard m'y autorise, répondit Henry avec le sourire aux lèvres.

— Je n'y vois aucun inconvénient. Nous sommes ici pour la même cause, répondit Laplace, un ton au-dessus.

— Alors, on y va pour les dernières nouvelles. Maintenant que nous connaissons l'identité de notre victime, il m'a été facile de remonter sa piste. L'adresse de la ville de Biguglia, l'ancienne capitale de la Corse, se confirme. D'après les renseignements que j'ai pu obtenir, elle a toujours la même adresse. D'ailleurs, j'ai pu avoir un numéro de téléphone, mais malheureusement, personne n'a décroché. Alors, j'ai approfondi mes recherches et j'ai pu obtenir les relevés téléphoniques ainsi que les relevés bancaires. Il y deux mois, elle a réservé un billet de ferry et un billet de train pour Paris qu'elle a réglés par carte bancaire. Et depuis cette date, aucune transaction – que ce soit par carte bancaire ou par chèque – n'a été effectuée sur son compte. Cependant, sur ses derniers relevés téléphoniques, j'ai relevé deux numéros qui concernent notre affaire. Le premier est celui de l'accueil du campus, qu'elle a appelé à deux reprises le vendredi matin, et l'autre…

Le commandant Henry fit une courte pause tout en fixant son rapport.

— Il s'agit de celui de Marcelline Gottin, avec laquelle elle s'entretenait régulièrement durant ces deux derniers mois.

Les enquêteurs échangèrent un regard et ressentirent presque un sentiment d'échec, car ils s'aperçurent qu'ils avaient commis une erreur dans leurs investigations au cours de cette enquête. Mais laquelle ? Peut-être fallait-il associer les collègues ?

— Nous avons donc la confirmation que Marcelline Gottin est à l'origine de tout ceci ? précisa Lavoix. Mais ce qu'il faut savoir, c'est dans quel but !

Lemé intervint :

— Pour le moment, nous optons pour un chantage à travers cette lettre qui reste à ce jour un mystère.

— Justement, au sujet de cette lettre… reprit Henry. J'ai fait le nécessaire pour joindre M. Merault, qui confirme qu'il y a bien eu une lettre, mais il est catégorique : selon lui, Mme Dorlan ne s'est pas suicidée. Il nous demande de vérifier auprès de M. Roland Roger ; lui seul détient la vérité.

— Ce qui veut dire que nous avons deux pistes indéniables : cette lettre et l'accident du soir du 21 juin 1976, vers 23 h 45, dans la commune de Mareil-sur-Mauldre, dit Lavoix.

— Justement, mon Lavoix. Penses-tu que la soirée d'hier soir était un accident ? lâcha Laplace. Sinon, ça a été les pas de danse ?

— Je suis désolé. Si la piste de Sophie Lesage nous a menés à une soirée sur le site de l'OAD, sache pour ta gouverne que je n'ai pas eu le temps de me dégourdir les jambes sur la piste de danse. Néanmoins, je ne te cache pas un bon rinçage de l'œil.

— C'est bien ce qu'il me semblait, renchérit Laplace. Et qu'as-tu à nous dire au sujet de Sophie Lesage ?

Lemé écoutait l'échange de sa tête pensante avec le lieutenant stagiaire Lavoix, qui semblait avoir du cran. En son for intérieur, Lavoix était fier d'être devenu une pièce maîtresse de son équipe.

— Pour les pas de danse, je suis désolé, il n'y pas assez de place dans ce bureau pour te faire une démonstration. En ce qui concerne Sophie Lesage, comme son nom l'indique, je n'ai pas été invité par le type qui l'accompagnait. Donc, pour le moment, je ne vois pas ce qui pourrait la lier à l'accident ou à cette lettre.

— Je peux te faire de la place si tu le souhaites. Sache que ton Arbey Ramirez est blanc comme neige dans cette histoire. Je l'ai rencontré personnellement et il m'a ouvert sa porte. J'ai d'ailleurs passé un bon moment. Tu peux donc le rayer de la liste des suspects.

— Tu veux dire que Sophie Lesage ne l'est pas ?

— Ne bifurquons pas, dit Menez. Pourquoi ne pas faire appel à vos mémoires…

Laplace tendit l'oreille.

— Nous ne sommes pas revenus si bredouilles que ça de la soirée du samedi soir au pub. Bien que nous n'ayons rien remarqué de suspect, j'ai eu une discussion avec un jeune rappeur qui a animé la soirée. Il s'inspire des faits divers de la société pour écrire ses textes. J'ai gagné sa confiance en lui disant qu'un de mes amis avait un faible pour la musique rap…

— Tu parles d'une musique ! dit Laplace d'un ton sec. Il devrait écouter du jazz plutôt que d'écrire sur la société…

— Laisse-moi finir ! Après, je te laisserai conclure, dit Menez en le dévisageant.

Mais il reconnaissait là le vrai commandant Richard Laplace, qui n'était pas celui qui semblait être ailleurs pendant une affaire d'une aussi grande envergure depuis qu'il s'était rendu au chevet du jeune Émeric.

— Bon… Je reprends : il m'a laissé sa carte et son adresse MySpace.

Menez se leva et poussa sur sa jambe qui lui parut peser une tonne.

— Nous devons nous intéresser à ce jeune rappeur et à son écriture, puis tâcher de faire un lien avec ce véhicule…

Il distribua à chacun une feuille et une dizaine de pages reliées qu'il avait préparées durant le week-end.

— J'ai retenu quelques points très intéressants. Il écrit : « parfois on est maudit », puis il dit que le « mensonge ne dure qu'un temps, tôt ou tard tout se sait ».

Plissant le front, Lemé réfléchit. Les autres avaient les yeux rivés sur leur feuille et tentèrent tant bien que mal de faire le lien avec le véhicule.

— Mais le refrain me laisse de marbre. Je ne sais pas ce que vous en pensez, mais ça demande réflexion.

— *Les Fourberies de Scapin* ! s'exclama Lemé après réflexion.

Les pages furent tournées en silence.

— Et que vient faire Molière là-dedans ? rétorqua Laplace d'un ton presque buté.

— Relit le refrain encore une fois. Imprègne-toi de ce refrain. Je ne pense pas que ce C'Watt, bien qu'il ait un visage que sa jeunesse n'a pas épargné et qu'il se rapproche de notre profil, soit à l'origine d'un acte aussi barbare.

— Et si tu nous disais qui est ce C'Watt ? dit Henry, interloqué.

— Le rappeur, pardi ! C'est son nom de scène.

On put entendre un rire de courte durée.

— Cyril Witley. Il occupe un poste d'agent d'entretien à l'OAD et, à ses heures perdues, il anime des soirées pour Mlle Rose-Marie…

Les pages tournèrent

— Qui c'est celle-là ? s'enquit Henry.

— L'organisatrice, répondit Lavoix. Sophie Lesage n'est que la coorganisatrice.

Laplace fixa la feuille et récita à voix basse le refrain.

« *On n'a plus qu'à commettre tous les crimes imaginables, tromper, voler, assassiner, et dire pour excuse qu'on y a été poussé par sa destinée.* »

Lemé leva les yeux et plissa le front comme si, par miracle, tous les souvenirs de sa scolarité resurgissaient de sa mémoire :

— Une réplique du personnage Argante, répondit-il en posant son document sur la table de son bureau.

— Acte I, scène IV, confirma Menez. Je me suis instruit ce week-end. Je suis allé sur le net consulter cette pièce. Ne vous inquiétez pas, je ne vais pas tout vous réciter, mais j'ai retenu quelques passages très intéressants.

— Si je m'en souviens bien, Carle, un personnage de cette pièce, annonce que Scapin a eu un accident mortel. Ce qui veut dire…

Lemé laissa sa phrase en suspens.

— On y est presque ! répondit Menez dans un élan d'excitation.

— Vous voulez dire que l'accident de 1976... s'exclama Laplace en se levant brusquement de sa chaise.

— On y est, les gars ! On le tient, affirma Menez.

— Ce qui veut dire qu'il y a été poussé par sa destinée, dit Lemé en reprenant sa phrase laissée en suspens.

— La réplique de Scapin à Argante, dit Henry.

Lemé enchaîna aussitôt.

— Mon Dieu ! Le meurtrier veut dire qu'il s'est trouvé fatalement engagé dans cette affaire ?

— Il s'est retrouvé engagé comme si c'était sa destinée, lui répliqua aussitôt Henry.

Les pages furent tournées de nouveau.

— Mais pourquoi ? demanda Laplace en ouvrant son tiroir.

Il mit la main sur son revolver.

— Pour lui, l'accident n'était ni un hasard ni une fatalité, mais plutôt le signe qu'il fallait qu'il prenne le relais. C'était à son tour, conclut Lemé en regardant le visage de Danton, considéré comme l'un des acteurs principaux de la Révolution française.

— Étant gamin, reprit Henry, il a eu un accident qui lui a déformé le visage, le nez et les lèvres. Malgré son combat, il a été condamné à mort, comme tant d'autres, par décapitation.

Un grand froid traversa le bureau. Ils se regardèrent pendant un long moment avant de baisser une nouvelle fois les yeux en direction du visage de Danton.

— Dans cette pièce, Scapin dit : « Que voulez-vous ? Il y a été poussé par sa destinée », murmura Lemé.

— Acte Ier scène IV, dit Menez en tournant la dernière page du document.

— Qu'attend-on ? dit Laplace en insérant son arme dans son holster. On va le chercher ! ajouta-t-il furieusement.

— Comme me disait le juge Sauron, j'ai bien peur que nous n'arrivions trop tard.

7 h 02. Le téléphone retentit dans le bureau et leur sang se figea dans leurs veines.

*

7 h 02

Au même moment, Olivier Danze se redressa dans son lit et poussa un long bâillement tout en s'étirant tel un ours après une longue période d'hibernation. En effet, la nuit du samedi au dimanche avait été si courte qu'il l'avait amèrement regrettée lorsqu'elle était sortie du lit. Il aurait voulu qu'elle reste auprès de lui. Mais au petit matin, sa colombe, comme il l'avait surnommée, lui avait annoncé qu'elle avait d'autres occupations. Olivier Danze n'avait pu la retenir et, pendant un long moment, seul sous ses draps, les yeux dans le vide, il s'était souvenu du bon vieux temps : les femmes ne lui refusaient alors rien ! Elles restaient ! Mais il était manifestement fatigué d'avoir dépensé toute son énergie sur la piste de danse, suivi d'un corps à corps sans limites. Il avait dormi durant tout le dimanche jusqu'à ce lundi matin où il espérait que son contrat, la projection interactive baptisée « Les Ombres de la dalle », serait reconduit. Pour cela, il faudrait qu'il soit convaincant face aux directeurs de l'OAD, il en était bien conscient. Mais avant tout, il devait peaufiner une dernière mise au point en accrochant des capteurs de son sur sa porte destinés à enregistrer les bruits de pas venant du hall de l'immeuble. Soudain, la sonnette le tira du lit. Il enfila son peignoir et se dirigea vers la porte en jetant un bref regard à sa montre. Il saisit la poignée, mais hésita un instant à ouvrir tout en fixant d'un air interrogateur la serrure de la porte. Déviant son regard vers le salon, il constata que sur la table basse il lui manquait l'essentiel, mis à part son téléphone portable. Olivier eut un léger sourire lorsqu'il réalisa ce qu'il s'était passé dans la nuit du dimanche au lundi. Un instant, il pensa saisir son téléphone portable pour en avoir le cœur net, mais avant cela, il tendit l'oreille vers la porte :

— Qui est-ce ? demanda-t-il attentif à la réponse.

On ne lui répondit pas. Olivier colla son oreille pour capter le moindre bruit venant du hall de l'immeuble. Soudain, il entendit quelques murmures, puis un petit roucoulement plaintif, un cri à peine perceptible. Il remarqua ensuite une voix qui lui sembla étrangement proche de lui, quand il réalisa soudain que sa petite colombe était de retour. À peine eut-il ouvert la porte que la colombe, en quête d'un jeu amoureux, se jeta sur lui et l'enlaça de ses ailes. Il eut tout juste le temps de refermer la porte qu'elle l'attira vers son nid douillet, le couvrant de baisers sans lui laisser le temps de lui demander quelques explications de ce retour prématuré. L'excitation l'avait envahi à tel point que son passage devant les directeurs de l'OAD, prenait une allure secondaire.

Le couvrant de baisers, sa colombe tourna brusquement la tête vers la table de nuit et tendit la main sans aucune raison tandis qu'il tentait de reprendre son souffle.

— Qu'est-ce que c'est ce truc ? demanda-t-elle avec curiosité en manipulant l'objet dans tous les sens.

Sa tête lui tournait, son cœur battait très fort et il sentit son corps le quitter. Le plafond dansait sous ses yeux, mais il entendait juste la voix de la colombe titiller son tympan.

— Veux-tu dire que ça enregistre ?

Il lui sembla lui répondre oui… Il lui sembla lui dire que cela lui permettait de gagner du temps dans son travail… Il lui sembla lui dire ce n'était pas si grave, qu'il recommencerait… Puis il lui sembla ne plus l'entendre.

Après quelques minutes, sa colombe innocente, inconsciente des choses qui l'entouraient, reposa l'appareil et se jeta de nouveau sur lui, mais il ne réagit pas à ses mouvements d'ailes, ni à ses roucoulements plaintifs, ni même lorsque son corps se mit à frémir de nouveau sous ses caresses. Sa colombe avait bien compris qu'il n'y avait plus rien à tirer de son compagnon, dans ce nid pourtant si douillet. Elle se préparait donc à déployer ses ailes…

*

7 h 05

Pendant ce temps-là.

— Franck, c'est Reynald.

Lemé avait décroché le téléphone en jetant un bref regard sur sa montre : 7 h 05.

— Y a-t-il problème ? demanda-t-il, surpris que son patron l'appelât aussi tôt.

Il enclencha le haut-parleur.

— Rien de grave, mais j'aurais dû t'en parler avant. On aurait peut-être pu boucler cette affaire.

Reynald Lemarchand entendit un soupir.

— Ce week-end, j'ai mené une enquête dans ma région, mais il va falloir être prudent. Dans cette affaire, nous n'avons pas le droit à l'erreur.

— Je sais bien, mais je ne vois pas où tu veux en venir…

— Le portail, Franck. Le portail sur la photo… C'est le mien !

Lemé jeta un nouveau regard sur sa montre et leva les yeux sur son équipe qui l'écoutait silencieusement : cinq minutes venaient de s'écrouler.

— J'ai acheté ce portail chez un ferrailleur il y a vingt-et-un ans. J'ai préféré vérifier par moi-même. Je n'en étais pas sûr lorsque tu m'as montré les photos, Franck.

— Hum ! s'exclama Lemé. Tu es en train de me dire que ce portail appartenait à celui qu'on recherche, que tu as son adresse et que tu lui as passé les menottes, je me trompe ?

Lemé était en colère. Il n'acceptait pas que son patron ait adopté cette attitude sans lui en parler.

— Je n'avais pas le choix ! Pour l'instant, il est préférable que l'on aille dans ce sens. Pour en avoir le cœur net, je suis allé voir ce ferrailleur, qui est toujours en activité. Il se souvient que Rémy Roland lui a demandé un devis concernant la dépose du portail trois mois avant son accident de la route…

— Ça fait trente-et-un ans déjà ! Quelqu'un a sollicité de nouveau le ferrailleur pour les travaux ?

— Le père ! Roger Roland, en 1986, l'année où j'ai acheté le portail au ferrailleur.

Lemé finit par accepter les paroles de son patron.

— Autre chose… J'ai fait du tourisme ce dimanche. Vers onze heures, un véhicule est entré dans la propriété. Je n'ai pas eu le temps de voir la plaque, mais il me semble que c'était une Nissan bleu foncé. J'ai contourné la propriété et il y avait un autre véhicule, il me semble que c'était une Alpine Renault…

Puis soudain :

— Attention, le renard ! cria Laplace.

— Je te l'avais dit qu'elle sortait de là ? répondit Menez.

— C'est bien ce qu'il me semblait, le renard !

— Non, la bagnole ! Pas le renard !

— Quand on doute d'une chose, on vérifie. Je te signale qu'on avait le temps de faire demi-tour et d'aller contrôler cette bagnole.

— Parce que tu savais que cette bagnole était conduite par notre meurtrier ?

Lemé regarda ses deux chefs de groupe, visiblement remontés l'un contre l'autre. Il se concentra sur son téléphone.

Pendant cet échange houleux dans le coin de la pièce, le commandant Henry quitta le bureau, bien décidé à stopper cette mascarade.

Lavoix suivait avec enthousiaste la réplique. « Il ne manquait plus que le maître corbeau perché sur un arbre pour pimenter l'échange », pensa-t-il.

— J'ai pu constater que le portail mettait un temps fou à se refermer.

— Est-ce que ça nous laisse assez de temps pour pénétrer dans la propriété sans nous faire voir ?

— Assez de temps, oui, mais malheureusement, l'entrée de la propriété est sous surveillance vidéo. En faisant le tour de la propriété, nous avons une chance d'intervenir par le chemin de la Machine, un secteur très boisé. Il va falloir rassembler tous les éléments du terrain et établir le plan d'intervention.

— Je suppose que cette propriété a une adresse ?

— Domaine de la Roue, route de Louveciennes. Renseigne-toi sur les deux véhicules et on fera le point à mon retour.

Lemé raccrocha le téléphone en ayant une forte pensée pour Luciana Launay... Peut-être avait-elle la réponse à toutes ces questions. Il hésita à décrocher son téléphone pour obtenir d'elle une confirmation. Pour lui, la dépose du portail avait dû intervenir au moment où elle avait cessé de travailler pour Roger Roland. Mais dans quelles conditions ? Et pourquoi ces treize années de sa vie restaient-elles un secret ?

Henry entra dans le bureau.

— Dites, les p'tits loups, vous n'avez pas fini de vous chamailler ?

Menez et Laplace échangèrent un dernier regard.

— Si je vous confirmais que notre meurtrier demeure dans la même commune que notre patron ? Et si je vous disais que le propriétaire de notre véhicule porte le nom de Rémy Roland ? Il n'y a pas de quoi s'en prendre à un renard. Il n'y est pour rien ce pauvre animal.

— C'est une blague ? demanda Lemé, presque déçu par cette bonne nouvelle.

— Carte grise du propriétaire à l'appui. Adresse : Le Domaine de la Roue, Route de Louveciennes à Bougival, 78 380. Date de la première mise en circulation : avril 1975.

— Le mort ?

— Pour l'instant, c'est le seul lien. La carte grise est au nom de Rémy Roland, mort dans l'accident de 1976.

— Je suis curieux de voir la réaction du patron quand il apprendra la nouvelle…

Lemé regarda dans le vide ; il semblait réfléchir.

— Et pour l'autre véhicule ?

— Il s'agit bien d'une Nissan. Le propriétaire est Roger Roland, sauf qu'il n'habite pas dans la région. Il a une adresse en Alsace : le hameau d'Haguenau, à une trentaine de kilomètres de Strasbourg.

— On y va ! Et on boucle le dossier avant ce soir, lâcha Laplace, excité comme une puce.

*

7 h 45

— Hum ! marmonne-t-elle en jetant un œil à la fenêtre ouverte.

L'air frais matinal traversait les rideaux et envahissait la chambre. Elle passa la paume de sa main sur son torse musclé avant de remonter vers son visage, puis ses doigts lui caressèrent les lèvres.

— Il va falloir que l'on se quitte ! dit-elle d'une voix douce qui effleura son tympan jusqu'à ce que son corps frémisse.

— On pourrait se revoir si tu le souhaites, répondit-il calmement.

— Juste se revoir ?

Il tournait son visage vers elle et lui déposa un baiser sur le front.

Ce baiser, elle le prit comme un adieu. Elle retournerait chez elle et tout serait terminé. Ce n'était qu'une illusion. Elle n'aurait plus qu'à attendre le prochain qui lui ferait autant d'effet d'un seul regard.

— On pourrait prolonger notre histoire si tu le désires, dit-il avec douceur.

Elle sourit.

— Tu sais, je suis libre pour l'instant. Si tu le souhaites, on pourrait rester ici, dans ce lit, autant que tu le désires.

Ce fut à son tour de sourire. Il ne lui demandait pas la lune, mais juste de la revoir.

— Alors… dit-il en sortant du lit. Je te propose une chose, le temps que…

Il s'interrompit, car, au même instant, son portable sonna.

— Que tu répondes à cet appel inopiné, dit-elle avec un long sourire.

— Pas vraiment.

Il décrocha.

— Zut ! s'exclama-t-il. Je vais voir.

Jacques Cesco sortit de la chambre et glissa sa main dans la poche de sa veste, posée sur une chaise.

— Désolé, gars, tu as raison…

Un silence.

— Pas de problème, j'arrive immédiatement.

En raccrochant, il resta immobile un court instant. Il lui était impossible de se souvenir… Il revint dans la chambre.

— Alors ? demanda-t-elle en lui ouvrant les bras.

Jacques Cesco se blottit dans ses bras ; elle l'attendit patiemment. Lentement, très lentement, leurs deux bouches se réunirent en un long baiser.

— Il faut que j'aille voir mon ami, mais après, je me livrerai complètement à toi.

— Complètement ?

— Tu auras tout ce que tu voudras.

— Alors, je t'attendrai, dit-elle en le gratifiant d'un nouveau long baiser.

*

8 h

Ce matin-là, cela faisait plus de trente minutes qu'il était entré dans l'immeuble et avait trouvé refuge sur le palier, à l'intérieur d'un local technique. Les yeux rivés sur la porte, il savait que la porte pouvait s'ouvrir à tout moment. Ensuite, il fallait qu'il fasse vite et qu'il quitte l'immeuble sans se faire voir.

D'ailleurs, aucune des mères qui sortaient de l'immeuble pour accompagner leur bambin à l'école ne fit attention à lui ni à sa tenue vestimentaire : il était vêtu tel un ouvrier, avec un bleu de travail et un sac à dos. Il se forçait à montrer la bonne face de son visage pour ne pas les effrayer.

L'occasion se présenta lorsque trois écoliers sortirent du bâtiment, ouvrant en grand la porte du hall de l'immeuble. Il en profita pour entrer. Par chance, l'ascenseur était à l'arrêt au rez-de-chaussée. Il y pénétra et appuya sur le bouton du 32e étage.

Dans le silence qui l'animait, il pensait au sort qu'il allait leur réserver. Ils devraient payer pour leur trahison, qu'il avait reçue comme une insulte !

Alors, il attendit patiemment que la porte s'ouvre, tout en pensant à son visiteur de dimanche.

*

Il était onze heures précises lorsqu'il arriva à destination. Son cœur battait si fort dans sa poitrine qu'il pensait vivre ses derniers instants. Puis, après un long moment de réflexion, il observa un touriste qui avait l'air perdu et regardait une carte. Il s'était demandé ce qu'il faisait, seul, au milieu d'une épaisse forêt. Prenant une longue inspiration, il avait sonné et attendu qu'on lui ouvre le portail. Il avait été surpris qu'il lui réponde aussi vite. Lui qui ne recevait jamais personne, et surtout pas un dimanche à onze heures, semblait avoir hâte de découvrir le visage de son visiteur sur l'écran de la caméra de surveillance.

Le visage du vieil homme au sourire radieux avait couvert tout l'écran.

— Papi !

— Allons ! Depuis le temps, tu devrais le savoir.

Le portail s'était ouvert. Le vieil homme était remonté vers le domaine et pensait bien percer le mystère révélé par le journal télévisé. Après avoir stationné son véhicule dans une position inhabituelle, il avait glissé sa main au fond de sa poche pour se rassurer. Mais, brusquement, il s'était rendu compte qu'il n'avait que son Zippo, et aucun moyen de passer un coup de fil. Il avait oublié son téléphone portable et avait la certitude que c'était dans sa chambre. Brusquement, tout prit forme dans sa tête. Il fallait qu'il s'en aille. Mais c'était trop tard : il ouvrait la portière.

— Tu me fais une grande surprise, papi ! avait-il dit en prenant l'air heureux, mais cette visite l'intriguait visiblement. Je pensais que tu étais déjà en Alsace…

Ils s'étaient donné une accolade, comme toujours. Mais à cet instant, le vieil homme avait eu l'impression d'étouffer dans ses bras.

— Doucement, mon garçon !

— As-tu toujours une côte de fêlée ? avait-il demandé avec un sourire narquois.

— C'est réglé, mon garçon. C'est réglé.

Il avait desserré ses bras.

— Allons à l'intérieur, papi, avait-il dit en regardant le véhicule garé le nez vers l'avant qui lui semblait prêt à repartir.

Le vieil avait le cœur qui battait la chamade, et lorsque la porte s'était fermée avec un bruit sourd, il avait eu un sursaut qui n'avait pas échappé à Raymond.

— Il se passe quelque chose, papi ? J'ai l'impression que tu n'as pas l'esprit tranquille. Je me trompe ?

— Arrête de dire des sottises, mon garçon.

Ils étaient entrés dans le grand salon où se déroulaient les réceptions du domaine, du temps où toute la famille se réunissait, de génération en génération, du temps de la prospérité.

— C'est un lieu magique, avait murmuré le vieil homme, les yeux fixant le portrait de son fils disparu. Comme d'habitude, je lui ai dicté un message de ta part !

Il avait accroché la veste de son grand-père sur un portemanteau qui était une tête de cerf empaillé.

— Et qu'a-t-il répondu ?

Le vieil homme s'était retourné et lui avait jeté un regard perçant, pensant l'intimider.

— Tu ne devrais par parler ainsi de ton père, mon garçon ! C'était ton père !

D'un calme faussement naturel, il s'était approché du portrait et avait fixé le regard de celui qui était son père sans ressentir ce sentiment d'emprise qu'il avait sur lui.

— C'est mon père ? avait-il demandé en riant.

Le vieil homme haussa légèrement le ton.

— Raymond, je t'interdis !

— Tu m'interdis ? Et pourquoi ? avait-il demandé en se retournant soudainement vers son grand-père. Personne ne m'interdit quoi que ce soit ! Personne, tu m'entends ? avait-il ajouté d'une voix plus calme, mais qui signifiait toute autre chose.

Le vieil homme avait plissé le front, découvrant l'autre face de son visage.

— Allons, mon garçon. Cela ne sert à rien de t'énerver. Et si tu m'offrais à boire ? avait-il dit en minimisant sa crainte.

— Bonne idée, grand-père. Et je te signale que je ne suis pas en colère. Il est dommage que je n'aie pas vraiment connu mon père, qui aurait peut-être pu m'apprendre la notion d'interdit !

— Tu devrais le savoir, mon garçon, répondit le vieil homme en posant son regard vers le haut de l'escalier menant à la mezzanine.

Il y eut un silence, avant que…

— Papi, avait-il dit en sortant de la cuisine spacieuse où il se perdait quelquefois, seul à l'autre bout de la grande table, s'imaginant quelle aurait été sa vie si…

Le vieil homme était planté devant le chevalet posé sur le palier. Par la fenêtre, il scrutait l'horizon. Le paysage était identique à la toile qu'il fixait. « Il a fini par ouvrir sa boîte de peinture, telle était sa destinée. »

Il prit le coffret en douceur et l'ouvrit, tout en ayant une pensée pour l'enveloppe que Jeanne devait poster.

— C'est une belle réussite, avait dit le vieil homme en descendant l'escalier. Tu as le même coup de pinceau que ton père, avait-il ajouté en balayant du regard diverses toiles accrochées au mur.

Toutes ces peintures venaient du jardin du domaine.

— Il avait du talent, mon garçon… Du talent.

Il avait posé un bras sur l'épaule de son grand-père, qui avait ressenti tout le poids de son membre comme un étau qui le serrait.

— Et si tu me parlais de mon père...

Le vieil homme le regarda et lui répondit :

— Allons dans la salle de thé. Je pense qu'il est temps que je te raconte l'histoire de notre famille.

— Mieux vaut tard que jamais, papi…

Le vieil homme avait bu une gorgée. Sans lui demander, il avait opté pour une tisane Nuit tranquille

— C'était un fils formidable, que tout parent aimerait avoir. Il était gentil, obéissant et très généreux. Il était ma fierté. Notre famille a prospéré dans cette commune pendant plusieurs générations. Aujourd'hui, c'est à toi de prendre la relève, mon garçon, et de faire perdurer l'héritage. Il faut que tu saches que tu seras la dernière génération vivante de notre famille, si je venais à quitter ce monde…

Il l'écoutait.

— Il était l'incarnation des grands impressionnistes qui ont fait connaître notre ville dans le monde entier par leurs toiles. On le comparait à Corot, Monet, Renoir. Tout cet héritage et l'historique de notre famille, tu les trouveras dans la bibliothèque. J'aurais dû te raconter toute cette histoire, mon garçon, comme j'aurais dû t'éduquer sur l'interdit…

Il resta silencieux quelques instants.

— … Il y a eu la guerre de 1870, qui a ravagé notre pays et décimé notre famille. Beaucoup d'entre nous se sont fait fusiller pour rébellion contre l'ennemi. Heureusement, elle fut courte, mais néanmoins dévastatrice. J'ai, moi aussi, subi la brutalité des hommes. En 1914, mes parents ont dû se plier aux exigences des soldats allemands. Ironie du sort, mon garçon, j'ai subi la même chose en 1939-45 : devoir faire ce que mes parents ont fait en 14 ! Les Allemands ont fait du domaine leur lieu de détente et de rencontres. Ils organisaient des festivités nocturnes. Ils avaient besoin, comment dire…

Le vieil homme se sentit gêné.

— Mon père est-il né de ces soirées nocturnes ? avait-il demandé en posant la tasse avec délicatesse sur la table basse.

— Non, mon garçon. En 1946, tout était terminé. Ton père est né après cette vague meurtrière qui a vu le monde se plier devant l'exigence d'un seul homme. Il y a toujours une justice dans ce monde, mon garçon. Toujours une justice…

Il réfléchissait à ce qu'il venait d'entendre – « Il y a toujours une justice… » – et se demandait la raison de cette visite inopinée.

— Et grand-mère ? avait-il demandé avec un air interrogateur.

Le vieil homme avait cherché les mots justes.

— C'est une longue histoire, mon garçon. Après la guerre, mes parents se sont penchés sur le devenir de notre famille. Notre contribution à la reconstruction de la commune a fait prospérer à nouveau notre famille. Mais à cette époque, j'avais à peine dix-sept ans et je ne me souciais guère de l'avenir…

Il marqua une pause.

— J'ai rencontré une jeune fille qui vivait dans la région, dans une famille d'accueil, et on s'est vus régulièrement. Malheureusement, elle s'est retrouvée enceinte à quatorze ans. Mes parents l'ont pris comme un drame.

— Tu étais déjà père à dix-sept ans ? demanda-t-il d'un ton grave, choqué par ce qu'il venait d'apprendre.

— On ne pouvait pas le prévoir, mon garçon. On ne savait pas ce que l'on faisait…

Le vieil homme s'était interrompu et avait pris une longue inspiration.

— Nous avons commis l'interdit, mon garçon. L'interdit pour l'époque. Ils ont fini par accepter mon enfant, mais avec des conditions…

Il avait froncé les sourcils et pris l'air étonné.

— Et quelles étaient ces conditions ?

— Le droit de s'en occuper jusqu'à ma majorité. Ta grand-mère n'avait aucun droit. Et nous avons vécu ainsi jusqu'à la mort de mes parents.

— Pourquoi une telle décision ?

— Cette jeune fille venait d'un autre milieu, une famille d'ouvrière.

— Et qui était cette jeune fille ? avait-il demandé en grimaçant.

— Hélène… Hélène Dorlan.

Un silence de plomb prit place autour d'eux. Sans le savoir, il venait de le foudroyer comme l'éclair. Soudain, son regard resta immobile et froid. Il eut l'impression de vomir ses tripes à l'annonce d'une telle déclaration.

— Si mon père a été un enfant formidable, avait-il dit d'un ton ironique, que lui as-tu interdit ?

Le vieil homme avait cherché au fond de sa mémoire, se rendant compte qu'il ne lui avait jamais interdit quoi que ce soit.

— Pas grand-chose, mon garçon, avait-il répondu en vidant sa tasse.

Brusquement, il reconnut le goût du thé.

— C'est une Nuit tranquille ?

Il sourit.

— Comptes-tu passer la nuit ici ?

— Pourquoi pas ? Si tu n'y vois pas d'inconvénient…

— Tu es chez toi papi. Et sache que cela me fait énormément plaisir. On reprendra l'histoire de notre famille qui a tant prospéré dans cette ville. Et puis, tu me parleras de ma mère, dit-il pour clore la conversation.

— Bonne idée, mon garçon, avait répondu le vieil homme en se levant. Je vais faire un tour dans le jardin, histoire de voir si tu t'en occupes correctement.

Après la mort de ses parents, il avait entrepris de faire les travaux, condamnant ainsi les issues menant au sous-sol du domaine. Il voulait enterrer définitivement une époque douloureuse pour la famille. Sauf qu'il ignorait l'existence d'un passage secret au pied du vieux chêne menant directement au sous-sol. Et c'était par ce passage que, bien des années plus tard, son fils accédait à son atelier d'art en lui en interdisant l'accès.

— Je prépare la chambre.

Il était sorti de la salle de thé avec le plateau et était retourné dans la cuisine. Pendant un instant, il s'était concentré sur l'ouverture de la porte, jusqu'à ce que la voix de son grand-père vienne à lui :

— Dis-moi, Raymond, qu'as-tu fait de ton Flemming Moller ?

— Mon fauteuil ?

— Oui, qu'en as-tu fait ?

Il était revenu dans le couloir. Le vieil homme tenait la porte grande ouverte.

— Je m'en suis débarrassé depuis bien longtemps, papi. Pourquoi me poses-tu cette question ?

— Pour rien, mon garçon. Pour rien…

— Dans ce cas, papi, bonne promenade.

La porte s'était refermée doucement.

Après quelques instants, un léger sourire s'était posé sur ses lèvres, alors qu'il se laissait bercer par le flot de l'eau qui coulait en abondance du robinet. Pendant qu'il rinçait les tasses, il ne pensait qu'à une chose : « Je t'en prie, papi, ne commets pas l'interdit. » Soudain, son téléphone avait sonné. L'alarme venait de détecter une présence dans le sous-sol du domaine, et ce n'était pas celle d'un animal, mais bien d'un humain.

Il avait pris connaissance du plan du sous-sol et avait abaissé le levier vers le grand chêne. La trappe s'était ouverte et il était descendu par l'escalier, la peur au ventre. Dans l'obscurité, il avait allumé son Zippo. La flamme avait illuminé son regard. Les murs du souterrain étaient recouverts de niches, de fresques et de bas-reliefs qui retraçaient chacun des secrets du domaine. Ses yeux s'étaient écarquillés devant un étrange tableau, une toile représentant un être mi-homme, mi-animal, au milieu du jardin du domaine. En s'approchant de plus près, il avait constaté que le bas du corps, depuis son nombril, était celui d'une femme nue ; le tronc celui d'un homme. Les yeux grand ouverts, il avait fixé la tête, celle d'un taureau. Il avait senti ses tripes remonter. Puis il s'était avancé, le cœur serré, regrettant de ne jamais s'être intéressé à ce qui avait été l'atelier de son fils. Mais ce dernier le lui avait interdit. Quelques rangées plus loin, un autre tableau représentait le corps d'un taureau. Un crâne humain aux longs cheveux grisonnants était accroché au cou de l'animal. Effrayé, il avait tendu sa main vers le tableau pour le toucher, pour s'imprégner de ce qu'il considérait être l'art d'un démon. Il ne parvenait pas à croire que son fils puisse être à l'origine de tout cela : lui, son fils, celui que tout parent aurait aimé avoir.

Il avait senti sa gorge s'assécher. Était-ce bien son fils l'auteur de ces œuvres ? Celui qui ne connaissait pas les interdits. Puis, il avait continué à avancer et, à chacun de ses pas, il avait essuyé la sueur qui coulait de son front. Arrivé devant une pièce, il s'était immobilisé. Dans le coin, il avait dirigé la flamme sur ce qui restait d'un corps humain, enveloppé d'un tissu qui avait traversé le temps, mais il reconnaissait parfaitement la robe noire de la veuve Dorlan.

— Seigneur ! Hélène ?

Il n'en croyait pas ses yeux. Puis il avait tourné la flamme vers le centre de la pièce. Son regard s'était levé du pied de l'escalier en direction du haut. La lame, fixée en haut, entre deux montants, avait soudain scintillé sous la lumière qui avait brusquement éclairé la pièce. Il ignorait jusque-là qu'il était suivi.

— Flemming Moller. 15 kilos, modèle standard manuel. Un simple fauteuil roulant pliable. Très bonne marque, papi. Un Everest Flemming. Hauteur totale : 90 centimètres, 49 centimètres de profondeur d'assise, le tout plié mesure

18 centimètres. Si mes souvenirs sont exacts, c'est un modèle de 1937. Il t'appartenait, papi ?

Le vieil homme s'était retourné et avait admiré cet homme de taille imposante, aux yeux noirs et perçants, au front dégarni, auquel une cicatrice barrait tout le côté gauche du visage. Il ne voyait que d'un seul œil, l'autre étant mort depuis longtemps.

— Tu ignores la vérité, papi. Tu ne sais pas ce qui s'est passé le jour du drame. J'ai lu l'article de l'époque. Tu disais : « la fatalité » ! Si l'on veut… On pourrait appeler ça comme ça.

Raymond avait souri.

— J'ai commis la même erreur que toi. Je l'ai suivi dans le jardin jusqu'au sous-sol. Et là, j'ai vu ce qu'il faisait. C'était très instructif. Elles ne me donnaient pas l'impression de souffrir. Ces pauvres filles…

Le vieil homme n'avait pas bougé. Il était resté immobile et l'avait fixé avec insistance.

— Et puis, un jour, j'étais à la même place que toi. Il m'a demandé si ça me plaisait. Je lui ai répondu que oui. Alors, il m'a pris par la main et il m'a fait visiter tous les secrets du labyrinthe. Ensuite, nous sommes revenus ici, dans cette pièce. « Regarde ! », m'a-t-il dit. « Allez, entre, n'aie pas peur. Un jour, tout ceci sera à toi. C'est notre secret. Allez, monte les marches. » Mais tu sais, papi, je n'ai pas compris lorsqu'il m'a dit : « Je regrette mon enfant, mais tu as forcé le destin… » Et puis, j'ai ressenti une douleur dans ma tête. Si tu avais été là, papi, jamais je n'aurais utilisé un fauteuil ! Jamais ! Jamais, je ne l'aurais suivi. Et si tu lui avais appris les interdits, jamais il n'aurait fait tout ce mal.

Il souriait toujours.

— Puis il m'a emmené dans la voiture. Je me souviens de tout, papi ! Et ça, tu l'ignorais ! Tu parlais de fatalité !

Il s'était tu un long moment.

— Il a choisi le mauvais moment pour se retourner, pour voir si je vivais. Mais lorsqu'il a ramené son regard vers la route, je l'ai vu lâcher le volant et se protéger le visage juste avant le choc.

Il sourit de nouveau.

— Ce n'était pas mon jour, papi. Non, ce n'était pas mon jour. C'était le sien, papi ! dit-il avec un calme imperturbable.

Le vieil homme sembla réfléchir en analysant ce qui avait dû se passer en ce fameux 21 juin 1976.

— Aucune importance, mon garçon. Laisse-moi faire le nécessaire pour effacer toutes traces, avait-il dit dans un réflexe de survie.

À cet instant, Raymond n'écoutait plus ; il n'entendait plus. Il avait encore des choses à lui dire :

— Oh ! Bien sûr, papi. Aucune importance. Il en va de même pour ton fils, qui pensait se débarrasser de moi aussi facilement que de toutes ces femmes qu'il faisait disparaître en toute discrétion. Tu sais, papi, je ne pense pas qu'il fut la réincarnation des grands maîtres qui ont immortalisé la beauté de cette ville à travers les toiles. Quelqu'un de notre famille fut la réincarnation d'un démon !

— J'ignorais tout ceci, mon garçon…

— Tu ignorais qu'il y avait un démon dans la famille ? demanda Raymond en haussant légèrement la voix.

— On efface tout, mon garçon… Il n'est pas trop tard.

Il s'était avancé de quelques pas vers son grand-père et avait tendu le bras.

— Donne-moi les plans du sous-sol, avait-il lâché à voix basse.

— D'accord, mon garçon ! Je t'emmènerai récupérer les plans et, ensuite, on fera le nécessaire pour tout effacer.

— Tout effacer ?

— Tout, mon garçon !

— En es-tu certain ?

— Certain… Fais-moi confiance !

— Autre chose. As-tu une idée de l'endroit où se trouve la lettre ?

Le vieil homme prit un air stoïque.

— Qu'as-tu fait de cette lettre, papi ? répéta-t-il dit avec un ton calme.

— De quoi parles-tu, Raymond ?

— Ne fait pas l'ignorant, papi. Il va falloir retrouver cette lettre. Je souhaiterais aussi que tu me parles d'une certaine Luciana Launay.

Le vieil homme resta bouche bée, cherchant une fois de plus les mots adéquats. Lui seul était au courant que celle qui était morte dans l'accident portait le nom de Luciana Launay. De plus, il avait opté pour ce qui avait été confirmé par les enquêteurs de la gendarmerie à travers la pièce d'identité trouvée sur la victime.

— Mais elle est morte, mon garçon. Cette personne est morte dans l'accident qui a coûté la vie à ton père.

— Ce n'est pas ce que je viens d'apprendre. Celle qui est morte s'appelait Antonella Marcchini.

— D'où tiens-tu ces aberrations ?

Le vieil homme se sentit pris au piège.

— Marcelline n'a pas pu se retenir. Elle m'a raconté l'histoire de Luciana, celle qui s'est fait passer pour l'autre. Regarde dans le coin, papi ! Il me semble…

Il s'était interrompu en jetant un bref coup d'œil vers l'échafaud.

— Il me semble que c'est grand-mère, avait-il lâché sans regret. Quant à Luciana, il va falloir que je la retrouve. Peut-être que c'est elle qui a cette lettre. Et puis, Marcelline ne parlera plus. Ne t'inquiète pas, elle n'a pas souffert !

— Seigneur, lâcha le vieil homme en comprenant qu'il n'y avait aucun moyen de le raisonner.

— Je vais t'expliquer, papi. Tu mérites de connaître la vérité. Ce jour-là, j'étais seul, comme souvent d'ailleurs. Tu sais, papi, je n'ai pas eu la chance de connaître ma mère, morte après m'avoir donné la vie. Il fallait que tu continues à prospérer pour la famille. Je ne sais pas ce qu'il s'est passé, papi. J'avais soudain un désir fou de faire comme mon père. Je n'ai eu aucune difficulté à la convaincre de me suivre et de lui montrer ce que mon père faisait à ces femmes qui lui servaient de modèles. En échange, je lui ai demandé d'écrire une lettre à son fils, ce qu'elle a fait, papi. Ensuite, nous avons traversé le jardin main dans la main. J'avais totalement gagné sa confiance. Au pied du grand chêne, j'ai actionné le levier et la trappe s'est ouverte. Elle ne se doutait pas de ce que j'allais lui montrer. Nous avons marché jusqu'ici. Elle s'est allongée sur la planche sans se douter de mes intentions. Tu sais, papi, j'ai baissé le collier et j'ai libéré la corde. Elle a seulement eu le temps de crier qu'elle était ma grand-mère, papi. Juste le temps de crier… de me dire qu'elle était ma grand-mère.

Une larme roula sur sa joue.

— Je voulais juste faire comme lui. Et tout ça parce que j'ai vécu sans une mère qui m'aurait protégé de tous ses mensonges. Et aujourd'hui, papi, c'est lui qui me demande de faire tout ça !

— Je te demande pardon, Raymond. Je te demande…

Mais le vieil homme n'avait qu'une pensée : s'enfuir, sous les yeux perçants de celui qu'il avait cru être un ange et qui avait donné l'impression d'avoir surmonté sa blessure. Mais à cet instant, il découvrait l'autre facette de son visage, et il avait du mal à croire que ses actes venaient du fait qu'il n'avait pas connu sa mère.

— Que veux-tu effacer ? demanda-t-il soudainement. Effacer les traces de ma blessure ? Tu as donné vie à un monstre ! Regarde ce qu'il a fait de moi !

Il lui tendit son visage.

— Raymond, on pourrait peut-être trouver une solution, avait-il bredouillé, effrayé.

Il tremblait comme une feuille.

Il ne s'était même pas rendu compte de son geste avant de ressentir une forte douleur à la tête. Raymond lui avait envoyé un revers de la main en pleine figure, avec une telle violence qu'il s'était retrouvé au sol.

— Comment oses-tu me parler de « solution » ? Comment l'oses-tu ?_avait-il crié en le soulevant du sol par le cou. Il fallait y penser plus tôt ! Par contre, moi, j'ai une solution pour tout effacer…

Leur différence de taille ne jouait pas en faveur du vieil homme. Il l'avait traîné vers l'échafaud et avait monté les cinq marches. La planche à allonger était à la verticale. Ce fut sans difficulté qu'il l'avait sanglé sur la planche.

— Regarde ! Maintenant, je vais te montrer comment il faisait, lui, ton fils.

À moitié assommé, le vieil homme avait eu l'impression d'avoir le mal de mer lorsque Raymond avait rabattu la planche à l'horizontale. Il ne pouvait bouger aucun de ses membres ; il était comme paralysé.

— Comme ça !

Raymond avait vu son père le faire alors qu'il pensait être à l'abri.

— Et puis, je l'ai vu faire comme ça !

Il avait rabaissé la lunette à demi-cercle, enfermant le cou du vieil homme et l'empêchant de bouger la tête. Celui-ci n'avait plus que sa voix.

— Je t'en supplie, mon garçon, avait-il dit en sanglotant. J'implore ta pitié, mon garçon. Il m'interdisait de venir ici, mon garçon… J'ai respecté son choix. C'était mon fils, Raymond ! Je ne pouvais pas le livrer à la police.

— Tu étais donc au courant de ce qui se passait au sous-sol…

— Je n'avais pas le choix, Raymond… J'avais juste un doute…

Raymond avait laissé échapper un rire qui sortait du fond de ses entrailles, puis il s'était mis face aux montants verticaux. Il avait vérifié la corde à l'intérieur de la poulie. Puis, d'un geste simple, il avait baissé la manette sur l'autre montant vertical. Le couperet s'était ouvert, le vieil homme aurait à peine le temps de sentir le souffle de la lame sur son cou…

— Ah, j'allais oublier ! Permets-tu que je t'appelle papi pour une dernière fois ?

Il n'avait eu, pour lui répondre, que des sanglots qui couvrirent le secret que renfermait le sous-sol.

— Je l'ai vu faire. Je l'ai observé en silence et j'ai appris à faire comme lui. Tu sais, papi, c'est lui qui me demande de continuer son œuvre. Il y a eu l'obélisque, Bryan Dorlan, Marcelline, maintenant toi, papi. Oh… ne t'inquiète pas, je te réserve un lieu rempli d'Histoire. Tu vois, comme l'Arc de Triomphe. Mais il va falloir que j'aille m'imprégner des lieux, l'histoire de notre famille n'est pas terminée…

Il avait tourné une manivelle qui entraînait une courroie graduée, installée sur la planche à allonger. La planche s'était avancée avec le condamné à mort.

— C'est drôle, il avait vraiment de l'imagination pour une telle précision, quoique je compte bien améliorer son invention, qui demande une mise à jour à l'aide de la technologie moderne afin qu'il y ait plus de précision.

De nouveau, il avait tourné la manivelle ; la planche avait avancé de quelques centimètres.

— Parfait, ça devrait suffire. Je suis au niveau de la troisième vertèbre cervicale, mais la précision demande à être revue. Allez ! Encore un peu et je serais au milieu de la troisième et de la quatrième. Parfait, nous y sommes.

Des sanglots, rien que des sanglots pour le vieil homme qui avait prié le Bon Dieu de lui venir en aide bien avant que son cœur n'ait cessé de battre. Il avait prié en retrouvant ses esprits. Il lui restait une dernière chance.

— Écoute-moi, Raymond... J'ai la solution, avait-il dit en espérant gagner quelques secondes de plus et une chance de survie.

— Ah bon ? avait répondu Raymond en positionnant la corde. Tu insistes ?

— Laisse-moi t'expliquer.

— Tu sais, avec toi, il y a toujours des solutions, mais elles sont sans résultat ! Je vais te faire une fleur, même si ta curiosité te mène à la mort ! Alors, je t'écoute ! avait-il crié.

Le vieil homme avait repris espoir et saisi sa dernière chance, malgré sa position inconfortable.

— Il me reste des choses à te dire, Raymond. Vous ne m'avez pas laissé le choix, il fallait que je ferme les yeux sur vos actes. Laisse-moi une chance de réparer. Cette lettre, on ira la chercher. Nous avons une chance de nous en sortir, mon garçon... Tu dois me faire confiance, Raymond !

— Intéressant ce que tu m'annonces, papi. Et comment comptes-tu faire ?

— En bas de cette lettre, ta grand-mère a noté des signes, et à l'époque je n'en avais aucune connaissance. Puis, pendant ton absence, j'ai engagé celle qui se faisait passer pour Antonella, de son vrai nom Luciana Launay. Elle a découvert cette trappe au pied de l'arbre. Alors je n'avais pas d'autre choix que d'acheter son silence. À ton retour du centre de rééducation, j'ai toujours fait le nécessaire pour te protéger et te faire totalement confiance. Tout ceci t'appartient Raymond. J'ignorais les circonstances de l'accident. Je te conjure de me croire : on va s'en sortir...

Le vieil homme n'avait plus le choix. Il ne pouvait plus lui cacher quoi que ce soit :

— Ce n'est pas tout mon garçon. Il faut que tu saches que j'ai toujours fait le nécessaire pour te protéger. Il y a deux mois, j'ai reçu la visite de Marcelline. J'ignore comment elle a fait pour trouver mon adresse en Alsace. Elle voulait avoir quelques explications sur la disparation de ta grand-mère... J'ai fait l'ignorant en lui récitant l'enquête de la gendarmerie, qui avait abouti à un suicide sans aucune preuve. Mais elle n'en crut pas un mot…

Le vieil homme espérait le convaincre, parvenir à gagner sa confiance.

— J'ai vite déchanté, mon garçon. Je ne sais pas comment elle a pu mettre la main sur cette lettre que j'avais déposée chez ta grand-mère le lendemain de sa disparition en espérant que les gendarmes la retrouvent. Mais cette lettre est restée muette durant toutes ses années, jusqu'à cette visite de Marcelline. C'est à partir de là que j'ai su ce que les signes voulaient dire, que tu partageais un secret avec ton père au sous-sol du domaine. C'est ainsi que j'ai chassé le doute, que j'ai su qu'il se passait quelque chose quand ton père s'enfermait dans son atelier. Je n'avais pas d'autre choix que d'accepter sa proposition pour qu'elle garde le silence contre une certaine somme d'argent. C'est ce que j'ai fait juste avant de te rendre visite... J'ai récupéré cette lettre, Raymond… Il suffit de la détruire. On s'en sortira, Raymond. Fais-moi confiance.

Raymond applaudissait.

— Bravo, papi ! Bravo ! Tu as une bonne mémoire. Mais une chose m'échappe. Tu n'avais pas vraiment réfléchi en allant déposer cette lettre chez grand-mère !

Le vieil homme avait l'air de réfléchir, et il ne comprenait pas où Raymond voulait en venir, en insistant fortement sur le terme « grand-mère », qui résonna dans le sous-sol :

— Que veux-tu dire, Raymond ? Je ne te comprends pas.

— Je m'explique, PAPI ! Cette lettre expliquait que je partageais un secret avec mon père au sous-sol du domaine. Si elle a chassé le doute dans ton esprit, il n'était pas certain qu'il en soit de même pour les enquêteurs de la gendarmerie. En quelque sorte, tu offrais aux gendarmes le responsable de la disparition de Mme Dorlan sur un plateau. Et d'ailleurs, le responsable des disparitions de toutes ces filles…

Raymond sourit.

Le vieil homme avait analysé l'étendue de son erreur, mais il avait une dernière carte à abattre pour le convaincre de lui faire confiance, bien qu'il ne doutait plus de la responsabilité de son petit-fils concernant l'appel à témoins de la brigade criminelle de Paris. Ce qui lui semblait une aberration s'avérait être une réalité, et il n'avait plus aucun espoir de le raisonner. Quant à Raymond, il avait fixé la lame en haut des deux montants verticaux, qui n'attendait plus qu'à être libérée.

— On s'en sortira, Raymond…

Il avait fixé le cou de son grand-père. Le moment était proche de libérer la lame.

— Et comment comptes-tu faire ?

De nouveau, son regard se porta sur le couperet.

— On s'en sortira, Raymond… On s'en sortira. Fais-moi confiance, mon garçon.

Il eut un rire amer aux paroles de son grand-père.

— Je sais que je vais m'en sortir. Mais si ça venait à tourner au vinaigre, j'ai tout prévu… Ce n'est pas une fatalité, papi. C'est juste que tu as procréé un monstre qui, à son tour, a procréé un monstre parce que ceci est notre destin… Adieu, papi.

— Non, non ! Je t'en supplie, mon garçon !

À l'instant où il s'apprêtait à abaisser la manette pour libérer la lame sur le cou du vieil homme, la sonnerie de son téléphone portable retentit comme par miracle dans le sous-sol du domaine. Il avait porté le téléphone à l'oreille et écouté son interlocuteur.

— Comment ?

Il avait froncé les sourcils en regardant le cou du vieil homme.

— En es-tu sûr ? Ne confonds-tu pas ?

Il tenait fermement la manette.

— Je te remercie. Tu me rends un grand service.

Il raccrocha.

Raymond ferma les yeux. Dans les ténèbres, il eut l'impression d'échanger un regard avec son père : de petits yeux noirs enfouis sous ses arcades sourcilières, remplis de mystère.

Il ouvrit les yeux sur le cou du vieil homme.

— Finalement, je vais te laisser vivre encore quelques jours. J'ai une autre idée.

Quelques instants plus tard, il portait son grand-père sur son épaule. Il avait pris la précaution de lui bander les yeux et de lui lier mains et pieds pour préserver toute tentative d'évasion. Il se dirigea vers une cellule et jeta le vieil homme au sol. Ce dernier se tordit de douleur. Mais malgré cette douleur intense, il sentit qu'il n'était pas seul, qu'il y avait une présence.

— Vous pouvez crier, personne ne vous entendra.

Plus tard, il se réfugia dans son espace au décor rustique. Il avait contemplé l'œuvre de son père, qui recouvrait tous les murs du sous-sol du domaine, à la recherche de la surprise qui remplacerait son souhait de l'épouser. Elle venait de le trahir ; elle subirait le même sort que ses autres victimes. Ce n'était plus qu'une question de temps. Il s'était endormi en sachant comment il allait lui faire la peau.

*

8 h

Ça fourmillait au 36 quai des Orfèvres, dans les locaux des enquêteurs de la brigade criminelle de Paris. Ils se préparaient à l'intervention qui était imminente. Le capitaine Davault, en charge de coordonner l'opération entre l'équipe d'observation et l'équipe d'arrestation, remit à Lemé ses analyses détaillées du terrain ainsi que les mises en garde contre les dangers encourus par ses hommes lors de l'intervention. Une ligne de conduite que Davault faisait en sorte de respecter dans les moindres détails, tant pour les victimes à sauver que pour le suspect à maîtriser, avec pour seule contrainte de ne pas subir de dégâts.

— La seule incertitude est le nombre exact d'occupants, expliqua Lemé.

— Exact, répondit Davault. Nous ne devons pas prendre de risque. Il faudrait prolonger l'observation et être patient.

— Ce qui nous laisserait le temps de constater les mouvements dans le domaine.

— Ou bien, on pourrait dès maintenant ouvrir le dialogue et essayer de communiquer avec lui. Ça nous permettrait de revoir le dispositif à mettre en place.

— C'est une solution. N'y a-t-il pas d'autres moyens de s'approcher sans prendre de risque ?

— Les techniciens du service opérations continuent leurs recherches. Pour l'instant, c'est le chemin de la Machine qui semble être le plus prudent pour pénétrer de jour dans le domaine sans aucun problème. À moins d'intervenir la nuit… proposa Davault.

— Alors, penche-toi là-dessus et prépare un plan, ordonna Lemé.

Au même moment, le commandant Henry entra dans le bureau.

— Le patron vient d'arriver. Mais il est occupé avec le grand patron. Je l'ai informé pour les véhicules…

— Alors ?

— J'ai pu obtenir un numéro de téléphone ; j'ai eu une dénommée Rachel qui avait l'air bouleversée par l'appel à témoins diffusé hier matin.

Lemé l'interrompit.

— Qui est cette Rachel ?

— Une employée de maison de Roger Roland. En tout cas, elle n'a eu aucun mal à me confirmer que tous les ans M. Roland monte à Paris à la Toussaint pour une visite au cimetière du Père-Lachaise sur la tombe de son fils... Mais elle n'a aucune idée de l'adresse où il pose ses valises.

— Ça se complique, dit Lemé avec un air détaché.

— Et ce n'est pas tout... Il y a deux mois, M. Roland a eu la visite d'une Parisienne. Malheureusement, elle ne connaît pas l'identité de cette personne. Mais d'après son témoignage et la description physique qu'elle m'en a faite, j'ai bien peur qu'il s'agisse de Marcelline Gottin.

Au point où il en était dans cette histoire, cette nouvelle n'eut aucune emprise sur lui. Faire parler Marcelline Gottin lui était impossible puisqu'elle était morte ! Mais, cette nouvelle le conforta dans ses opinions.

— Je pense que Marcelline est à l'origine de toute cette histoire. Peut-être a-t-elle découvert cette lettre et tenté de l'utiliser, mais cela s'est retourné contre elle.

— Du chantage ?

— Ça se pourrait bien. Mais comment peut-on faire parler un mort ? En attendant, il va falloir chercher où M. Roland séjourne quand il vient à Paris.

— Peut-être qu'il pose sa valise...

— ... Chez son petit-fils ?

— Ça peut coller, répondit Henry. Mais elle me l'aurait dit.

— A-t-il un portable ?

— Je n'ai aucune réponse de ce côté. J'ai un bonhomme dessus...

— Où sont Laplace et Menez ?

— Pour l'instant, ils essayent de remonter la trace du petit-fils depuis l'accident par le biais de sa scolarité, des hôpitaux de la région et des centres de rééducation.

— Allez, dis-leur qu'il faut qu'on accélère...

*

8 h 45

Au nord-ouest de Paris, dans le quartier des affaires, le siège social de l'OAD, se préparait à recevoir comme il se doit le programme de renouveau du quartier. Le directeur Eduard Poulsen, responsable de l'embellissement du quartier, présentait un visage radieux à l'ensemble de la salle.

Tous les fauteuils autour de la grande table ovale étaient occupés par les directeurs de l'OAD – les décideurs – et, en face d'eux, se trouvaient les directeurs financiers, ceux qui mettaient la main à la poche. Poulsen regardait la grande pendule qui sonnerait le gong du vote à la fin de la présentation. Olivier Danze n'allait plus tarder à faire son apparition. Mais ce n'étaient que les responsables de la sécurité du site de l'OAD, le technicien de la régie et un représentant d'associations des usagers qui entrèrent dans la salle. Son visage devint blême. Peut-être s'était-il arrêté aux toilettes pour évacuer le stress. Il espérait qu'il en soit ainsi. Le commissaire Boulard, convié à la réunion, sortit des toilettes en ayant une pensée pour celui qui venait de jouer de la percussion sur le bord du lavabo.

Quelques instants pour tard, ils attendaient toujours l'arrivée d'Olivier Danze. Pour Poulsen, faire attendre les directeurs, c'était comme se mettre la tête sur l'échafaud. Bien qu'il ait le visage radieux, il se forçait à sourire. Ce fut vers la régie qu'il se retourna, à la recherche de réconfort. Le technicien avait l'air soucieux, et il compatissait vu la situation compromettante vis-à-vis de l'ensemble de la direction.

— Je pense que vous pouvez établir la connexion avec le directeur général.

— Entendu, M. Poulsen. Vous ne voulez pas attendre qu'il soit là ? lui suggéra le technicien en éloignant son portable du micro.

— Nous n'avons pas le choix, même s'il nous reste encore quelques minutes.

— Peut-être que nous devrions annuler. Qu'en pensez-vous ?

— Et comment comptez-vous faire ? demanda-t-il à mi-voix.

— Il vous suffit de dire que nous n'arrivons pas à établir la communication en visioconférence.

— C'est possible ?

Grâce à cette solution, Poulsen pensait que le technicien venait de sauver sa tête.

— Il n'y a pas plus simple.

— Et s'ils mènent une enquête sur la panne ?

— Pas de souci, M. Poulsen. Je m'en occupe.

— Merci… merci… Je vous ferai signe.

Le technicien de la régie le regardait s'éloigner et il l'imaginait comme une âme en peine. Puis, il ouvrit son tiroir : simuler une panne était un jeu d'enfant pour lui. Mais soudain, il s'était senti pris d'un malaise inexplicable. À travers la vitre sombre de la régie, il fixait à tour de rôle chaque directeur, ceux qui allaient monter sur l'estrade pour déposer leur bulletin de vote. Poulsen donnait l'impression de respirer plus librement quand, soudain, une assistante entra dans la salle et lui glissa discrètement quelques mots à l'oreille, sous les yeux des directeurs, toujours dans l'incompréhension totale. D'un regard, il fit signe au commissaire Boulard, qui plissa le front. Une communication personnelle l'attendait à l'accueil.

*

9 h 43

— Olivier Danze, quarante-deux ans, vivant apparemment seul dans son appartement au 32e étage, devait présenter son programme au siège de l'OAD.

— Était-il salarié ?

— Il avait un contrat avec la direction du renouveau du site de l'OAD.

Tels furent les premiers échanges entre le commissaire Damien Boulard et Lemé, dès son arrivée sur le lieu de l'agression. Après que son adjoint lui ait annoncé qu'une violente agression venait d'être commise, le commissaire avait ordonné de boucler tout le quartier et d'interdire l'accès à l'immeuble.

— Y a-t-il des témoins ?

— Une voisine de palier. Elle sortait de l'ascenseur quand elle a vu un homme terrorisé qui sortait de l'appartement en courant vers l'escalier. La porte était entrouverte, elle a eu la curiosité d'aller frapper. Je me demande si elle a vu en totalité ce que l'on a découvert là-haut… Face à une telle situation, il m'a semblé urgent de vous prévenir. J'ai déjà une équipe de l'Identité judiciaire sur place. Ils ont commencé à matérialiser la scène de crime. Ce n'est pas beau à voir…

Lemé s'apprêtait à entrer dans le hall lorsqu'il leva son regard vers le sommet de l'immeuble.

— Combien d'étages y a-t-il ?

— Quarante-deux étages, sans compter le local technique. C'est une construction nouvelle génération. C'est très spécial. L'immeuble – ou plutôt la « tour » – est un ensemble de bureaux et d'appartements.

— Et combien de temps faut-il pour descendre les trente-deux étages qui nous intéressent ?

— C'est relativement rapide par l'ascenseur.

Ils pénètrent dans le hall de l'immeuble et prirent la direction de l'ascenseur.

— Et à pieds ? s'enquit le commissaire Laplace, qui était resté silencieux jusque-là.

— Il y a souvent une alerte incendie. En général, il faut compter moins de trente minutes pour évacuer tout l'immeuble.

— À quelle heure vous a-t-on prévenu ?

— À chaque événement sur le site, je suis convié pour prendre des mesures préventives. Il était 8 h 45. J'avais une patrouille dans le secteur qui a pu intervenir rapidement à 8 h 55, dès l'appel du témoin, et qui a mis en place la procédure de sécurité.

— Ce qui veut dire que notre homme est peut-être dans l'immeuble ?

— J'ai une équipe qui ratisse étage par étage et une autre équipe qui patrouille dans le secteur à la recherche de témoins. S'il a réussi à quitter l'immeuble, c'est qu'il a pris toutes ses précautions pour ne pas être taché de sang…

Lemé n'eut aucune réaction et donnait l'impression de ne pas écouter le compte rendu du commissaire Boulard, qui n'avait pas hésité un seul instant à le prévenir de ce nouveau meurtre, qui avait vraisemblablement un lien avec la victime de l'obélisque : le mode opératoire. Arrivés sur le palier, ils contournèrent une zone matérialisée et protégée par un ruban jaune. Laplace marqua une pause et remarqua un fil électrique accroché sur la porte d'entrée.

Un long silence suivit dans l'appartement lorsqu'ils franchirent la porte : à distance ils observaient.

Le corps d'Olivier Danze gisait, allongé à plat ventre sur une table basse. Les pieds vers la porte d'entrée, les bras ballants et les doigts recroquevillés, un filet de sang coulait le long de son cou – ou plutôt de ce qu'il en restait. Sur le sol, au pied de la table, se trouvait sa tête dans une mare de sang, que son meurtrier avait tranchée.

Le commandant Richard Laplace regarda sous la table basse, en direction de la tête détachée du corps. Il eut l'impression d'échanger un regard avec Olivier Danze.

Il constata que le cadavre avait un hématome à la joue droite et les lèvres fendues. Puis il dévia son regard vers le bras ballant, s'arrêtant un court instant sur le poignet droit, et termina sur les mains. Il s'accroupit et commença à détailler ce qu'il observait :

— On dirait qu'il s'est défendu, dit-il. Il porte une montre sur le poignet droit. Elle est cassée, mais je peux y lire 7 h 35. Je pense que trois doigts de la main droite sont fracturés…

Laplace fit une pause et fixa la main gauche.

— On dirait qu'il serre quelque chose dans sa main, ajouta-t-il en allant presque à quatre pattes vers la table basse.

— En tout cas, son agresseur ne lui a laissé aucune chance, dit Lemé.

Puis il fixa les chevalets de repères d'indices, qui serpentaient la pièce principale menant vers le couloir ; pendant ce temps, le commissaire Laplace s'approchait au plus près du corps sans mettre les pieds dans la mare de sang. Il enfila ses gants avec précaution et saisit le bras pour récupérer l'objet qu'il tendit à Lemé.

— Il faut que l'on essaye de comprendre ce qu'il s'est déroulé dans cette pièce, lâcha Lemé en fixant l'objet qui ne mesurait pas plus de cinq centimètres.

Lemé se tourna vers le commissaire Boulard qui venait de pénétrer dans la pièce principale :

— Il était attendu à neuf heures ? demanda-t-il d'un murmure.

— Oui.

— Et en quoi cette réunion consistait-elle exactement ?

— Un programme événementiel interactif. « L'Ombre de la dalle » était le titre du projet. D'après les documents que j'ai reçus de M. Poulsen, le directeur de l'évènementiel, il s'agit de placer des capteurs de son sous la dalle…

Lemé fronça les sourcils.

— Des capteurs de son ? Et dans quel but ?

— Divertir le quartier… Si ça peut vous aider dans cette affaire, je vous en ferai une copie. Il a fixé l'un de ces capteurs sur sa porte d'entrée.

Lemé réfléchit un court instant ; il ne comprenait toujours pas le système.

— Très bien, vous me ferez une copie.

Lemé fixa de nouveau l'objet et lut : Stop, Play et sur l'autre face, RG.

— Y a-t-il du nouveau dans le ratissage de l'immeuble ?

— Ils progressent en amont et en aval. S'il est encore dans l'immeuble, on ne tardera pas à le savoir. Je viens de m'entretenir avec le témoin. D'après elle, il n'est pas monté, répondit Boulard.

— Richard !

Laplace se releva d'un bon, l'esprit tourné vers l'objet.

— Alors ?

— Ça ressemble à une télécommande…

Lemé fixa de nouveau l'objet avec une certaine idée du type de matériel.

— Il est encore dans l'immeuble… Il nous le faut vivant ! Passe le message aux gars du commissariat, ordonna-t-il avec calme, puis il se dirigea précipitamment vers le commandant Henry, qui se trouvait sur le palier devant une porte entrouverte.

Le lieutenant stagiaire Lavoix et sa radio portative le suivaient comme son ombre.

— Il faut que l'on essaye de reconstituer ce qu'il s'est passé, dit-il lorsque, soudain, un hurlement de sommation résonna dans la cage d'escalier :

« Ne bougez pas ou je tire ! Halte ou je tire ! »

— Merde ! cria Laplace en prenant la direction de l'escalier. Ne tirez pas bordel !

Laplace s'envola par-dessus les marches et il lui fallut moins de deux minutes pour arriver sur le lieu de sommation. Essoufflé, les yeux embués par la sueur, il fixa le policier qui tenait en joue le suspect qui ne bougeait plus, recroquevillé sur les marches de l'escalier.

— Tu ne vas pas me le trouer, j'espère, dit-il en reprenant son souffle.

Le policier n'avait pas bougé d'un cil et tenait son arme toujours pointée sur le suspect.

— S'il tente de s'enfuir, je tire, dit le policier en adressant un clin d'œil à Laplace.

— Tu entends ce qu'il dit ? Tu vas donc mettre tes bras gentiment dans le dos et pas de geste brusque…

— Tenez ! dit le policier en haussant la voix. Passez-lui les menottes, je ne vais pas rester éternellement comme ça !

— C'est fait, chef. Vous pouvez baisser votre arme. Je maîtrise la situation.

Le suspect se laissa manipuler comme un pantin désarticulé dont on aurait coupé presque tous les fils.

— Allez, par ici mon gaillard ! Mais ne compte pas sur moi pour remonter les trois étages à pied. Aussi, je te préviens : mon collègue est très nerveux. Tu vas me dire ton nom et pourquoi tu as tenté de t'enfuir…

Quelques instants plus tard, Laplace pénétrait dans l'appartement avec le suspect qui avait eu un mouvement de recul en franchissant la porte, tout en détournant son regard pour éviter le corps de la victime sur la table basse. Au passage, Laplace souffla à Lemé l'identité du suspect et entra dans une cuisine équipée du strict minimum. Il poussa le suspect dans un coin de mur. En face de la cuisine, il y avait une autre pièce. Le technicien de l'Identité judiciaire du commissariat du site de l'OAD, menait ses investigations en ratissant tous les recoins de l'appartement, à la recherche de quelques indices. À l'aide de sa lampe, il prenait soin de traquer chaque élément qui pourrait être lié à la scène du crime. Il progressait lentement vers le couloir donnant sur d'autres pièces de l'appartement, et c'est vers la chambre qu'il continuait à traquer les indices. À chaque découverte, son coéquipier prenait un cliché et le suivait comme son ombre.

Au même moment, dans la pièce principale, le commandant Henry achevait d'exposer ses conclusions après s'être entretenu avec le technicien de l'Identité judiciaire.

— D'après les éléments que l'Identité judiciaire a récoltés, il attendait dans le local technique qui se trouve juste à côté de la porte de la victime. C'est une sorte de placard qui renferme les compteurs d'eau, de gaz, etc. Apparemment, ces portes s'ouvrent facilement, soit avec une clé, soit avec un objet plat, par exemple une lame de couteau. Mais n'importe qui peut les ouvrir ; d'ailleurs, je suis étonné de trouver ce type de local technique dans une telle construction. En tout cas, cela me laisse penser qu'il connaissait parfaitement les lieux…

— L'OAD, est propriétaire de plusieurs appartements dans cet immeuble loué aux salariés, dit le commissaire Boulard en dévisageant le suspect d'un air interrogateur.

— Un moyen d'avoir rapidement la liste de tous les locataires ? s'enquit Lemé.

— On va essayer de faire le nécessaire auprès des syndics… Je mets mon adjoint là-dessus.

Boulard dévisagea une dernière fois le suspect et tourna les talons.

Henry reprit :

— De là, il pouvait garder un œil sur la porte de la victime et attendre. Pour l'instant, il m'est difficile de comprendre pourquoi Olivier Danze a ouvert sa porte…

Lemé l'interrompit.

— Le témoin a découvert le corps à 8 h 45 ; s'il était attendu à neuf heures au siège de l'OAD, il a sûrement ouvert sa porte pour se rendre à ce rendez-vous.

— Quoi qu'il en soit, pour ne rien voir venir… À moins qu'il ne connaisse son agresseur… Ou peut-être a-t-il ouvert sa porte pour une autre raison. Bref, à l'instant où il a ouvert la porte, l'autre a surgi du local et lui a porté un premier coup par surprise

— Donc l'hématome qu'il porte sur sa joue droite vient de là ?

— Ça a l'air de coller. De là, il s'est retrouvé à l'intérieur de l'appartement. Regardez ici, dans le dégagement, avant d'arriver dans le salon. Nous avons des fragments de verre de sa montre.

— Il a dû essayer de se défendre, suggéra Lemé.

— Sans aucun doute. Peut-être que c'est là qu'il lui a fracturé les doigts.

— Alors, la victime s'est retournée et est partie vers le salon…

— Le coup est venu par-derrière et il a atterri sur la table basse.

— Ou bien c'est son agresseur qui l'a allongé…

— Possible. On aura plus de précisions par le médecin légiste, quand il aura examiné le corps…

Lemé se retourna et fixa le sol, en prenant la direction de la cuisine où il découvrit le suspect debout contre le mur, menotté, qui restait les yeux rivés au sol.

— Vous vous appelez Jacques Cesco ?

Jacques Cesco avait l'air abattu. Il fit un léger mouvement de la tête en signe de confirmation. Lavoix le dévisagea longuement.

— Il est tombé seul ou c'est vous qui l'avez allongé ? dit Lemé en s'approchant de son visage.

Cesco se remémorait l'endroit où le corps d'Olivier Danze gisait sur la table basse.

Il secoua la tête de nouveau, comme s'il avait perdu la parole.

— Répondez ! Il est tombé seul ou bien vous…

Soudain, ses yeux s'embuèrent.

— Je voudrais m'asseoir, s'il vous plaît. Juste m'asseoir…

— Ne vous inquiétez pas, vous aurez tout le temps de vous asseoir.

Lemé entama des allers-retours devant ses yeux.

— S'il vous plaît…

— Donnez-lui une chaise ! dit Lemé, arrivé à la limite de sa patience.

Laplace dévisagea longuement Jacques Cesco ; il y avait quelque chose en lui qui ne passait pas. Mais il avait beau chercher, il ne trouvait pas, ce qui l'irritait sérieusement :

— On ne va pas perdre notre temps avec lui ! râla Laplace en ramenant la chaise. Il va falloir tout nous dire, sinon…

Jacques Cesco s'assit avec un long soupir. Ses jambes ne lui permettaient plus de se tenir debout. Tout à coup, de grosses larmes inondèrent son visage blême. Les yeux rougis, fixés au sol, il les ressentit comme un soulagement

— Je vais vous dire ce qu'il s'est passé, décida-t-il de répondre.

— Ce n'est pas trop tôt ! Alors, on t'écoute ! dit Laplace en lui criant dans les oreilles.

— C'était mon ami… Jamais je n'aurais pu lui faire du mal.

— Nous avons un témoin qui vous a vu sortir de son appartement et prendre la fuite. Ce témoin connaît l'heure exacte où vous avez quitté cet appartement. Ensuite !

— J'ai eu peur… Quand je suis arrivé, il était allongé sur la table et je ne savais pas quoi faire.

— Vous aviez rendez-vous avec lui ce matin ?

— Non, mais je l'ai eu au téléphone ce matin, répondit-il à mi-voix.

Il ramena son épaule à ses joues. Une larme séchée lui démangeait la peau.

— Quelle heure était-il ?

Cesco prit le temps de réfléchir. Avant que son portable n'ait sonné, il avait l'intention de préparer un bon plateau déjeuner au lit. Mais l'appel de son ami avait plus d'importance.

— Il me semble que c'était juste avant huit heures. Il me demandait si je n'avais pas pris ses clés.

— Et comment se fait-il que vous ayez ses clés ?

— On était ensemble samedi à une soirée, et on est passé chez lui prendre un dernier verre. J'ai dû ramasser les clés de son véhicule sans m'en rendre compte.

Lavoix se remémorait la sortie au *Pub du Parvis*, ainsi que la filature de Sophie Lesage et de ses admirateurs. Finalement, le chemin était celui du domicile d'Olivier Danze. Ils avaient attendu un bon moment que Sophie Lesage pointe le bout de son nez. Ensuite, ils avaient rebroussé chemin, ils n'avaient pas eu besoin d'un dessin pour comprendre la suite de la soirée.

Les questions s'enchaînaient.

— Et depuis samedi, vous avez ses clés ? Et lui, de son côté, il n'a pas eu besoin de son véhicule ? poursuivit Lemé.

— Samedi, il m'avait dit qu'il lui restait quelques enregistrements de son à faire avant son rendez-vous de ce matin. Un projet qu'il devait présenter à l'OAD. Je pense qu'il a travaillé tout le dimanche sans avoir besoin de son véhicule.

— Et qu'avez-vous fait, le dimanche, pour ne pas vous rendre compte que vous aviez ses clés ?

— Je n'ai pas quitté mon lit de tout le dimanche. Ce n'est que ce matin, lorsque j'ai reçu son appel, que je me suis levé.

— Vous voulez dire que pendant tout le dimanche, vous êtes resté dans votre lit ? lâcha Laplace en sifflotant.

— Et en charmante compagnie, ajouta Lavoix.

Silence

Lemé tenait toujours fermement l'objet au creux de sa main gantée, et son idée s'agrandissait au fil du temps qui s'écoulait. Il espérait qu'Olivier Danze n'ait pas effacé toutes les empreintes s'il s'avérait que l'objet ne lui appartenait pas. Il en déduisit que le vrai propriétaire ne pouvait être que le meurtrier. Mais ce dernier venait de commettre une erreur qui pourrait le mettre hors d'état de nuire. Et le suspect en face de lui détenait peut-être le mobile de ce nouveau crime qui venait d'avoir lieu sur le site de l'OAD.

— Écoutez, je vous dis la vérité. Vous n'avez qu'à vérifier mes communications sur mon portable...

C'était une certitude, les policiers allaient le faire. Il leur fallait vérifier tous les éléments avant d'aboutir à une conclusion et pouvoir chasser le doute de leurs esprits. Mais pour le commandant Laplace, Jacques Cesco l'irritait toujours :

— Tu nous dis ce que l'on doit faire maintenant ? Je vais te dire ce que j'en pense. Après votre petite soirée, vous vous êtes dit : « Tiens pourquoi pas boire un dernier verre, histoire de choisir avec qui on va terminer cette belle soirée ? » On sait que vous n'étiez pas seuls en quittant la soirée. Qui des deux filles a terminé la soirée avec votre ami ?

— Sophie. Mais je ne peux pas vous affirmer qu'elle soit restée. J'ai remarqué qu'elle était hésitante quand je m'apprêtais à partir.

— Quand vous l'avez eu au téléphone ce matin, vous ne lui avez pas demandé s'il avait réussi à la convaincre de rester ?

— Non, c'était juste pour ses clés.

— Vous n'allez pas nous dire que vous êtes rentré seul ? dit Lavoix.

— Non, j'étais avec Rose-Marie Dolmon, l'organisatrice de la soirée. C'est avec elle que j'ai passé tout le dimanche, jusqu'à ce coup de fil de mon ami, répondit Cesco d'un air soulagé.

Il y eut un silence pesant dans la pièce. Lemé fixa son regard sur le technicien de l'Identité judiciaire, qui était dans la pièce qui semblait être une chambre :

— Elle est donc encore chez vous ? dit-il.

— Oui, je lui ai dit que j'en avais pour cinq minutes. Elle doit sûrement s'inquiéter de ne pas me voir rentrer…

— Très bien ! Retirez-lui les menottes, ordonna Lemé.

— Je n'y suis pour rien. Je vous assure que je n'y suis pour rien. Je suis venu lui ramener ses clés de voiture, murmura-t-il en se frottant les poignets.

— Très bien M. Cesco, vous allez appeler Mme Dolmon. Dites-lui de vous attendre et que vous arrivez, même si vous tombez sur son répondeur. Vous devez être naturel. En êtes-vous capable ?

Soudain, les yeux de Jacques Cesco s'embuèrent. Il avait un léger sourire, un simple sourire de liberté qui se figea à la vue du commissaire Boulard qui apparut sur le seuil de la porte.

— Bien sûr, je ferai tout que vous voudrez pour vous prouver mon innocence.

Lemé s'approcha de lui et sentit qu'il était manifestement éprouvé. Il lui tendit son téléphone portable. Jacques Cesco s'empressa de composer le numéro. Il actionna le haut-parleur pour démontrer sa bonne foi et sa coopération.

« Rose-Marie Dolmon, je ne suis pas disponible. Laissez votre message et je vous rappellerai dans les plus brefs délais ».

Avant la fin de l'annonce, Lemé lui dit en quittant la pièce :

— Raccrochez, et rappelez. Si c'est encore son répondeur, demandez-lui de vous rappeler.

Son bras droit prit le relais et fixa Cesco du regard sans ciller pendant qu'il collait son téléphone à son oreille.

En entrant dans la chambre au-dessus du lit, le technicien scruta minutieusement le drap froissé avec sa lampe.

— Quelqu'un d'autre que le propriétaire a-t-il passé la nuit dans ce lit ?

Le technicien se retourna et parla à travers le masque qui lui couvrait le nez.

— Affirmatif. J'ai relevé assez d'éléments pour effectuer des analyses.

— Des cheveux ?

— Assez !

— Et leur couleur ? demanda Lavoix.

Le technicien prit un sachet scellé et lui annonça sans hésiter.

— Châtains, et mi-longs.

— Affirmatif. Sophie Lesage a les cheveux châtains, dit Lavoix, toujours collé aux basques de Lemé.

— Pouvez-vous venir avec moi ? J'aurais besoin de vos services…

Le technicien suivit Lemé d'un pas pressé vers la pièce principale : un simple canapé à deux places, une table basse, un meuble de salon, une table ovale et deux chaises. Dans un coin de la pièce, un bureau attira son attention, quand soudain des pas venant de l'extérieur de l'appartement se firent entendre, puis la porte s'ouvrit.

« J'ai besoin de la place ! » résonna une voix dans la pièce.

Lemé ne fut pas surpris. Legal annonçait qu'il allait prendre les choses en mains. Bien que Legal ne se gênait pour déclarer ouvertement ses intentions et que Lemé l'avait bien saisi, connaissant l'homme, il s'intéressait plutôt à ce qu'il était venu chercher dans cette pièce principale. Ce fut au technicien qu'il s'adressa :

— Que pensez-vous de cet objet ?

Il ouvrit la main.

Le technicien prit l'objet de sa main gantée et le scruta attentivement. Puis il sortit un sachet et glissa l'objet dedans.

— On dirait une télécommande, répondit-il.

Il balaya la pièce du regard et s'arrêta quelques instants au bureau ; il ne remarqua rien de particulier ayant un rapport avec la télécommande :

— Par contre, il me semble apercevoir un appareil dans la chambre…

Lemé avait déjà une idée.

— Un genre de dictaphone ?

— Ça se pourrait bien.

— Vous pouvez aller voir, lâcha Lemé en cherchant Legal du regard. Prévenez-moi si vous trouvez quelque chose…

Le technicien prit la direction de la chambre, l'esprit focalisé vers l'appareil.

Les deux hommes se retrouvèrent de nouveau côte à côte, comme au pied de l'obélisque. Ils observèrent la victime.

— Cette fois-ci, allongée sur une table basse, lâcha Legal à mi-voix. Il ne lui a pas fait de cadeau, ajouta-t-il en fixant la tête, puis il dirigea son regard vers les chevalets qui jonchaient la pièce.

— Qui est à l'origine de tous ces repères d'indices ? demanda-t-il.

— Une équipe du commissariat du site de l'OAD. Le commissaire principal Boulard a dépêché son équipe en urgence.

— C'est du bon boulot ! Il va falloir faire un grand nettoyage. Dans ces conditions et vu la scène, il est impossible au médecin de faire son diagnostic correctement…

— À ce sujet, nous avons déjà fait le nécessaire. Je vous attendais avant de prendre la décision d'évacuer le corps à l'institut médico-légal, dit Lemé.

Puis il se retourna en cherchant le commissaire Boulard du regard. Ce denier était dans le hall, en grande discussion avec l'un de ses hommes.

— Sage décision. En tout cas, si le responsable a pris la fuite sans prendre de précautions, il ne devrait pas être propre sur lui. Il pourrait même s'agir d'un locataire de cet immeuble…

Lemé plissa le front. Il se demandait pourquoi il n'avait pas pensé à tout ceci dès le récit du commissaire Boulard, qui lui avait fait part de cette remarque. C'était plausible que ce soit un locataire, et pourquoi pas un voisin, ou bien le témoin qui avait découvert le corps… Dans ce cas, qu'en était-il de l'accident de 1976 ?

Legal le tira de ses pensées :

— Êtes-vous au courant ?

— À quel sujet ? répondit Lemé en sachant parfaitement de quoi il s'agissait.

— J'ai un nouveau patron. Verdier…

Une voix l'interrompit.

— Commissaire !

Lemé scruta l'endroit d'où venait la voix : c'était de la chambre.

— Si vous le voulez bien, on en reparlera…

— Entendu, chaque chose en son temps répondit Legal. Je m'occupe de l'évacuer, ajouta-t-il.

De retour dans la chambre, il s'arrêta à la hauteur du technicien.

— Avant tout, je vous signale que votre télécommande n'a aucun rapport avec ce dictaphone.

— Écoutez ça ! lui dit le technicien.

Lemé tendit l'oreille dès l'enclenchement de la touche Play.

« *Lundi 5 novembre 2007, neuf heures, programme le renouveau du site de l'OAD, opération l'Ombre de la dalle. STOP.* »

« *Avec une caisse de reconnaissance telle que le hall d'entrée d'un immeuble, à condition…* », puis il eut une courte pause sur la bande.

Lemé fronça les sourcils et resta concentré.

« Tu veux dire que ça enregistre ?… Oui… Et à quoi ça te sert ?… Cela me permet de noter des choses et de gagner du temps. Si tu veux, c'est comme une mémoire… C'est pour ton boulot ?… Oui. Repose-le s'il te plaît. J'avais commencé

à enregistre un discours, mais ce n'est pas grave, je recommencerai... C'est marrant, j'ai dû appuyer sur un bouton et la bande tourne... Ce n'est pas grave, déclenche le bouton... Voilà c'est fait. »

Il eut un silence sur la bande, puis un gémissement.

Lemé et le technicien n'avaient pas besoin d'un dessin pour comprendre la suite de l'enregistrement.

Le technicien enclencha la touche pause.

— La femme qui a passé la nuit dans ce lit a enregistré leurs débats amoureux. Il ne devait pas être au courant que l'appareil enregistrait. Ça ne peut-être que Sophie Lesage.

— Exactement ! Et ce n'est pas tout, écoutez !

Le technicien enclencha de nouveau la touche Play.

Ils purent entendre l'eau qui coulait du robinet, puis divers bruits métalliques, puis un appareil électrique, suivi de pas légers, un bruit sourd, une porte qui s'ouvre avec un grincement, puis un bruit proche de l'appareil, comme si l'on tirait quelque chose, puis un bruit comme s'il l'on tentait de faire pénétrer un objet à l'intérieur de...

Lemé tourna son regard vers la table de nuit et fixa le tiroir, puis il jeta un œil vers l'armoire et se concentra sur ce qui lui semblait être un pas qui s'éloignait, suivi d'un blanc sur la bande. Il en déduisit qu'après avoir fait sa toilette, une fois qu'il était prêt à partir, Olivier Danze était à la recherche de ses clefs.

On entendit un grésillement de courte durée sur la bande, suivi d'une voix assez lointaine, mais très compréhensible.

Ils échangèrent un nouveau regard.

« Vous cherchez quelque chose ? Je peux peut-être vous renseigner... »

Le technicien appuya sur la touche pause.

Lemé plissa le front et prit son visage à deux mains, comme s'il venait de se réveiller après une bonne nuit de sommeil.

— Incroyable ! lâcha-t-il en se frottant le visage.

— Je n'ai écouté qu'une partie de la bande.

— Avez-vous une idée du temps d'enregistrement de la bande ?

— Il utilisait une microcassette de quatre-vingt-dix minutes. En général, pour ce genre d'appareil, il faut une cassette de trente minutes. Au-delà, elles sont extrêmement délicates, se déforment ou se détruisent facilement. Il va falloir être prudent. Pour cet enregistrement, l'appareil était en mode d'enregistrement HIGH.

— Qui veut dire fort...

— Exact. Regardez, dit-il en éclairant l'appareil avec sa lampe. Vous avez deux types de sensibilité du microphone : HIGH et LOW. Le mode HIGH, c'est plutôt pour un enregistrement où l'on voudrait capter tous les bruits dans cet appartement ; LOW serait utilisé pour enregistrer un dialogue proche. Sur ce que vous venez d'entendre, l'appareil était en mode HIGH, et non en mode LOW, puisque l'on peut constater les bruits plus ou moins éloignés.

Lemé plissa le front de nouveau. Il semblait réfléchir sur la situation.

— Donc, on pourrait imaginer qu'elle a déréglé l'appareil en le bidouillant. L'enregistrement a effacé une partie de son discours, du fait qu'elle parlait de l'avancement de la bande.

— C'est fort possible. Je ne vois pas pourquoi il aurait réglé l'appareil en mode HIGH. Il y a une grande différence de son entre le début de la bande et tout le reste de l'enregistrement. Je pense qu'au début de l'enregistrement, l'appareil était réglé en mode LOW. Vous voulez écouter la suite ?

— Et comment ! Revenez au début de la cassette, lâcha Lemé en allant vers la porte de la chambre, d'où il cria à Richard de venir.

Laplace ne se fit pas attendre et quitta immédiatement la cuisine. Mais juste avant de franchir la porte il se retourna et lâcha à Jacques Cesco : « Si tu bouges d'un poil, tu auras affaire à moi »

Il n'avait pas à s'inquiéter. Boulard surveillait Cesco tout en se creusant les méninges.

Laplace contourna quelques chevalets au sol et entra dans la chambre.

— Du nouveau ? lâcha-t-il.

— Legal est là. Va le chercher, j'ai besoin de son aide. Je vous attends.

Laplace se tourna vers Lavoix :

— Va me mater ce type là-bas. N'hésite pas à lui en coller une s'il bouge.

Moins d'une minute après, Lemé avait réuni autour de lui sa tête pensante, l'homme d'expérience et le méticuleux technicien de l'Identité judiciaire du commissariat du site de l'OAD. D'un regard, il fit signe de mettre en route l'enregistrement. Le technicien enfonça la touche play, et ils écoutèrent attentivement : l'ouverture d'une porte, puis la voix. « Vous cherchez quelque chose ? Je peux peut-être vous renseigner… » Soudain, un bruit sourd résonna dans l'écouteur, suivi de bruits confus, de faits et de soupirs, d'un cri étranglé, de souffles, de murmures, de râles et de halètements. Brusquement, ils entendaient comme le bruit d'un corps pesant qui tombe. Lemé sentit un grand froid parcourir sa colonne. Il ne leur manquait que les images pour confirmer ce qu'ils écoutaient. Puis il y eut un long silence et le retour de l'enregistrement. Lemé restait concentré sur l'enregistrement et essayait de faire une comparaison avec les conclusions du commandant Henry. Puis revint, dans l'écouteur, un mélange de bruits de pas légers et d'une chose que l'on tirait sur le sol, suivis d'un bruit de craquement, comme si l'on brisait un morceau de bois en deux. Plus loin, sur la bande, on entendit deux objets s'entrechoquer, comme si l'on venait de poser un couvercle. Nouveau silence sur la bande avant qu'un nouveau bruit ne se fasse entendre, suivi d'un son rappelant une percussion mélangée à une sorte de grésillement qui retentit dans l'écouteur. Enfin, le silence prit le dessus jusqu'à la fin de l'enregistrement, jusqu'à la fin de la bande. Il y eut un clic de relâchement de la touche play.

Dubitatifs, ils se contemplaient comme s'ils avaient perdu la parole. Un long silence prit place pendant lequel ils se repassèrent ce qu'ils venaient d'entendre dans un coin de leur mémoire.

Le technicien se tourna en prenant un air dubitatif.

— J'ai matérialisé devant l'entrée une sorte d'écouteur relié à un fil accroché sur le montant de la porte. Peut-être a-t-il ouvert sa porte pour récupérer les écouteurs et là, il a surpris ce type devant la porte de ce local qui attendait qu'il sorte à tout instant.

— Donc, dit Lemé en portant son regard dans le vide, les écouteurs n'ont rien à voir avec ce dictaphone. S'ils les utilisent pour capter des sons, il a sûrement enregistré des bruits venant du hall de l'immeuble. Il faudrait vérifier sur quel appareil sont branchés les fils…

— Je ne veux pas vous décevoir, mais aucun des fils n'est connecté à l'appareil. Il n'y a pas assez de longueurs, j'ai vérifié en entrant. Mais il reste une possibilité tout à fait envisageable : un branchement directement sur son ordinateur portable. Son agresseur s'est certainement donné la peine de l'emporter avec lui.

— Qu'est-ce qui vous fait dire ça ?

— Il y a un chargeur branché sur une prise de courant, dit le technicien en voyant que sa conclusion avait légèrement affecté le chef de la brigade criminelle, qui comptait vraisemblablement trouver un autre enregistrement au cœur de l'agression grâce à ses capteurs fixés sur la porte d'entrée.

— Attendez ! C'est étrange, dit Legal en claquant des doigts. Ce bruit juste avant une percussion. J'ai l'impression que c'est de l'eau qui coulait du robinet…

Legal fit une petite pause pour réfléchir.

— Il termine le travail avec sa victime, il se déshabille, puis il se rend dans la salle d'eau pour se laver les mains. Il est très méticuleux, afin de ne pas tacher le sol avec le sang de sa victime lorsqu'il se rend du salon à la salle d'eau.

Lemé plissa le front en s'écartant de la porte.

— Mais ça colle bien ça, dit-il en sortant de la chambre tout en évitant les chevalets au sol. Vous n'avez rien fait par ici ? demanda-t-il en direction du technicien.

— Non. Je progresse avec les éléments au fur et à mesure que je les découvre. Pour le moment, les indices nous mènent dans la chambre. Et je vous confirme qu'il n'y a pas une goutte de sang sur le parcours…

— Très bien, reprit Legal. Très bien… Je suis ici, je me lave les mains, et je me les égoutte de cette manière…

Le bruit sur le lavabo était presque identique à celui de l'enregistrement.

— Notre meurtrier ne porte pas de bague aux doigts dans ce cas, suggéra Laplace.

— Exact, souffla Legal.

Il scruta la salle d'eau, équipée d'une grande baignoire, d'un meuble mural, d'un radiateur sèche-serviette et d'un meuble sous le lavabo. Parmi ces éléments, rien ne correspondait à ce qu'il recherchait.

— Il faut trouver le bruit de ces deux éléments qui s'entrechoquent, lâcha-t-il en quittant la salle d'eau.

Il fit deux pas puis ouvrit en grand la porte qui se trouvait juste à côté.

Lemé avait du mal à respirer, et il se demandait si Legal pensait à la même chose que lui : le réservoir WC.

Lemé lui proposa :

— Vous pensez à un bruit de céramique ?

— Affirmatif.

Legal souleva le couvercle de quelques centimètres et le laissa retomber. C'était sans appel : le même bruit entre deux objets qui s'entrechoquaient de la même matière et qui avait été enregistré par le dictaphone.

— Regardez le fond de la cuvette, il devrait y avoir plus d'eau…

Legal tira le mécanisme de la chasse d'eau.

— Très étonnant, ma foi. Qu'en pensez-vous ?

— Normalement, ça devrait couler, dit Lemé.

— Je suis curieux de savoir pourquoi ça ne fonctionne pas !

— Pensez-vous que la chasse d'eau soit hors service ?

— Possible, sauf s'il y a des choses qui en empêchent le bon fonctionnement à l'intérieur.

Minutieusement, il devisa le bouton du mécanisme de la tirette et souleva le couvercle du réservoir pour fixer avec étonnement ce qui empêchait l'écoulement de l'eau.

— Bon sang ! s'exclama Lemé. Pas étonnant qu'il ait réussi à quitter le bâtiment. Ça a l'air d'être une combinaison en polypropylène.

— D'après de ce que nous avons sous les yeux, je dirais même un kit du parfait chirurgien méticuleux…

« Il a pris toutes les précautions pour ne pas être taché de sang », pensa Lemé.

— Votre meurtrier a plus d'un tour dans son sac pour se débarrasser de son déguisement. Il a même pris le soin de vider le réservoir et de fermer le robinet de la chasse d'eau.

Legal remonta lentement la combinaison, lorsque soudain, à mi-hauteur du réservoir, un objet tomba au fond.

L'objet mesurait environ quarante centimètres. La lame n'était pas loin de mesurer trente centimètres. Legal ne put s'empêcher d'annoncer :

— Voilà avec quoi il lui a tranché la tête.

— L'arme du crime, donc ! s'exclama Lemé

— Si ce n'est pas l'arme du crime, je ne sais pas comment cette feuille de boucher a fait pour venir se baigner dans ce réservoir. Bon, à vous de jouer ! ajouta-t-il en direction du technicien. Le travail m'attend de l'autre côté... Il est temps d'évacuer ce pauvre type de l'enfer.

Pendant que le technicien de l'Identité judiciaire avançait lentement pour ne manquer aucun indice, les policiers pénétrèrent dans la cuisine.

Lemé et ses hommes étaient allés de surprise en surprise, au point qu'ils avaient fini par se demander s'ils ne couraient pas après un fantôme. Ce ne fut qu'à cet instant que les choses s'éclaircirent, car l'homme aux yeux rougis, assis sur la chaise, n'avait pas le visage qu'ils recherchaient. L'homme assis n'avait pas non plus le profil du meurtrier. « Pourquoi commettre un homicide et attendre patiemment dans une cage d'escalier pour se faire cueillir comme un fruit ? Non, ce n'est pas possible ! » pensa Lemé. L'homme assis ne lui donnait pas l'impression d'être celui qu'ils recherchaient. Il se demanda s'il n'avait pas pris un autre chemin que celui de l'accident de 1976.

— Pouvez-vous venir avec moi ? lâcha Boulard à mi-voix.

Lemé fronça les sourcils et suivit Boulard ; un pli soucieux se dessinait sur son visage.

— Il y a quelque chose qui me gêne, dit Boulard à mi-voix.

Lemé tendit l'oreille.

— Depuis un moment, j'avais l'impression d'avoir vu ce type quelque part, mais je ne me souvenais plus dans quelles conditions.

— Pour que vous ne vous en souveniez plus, c'est que cela a dû se produire il y a bien des années.

— Exact. Cela ne fait que cinq ans que je commande le commissariat. Par le passé, avant d'être promu commissaire, je venais régulièrement suivre les réunions préventives sur la sûreté du site. Ce type a travaillé à l'OAD, il y a une bonne dizaine d'années. Et il me semble qu'à cette époque, une rumeur circulait à son sujet.

— Et que disait cette rumeur ?

— Avant de rejoindre le groupe dans la salle de réunion, je suis allé aux toilettes. Sur cinq WC, un seule était libre.

Boulard s'interrompit. Il creusa une nouvelle fois le fond de sa mémoire.

— Une dizaine de secondes après, j'ai entendu un bruit de percussion. Et lorsque je suis sorti, il n'y avait plus personne. Et cela me fait penser à cette rumeur qui disait : lors d'une présentation d'un projet, les directeurs ont joué des percussions sur sa tête.

— Des percussions, tu dis ?

— Je suis quasiment certain. Ce type a bien travaillé à l'OAD. Et n'est-ce pas une télécommande que vous avez là ?

— Exact, répondit Lemé en dévisageant le sachet qu'il tenait dans sa main.

Soudain, il sentit le sol se dérober sous ses pieds. Mais il tenait bon, il n'allait pas s'écrouler aussi près du but. Puis la sensation de rêver l'envahit. Il ne put s'empêcher de sortir de sa poche la feuille représentant le visage imprimé qui ne le quittait plus depuis les propos du juge Sauron :

— Essaies-tu de me dire que notre meurtrier se trouve dans les locaux de l'OAD ? dit-il en laissant le vouvoiement de côté.

— J'ai bien peur que oui. À part cette rumeur, il n'y en a qu'un que je vois avec ce type de télécommande au sein de l'OAD. En tout cas, ça y ressemble. Et je suis persuadé que M. Cesco confirmera tout ça.

— Te rends-tu compte de ce que tu annonces ? dit Lemé d'un air grave et sérieux.

— Désolé, ça ne me revient que maintenant. Et cette télécommande me fait penser au directeur Poulsen.

Lemé jeta un bref regard sur sa montre, puis il revint vers la cuisine. Le commissaire Boulard était sur ses pas.

Jacques Cesco attendait patiemment. Il savait qu'il allait bientôt retrouver la liberté et pouvoir faire le deuil de son ami. Rose-Marie semblait s'effacer lentement de sa mémoire. Il avait coopéré. Il ne put s'empêcher de clamer son innocence en demandant :

— Je vais pouvoir m'en aller, commissaire ? s'enquit-il à voix basse.

— T'en aller ? s'exclama Laplace en se penchant sur son visage. Tu ne vois pas ce qu'il se passe ici ? Celui qu'on recherche s'est sûrement vengé, parce que sa petite copine a passé la nuit dans le lit de ton ami. Tu piges ça ?

Depuis le début, Lemé n'avait pas été surpris de la réaction de son bras droit. Il était rare qu'il intervienne alors que Laplace ne se privait pas de dire le fond de sa pensée lors d'un coup de gueule. Il y avait toujours une part de vérité, et le plus souvent, c'était une confirmation de ce qu'il pensait. « Pourquoi pas une vengeance ? Et cette vengeance n'avait peut-être aucun lien avec la victime de l'obélisque. »

— Pas pour le moment, M. Cesco. Pour l'instant, on vous raccompagne au commissariat. Il est préférable que vous ne regagniez pas votre domicile dans l'immédiat. Mais je vous demande de bien réfléchir et de me donner votre avis là-dessus.

Lemé lui tendit le visage imprimé et ouvrit la main.

Jacques Cesco ouvrit grand les yeux, leva par deux fois le menton sur les policiers et ferma les yeux. En une fraction de seconde, ses dix années au sein de l'OAD, lui traversèrent l'esprit comme l'éclair. Face aux directeurs, autour de la table ovale, il se voyait confiant, convaincant, maîtrisant parfaitement son projet du renouveau du site de l'OAD. L'entente était excellente : d'un simple signe de tête, une main se levait à chaque page de son projet et pointait la télécommande vers le grand écran de vidéoconférence...

Lemé le scruta du regard.

Jacques Cesco manipulait la télécommande à l'intérieur du sachet, l'abritant ainsi de toute contamination : une face PLAY, OFF, et l'autre face RG. Il ouvrit la bouche et sa voix fut à peine audible, si bien que Lemé lui demanda de répéter.

Laplace et Henry échangèrent un regard furtif, mais rempli d'inquiétude. Ils donnaient l'impression de penser à la même chose :

— Il faut les retrouver avant qu'il ne soit trop tard, dit Laplace dans un élan d'excitation. Ton ami a passé la nuit avec sa douce Sophie. Je ne donnerai pas cher de sa peau si l'on n'arrive pas à mettre la main dessus.

Tout s'accélérait pour les policiers. Lemé tira le commissaire Boulard par le bras et l'emmena dans la chambre. Il avait besoin de chasser le doute de son esprit. Sur la table de nuit, il prit le dictaphone, avança la bande, puis il recula, jusqu'à ce que...

— Dis-moi si c'est le même bruit.

Le commissaire Boulard tendit l'oreille et resta attentif à ce qu'il entendait. Soudain, il regarda dans le vide et son visage devint blême :

— Pas de doute. Je suis quasiment certain qu'il s'agit de la même personne.

— As-tu des gars disponibles ?

— Assez pour le site, répondit Boulard.

— Richard ? cria Lemé en sortant de la chambre. Prends les gars avec toi et boucle le siège de l'OAD ! Que personne ne quitte la salle de réunion. On agit sur commission rogatoire du juge Sauron.

Au même instant, une voix grésillait dans la radio :

— Ils sont prêts. Comme prévu, ils viennent de pénétrer dans le jardin du domaine, sans déclencher l'alarme. Ils n'attendent plus que le feu vert, dit Lavoix.

— Parfait, répondit Lemé.

Lemé avait l'air d'une balle de ping-pong, mais il marquait des points à tous les coups. Il se tourna vers le commissaire Boulard, qui semblait réfléchir en regardant avec insistance Jacques Cesco. Il ne s'était pas trompé sur ce visage.

— Emmène-le au poste et envoie une équipe chercher Mlle Dolmon à son domicile. S'il dit la vérité, il n'y a qu'elle qui puisse confirmer l'heure à laquelle il a quitté son domicile. Interroge aussi Mlle Lesage. Nous devons les retrouver. Je te remercie, tu as fait du bon boulot.

Le commissaire Boulard eut presque l'impression de rougir de se faire féliciter par le chef de la brigade criminelle de Paris.

*

11 h 15

Lorsqu'il s'était aperçu qu'il ne pouvait pas lancer la connexion via la télécommande, il s'en voulut d'avoir commis cette petite erreur qui allait le mener à sa perte. Il regretta aussi d'avoir fait aveuglement confiance à Sophie Lesage. Elle l'avait accepté tel qu'il était… En vérité, rien ne se serait passé ainsi s'ils n'étaient pas venus le déranger alors qu'il s'apprêtait à dévoiler toute sa vie, jusque-là nourrie de mensonges, de secrets, et de la souffrance qu'il avait tant subie dans sa chair. Tout ceci, il voulait le transcrire sur une feuille blanche format A0, mais la vie en avait décidé autrement. Comme il le disait au vieil homme : « Si ça venait à tourner au vinaigre, j'ai tout prévu. » Il n'allait pas rester là, dans sa salle de régie, et attendre que l'on vienne le chercher…

Dans la salle de vote, les directeurs furent attirés vers la baie vitrée quand ils apprirent que les policiers avaient pour cible le siège de l'OAD.

Il regardait la baie vitrée, comme il en avait l'habitude depuis la mezzanine de sa demeure, en direction de l'horizon, vers le point final d'une vie remplie de mystères qui s'achevait.

Allongé sur le banc, il attendait qu'ils ouvrent la porte pour venir le cueillir comme un fruit, un fruit qui avait mûri à l'envers et qui avait perdu toute saveur.

Il avait quand même fini par le remercier lorsqu'ils s'étaient croisés devant la porte de l'ascenseur. Tout en lui serrant la main, il avait eu une pensée : « Tu es aussi responsable que les autres, mais je ne t'en veux pas. » Malgré tout, il avait fini par lui dire :

— Ça s'est bien passé ?

Le jeune C'Watt retira les écouteurs de ses oreilles.

— Et toi, ça s'est bien passé ?

— Comme tu vois…

Il sourit.

— Tu vas au dépôt ? lui avait demandé le jeune rappeur.

— Pas vraiment, je vais faire un petit tour. Ça me fera du bien.

— Tu ne te sens pas bien ?

Il n'avait pas souhaité lui répondre. Il ne voulait pas lui dire que son cœur souffrait de ce qu'il lui avait annoncé alors qu'il allait effacer l'un des derniers responsables de son mal de vivre.

— Tu écoutes de la musique ?

— Un nouveau son. Tu veux me dire ce que tu en penses ?

— Vas-y, fais écouter, avait-il dit en se mettant dans la peau du jeune rappeur.

— C'est le refrain. Samedi soir, j'ai déchiré la salle avec ça.

Il mit les écouteurs.

« *On n'a plus qu'à commettre tous les crimes imaginables : tromper, voler, assassiner, et dire pour excuse qu'on y a été poussé par sa destinée.* »

Il avait essayé de faire le vide dans sa tête en écoutant le refrain, tout en fixant le jeune rappeur dans les yeux, sans ciller. À travers cette chanson, il acceptait la vie qui lui était destinée.

— Alors, qu'en penses-tu ?

— C'est pas mal, répondit-il en retirant les écouteurs de ses oreilles.

— Tu peux aller consulter mon MySpace et l'écouter autant de fois que tu veux. Et tu peux même mettre un commentaire.

— Un commentaire ? Sur ton MySpace ?

— Ouais ! Sur le Net, tu tapes MySpace C' Watt…

— D'accord je n'y manquerai pas. Je pourrais même te suggérer un titre.

— Vas-y.

— Inspire-toi de l'Affaire de l'obélisque.

C'Watt le dévisagea, surpris par ses propos.

La porte de l'ascenseur s'ouvrit à l'instant où le jeune s'apprêtait à mettre ses écouteurs…

— Merci pour ton coup de fil de dimanche.

C' Watt avait levé les yeux sur lui.

— Pas de quoi, gars ! Elles sont toutes les mêmes !

Il l'avait regardé d'en haut avec un air désolé.

Après quelques pas sur la dalle en direction du nord-ouest, il pensait que, finalement, ils avaient le même visage.

*

11 h 45

Les policiers et les agents de la sécurité du site de l'OAD, avaient investi le hall d'entrée de la tour HQE. Il ne manquait plus que les irréductibles journalistes pour clore ce désordre. Quelques instants plus tard, au pas de course, Lemé surgit dans le couloir de l'accueil. Son bras droit avait fait le nécessaire auprès du directeur adjoint, à qui il avait expliqué leur visite inopinée. Surpris, le directeur adjoint avait été très compréhensif et promit de mettre en avant son pouvoir au sein de l'OAD, pour aider les policiers à interpeller le suspect.

Dans la salle de vote, ils étaient tous assis et se regardaient en chiens de faïence en se demandant ce que les policiers venaient faire dans leurs univers. Eux, les décideurs. Ils se firent petits face aux policiers.

Lemé les avait fixés en essayant de découvrir leurs vrais visages, jusqu'à ce que son regard se pose sur la vitre teintée de la salle de régie. À travers la vitre, il crut apercevoir une silhouette. Sous les yeux des directeurs qui gardèrent le silence comme s'ils avaient perdu leur voix, Lemé ouvrit la porte de la salle de régie et découvrit avec surprise la silhouette :

— Vous êtes ? s'enquit Lemé.

— Eduard Poulsen, le directeur de l'évènementiel.

Poulsen, l'air désolé, était assis sur la chaise haute du technicien de la régie. Il avait le visage blême. La présence des policiers provoquait en lui un certain malaise, puisqu'il occupait un poste très envié par ses subordonnés. C'était comme si les policiers venaient de signer la fin de sa carrière au sein de l'OAD.

— Ceci est-il à vous ? demanda Lemé en lui montrant la télécommande à l'intérieur du sachet.

Poulsen prit un air surpris.

— C'est l'une des télécommandes de la visioconférence. Nous n'en avons que deux. Une pour la régie et l'autre pour les directeurs, répondit-il.

Puis il mit sa main au fond de sa poche :

— Où l'avez-vous trouvée ?

— Dans la main de M. Olivier Danze.

— Bizarre, il n'y a aucune raison à ce qu'il la détienne.

Il déposa sa télécommande sur la table de régie.

Lemé reçut cette réponse comme une victoire collective, une confirmation qu'ils ne s'étaient pas trompés sur leur suspect tout au long de leurs investigations, leur suspect n'était autre que Raymond Roland, l'enfant blessé dans l'accident du 21 juin 1976.

Poulsen leva les yeux vers le plafond bas du local de la régie, comme s'il voulait implorer le ciel. Finalement, il se sentit soulagé, car il se dit qu'il avait peut-être encore une chance de sauver son poste ; l'absence d'Olivier Danze était due à un événement dramatique, et non pas à une négligence de sa part.

— Je lui avais demandé d'établir la connexion avec le directeur général, qui ne siège pas dans nos locaux, en attendant l'arrivée de M. Danze. Je comprends pourquoi il m'a proposé de simuler une panne technique lors de la visioconférence, puisque sans cette télécommande, il est impossible d'activer la liaison avec le directeur général. Mais pour lui, simuler une panne n'était pas un problème…

— Et pourquoi ne pas avoir utilisé la vôtre ?

— Vous savez, ici, votre tête est mise à prix chaque jour, même pour un retard. Alors pour une télécommande, je vous laisse imaginer ! Non, c'est impensable ; ici, c'est chacun pour soi. C'est la loi.

Les policiers étaient abasourdis, ils portèrent tous leur regard vers la grande table ovale. Les décideurs étaient tous là et ils se firent tout petits. Laplace dévisagea longuement l'urne posée sur un plateau en marbre.

« L'échafaud », pensa-t-il.

— Donc, ça prouve sa présence chez M. Danze.

Cette réaction surprit Lemé.

— Soyez précis, je vous prie.

— Je ne sais pas comment vous le dire…

Poulsen s'interrompit et glissa sa main dans la poche.

— Tenez !

Lemé fronça les sourcils en découvrant la photo prise devant le bassin à jets d'eau. Laplace regarda par-dessus son épaule. Il découvrit le visage de Cesco et le vrai visage d'Olivier Danze, qui fit monter en lui une poussée d'adrénaline.

— M. Danze et Jacques Cesco.

— Je vois bien, mais…

— Cette photo a été prise à ma demande mercredi dernier en fin de journée par nos caméras de surveillance au QG de sécurité du site. C'était juste après mon entretien avec M. Danze.

— N'auriez-vous pas une petite tendance au voyeurisme par hasard ? lui demanda Laplace d'un air moqueur.

Poulsen déglutit et ne répondit pas à ce qui ressemblait à une insulte à son égard. Désormais, il était conscient que ce policier allait lui mener la vie dure. Il préféra se tourner vers Lemé :

— J'ignorais qu'ils se connaissaient. Samedi dernier, Mlle Rose-Marie Dolmon a organisé une soirée au *Pub du Parvis*...

Lavoix l'interrompit :

— Y avez-vous remarqué la présence de M. Roland ?

— Non. En ce que me concerne, ma présence était indispensable. Je n'ai pas arpenté la piste de danse, mais j'ai bien suivi les deux messieurs. D'ailleurs, quelques collègues que vous voyez dans cette salle ont quitté la soirée dès qu'ils ont vu M. Cesco. Et puis, ce matin, j'ai pris la décision de lui dire deux mots au sujet de cette photo dès la fin de la réunion. Il faut s'attendre, quand on a un ami comme Jacques Cesco, à ce qu'il vous cause des ennuis un jour ou l'autre. Et quand on se permet de finir la soirée dans le lit de l'amie d'un collègue, il se peut que la réaction de ce dernier soit très violente.

Les policiers étaient bouche bée.

— Donc, vous, ou bien l'un de vos collègues, vous avez estimé qu'il était urgent de le mettre au courant de l'escapade de son amie ?

— Seigneur, épargnez-moi ce malheur ! Si j'en avais eu l'occasion, j'aurais dit à M. Danze que ce n'était pas une bonne idée. Sachez que Jacques Cesco était sous ma direction il y a dix ans de cela. Il en a brisé des couples au sein de l'OAD, et sur le site. C'était un coureur de jupons, et il s'en est toujours bien sorti.

— Donc vous compatissiez ? demanda Laplace. Voir les collègues se faire trancher la tête, ça a l'air de vous amuser. À votre place, je m'en voudrais de ne pas avoir fait remarquer à votre poulain que ce n'était pas une bonne idée d'aller tâter le matelas d'un collègue. Si nous ne mettons pas la main dessus, à votre place, je ne dormirai pas la nuit. Savez-vous pourquoi, M. Poulsen ? Tout simplement parce que M. Roland n'en a rien à foutre de votre système et de votre façon de voir les choses pour embellir ce quartier. Vous n'avez pas même pris la peine de lui proposer votre télécommande pour l'aider à sauver sa tête.

Cette réaction du commandant Richard Laplace n'était pas due à l'effet *KISS COOL*, mais à l'effet *JACQUES CESCO*, qui le mettait finalement de mauvais poil. Il n'en avait pas fini avec le directeur de l'évènementiel, habitué à ce genre de situations au sein de l'OAD, ce que le commandant Laplace ignorait.

Poulsen écoutait. Il ne bougea pas d'un cil et rétorqua d'une moue qui effraya Lemé.

— Je n'ai pas dit ça. Mais si je peux encore sauver ma tête, comme vous dites, je crois qu'il a laissé son portable. Quand on nous a signalé que des policiers se dirigeaient vers la tour HQE, nous nous sommes tous précipités vers la baie vitrée.

Et quand je me suis retourné, il n'était plus dans la salle de régie. C'est à partir de là que j'ai fait référence à cette soirée.

— Vous feriez un bon enquêteur, lâcha Lavoix. Vous auriez préféré que ce soit M. Cesco. Hélas non, même si cela vous aurait forcément fait plaisir, tout comme à vos collègues.

Poulsen haussa les épaules et attendait la suite.

« Dans le mille mon Lavoix », pensa Laplace.

Lemé lâcha un soupir.

— Très bien M. Poulsen. Où se trouve son bureau ? Vous avez une idée de l'endroit où il pourrait être ? demanda Lemé sans négliger l'opinion personnelle de Poulsen : « Ici, chaque jour, votre tête est mise à prix, même pour un retard. »

— Vous y êtes. M. Roland travaille en tant qu'indépendant et il est notre prestataire de service. Il coordonne toutes les salles de conférences du site de l'OAD. Il me semble qu'il a un local pour stocker le matériel quelque part sur ce site.

— Savez-vous où se trouve ce local ?

— Je l'ignore. Je sais simplement qu'il stocke du matériel.

— Avez-vous une idée du genre de matériel dont il est question ?

— Un peu tout ce qui a servi à des expositions sur ce site. Du mobilier urbain, de la ferraille, et bien des choses que je n'ai plus en tête. Il était discret et ne parlait jamais de sa vie privée ni de sa petite amie Sophie Lesage. Je n'ai aucune idée d'où il peut être. Comme je vous le disais, je ne l'ai même pas vu sortir de la salle. Regardez, il a laissé son portable en évidence…

Lemé prit le portable et ouvrit le clapet. L'horloge en fond d'écran indiquait : 11 h 35.

— Est-ce son téléphone personnel ?

— Oui. Son contrat ne lui permettait pas d'en avoir un fourni par l'OAD, sauf la ligne fixe.

— Le fait qu'il laisse son portable signifie que…

— Qu'il a perdu… Pour lui, tout est terminé ! conclut Lemé, finissant ainsi la phrase du commandant Henry.

— M. Poulsen, dit Lemé. Pouvez-vous nous dire s'il a utilisé ce téléphone ?

— Bien sûr, répondit-il en actionnant la touche menu du téléphone. Personnellement, je ne l'ai jamais eu sur ce fixe. Mais ça ne veut pas dire qu'il ne recevait pas d'appels. S'il y avait un appel en absence, on verrait le voyant rouge clignoter… Désolé de vous le dire, mais il ne semble pas l'avoir utilisé. Cependant, vous pouvez aller voir la direction du personnel pour plus d'informations concernant les communications passées sur ce poste.

— Ce bâtiment est-il équipé d'une caméra ? demanda Lavoix en scrutant les angles des murs de la salle de vote.

— Juste le hall d'entrée pour les hôtesses d'accueil. Mais pour les enregistrements des images, c'est au QG.

— Merci, dit Lemé. Nous vous prions de ne pas quitter le bâtiment pour le moment.

— D'ailleurs, le bâtiment est placé sous haute surveillance. Personne ne sort, et personne n'entre. Passez le message à vos collègues, renchérit Laplace.

Lemé regarda à travers la vitre séparant la salle de vote de l'accueil. Ils quittèrent la pièce. En face, une porte était ouverte ; il entra. Laplace et Henry ne le lâchèrent pas d'une semelle. Lavoix suivait en retrait. Poulsen n'avait toujours pas bougé d'un cil, assis sur le siège du technicien de la régie. Une violente douleur lui monta au cou lorsqu'il fixa l'urne de vote sortie du plancher.

Dans son élan, Lemé ouvrit le journal dans le menu du téléphone. Il remarqua qu'il n'y avait aucun appel entrant ni sortant. Seul un relevé téléphonique pourrait confirmer ses communications. Il grinça des dents.

Puis il consulta la messagerie : il n'y avait qu'un seul message, envoyé le dimanche à 12 h 25.

« *J'espère que tu t'amuses bien. J'ai hâte de te revoir. Je t'attends lundi à midi comme prévu… N'oublie pas de venir avec elle. À demain ma louve.* » Deux heures plus tard, il avait reçu en réponse : « *On sera à l'heure.* »

— Bon sang ! s'exclama Lemé en serrant le portable dans sa main. Lavoix, établis la communication radio pour leur dire de se tenir prêts pour l'intervention. Qu'ils ne fassent rien sans avoir eu le feu vert, ajouta-t-il

Lemé jeta un bref regard sur sa montre : il était 11 h 45.

— Si on ne le retrouve pas à temps, j'ai bien peur pour la vie de Sophie Lesage et celle de son amie.

— Tu penses qu'il est à leur recherche ?

— Il nous reste quinze minutes pour mettre la main sur elles ! Il a envoyé un texto dimanche pour un rendez-vous aujourd'hui à midi… Où, je ne le sais pas.

— Ma louve… Tout laisse penser qu'il s'agit de Sophie Lesage, dit Lavoix.

— Il veut se venger, dit Lemé en se creusant la tête. Probablement par rapport au fait que son amie a passé la nuit avec Olivier Danze. Mais rien ne prouve que le point de rendez-vous soit sur le site de l'OAD. Dans ce cas, s'il n'était pas à la soirée, qui l'a mis au courant du fait que sa petite amie a profité d'une petite liberté ? Sachant que ce n'est pas Poulsen, s'enquit Laplace en dévorant des yeux les directeurs.

— Ce serait un miracle si nous venons à le découvrir, répondit Lemé en regardant sa montre.

Puis il tendit le portable à Laplace, qui ouvrit aussitôt le clapet.

— Il n'y a presque plus de batterie. Espérons que la petite « louve » pensera à faire sonner ce téléphone. Mais ça ne nous dit pas qui l'a mis au courant de son escapade de samedi, après la soirée. On pourrait peut-être l'appeler, cette louve...

— Pour le moment, ce n'est pas une solution. Si elle tient à lui et qu'elle se doute de quelque chose, elle fera tout pour le prévenir, et sûrement pas en l'appelant sur son portable, suggéra Lavoix.

— Ce qui compliquerait sérieusement les choses, ajouta Lemé avec lassitude. J'ai bien peur que nous arrivions trop tard.

Pendant qu'ils réfléchissaient, dans la salle de vote, les directeurs de l'OAD étaient silencieux et dirigeaient leur curiosité sur la porte entrouverte, puis sur un policier qui venait de faire son apparition derrière la vitre, tel un fantôme. Tous indiquèrent d'un mouvement de tête le bureau avec la porte entrouverte. Le policier frappa et entra.

— Mlle Rose-Marie Dolmon a disparu du domicile de M. Cesco et nous n'arrivons pas à la joindre sur son portable.

Silence.

— Merci, répondit Lemé en jetant un bref regard sur sa montre qui indiquait 11 h 50. Dites au commissaire Boulard de ne plus tenter de les joindre sur leurs portables. S'il a besoin de plus de renseignements, qu'il m'appelle.

Le policier tourna les talons.

— Bon sang ! Il est ici ! Je sens qu'il est ici, lâcha-t-il les dents serrées. Sophie Lesage et son amie ne devraient pas tarder à arriver au point de rendez-vous.

— Et pourquoi leur donnerait-il rendez-vous sur le site ? demanda Laplace.

— Il n'y a que lui qui le sache, répondit Lemé amèrement. Mais on va le découvrir ! Lavoix, établis la communication radio et confirme l'opération d'intervention. Que Menez me tienne au courant de sa progression, ajouta-t-il.

— Donc, s'il a prévu de tous les éliminer, l'intervention au domaine va être déterminante, et cela perturbera son programme si le rendez-vous a lieu au domaine. Il s'est passé quelque chose qu'il n'avait pas prévu.

Henry, fronça les sourcils l'air interrogateur :

— Il a commis une erreur avec cette commande. Il nous faut savoir à quelle heure il a quitté le siège de l'OAD. On pourrait peut-être visionner les images prises par les caméras de surveillance au QG du site, dit-il sans conviction.

— C'est une solution, répondit Laplace. Mettons le commissaire Boulard sur le coup. Mais d'après ce que j'ai vu en arrivant, il y avait un groupe de salariés postés devant une borne et, à tour de rôle, ils passaient une carte. Ils discutaient au sujet des horaires.

— Une badgeuse ! s'exclama Lemé presque de surprise.

— Si c'est le cas, nous allons pouvoir obtenir l'heure exacte et les agents de sécurité remonteront plus facilement les enregistrements des caméras de surveillance.

Lemé prit son portable rapidement. Depuis le début des investigations, il avait paramétré tout son répertoire, qui était uniquement dédié à l'enquête. Au bout de trois sonneries, il entendit une voix :

— Damien, c'est le commissaire Lemé… Non, non, je ne t'appelle pas pour ça. Continuez la recherche… J'ai besoin que tu contactes rapidement le responsable du poste de sécurité du site. Nous devons absolument savoir où il se trouve… Qu'il remonte la bande depuis l'heure de l'agression… OK, tu me rappelles sur mon portable… Croisons les doigts.

Lemé raccrocha avec long soupir.

— Nous aurons une réponse dans moins d'un quart d'heure. Et si nous allions voir le service du personnel…

Cinq minutes plus tard, les enquêteurs suivaient le directeur adjoint dans le bureau de la direction administrative et générale. Les enquêteurs prirent connaissance des horaires enregistrés par la borne. C'était une solution rapide pour confirmer la présence d'un salarié.

— M. Roland n'est pas soumis aux horaires internes. Le fait qu'il soit prestataire de service lui donne droit à un badge qui lui permet de circuler dans nos locaux, mais il a une obligation de badger en arrivant. C'est ce qu'il a fait à 8 h 48, annonça l'assistante en fixant son écran d'ordinateur.

Lemé grimaça. De la salle de vote, il avait vu les policiers se diriger vers le siège de l'OAD. Il avait compris qu'il était trop tard.

— Pouvez-vous nous dire s'il a utilisé son téléphone ? demanda Laplace en s'approchant de l'écran, lui soufflant presque sur le nez.

L'assistante posa son regard sur son directeur comme si elle ne voulait exécuter la demande des enquêteurs que par le biais de celui-ci. Elle le montra clairement à travers son visage qui devint blême et insignifiant.

— Dites-moi au moins où se trouve ce téléphone...

— Je vous prie de m'excuser, je pensais que vous étiez au courant. Ce téléphone se trouve dans la salle de régie. Vous pourriez peut-être nous imprimer tout l'historique de ses horaires d'entrée, ainsi que ses appels téléphoniques, lui dit Laplace, toujours penché sur l'écran, ce qui l'irritait.

— Bien sûr, dit-elle avec réticence. D'ailleurs, vous n'aurez pas grand-chose pour la semaine précédente vu qu'il était en congés.

Elle tendit la main vers l'imprimante qui débitait les feuilles.

— Voilà ! dit-elle d'un air agacé.

— Merci beaucoup Madame, dit Laplace sur un ton bien prononcé.

Lemé n'intervint pas. Il ne comprenait pas l'humeur de l'assistante. « Un jour sans », pensa-t-il, quand Laplace lui tendit les feuilles.

Soudain, Lemé pensa au pire. Il sentit ses poils se hérisser. « Il n'est pas seul », se dit-il. Le nom de scène du jeune rappeur C'Watt résonna dans sa tête comme un tambour. Raymond Roland avait passé un appel depuis son poste à 11 h 16, qu'il avait pris soin d'effacer, et quelques minutes avant l'intervention des policiers, il avait eu le temps de prendre la fuite. Sur les relevés, Lemé eut la confirmation que Witley appelait régulièrement Roland.

— Pouvez-vous me dire si M. Witley a badgé une sortie ou essayer de le contacter, s'il vous plaît ? demanda Lemé en haussant légèrement le ton.

Elle regarda le coin droit de son ordinateur : il était midi. L'assistante leva le menton et croisa le regard de Laplace. Elle grimaça tout en décrochant le combiné et appuya sur trois chiffres, puis elle raccrocha presque aussitôt.

— Écoutez, il ne décroche pas. Il est midi, c'est l'heure de déjeuner, dit-elle. Son bureau se trouve quai de livraison, au niveau du 1er sous-sol.

Soudain, Laplace sentit le téléphone de Raymond Roland vibrer dans sa poche. Un son lointain puis une voix venaient du portable. Lemé tendit l'oreille et resta attentif :

« *Ici transmetteur, appel numéro…* ».

L'alarme du domaine était connectée à son portable. L'appel confirmait l'intervention de l'équipe de police à l'intérieur du domaine.

Instantanément, Lavoix fit part d'un message venant du domaine de la roue.

— Ils viennent de pénétrer dans l'habitation, mais ils n'ont pas pu éviter le déclenchement de l'alarme. Ils commencent la fouille.

Encore un nouveau signe d'une mince victoire. Les policiers se doutaient bien qu'ils n'avaient plus assez de temps pour sauver les deux amies qui restaient introuvables. Mais ils avaient une certitude : Raymond Roland n'était pas au domaine. Il était sur le site de l'OAD, et nulle part ailleurs.

Son portable laissé sur la table haute de la salle de régie n'était pas un oubli, mais un message de sa part signifiant que tout était terminé.

Lemé regarda sa montre : il était midi quinze. Le bureau du jeune rappeur situé au premier sous-sol émergea dans son esprit, quand soudain son téléphone sonna. Au bout du fil, le commissaire Boulard lui annonça une autre bonne nouvelle. Puis il raccrocha l'air songeur.

— Ils ont remonté sa trace jusqu'au centre commercial. En attendant, il nous reste le rappeur, lâcha Lemé d'une voix excitée.

C'était un moment très attendu par des milliers de salariés du site de l'OAD. Pour certains, c'était l'heure de se déconnecter de l'écran de leur matériel de travail, de se retrouver seul ou en compagnie de très bons collègues. Alors, les dalles piétonnes, les espaces publics et les terrasses étaient pris d'assaut par tous ces salariés. D'autres préféraient faire du lèche-vitrines dans le grand centre commercial tout en avalant rapidement un sandwich, à l'inverse de ceux qui préféraient s'occuper de leurs affaires personnelles ou surfer sur internet en effectuant quelques achats. Mais les irréductibles – il en existait même sur le site de l'OAD, en cette courte période de coupure – étaient ceux qui, par conscience professionnelle, ne pensaient pas un instant à se déconnecter de leurs écrans et gardaient le combiné collé à l'oreille.

Cyril Witley n'avait rien à voir avec tout ça. Quand le gong de midi sonna, il se déconnecta complètement de son job au sein de l'OAD ; il respectait à la lettre le règlement interne, à savoir les horaires. Il consacrait sa pause à sa passion : la musique. Dans son bureau d'à peine dix mètres carrés au premier sous-sol, il s'enferma pour se restaurer. Un soda, un jambon beurre et un paquet de chips lui suffisaient amplement pour se nourrir et assouvir sa passion. Un casque audio dernier cri sur la tête et connecté sur son PC, Cyril Witley avait entamé, depuis le gong de midi, l'écriture de son nouveau texte pour la prochaine soirée au *Pub du Parvis*. Le refrain était tout trouvé depuis la dernière soirée : « les filles sont toutes pareilles », martelait-il. Quand il se retourna, le directeur adjoint était là, immobile. Le rappeur déglutit puis retira son casque, tandis que les policiers contemplaient son visage que la jeunesse n'avait pas épargné.

— Bonjour monsieur le directeur, dit-il d'un ton inquiet.

— Bonjour M. Witley. Excusez-nous de vous déranger pendant ce court moment de détente.

— Il n'y a pas de mal, monsieur le directeur, répondit-il en fixant les hommes qui accompagnaient son patron – et pour Cyril, cela ne faisait aucun doute, il était face à des policiers.

— Y a-t-il un problème ? s'enquit-il.

Lemé prit soin de lui expliquer le but de leur présence, en essayant d'être le plus juste possible, d'essayer de gagner sa confiance.

— Non, on n'avait pas rendez-vous. C'est après que j'ai vu qu'il avait essayé de me joindre sur mon poste… Comme on s'était rencontré par hasard devant l'ascenseur, je ne l'ai pas rappelé. Mais j'ai trouvé qu'il n'avait pas l'air dans son assiette. D'ailleurs, il m'a proposé un titre pour mon prochain tube, mais je n'ai toujours pas compris où il voulait en venir...

Le rappeur s'interrompit.

Les policiers se regardèrent, curieux d'entendre ce titre.

— L'obélisque, ajouta le rappeur.

— Génial, il se permet même de se vanter !

Cyril Witley fixa son directeur d'un air hébété.

Le commissaire reçut un nouveau message venant du domaine de la roue.

— Ils viennent de ratisser tout le rez-de-chaussée, ils commencent leur progression à l'étage. Pour le moment, rien ne prouve la présence de nos victimes.

— Nous avons la certitude qu'il n'est pas au domaine. Il doit savoir aussi que nous avons investi la propriété et qu'il ne peut plus y mettre les pieds. Il ne peut être que sur ce site, murmura Lemé à ses hommes.

Le jeune rappeur ne saisit pas l'échange entre les policiers.

— M. Witley, nous avons constaté qu'il vous appelait régulièrement. Avez-vous une idée d'où il pourrait être ?

Le rappeur sembla réfléchir, puis il se remémora cet instant, devant la porte de l'ascenseur, alors qu'il s'apprêtait à mettre ses écouteurs.

— Je lui ai demandé s'il allait au dépôt, mais il m'a dit que non, qu'il allait faire un tour. Ensuite, il m'a remercié pour mon coup de fil de dimanche.

Le silence qui suivit cet aveu donna l'impression que la tour HQE, la fierté de l'OAD, s'effondrait comme un château de cartes, mais dans le silence total.

Cyril Witley avait l'air d'un pantin avec son visage boutonneux et ses grosses lunettes qui palliaient un strabisme.

— Donc, vous l'avez mis en garde en lui disant que son amie avait quitté la soirée au bras d'un autre homme ?

Witley secoua la tête.

— Non, pas dans ce sens. Je lui ai simplement demandé si c'était fini avec Sophie du fait qu'elle était en compagnie de M. Danze et de Jacques, et que ça m'avait paru un peu bizarre. Puis il m'a demandé si j'en étais sûr. Je lui ai dit que c'était bien elle. Rien d'autre. Il m'a remercié en me disant que je lui rendais un grand service.

— À quelle heure, l'avez-vous prévenu ?

Witley n'eut pas à réfléchir.

— Dimanche, il était midi quinze.

— Et comment l'avez-vous trouvé au téléphone ?

Witley plisse les fronts d'étonnement.

— Comment ça trouvé ?

— L'intonation de sa voix : il était calme, irrité, nerveux ou bien…

— Plutôt essoufflé, et il y avait beaucoup de grésillements.

— Ce dépôt, dit Lemé en reprenant son souffle, je suppose que vous ne savez pas où il se trouve.

— Non, ici je m'occupe de l'entretien et je n'ai pas besoin de stocker de matériel. Par contre, depuis son retour de congés, il a récupéré un massicot, répondit le rappeur non sans échanger un regard avec son directeur, qui semblait dire que lui aussi n'était pas au courant.

— Un massicot ! s'exclama Laplace, qui trouvait jusque-là que le rappeur n'était pas de ceux qu'il croisait dans le quartier ou voyait sur un écran de télé.

Lemé craignait le pire. Que pouvait-il faire avec un massicot, mis à part en récupérer la lame ? Raymond Roland avait plus d'un tour dans son sac. Il ressentit un long frisson le long de sa colonne vertébrale, qui commençait à fléchir, mais il tenait bon.

— Ça lui arrive souvent de récupérer ce genre de matériel ? demanda-t-il.

— Oui, mais ce qu'il en fait, je l'ignore. Je sais qu'il a un don pour l'invention, la peinture, la sculpture, les choses qui ont un rapport avec l'art. Il me parlait souvent de son invention qui se trouve dans la salle de vote.

— Et de quoi s'agit-il ?

— Désolé, je l'écoutais sans vraiment m'y intéresser. D'ailleurs, dans mon contrat, je ne m'occupe pas des étages supérieurs. Ma zone, c'est le hall d'accueil et le quai de livraison.

« Drôle de boîte », pensa Laplace en chassant de son esprit le regard perdu du directeur adjoint.

— Merci, M. Witley, dit Lemé. Vous allez venir avec nous.

Cyril Witley prit ses clés et attendit qu'ils soient sortis de son espace de travail. Laplace balaya la pièce du regard et ne remarqua rien qui justifiait la passion du rappeur. Tout devait être sur son ordinateur. Ce dernier tourna la clé dans la serrure. Ils prirent la direction de l'ascenseur. Talonné par les policiers, Cyril Witley dit d'une voix basse :

— Monsieur le directeur, que se passe-t-il ?

— Vous avez été parfait mon garçon, répondit le directeur adjoint en regardant droit devant lui. Par contre, vous me devez quelques explications à propos de ce massicot. Vous n'avez pas suivi la procédure de renouvellement du matériel, qui consiste à la destruction de tout le matériel remplacé. Vous avez enfreint le règlement interne de l'OAD, mon garçon.

Cyril Witley déglutit.

Arrivés à l'étage, les policiers prirent soin de laisser le jeune rappeur entre les mains de son directeur. Ce dernier souhaitait s'entretenir avec lui au sujet de la conduite à tenir vu la situation quelque peu dérangeante pour l'image de l'entreprise.

La salle de vote était vide. Seul Eduard Poulsen était encore présent. Il empilait les diverses brochures qui constituaient le projet de l'Ombre de la dalle dans un carton. Les directeurs, profitant de l'absence des policiers, regagnèrent leur bureau comme des chiens errants. Ne pouvant les retenir, il prit son courage à deux mains et décida de prévenir le directeur général de la situation. Ce dernier prit la décision de les consigner dans les locaux jusqu'à nouvel ordre. Finalement, il réfléchissait au règlement et à la nouvelle stratégie de renouveau du site. Bien qu'il ait trouvé l'incident indigne de ses subordonnés, il n'avait pas l'intention de venir pointer son nez, au risque de se retrouver dans la salle de vote pour un nouveau scrutin. Le message était clair : « Que mon adjoint, fasse le nécessaire avec ces policiers ».

Plongé dans ses pensées quant à ce que serait son avenir à l'OAD, il sursauta lorsque les policiers franchirent la porte de la salle de vote.

L'occasion était trop belle pour le commissaire Laplace :

— Avez-vous peur, M. Poulsen ? Ce n'est que nous.

Poulsen ne répondit pas. Il entassait les dernières brochures avec hargne dans le carton.

— Vous avez dit que votre directeur général ne siégeait pas dans vos locaux. Ne pensez-vous pas qu'il serait intéressant de l'informer de ce qu'il se passe ici ?

Poulsen s'arrêta et regarda l'urne, puis il réfléchit un moment au sujet de ce policier qui semblait lui en vouloir, peut-être sans raison.

— Regardez autour de vous, M. Poulsen. Il n'y a plus personne. Il vous laisse seul avec ce machin, là-bas. Vous n'avez pas l'impression que vous êtes le prochain à monter à l'échafaud avec ce système de vote ?

C'en était trop pour Poulsen :

— Écoutez, dit-il en se retournant vers Lemé, méprisant complètement le commandant Laplace. Ce machin, comme vous dites, est un chef-d'œuvre. Il en existe treize exemplaires sur ce site. Et c'est par ce moyen de vote, que vous appelez « machin », que nous validons tous nos projets pour embellir ce quartier, que cela vous plaise ou non. En ce qui concerne mon directeur, j'ai pris la bonne décision en le prévenant. Et comme vous dites, je n'en ai rien à cirer s'il siège ici ou ailleurs sur ce site… Et sachez qu'ici, à l'OAD, chacun doit prendre ses responsabilités, et ce n'est pas les autres qui bougeront le petit doigt pour vous secourir, bien au contraire…

Poulsen s'interrompit et jeta un nouveau regard vers l'urne.

— Alors, estimez-vous heureux que je puisse encore vous être utile à le retrouver. Je peux dès à présent me taire et vous dire que je connais mes droits. Mais je ne pense pas que vous vous attendiez à cela…

— Nous nous attendons à tout, M. Poulsen. Cette photo dans votre poche en est la preuve. C'est étrange tout ça. Savez-vous que votre poulain s'est fait décapiter avec une feuille de boucher ? Et qu'il a un massicot en sa possession ? À votre poulain, il ne lui a pas fait juste une petite égratignure, alors je vous laisse imaginer ce qui mijote dans sa tête…

Poulsen haussa les sourcils ; au même moment, ses jambes ne lui permettaient plus de tenir debout. Il perdit l'équilibre, se rattrapa puis alla s'asseoir sur un fauteuil autour de la table ovale. Il desserra sa cravate, ressentant de nouveau cette sensation qu'on lui tranchait la tête.

— Nous venons d'apprendre par M. Witley qu'il y a dans cette salle une invention de M. Roland.

D'une voix éteinte, il dit :

— La seule chose que nous ayons de lui à l'OAD, c'est l'urne de vote.

— Eh bien nous y voilà ! L'urne ! s'exclama Laplace en allant au pied de l'escalier, fixant l'urne posée sur un plateau en marbre. Drôle d'idée… ajouta-t-il en allant au pied de l'escalier.

— Vous auriez dû nous le dire tout de suite, bon sang.

Ils fixèrent l'urne de vote.

Silence.

Les policiers gravirent les cinq marches de l'estrade. Un court instant, les victimes leur traversèrent l'esprit et ils se demandèrent si Raymond Roland était dans un état second ou bien s'il prenait du plaisir à monter à l'échafaud. De part et d'autre, un long boulevard s'étalait à l'infini en une ligne de tirets et de points… Soudain, une sonnerie retentit. Grâce à une programmation via son portable, avec une musique spécifique dédiée à chaque groupe de la brigade, Lemé reconnut celle du commissaire Menez :

— Gilbert, je t'écoute, dit Lemé en observant le plateau en marbre.

Le commissaire Menez avait souhaité l'informer directement sur son portable plutôt que par le biais de la radio de ce qu'ils avaient découvert dans une pièce à l'étage. Pendant un long moment, Lemé écoutait sans ciller. Il fut parcouru d'un long frisson lorsque Menez lui annonça qu'il avait l'impression de visiter les catacombes de Paris. Dans la pièce, des crânes étaient exposés dans une grande vitrine encastrée dans le mur.

— Il faut que tu viennes voir par toi-même, Frank ! On se croirait dans les catacombes…

Il y eut des grésillements dans le téléphone.

— Gilbert, tu m'entends ?

Lemé descendit les marches et s'isola dans un coin de la salle. La voix de Menez lui revint, comme si elle jaillissait des profondeurs des ténèbres.

— Je t'entends, Franck. Et ce n'est pas tout... Je ne sais pas comment te l'annoncer. Ça m'arrache les tripes, Franck, vraiment...

Lemé avait envie de savoir ce qui provoquait un tel dégoût.

— Nous avons le visage de Kristina, Franck. Il conservait la tête dans un congélateur.

Une fois de plus, Lemé cherchait une chaise, juste pour se poser un court instant. Il eut une forte pensée pour Rose-Marie Dolmon et son amie, Sophie Lesage. Lemé regarda sa montre. Il était midi ; elles étaient sans doute arrivées au lieu de rendez-vous.

Pendant tout ce temps, Poulsen avait retrouvé ses esprits, et de son plein gré, il gravit les marches en ayant toujours la même sensation au cou. Les policiers écoutaient attentivement les explications concernant l'idée de l'urne de vote.

— Jamais je n'aurais pensé qu'il serait capable d'aller jusqu'à commettre l'irréparable. Il ne laissait supposer rien de tout ça. Bon, bref, je préfère garder l'image d'un homme discret et d'une très grande sensibilité... Croyez-moi, il l'était !

— Heureux de vous l'entendre dire M. Poulsen ! Mais le temps presse. Sachez que nous ne savons toujours pas où est ce local...

Laplace ne s'imaginait pas qu'à ce moment-là, le directeur du renouveau du site de l'OAD, avait tout son temps : les ombres de la dalle étaient un échec.

— Et que pouvez-vous nous dire à propos de ce système de vote ? demanda Henry, les yeux rivés sur l'urne au centre du périmètre du site de l'OAD.

Comme si une étincelle venait de titiller son cerveau, Poulsen fixa l'urne au milieu du plateau en marbre.

— C'était son idée, lors de la signature de son contrat avec la direction de l'OAD. Ce projet a été présenté et validé par vote par l'ensemble des directeurs. Honnêtement, je n'étais pas pour. Aujourd'hui, je peux le dire, j'ai voté « non » à cette idée qui me paraissait macabre.

— Très intéressant, dit Laplace. En tout cas, vous avez de drôles d'idées, à l'OAD, pour valider un projet. J'ai vraiment l'impression que vous montez à l'échafaud.

— Écoutez, épargnez-moi vos propos blessants. Si je peux encore vous aider, ne perdez pas votre temps avec tout ça.

Laplace fit comme s'il n'avait rien entendu. Il n'arrivait toujours pas digérer à l'effet Cesco. Il fixa le plateau en marbre.

— Et le choix du mobilier ?

— C'est son idée aussi. Le site de l'OAD, gravé sur du marbre. La direction en a commandé treize exemplaires. Douze ont été installées sur le site, dans diverses sociétés, et un exemplaire lui a été remis en récompense.

Les trois policiers échangèrent un regard. Ils observaient chaque détail du site de l'OAD. Tout y était. Bien qu'ils ne connaissaient pas le secteur, ils analysaient chaque point, chaque trait, chaque couleur, et ils se concentrèrent sur le bassin à jets d'eau. Puis Laplace se concentra en essayant d'être dans la peau de celui qui leur avait donné tant de fil à retordre. Raymond ne pouvait pas être ailleurs que sur le site de l'OAD.

— Vous insinuez que l'urne représente la tour HQE ?

— Oui.

— Et pourquoi avoir choisi de bâtir cette tour au centre du quartier ?

— Une idée purement stratégique pour l'aménagement de l'axe historique. En s'implantant au centre du site de l'OAD, cela nous permet d'avoir un regard sur l'ensemble du quartier et de prendre des décisions pour l'améliorer. Regardez, je vous demande juste de vous éloigner.

Il enfonça un bouton. De part et d'autre du plateau en marbre, Laplace et Henry découvrirent le prolongement du boulevard qui leur semblait aller vers l'infini. Leur regard balaya tout le plateau en marbre : des jardins des Tuileries en passant par l'obélisque, puis ils regardèrent l'Arc de Triomphe pour s'arrêter sur la tour HQE. Ils suivirent avec curiosité la ligne de tirets et de points traversant l'Arche du quartier. Cette ligne, représentant l'axe historique, s'arrêtait net, comme si elle tombait dans le vide. Comme si Raymond Roland leur disait : « Mon chemin s'arrête là. »

— Je vous remercie, M. Poulsen.

— Si vous voulez, si ça peut vous aider à le coincer, je peux vous expliquer en détail l'historique de la création du site.

— Ça ira, M. Poulsen. Cette fois-ci, vous avez été assez clair. Mais prochainement, nous nous pencherons sur ce sujet très intéressant et instructif.

Poulsen aurait souhaité réciter une dernière fois tout l'historique du quartier d'affaires à l'ouest de Paris, bâti il y avait plus de quarante-neuf ans sur l'axe historique qui, à ses yeux, n'était plus qu'un *axe maudit*, depuis l'absence d'Olivier Danze et du technicien de la régie. Il enclencha le bouton qui descendait l'urne dans le plancher, tout en pensant qu'elle remonterait pour un prochain scrutin ; ce serait alors sa tête qui serait visée.

Ils retrouvèrent Lemé dans le coin de la salle. Ce dernier annonça les dernières nouvelles bouleversantes provenant du domaine. Tout en l'écoutant, Lemé fixait la trappe se refermant sur le plancher.

— Avez-vous appris quelque chose au sujet de l'urne ? demanda-t-il avec une moue dubitative.

— Ça représente le siège de l'OAD, bâti au cœur du quartier sur l'axe historique.

Lemé se redressa, choqué. Puis il eut une pensée furtive pour le juge Sauron.

— C'est pratiquement le titre du jeune rappeur ?

— Exact, je n'y avais pas pensé. Maintenant que tu le dis...

Laplace réfléchit.

— L'axe maudit.

— On est en plein dedans, dit Henry. Il paraît que Raymond Roland possède un plateau en marbre qu'il a reçu en récompense.

— Ils ont de drôles d'idées ici... Et en quoi ce plateau peut-il nous faire avancer ?

— L'ensemble du site est gravé dessus. Et c'est lui qui en a eu l'idée. D'après ce qu'on a vu, nous avons une ligne d'axe qui s'arrête net de l'autre côté de la Grande Arche, au nord-ouest.

— Une ligne de tirets et de points ? demanda-t-il avec un brin d'espoir.

— D'après Poulsen, c'est la fin de l'axe historique, répondit Laplace.

Brusquement, Lemé décrocha son portable, lança la communication et attendit la connexion au réseau.

— Gilbert, dit-il calmement, il faut que tu cherches un plateau en marbre.

Il entendait Menez distinctement et ne bougea pas du coin de la pièce, où il admirait pour la première fois le bassin à jets d'eau en mouvement.

— Des plateaux en marbre, il y en a partout sur les murs, répondit Menez.

— Comportant une...

— Sérigraphie, barbouilla Laplace.

— Une sérigraphie du site de l'OAD.

— Je mets tous les gars dessus et je te rappelle, à moins que... Au fait ! s'exclama-t-il, il y a quelques minutes, nous avons eu une visite inopinée. Une certaine Mlle Lesage...

À l'annonce de ce nom, Lemé eut l'impression qu'on lui sciait les jambes.

— Elle prétend avoir un rendez-vous... Tu m'entends ?

— Je t'entends, Gilbert... Je t'entends.

— Je pense que je n'ai même pas besoin de te dire qui l'accompagne !

— Garde-les au frais, Gilbert... Bien au frais.

Lemé lâcha un grand soupir de soulagement, ravi de cette bonne nouvelle.

— Elles sont à l'abri, murmura-t-il à son équipe qui avait bien compris quel était le sujet de sa conversation.

Pendant ce temps, Menez montait les marches vers la mezzanine. Arrivé sur le palier, sa curiosité l'attira vers un chevalet, devant une fenêtre. Il tira les rideaux et, comme par enchantement, la vue et le ciel étaient clairs. Menez scruta l'horizon, puis le tableau. Le paysage était identique.

— Bon sang de merde, Franck ! cria-t-il au téléphone.

Lemé eut l'impression qu'on lui arrachait le tympan.

— C'est le point final, Franck. D'ici, j'ai le site de l'OAD, devant mes yeux. Je l'ai là, devant mes yeux. Il reproduisait le site sur une étoile, et la Grande Arche du quartier est le point final.

Un silence de plomb régna tout à coup dans la salle de vote avec son règlement mystérieux. Lemé se vit monter les marches de la Grande Arche et, subitement, il eut une pensée pour l'échafaud et fut envahi d'un frisson.

À 12 h 30 précises, Lemé et ses hommes investissaient la Grande Arche sous haute surveillance et s'engouffraient dans le sous-sol où ils allaient écouter l'homme allongé sur le banc.

*

21 h 30

— Qu'en pensez-vous, commissaire ? dit-il en sentant ses doigts se crisper sur la corde.

Voilà plus de huit heures qu'ils l'écoutaient et ils n'avaient trouvé aucun moyen d'intervenir, à part attendre qu'il accepte d'être aidé.

— Vous avez raison. Ça s'est passé comme vous le décrivez… Bien que nous ayons commis quelques erreurs de procédure, vous avez vu juste.

— Merci commissaire, dit-il d'une voix enrouée. Maintenant, je vous demande de répondre à ma question. Je m'adresse à vous tous…

Il tira de nouveau sur la corde ; le poids remonta de quelques centimètres.

— Savez-vous que le verbe guillotiner ne peut pas se conjuguer à tous les temps ?

Les hommes se regardèrent comme s'ils se doutaient de ce qu'il allait se passer.

— Que voulez-vous dire ?

— C'est singulier, le verbe guillotiner, commissaire.

Il ria timidement, comme s'il avait juste assez de force pour rire.

— Ne me prenez pas pour un fou ! Vous avez bien compris la question ! N'est-il pas singulier ?

Lemé sentit qu'il lui échappait.

— On peut le penser. Je suis d'accord avec vous.

— Non, commissaire ! Ce n'est pas la bonne réponse.

— Attendez ! dit Lemé en avançant vers le banc.

— Ne bougez pas, commissaire ! Je n'ai pas terminé ! On peut dire : je serai guillotiné, tu seras guillotiné, mais je n'arrive pas à comprendre pourquoi je ne peux pas dire : j'ai été guillotiné.

Il fit une pause.

— Quel est votre avis commissaire ?

Lemé et ses hommes restèrent muets, ne sachant que répondre. Ils ne trouvaient pas les mots justes, et ils étaient certains qu'il n'y avait plus rien à faire : c'était lui qui décidait.

— Alors, vous me répondez ?

— M. Roland, ne faites pas ça…

Ils se sentirent inutiles : tous les efforts consentis jusque-là pour comprendre que le mobile allait leur échapper.

— Donc, j'en déduis que vous n'avez pas de réponse à me donner, lâcha-t-il d'une voix presque étranglée.

— Je vous en prie, Raymond, laissez-nous vous aider, dit Lemé en perdant tout espoir.

— Je vous ai laissé une chance de m'aider, commissaire. D'ailleurs, je vais vous faire une petite fleur. Vous savez, commissaire, j'ai vécu dans le mensonge. J'ai vécu comme une feuille de papier qui, quand elle est remplie, est jetée ou oubliée. Et puis, un jour, on ouvre un tiroir et l'on se souvient de ce que l'on avait ce jour-là sur le cœur. Je n'ai pas su remplir mon cœur, ou bien on n'a pas su le remplir. Et quand on a pris soin de le faire, on trouve bon de le vider, comme ça, sans raison ; pourquoi commissaire ? Mensonge. Une fois de plus on me mentait. On a toujours fait semblant, on m'a fait croire que j'étais comme vous tous, commissaire. Quelqu'un de naturel comme vous. Comme ce jeune, que je n'ai pas eu le courage d'allonger sur la planche. Oh commissaire, si vous saviez comment je voudrais être lui ! Être lui sans avoir le risque d'être trahi. Pourtant, je pensais qu'elle m'aimait tel que je suis, tel que la vie m'avait fait. Si vous voulez m'aider, commissaire, demandez-lui pourquoi elle a proféré tous ces mensonges. Je vais vous faire une autre petite fleur commissaire. Allez au parc du domaine et vous aurez la réponse de ce qui fut ma vie. Il vous suffit d'actionner le levier au pied du grand chêne, comme tant de fois j'ai vu mon père le faire. Et puis, il y a eu ce jour où je l'ai suivi vers son secret. Mais je ne l'ai pas compris lorsqu'il m'a dit : tu as forcé le destin mon garçon. Ensuite, une violente douleur a irradié ma tête. Je n'ai pas compris, commissaire. Il m'a porté dans ses bras, vers son destin. Oh plutôt, vers le mien, commissaire. Puis il y a eu cette route. Je l'ai vu se retourner pour voir si j'étais en vie, et lorsqu'il est revenu sur la route, je l'ai vu porter la main sur son visage commissaire, comme s'il voulait se protéger. De quoi, commissaire, je l'ignore. J'ai seulement entendu un bruit ressemblant à un tremblement de terre et rien d'autre. J'ai vu comment il faisait, alors j'ai tenté l'expérience, mais je ne savais pas qu'elle était ma grand-mère. Et comment pouvais-je savoir que Bryan Dorlan était mon oncle ? Voyez-vous commissaire, encore un mensonge. Je l'aimais, ma louve. Je l'aimais, mais elle a vidé mon cœur. Bryan et les autres sont venus me déranger ; il fallait bien que je m'en débarrasse. Ils allaient tout foutre en l'air avec cette lettre. Mais c'en est terminé commissaire. À vos yeux et aux yeux du monde qui m'entoure, ma tête n'en vaut pas la peine. Vous savez de qui il s'agit commissaire. Chut ! Réfléchissez, commissaire. Je regrette une seule chose, commissaire : de ne pas avoir trouvé cette lettre…

Raymond s'interrompit.

— Écoutez, Raymond. Laissez-nous le temps de la retrouver. Vous pourriez peut-être nous donner une piste, lui proposa Lemé, pensant honnêtement que toute son équipe cherchait la faille.

Mais il n'y en avait pas. Raymond avait tout prévu pour aller jusqu'au bout de son œuvre.

— Inutile, commissaire. Il est trop tard… C'est le seul regret que j'aurais au cours de mon existence. Regardez mon visage et vous trouverez. N'oubliez pas commissaire, actionnez le levier et dites à mon grand-père que je n'en vaux pas la peine. Ma louve vient de me le prouver. Mais en attendant, vous n'avez pas su saisir votre chance de m'aider. Je ne peux pas dire : j'ai été guillotiné… Je me demande si je peux dire : je me suis guillotiné.

— Je vous en prie, Raymond, laissez-nous cette chance de vous aider.

Raymond n'entendait plus rien. Autour de lui, le silence s'installa pour toujours. Les doigts s'ouvrirent sur la corde, la lame du massicot qu'il avait renforcé avec un poids descendit sur son cou. Un vent glacial traversa la salle ; Lemé et ses hommes ne pouvaient que constater les dégâts.

ÉPILOGUE

Trois semaines plus tard

L'événement de l'Axe maudit se baladait d'esprit en esprit chez les femmes et les hommes représentant l'élite de la brigade criminelle de Paris du quai des Orfèvres. Chacun d'entre eux se remémorait l'événement qui leur avait fait poser un genou à terre. Certains se demandaient s'il n'y avait pas, parmi eux, un meurtrier tel que celui de l'Axe maudit, qui attendait le prétexte, le mobile pour passer à l'acte. Une pensée bien négative qui animait l'esprit de Franck Lemé lorsque son bras droit, Richard Laplace, lui avait déposé le dossier rouge sur son bureau pour la clôture, après avoir retranscrit à la lettre les aveux de Raymond Roland.

Ce fut au pied du grand chêne que Lemé actionna la branche qui fit office de levier. Sous leurs yeux, le cœur serré, une trappe s'ouvrit. Ils s'engouffrèrent dans le sous-sol avec une seule idée en tête : trouver le grand-père et le jeune étudiant Antony Martins.

Le sous-sol comportait plusieurs cellules jadis, au temps de l'occupation du domaine par les Allemands. C'était dans l'une d'elles qu'ils découvrirent les deux prisonniers en piteux état, mais vivants. Puis, au fur et à mesure qu'ils avancèrent, ce qu'ils découvrirent dépassait leur imagination.

Comment pouvait-on vivre avec un tel secret ? Raymond Roland avait sûrement beaucoup souffert et sa folie meurtrière était préméditée. « Cela valait-il la peine de l'aider ? Était-il responsable de tout ce mystère enfoui dans le sous-sol du domaine ? » pensa Lemé. Leurs pas les menèrent vers une pièce et soudain, tout devint calme autour d'eux, comme si la vie venait de s'arrêter et que plus rien ne subsistait.

Lemé et ses hommes fixèrent la lame en haut des montants verticaux ; elle scintillait. La guillotine était là, immobile face à eux. Ils reculèrent tous d'un pas, refusant de s'approcher davantage de l'escalier menant à l'échafaud. Lemé eut un grand frison et se remémora l'instant où il avait gravi les marches de l'Arche du site de l'OAD, pour aller écouter Raymond Roland lui faire part de son désespoir.

En fixant la guillotine, Lemé avait compris qu'il n'avait aucune chance de raisonner Raymond, qui avait pris soin de mettre en œuvre la fin de sa vie. Pourquoi se serait-il donné tant de mal pour finir par se rendre ? Raymond était très intelligent vu le concept. Il pensait qu'il lui était impossible de démonter la guillotine et de la transporter sur son lieu de travail, sur le lieu où il avait décidé que son chemin s'arrêterait. À première vue, Lemé avait trouvé qu'il était très ingénieux d'avoir choisi un banc pour s'allonger. À chaque extrémité du banc, il en avait attaché solidement un autre.

La suite de l'invention se passait de commentaires. Raymond avait trouvé le moyen de fixer une fente en acier à l'intérieur des bancs verticaux, qui permettait à la lame de glisser sans encombre. Une lame pesant dans les trente kilos qui était maintenue par une corde. Raymond Roland lui avait montré toute la nature humaine et sa capacité d'aller au-delà de ce qu'il était capable d'imaginer. La guillotine n'était-elle pas l'invention d'un homme ?

Lemé reprit tout l'historique du dossier avant d'inscrire le nom de celui qui leur avait permis d'ouvrir le dossier rouge. Dans ce dossier, aucune charge n'a été retenue à l'encontre de Jacques Cesco, Rose-Marie Dolmon et Sophie Lesage, qui avait ouvertement dit aux policiers : « Je suis désolée, je ne pensais pas qu'il m'aimait à ce point ». En relisant page après page, il s'arrêta brusquement sur le témoignage du jeune Émeric. Il leva les yeux en direction de Richard Laplace, silencieux, concentré, qui avait les yeux rivés sur l'écran de son portable.

— Puis-je clôturer le dossier ? demanda Lemé.

— Je pense que oui, dès que nous aurons reçu le rapport des gendarmes concernant l'étudiant Antony Martins, qui se remet doucement. D'ailleurs, je tiens à remercier ceux qui seront bientôt nos collègues, selon le texte du projet de loi sur le rattachement de la gendarmerie au ministère de l'Intérieur. Je n'y vois aucun inconvénient puisque, quoi qu'il en soit, chacun conservera son domaine d'intervention et ses compétences. Je pense que nous continuerons à travailler en étroite collaboration. Mais il manque une dernière chose…

Il s'interrompit brusquement, puis un léger sourire se posa sur ses lèvres à la lecture d'un SMS qui s'afficha sur l'écran de son portable.

— C'est l'état de santé critique de son grand-père. Sans cette mauvaise nouvelle, je pense que l'on pourrait clore définitivement ce dossier.

— OK. J'espère qu'il s'en sortira. Il faut bien qu'il nous confirme notre hypothèse dans cette histoire et cette lettre sur le suicide de Mme Dolan. On attendra… Mais dis-moi : que s'est-il passé à la clinique ?

— Pardon ?

— La clinique… Il s'est passé quelque chose non ? Depuis, tu n'arrêtes pas avec ton portable.

— Honnêtement, finit-il par dire en se redressant et en fixant Lemé dans les yeux, le gamin m'a invité à prendre un verre *au Bar Jazz Club* à la fin de cette histoire.

— Tu es sérieux ? Le jeune Émeric ?

— Bien sûr ! Pour ne rien te cacher, c'est plutôt sa mère. Elle est d'accord pour que l'on y aille tous les trois.

Lemé fit un effort pour ne pas sourire, et il crut un instant voir le cœur de Richard Laplace battre à travers sa chemise : l'homme était amoureux. Au même moment, une sonnerie retentit.

Lemé décrocha et porta le combiné à son oreille. Il fronça les sourcils. Après quelques instants, il raccrocha et hésita à refermer le dossier rouge.

— Un client ? le questionna Laplace.

— Pas vraiment. Plutôt une surprise de taille…

On frappa à la porte, Lemé se leva et resserra sa cravate, puis il ouvrit la porte : son regard s'illumina devant le visage de la visiteuse. Luciana portait une robe noire et était coiffée d'un fichu.

— Bonjour commissaire.

Lemé l'invita à s'asseoir.

— Je vous remercie, répondit-elle. Je viens seulement vous déposer ceci.

— Vous ne voulez vraiment pas vous… dit Lemé en fixant la chaise du regard.

— Non, commissaire, le coupa-t-elle. J'ai un taxi qui m'attend. Je vais m'absenter quelques jours…

— Ça vous embête de me dire…

— D'abord, je tiens à vous dire qu'ils reposent ensemble, et je tenais à vous remercier. Sinon, je pars pour Lyon. Je pense que j'aurais une nouvelle fois besoin de vous, tout comme vous aurez besoin de moi…

Lemé saisit le but de son retour dans sa ville natale, puis il regarda l'enveloppe.

— De quoi s'agit-il ?

— J'ai reçu ce courrier et j'ai compris que c'était pour vous. Cependant, je ne savais pas à quel moment il fallait vous le remettre. Mais ce matin, j'ai compris qu'il fallait que je le fasse. Les dernières nouvelles ne sont pas encourageantes pour Roger.

— Vous permettez ?

— Je vous en prie, dit-elle à mi-voix.

Lemé ouvrit l'enveloppe et jeta un bref regard sur les feuilles. L'une d'elles attira son intention.

— La lettre ?

— Oui. Ne me demandez pas ce qu'elle contient, je vous laisse le soin de le découvrir.

Cette lettre, Lemé la tenait entre ses mains. Il n'osait croire que quelques lignes pouvaient faire autant de dégâts : « *Je m'en vais.* » Tout en bas de la page, elle avait dédié ces trois mots : « *À mon fils.* »

Entre les deux, Mme Dorlan avait écrit avec des signes de sténo : *« M. Raymond Roland, ce petit garçon a des idées macabres pour son jeune âge. Il prétend partager un secret avec son père au sous-sol du domaine. Il me fait peur. Il me demande de le suivre pour découvrir ce secret. »*

Il avait la certitude, sans avoir fait de vérification, que cette traduction était l'écriture de Marcelline Gottin.

— La vie nous réserve bien des surprises, dit Lemé à la fin de la lecture.

Elle laissa échapper un léger souffle.

— Roger était un homme généreux et je devais tenir ma promesse...

Lemé l'interrompit :

— Vous voulez dire que cette promesse représente dix-huit ans de votre vie ?

Elle sourit.

— Je suppose que vous étiez en contact avec Roger ?

— Oui et non.

— C'est-à-dire ?

-J'ai travaillé au domaine de 1981 à 1986, où j'ai découvert ce passage au pied de l'arbre. J'ai fait part de cette découverte à Roger. Quelques jours après la mort de son fils, il avait condamné tous les accès au sous-sol du domaine, mais il ignorait l'existence de ce passage. Après la découverte de cette trappe auprès du vieux chêne, il a eu besoin de se confier. Il pensait que son fils avait perdu pied le jour où sa belle-fille est décédée suite à l'accouchement de son petit-fils. Raymond n'a donc jamais connu sa mère, et son père s'est complètement désintéressé de lui pour se consacrer à ses activités de peintre. D'après lui, son fils recherchait à travers ses modèles sa femme disparue qu'il aimait plus que tout au monde, au détriment de son propre enfant.

Lemé fit une grimace et soupira.

— Il vous en reste treize... qu'en avez-vous fait ?

Luciana laissa échapper un léger sourire, tout en ayant se disant : « Ce flic-là sait poser des questions. »

— Je viens de vous le dire commissaire : Roger était un homme généreux et je lui devais de tenir cette promesse...

Lemé acquiesça.

— Je vous comprends. Je ne sais quelle attitude j'aurais adoptée à votre place, surtout pour l'enfant que Mme Dorlan a mis au monde à quatorze ans...

— Vous savez tout maintenant. À croire que je devais vous rencontrer à cause de cette enveloppe. Bon, maintenant, il faut que je vous laisse. Si vous avez besoin de quoi que ce soit, laissez-moi un message…

Ils échangèrent un sourire.

— J'allais oublier… Si jamais vous retournez au domaine, vous trouverez des photos de ce petit garçon dans un coffret de peinture… À bientôt, et soyez prudent monsieur le commissaire divisionnaire…

La porte se referma avec une extrême douceur. Laplace avait le souffle coupé, comme lorsqu'il était entré dans la chambre de la clinique et que la mère du jeune Émeric s'était retournée. Il avait alors eu l'impression de ne plus pouvoir respirer. Ce n'était que lorsqu'Émeric avait annoncé : « Maman, c'est le policier du *Bar Jazz Club* » qu'il avait repris sa respiration.

— Allez, on y va ! lui dit Lemé.

— Où va-t-on ? demanda-t-il, l'air hébété.

— On retourne au domaine. Allez, dépêche-toi ! J'ai promis à Nancy et aux enfants une journée au Musée de l'Homme.

Laplace se leva d'un pas lent, mal assuré.

— C'était qui ?

— Luciana Launay. Elle nous apporte les plans du sous-sol du Domaine de la Roue et cette fameuse lettre, qui confirme, soi-disant, que Mme Dorlan ne s'est pas suicidée. Cependant, je voudrais aller vérifier une chose dans un coffret du peintre…

*

Une fatigue anormale, un état fortement nauséeux et de mauvaise humeur, voici comment elle aborda la journée ce matin-là lorsqu'elle aperçut le temps qu'il faisait dehors. Avec un effort surhumain, elle tenta de se faire un café, mais rien que l'odeur la repoussa ! Elle courut aux toilettes, prise d'un haut-le-cœur qui lui arracha l'estomac. Après vingt bonnes minutes la tête passée au-dessus de la cuvette des WC, elle décida de retourner sous sa couette, abandonnant toute idée d'entreprendre quoi que ce soit, en attendant que cela passe…

Pendant toute la journée, Sophie Lesage alterna entre sommeil léger, pause toilettes et envie de manger n'importe quoi, car elle avait quand même une petite faim… Mais rien ne parvint à la calmer, et la journée passa ainsi.

En fin d'après-midi, fatiguée et démoralisée, toujours en pyjama, elle décida d'appeler Rose-Marie.

Soulagée d'entendre la voix de son amie au téléphone, elle prit son temps et lui raconta sa terrible journée.

— Tu m'appelles pour me dire que tu as passé ta journée aux toilettes ? s'exclama Rose-Marie.

— Je ne me sens pas bien ! C'est la première fois que ça m'arrive !

Il y eut un silence, puis Rose-Marie lui demanda soudain :

— Mais ma chérie, tu n'es quand même pas enceinte ?

— Je ne sais pas... Comment veux-tu que je le sache ?

Sophie Lesage ne s'imaginait pas qu'à l'autre bout du fil, Rose-Marie passait sa main sur son ventre, d'un air songeur.

— Tu devrais le savoir ! Tu n'as pas de retard ?

— Si, mais seulement une dizaine de jours...

— Je m'en doutais ! Lequel des deux est le père ?

— Je ne sais pas... Je verrai bien dans neuf mois...

FIN

www.lesecrivinconnus.fr

Achevé d'imprimer aux États-Unis en
Septembre deux mille treize par Lulu.com